Jennifer Alice Jag
Afterglow
Terra #4

Weitere Bücher von Jennifer Alice Jager im Arena Verlag:
Awakening. Terra #1
Rising. Terra #2
Collapse. Terra #3
Windborn. Erbin von Asche und Sturm

Jennifer Alice Jager schrieb ihr erstes Buch während der Ausbildung zur Mediengestalterin. Schnell erlangte sie Bekanntheit durch ihre erfolgreichen Märchenadaptionen und Fantasyromane bei Carlsen Impress. Nachdem sie eine Zeit lang in Japan lebte, wohnt sie heute wieder in ihrer Heimat, dem Saarland, widmet sich hauptberuflich dem Schreiben und verbringt ihre Freizeit am liebsten mit ihren Tieren in der freien Natur.

Jennifer Alice Jager

AFTERGLOW

TERRA #4

Arena

MIX
Papier aus verantwortungsvollen Quellen
FSC® C110508
FSC
www.fsc.org

1. Auflage 2020

Rottendorfer Straße 16, 97074 Würzburg

Dieses Werk wurde vermittelt durch die Michael Meller
Literary Agency GmbH, München
Covergestaltung: Isabelle Hirtz, Inkcraft, unter Verwendung
mehrerer Motive von shutterstock (Oleh
Phoenix, Stock-Asso, Zastolskiy Victor, Venus Kaewyoo, Bist)
Layout und Satz: Malte Ritter, Berlin
Gesamtherstellung: Westermann Druck Zwickau GmbH
ISBN 978-3-401-60501-2

見ざる 言わざる 聞かざる

Für all jene, die Ohren, Mund und Augen nicht vor den Wundern verschließen, die die Welt jeden Tag für uns bereithält.

Because
#thereisnoplanetb

KAPITEL 1

AYUMI

TAG 8: SO, 21:30 UHR, TOKIO, JAPAN

Wie lange Ayumi schon zwischen den Trümmern Tokios saß, die leblose Katze in ihren Armen wiegte und nicht mehr aufhören konnte zu weinen, wusste sie nicht.

Auch wenn es schwer für sie zu ertragen gewesen war, dass sich ihr die Naturgeister anfangs in den Körpern toter und entstellter Menschen gezeigt hatten, waren sie am Ende doch zu Freunden für sie geworden. Dass sie Kaya verloren hatte, zerriss Ayumi innerlich.

Noch immer stieg die Lebensenergie der von ihr befreiten Naturgeister aus den Überresten des Elekreen-Kraftwerks am Fuße der Schlucht. Sie tauchten die nächtliche Umgebung in ihr bläuliches Licht. Einige hatten sich bereits zu Boden gesenkt und dort, wo sie mit den Ruinen in Berührung gekommen waren, die Natur zu neuem Leben erweckt. Um den Krater herum war so binnen kürzester Zeit eine grüne Oase entstanden, aus der sich neben ein paar zerstörten Hochhäusern nur das rote Gerippe des Tokyo Towers schief in die Höhe reckte.

Am Rande bekam Ayumi mit, dass überall zarte Knospen aufbrachen und sich weiße Blüten auffächerten, bis sie in einem Meer aus duftenden Blumen saß. Doch nach allem, was geschehen war, hatte sie kein Auge für diese Schönheit. Kaya war tot, und zwar ihretwegen. Es tat so unheimlich weh und Ayumi wusste nicht, woher sie die Kraft nehmen sollte weiterzumachen.

Etwas stupste gegen ihren Ellbogen, sie blickte zur Seite und erkannte Taro, den grau getigerten Kater. Auch Yuri, der weiße Kater, saß nicht weit von ihr entfernt und beobachtete sie. Er legte den Kopf schief und kam näher, als ihre Blicke sich trafen.

»Geht es dir wieder besser?«, fragte er.

Ayumi konnte seine Stimme nur in ihren Gedanken hören. Sie drückte Kaya noch einmal fest an sich. Gerade in diesem Moment fühlte es sich an, als würde es ihr nie wieder besser gehen. Aber die Naturgeister schienen das nicht verstehen zu können.

»Sie ist meinetwegen gestorben«, antwortete sie mit brüchiger Stimme. Wenn Kaya ihr nicht geholfen hätte, wäre Ayumi jetzt tot. Nur ihr allein verdankte sie es, überlebt zu haben, doch dabei war Kaya selbst zu einem der Opfer geworden und das verzieh sich Ayumi einfach nicht.

»Der Körper, den du hältst, ist nur ein Hülle«, erinnerte Taro sie. *»Du hast die Maschine zerstört, das Tor in unsere Sphäre wurde geschlossen und die Lebensenergie der Naturgeister befreit. Auch Kaya wird nun ein Teil des Energiefeldes der Erde werden.«*

»Sie ist tot«, widersprach Ayumi. Ihr war klar, dass der Körper, den sie hielt, nur Kayas letzte Hülle war. Das änderte aber nichts daran, dass er alles war, was Ayumi von Kaya blieb.

Sie senkte den Blick und strich der Katze mit zittrigen Fingern übers Fell. »Dadurch, dass ihr in die Menschenwelt gekommen seid, habt ihr euch entwickelt. Ihr habt euch verändert, seid zu Individuen geworden. Kayas Einzigartigkeit ist jetzt für immer verloren. Es kann ja sein, dass sie zu einem Teil des Energiefeldes wird, aber es wird nie wieder jemanden geben wie sie. Niemand kann sie zurückholen oder ersetzen. Es …«

Ayumi stockte. Die Erde unter ihr bebte und in der Ferne war ein Rauschen zu hören. Sie schaute sich um und ihr Blick blieb am Horizont hängen.

Ihr Herz machte einen Satz. Dort, wo als glitzernder blauer Streif das Meer den Horizont hätte beschreiben sollen, erhob sich eine gigantische Wand aus Wasser. Brodelnd und schäumend wuchs sie bis hinauf in die Wolken, verdunkelte den Himmel und warf ihren Schatten über die Küste Japans und die letzten noch stehenden Gebäude der Stadt.

Fassungslos starrte Ayumi dieses Ungetüm an. Sie legte die Katze behutsam ab, zog sich auf die Beine, und taumelte wie betäubt rückwärts.

Immer weiter wuchs der Tsunami an, übertraf bald die Höhe der wenigen noch stehenden Gebäude und hing dabei, wie von unsichtbarer Hand gehalten, vor der Küste.

Noch brach das Wasser nicht über Tokio herein, doch das scheinbar nur, um mehr und mehr Kraft zu sammeln und dann mit voller Wucht zuzuschlagen. Ayumis Atem stockte bei dem Gedanken.

»Was ...«, stieß sie aus. »Was passiert hier?«

»Sie schlägt zu«, meinte Taro.

»Sie? Du meinst, Terra Mater? Das kann nicht sein!« Ayumi konnte es nicht glauben. Sie hatte doch alles riskiert, alles aufgegeben, um genau das zu verhindern. Kaya hatte ihr Leben geopfert! »Aber wieso? Wieso, nachdem das Kraftwerk doch abgeschaltet ist? Wieso tut sie das?«

»Ich weiß es nicht«, gestand Taro ein.

»Wir müssen hier weg! So schnell es geht«, drängte Yuri.

Er hatte ja gut reden. Wo sollten sie denn hin? Die Flutwelle wirkte hoch genug, um ganz Tokio unter sich zu begraben – womöglich sogar ganz Japan.

»Der Tokyo Tower!«, stieß Ayumi aus. Er war das einzige Gebäude in Reichweite, das noch nicht in Schutt und Asche gelegt worden war. Zwar hing er schief über dem Abgrund, aber gerade das würde es ihr hoffentlich erlauben, an ihm hinaufzuklettern.

»Dann nichts wie los!«, sagte Taro und sprang über die herumliegenden Trümmer in Richtung des Towers und damit direkt auf den Tsunami zu.

Ayumis Herz pochte so hektisch, dass es beinahe wehtat. Ihr Blick hetzte über die Umgebung, sie fand ihre zusammengeschnürten Habseligkeiten, keine drei Meter entfernt, und wollte darauf zustürzen, doch Yuri sprang ihr in den Weg.

»Keine Zeit!« Sein Blick haftete am Horizont, und als Ayumi herumwirbelte, sah sie, dass die Flutwelle bereits dabei war, über der Stadt zusammenzustürzen.

Wie durch einen berstenden Damm brachen die Wassermassen an mehreren Stellen über das Land herein, ergossen sich in einem ohrenbetäubenden Getöse über den Küstenstrich und zermalmten ganze Gebäude, als wären sie aus Papier.

Ayumis Knie wurden weich und sie fühlte sich wie gelähmt. Zwischen ihr und der Küste lagen keine zwei Kilometer und einen großen Teil davon hatten die Wassermassen schon binnen weniger Sekunden überflutet. Wie sollte sie es rechtzeitig in Sicherheit schaffen?

»Ayumi!«, schrie es laut in ihren Gedanken. Für einen Moment glaubte sie, Kayas Stimme gehört zu haben, doch als sie sich umsah, war es Yuri, der auf einer Mauer innegehalten hatte und sie auffordernd ansah.

Sie befreite sich aus ihrer Erstarrung und rannte, so schnell ihre Beine sie trugen, direkt auf die Flutwelle zu. Ihr Puls raste und ihre Panik ließ nicht zu, dass sie weiter dachte als bis zu dem nächsten Hindernis.

Auf allen vieren überwand sie einen Schuttberg, sprang auf der anderen Seite wieder hinunter und tauchte knietief ins Wasser ein. Völlig entgeistert starrte sie auf ihre Beine.

Sie war verloren. Ayumi hob den Blick, sah die erschreckend hohe Flutwelle, die unbarmherzig näher kam, und die beiden Katzen, die bereits das Metallgerippe des Towers erklommen, während in ihr die Verzweiflung ins Unermessliche wuchs.

Nicht aufgeben. Daran musste sie denken. Daran, dass sie zu weit gekommen war, um auf den letzten Metern die Hoffnung zu verlieren.

Sie lief weiter, watete durch das eisige Wasser, wagte es nicht, noch einmal zur Küste zu sehen, und als sie endlich nach der ersten Querstrebe des Towers greifen konnte, schwappte ihr die Flut bereits bis zur Hüfte. Sie zitterte, ihre Zähne klapperten so laut, dass sie kaum klar denken konnte, und gerade als sie sich hochziehen wollte, riss ihr eine Welle die Beine weg.

Ayumi schrie und klammerte sich mit aller Kraft und Verzweiflung am Tower fest. Ihre Hand rutschte ab, das Wasser brach sich am Turmgerüst, schwappte ihr in Mund und Nase und drückte sie unter die Fluten.

»Halt dich fest!« Trotz der tosenden Fluten hallte Yuris Stimme klar und deutlich in Ayumis Gedanken wider.

Sofort zog sie sich wieder über die Wasseroberfläche und schnappte nach Luft. Mit letzter Kraft warf sie den Arm nach oben, erreichte eine Strebe und klammerte sich daran fest. Eine kleine, weiche Pfote legte sich auf ihre Hand. Es war Yuri, der den Tower zurück nach unten geklettert war, um ihr zu helfen. Wärme strömte durch seine Pfote auf sie über, vertrieb die Kälte aus ihren steif gefrorenen Gliedern und schenkte ihr neue Energie.

Sie zog sich auf die Strebe, umschlang sie mit Armen und Beinen und wagte es nicht, sich aufzurichten. Ihr Atem ging stoßartig und die Panik rauschte durch ihre Adern.

»Komm schon!«, rief Taro, der bereits das erste Drittel des Turms erklommen hatte.

Ayumi klammerte sich fester an den Turm und kniff die Augen zusammen. Das Wasser stieg unaufhaltsam und der Tokyo Tower ächzte unter seinem Ansturm.

»Ayumi!«, flehte Yuri beinahe.

»Schon gut«, stieß sie aus. Sie wusste ja, dass sie nicht feige sein durfte. Sie hatte den Tower erreicht. Jetzt musste sie nur noch den Mut finden, ihn hinaufzuklettern.

Vorsichtig richtete sie sich auf und stellte dabei mit Entsetzen fest, dass die Fluten bereits den angrenzenden Momiji-Park unter sich begraben hatten. Das Wasser warf sich wie ein wütendes Tier gegen die danebenliegenden Gebäude und begrub sie unter einer braunen Masse aus Schlick und Trümmerteilen.

Panik überkam sie. Sie wusste nicht, woher sie die Kraft nahm, doch sie richtete sich vollends auf, griff nach der nächsten Strebe und zog sich hoch.

So überwand sie Meter um Meter, bis der Wind an ihr zerrte und sie spüren konnte, wie die Fluten den Tower ins Wanken brachten. Aufgeben kam für sie nicht mehr infrage. Unter ihr stieg der Wasserpegel unaufhörlich. Die Schlucht, über der der Tower bedrohlich schief hing, war bereits geflutet und die letzten Fetzen Lebensenergie der befreiten Meliad bewegten sich wie Leuchtquallen durch das tiefdunkle Nass. Der Anblick fesselte Ayumi für einen Moment und vertrieb sogar ihre Angst.

Sie stieg weiter hinauf, hatte bald die erste Aussichtplattform überwunden und steuerte nun zielsicher auf das Top Deck zu. Immer wieder schlugen sich Wellen gegen den Tower und zwangen Ayumi, sich an die Eisenstreben zu klammern. Die

Kälte war ihr tief in die Knochen gekrochen, sie bibberte und spürte ihre Finger kaum noch. Dennoch gelang es ihr schließlich, das Top Deck zu erreichen, wo sich auch Yuri und Taro in Sicherheit gebracht hatten.

Kraftlos zog sie sich auf die Brüstung und rollte sich darauf zusammen. Ihr Herz raste noch immer, und erst nachdem die Panik langsam abgebbt war, merkte sie, wie erschöpft sie wirklich war. Dennoch wirkte alles so unwirklich auf sie. Als wäre sie ein Beobachter, der ihren Körper nur von außen sah. Sie schlang ihre Arme um die Knie, schloss die Augen und betete, dass sich das Meer gnädig zeigen und den Tokyo Tower mitsamt ihr und den beiden Katzen nicht komplett unter sich begraben würde.

KAPITEL 2

ADDY

Addy schlug die Augen auf. Es war dunkel, ihr Körper war schwer und ihr Schädel brummte. Sie wusste nicht, wo sie sich befand und wie sie dort hingekommen war, doch die Geschehnisse der vergangenen Stunden überrollten sie wie eine Flut. Stöhnend griff sie sich an die Stirn.

Sie hatten alle Kraftwerke deaktivieren können, waren sicher gewesen, Terra Mater damit zu stoppen, und tatsächlich hatte sich die Natur für kurze Zeit beruhigt. Doch dann war es nur noch schlimmer geworden. Wie konnte bloß alles so schieflaufen?

War das, was Elekreen behauptet hatte, wahr? Gab es Terra Mater in Wirklichkeit nicht, waren die Meliad für die Naturkatastrophen verantwortlich und mit der Abschaltung der Kraftwerke hatten die Menschen ihre einzige Waffe gegen sie verloren? Konnte das sein? Alles schien darauf hinauszulaufen, aber wahrhaben wollte Addy es nicht. Niemals hätte sie sich in Casimir so täuschen können. Nicht in ihm.

Sofort saß sie aufrecht. Es kam ihr vor, als würde der Schuss, der Casimir niedergestreckt hatte, noch immer in ihr widerhallen. Ihr Puls raste und ihr Atem hetzte. Das durfte einfach nicht passiert sein!

Das Bild, wie Ben die Waffe abgefeuert hatte, war so klar vor ihr, dass es alles andere verdrängte. Addy presste die Hände fest gegen ihre Schläfen und versuchte, die Szene aus ihrem Kopf zu verbannen.

Nachdem sie sich einigermaßen gesammelt hatte, schaute sie sich um und stellte fest, dass sie wieder im Militärstützpunkt war. Sie saß auf dem Sofa in General O'Reillys Büro. Eilig tastete sie ihren Körper ab, um ganz sicherzugehen, dass sie ihn fühlen konnte. Sie war kein Geist, alles wirkte real auf sie. Also musste das, was sie gerade erlebte, die Wirklichkeit sein. Ihre Welt, die Welt der Menschen und der Materie und nicht Terra Maters Sphäre der Träume.

Aber wieso? Hatte man sie wiederbelebt? Anders konnte sie es sich nicht erklären.

Schwerfällig kam Addy auf die Beine, schwankte und fing sich am Schreibtisch. Eine Uhr stand darauf, durch die sie feststellen konnte, dass es spät am Abend war. Viele Stunden, nachdem Casimir ihr Herz zum Stehen gebracht hatte.

Das Gefühl der Machtlosigkeit war erdrückend. Als hätte man ihr das Herz aus der Brust gerissen und sie mit dem Schmerz alleingelassen. So fühlte es sich an.

Ihre Finger verkrampften, gruben sich ins Holz der Tischplatte und Tränen überkamen sie. Schluchzend krümmte sie sich, schrie vor Wut und Verzweiflung und drohte zusammenzubrechen. Casimir zu verlieren, tat so unheimlich weh. Ohne ihn wollte sie nicht mehr sein und sie hasste sich selbst dafür, dass sie ihn von sich gestoßen hatte, statt um das, was zwischen ihnen war, zu kämpfen. Hätten sie doch nur früher über alles reden können! Jetzt war es zu spät.

Sie fiel auf ein Knie, klammerte sich weiter an den Schreibtisch und hatte das Gefühl, innerlich zu einem Häufchen Asche zusammenzuschrumpfen.

Nichts würde ihn ihr zurückbringen und alles, was ihr blieb, war der Schmerz und das Gefühl, leer und ausgebrannt zu sein.

Eine ganze Weile saß sie zusammengekauert vor dem

Schreibtisch und weinte, bis sie keine Tränen mehr hatte, um sie zu vergießen, und sich endgültig ausgehöhlt und verlassen fühlte.

Es war still. Niemand kam, niemand sah nach ihr, keine Stimmen drangen vom Korridor aus zu Addy vor. Was, wenn es niemanden mehr gab, der nach ihr sehen konnte? Wenn Terra Mater unaufhaltsam weitergemacht und die Menschheit vernichtet hatte?

Der Drang, aufzustehen und herauszufinden, was mit der Welt um sie herum geschehen war, war bald zu groß, um ihn zu ignorieren. Addy musste in Erfahrung bringen, warum die Natur sich noch immer gegen die Menschen richtete, obwohl sie aufgehört hatten, die Meliad zu töten. Noch einmal atmete sie tief durch und wischte sich die Tränen von den Wangen.

Sicher warteten vor der Tür Wachen auf sie. Nachdem das Abschalten der Kraftwerke nicht die erhoffte Rettung gewesen war, konnte Addy sich gut vorstellen, wieder eine Gefangene zu sein und wie eine Terroristin behandelt zu werden. So ruhig war es sicher nur, weil man den Korridor gesperrt hatte und niemanden zu ihr ließ.

Zittrig, wie sie war, zog sie sich hoch und ging zur Tür. Zu ihrer Verwunderung war nicht abgesperrt und im Korridor empfing sie nur gähnende Leere. Keine Wachen, keine besorgten Freunde, niemand wartete dort auf sie. Allmählich beschlich sie ein ungutes Gefühl.

Das Licht flackerte und ließ den Gang bedrohlich und düster wirken. Addy folgte ihm. Ihr Herz pochte ihr bis zum Halse, dabei wusste sie nicht einmal, was ihr so viel Angst machte. Sie bog um eine Ecke und auch dort war niemand zu sehen. Das Gebäude schien menschenleer. Wie ausgestorben.

Auch im Korridor, an dessen Ende der Ausgang lag, erwartete sie niemand. Er war unbeleuchtet, fensterlos und dadurch stockfinster. Nur durch die Türritzen fiel fahles Licht.

Zögerlich lief Addy weiter. Sie hatte Angst davor zu erfahren, was während ihres Herzstillstands geschehen war. Konnte es sein, dass der Stützpunkt evakuiert worden war und man sie dabei einfach vergessen hatte? Oder schlimmer noch: Sie waren alle tot.

Ihr Puls begann zu rasen und sie hielt die Luft an, als sie die Hand an die Tür legte. Kaum, dass Addy sie berührt hatte, schwang sie mit einem leisen Quietschen auf.

Sonnenlicht blendete sie. Erst nach und nach zeichnete sich die Umgebung vor ihr ab und ihre Brust schnürte sich bei dem Anblick zu. Der Stützpunkt war völlig zerstört worden. Kein einziges Gebäude stand mehr. Kein Stein lag auf dem anderen. Nur ein riesiges Trümmerfeld war geblieben.

Sie trat ins Freie, ließ ihren Blick über die zerstörten Gebäude wandern und wandte sich schließlich um. Selbst der Bungalow, durch den sie gelaufen war, hatte dem Erdbeben nicht standgehalten. Es war ein Wunder, dass sie im Inneren nichts von dieser Zerstörung bemerkt hatte. Wie konnte das sein? Von außen wirkte es, als wäre alles, was von dem Gebäude geblieben war, die Tür, umrahmt von einem Stück Fassade.

Addy stolperte rückwärts und sah sich weiter um. Pflanzen hatten die Trümmer nicht erobert wie sonst. Leichen sah sie auch keine.

»Hallo?«, rief sie, doch lediglich ihr Echo antwortete. Ihr war ganz mulmig. Irgendwie passte das alles nicht zusammen.

Frische Reifenspuren führten zum Haupttor und vom Stützpunkt weg. Vielleicht stimmte Addys Theorie und man hatte sie tatsächlich bei der Evakuierung vergessen. Eine andere Erklärung fand sie nicht. Aber nachvollziehen konnte sie es dennoch nicht. Weder was mit dem Stützpunkt geschehen war, noch dass man sie einfach zurückgelassen hatte. Eine innere Unruhe ergriff sie. Was war in den letzten Stunden wirklich geschehen?

Sie folgte den Reifenspuren, verließ den Stützpunkt und erklomm den Hügel, auf dem sie Casimir zuletzt gesehen hatte. Die Erde war durch das Beben aufgewühlt, aber sie hatte die Folgen weitaus schlimmer in Erinnerung.

Ihr Herz verkrampfte sich, als sie die Blutlache erblickte, dort, wo der tödliche Schuss gefallen war. Das zu sehen, machte es nur noch realer. Sie ging in die Hocke und vergrub ihre Finger in der rot gefärbten Erde.

Erneut überkamen sie die Tränen, als ein plötzliches Geräusch sie aufschrecken ließ. Addy wusste nicht, was es gewesen war, aber es kam von den Trümmern der im Tal liegenden Stadt. Dorthin führten auch die Reifenspuren.

Sie stand auf.

Kam es ihr nur so vor oder war nicht nur der Stützpunkt totenstill gewesen, sondern auch das gesamte Umland? Bis auf dieses eine Geräusch war nichts zu hören. Kein Vogel zwitscherte, nicht einmal der Wind säuselte. Sie rieb sich die Hände an der Hose ab und stieg den Hügel hinab.

Je weiter sie kam, desto mehr beschleunigte sie ihre Schritte. Vielleicht bildete sie sich das mit der Stille nur ein. Vielleicht gelang es ihr, den Militärkonvoi einzuholen, und man würde ihr alles erklären.

Addy verfiel ins Rennen. Die Unruhe, die schon im Militärstützpunkt an ihr genagt hatte, war zu einem quälenden Dröhnen in ihrem Kopf geworden. Ihre Lunge brannte bereits und ihre Gedanken drehten sich um immer mehr Fragen, auf die sie keine Antworten fand. Aber das veranlasste sie nur, noch schneller zu werden.

Sie überwand die ersten Trümmer, stieg über Mauer- und Fassadenreste, über zerstörte Möbel, Fernseher, Radios und andere Überbleibsel der Zivilisation. Überall um sie herum türmte sich der Elektroschrott und anderer Unrat. Computer, Waschmaschinen, Smartphones, so weit das Auge reichte. Wie konnte das alles zu einer einzigen Stadt gehören? Sie stockte, als sie ein klobiges Handy mit einem Blumensticker sah. Genauso eines hatte sie selbst einmal besessen.

Verwirrt lief Addy weiter, ließ ihren Blick über all den Müll wandern und verlor allmählich die Orientierung.

Aus der Ferne hatte sie noch geglaubt, Ruinen eingestürzter Gebäude zu sehen, doch nun waren da nur noch Berge an Metall, Plastik und Kabeln. Als wäre sie auf einer riesigen Müllhalde gelandet.

Vielleicht war sie das ja auch. Vielleicht hatte man vom Hügel aus nicht erkennen können, dass sich eine Mülldeponie am Rande der Stadt befand. Aber hätte Addy das alles wirklich übersehen können?

Ein Gestank stieg ihr in die Nase, von dem ihr übel wurde. Es roch nach Verwesung und kurz darauf fand sie auch die Ursache dafür. Überall um sie herum lagen tote Tiere im Schrott. Ihre Kadaver waren aufgeplatzt und unter Fell und Federn kam kein fauliges Fleisch zum Vorschein, sondern nur noch mehr Müll. Der Anblick ließ Addy erschaudern und sie umschlang ihren Oberkörper mit den Armen.

Ein paar noch lebende Vögel ließen keinen Zweifel daran, was mit ihren Artgenossen geschehen war. Dürr, mit ölverschmiertem Gefieder und trüben Augen pickten sie blind im Müll und verschluckten Plastik, Schrauben und alles, was klein genug war, um hinuntergewürgt zu werden.

Addy legte sich die Hand über Mund und Nase. Der Anblick

ließ Galle in ihr hochsteigen. Übelkeit und Ekel übermannten sie beinahe, ihre Knie wurden weich und sie stolperte weiter voran.

Sie erklomm einen der Schrottberge, sah sich um und ihr Atem stockte. Fassungslos drehte sie sich im Kreis. Diese Müllhalde erstreckte sich zu allen Seiten bis hin zum Horizont. Hügel um Hügel an Schrott und Dreck, so weit das Auge reichte.

Was Addy da sah, war ihre Welt und sie war es auch wieder nicht. Sie hatte geglaubt, wiederbelebt worden zu sein, doch alles wies darauf hin, dass sie in Terra Maters Sphäre aufgewacht war. In der Welt der Träume, und zwar mitten in einem Albtraum. Tat ihr Terra Mater das mit Absicht an? Wollte sie Addy für etwas bestrafen?

»Wo bist du?«, rief sie, in der Hoffnung, die Mutter der Natur würde ihr antworten.

Die Vögel ließen sich von Addys Gebrüll nicht aufschrecken. Sie wandten ihr die Köpfe zu, sahen sie mit runden, toten Augen an und Addy war, als würde sich der Dreck, den sie gefressen hatten, darin spiegeln.

Ein kalter Schauer durchfuhr sie.

»ZEIG DICH MIR!«, schrie sie aus voller Kehle. Ihre Stimme hallte durch die endlos scheinende Müllkippe.

Es kam ihr vor, als hätte Terra in dieser Schreckensvision allen Schrott, den die Menschen je achtlos weggeworfen hatten, zusammengesucht und aufgetürmt. Es war für Addy wie ein Schlag ins Gesicht. Wie eine Anklage, gegen die sie sich nicht verteidigen konnte.

»Wieso zeigst du mir das?«, rief sie weiter. Ein sich wiederholendes »Wieso« hallte von den Schrotthügeln wider und bildete die einzige Antwort.

Casimir! Der Gedanke an ihn schoss ihr so plötzlich durch den Kopf, dass sie abrupt innehielt. Ihre Augen weiteten sich und ihr Herz begann, schneller zu schlagen. Ben hatte ihn erschossen, also war seine Seele ebenfalls in Terra Maters Welt gelandet. Addy musste ihn finden – ihn und einen Weg, ungeschehen zu machen, was Ben angerichtet hatte!

»Casimir!«, rief sie. »Casimir, ich bin hier!«

Ihr Herz pochte so hektisch, dass es ihr vorkam, als würde es sich jeden Moment überschlagen. Hoffnung hatte sich in der Leere eingenistet. Ein kleiner Funken nur, aber sie klammerte sich mit aller Macht daran.

Sie rutschte den Abhang runter, stieg über einen Berg zerknüllter Einwegflaschen und versank knietief darin. Mühsam watete sie weiter, als sie plötzlich eine Bewegung im Augenwinkel sah und herumwirbelte.

»Hallo?«, fragte sie unsicher.

Wieder war da eine Bewegung, diesmal links von ihr. Sie riss den Kopf herum, konnte jedoch nichts erkennen. Panik stieg in ihr auf. Sie kämpfte sich weiter durch die Flaschen, griff nach den Kabeln einer zertrümmerten Spülmaschine und zog sich daran aus dem Plastikberg.

Kaum, dass sie das getan hatte, raschelte es in ihrem Rücken.

Addy wirbelte herum. Da war wirklich etwas. Irgendetwas bewegte sich unter dem Schrott, ließ den Plastikberg auseinanderstieben und verschwand dann wieder in seinen Tiefen.

Ein Rumoren, weit unter ihr, ließ den Schrott vibrieren. Es klang wie der Ruf eines Ungetüms. In Addys Ohren begann es zu rauschen, sie robbte rückwärts auf die nächste Anhöhe zu, hatte sie aber noch nicht erreicht, als sich die Müllhalde direkt vor ihr teilte und etwas Riesiges aus dem Unrat brach.

Ohne erkennen zu können, was sich mit markerschütterndem Schrei auf sie stürzte, warf sich Addy herum und krabbelte, so schnell sie konnte, den Hügel hinauf.

Immer wieder gaben die Plastikflaschen unter ihr nach. Sie war kaum oben angekommen, da knallte es so laut, dass sie zusammenfuhr. Sie drehte sich auf den Rücken und erkannte gerade eben noch eine Art Flosse, die im Plastiksee versank.

Addy sah sich noch einmal um und musste mit Entsetzen feststellen, dass dieses Monster nicht alleine war. Überall um sie herum bewegte sich der Schrott. Etwas Lebendes schwamm darin wie Haie im offenen Meer. Diese Dinger umkreisten den Hügel, auf dem sie sich in Sicherheit gebracht hatte, und sie zogen ihre Bahnen immer enger.

KAPITEL 3

ADDY

ZU EINER UNBESTIMMTEN ZEIT,
IN DER SPHÄRE DER TRÄUME

Addy erklomm einen Hügel nach dem anderen und warf immer wieder gehetzte Blicke zurück. Die Panik hatte sie fest im Griff und ließ ihren Puls rasen. Ihr Atem überschlug sich beinahe und ihre Lunge brannte.

Von der Welt, die sie kannte, war nichts mehr zu erkennen. Die Müllhalde, in die sie geraten war, lag nicht am Rande einer Stadt, irgendwo in England, sondern erstreckte sich bis zum Horizont. Und wo der Schrott auseinanderdriftete, kamen eisige Fluten zum Vorschein. Es war, als wäre ganz England versunken, und geblieben war nur der Unrat, den die Menschen hinterlassen hatten.

Mehrmals schon war Addy abgerutscht und dabei beinahe ins Wasser gestürzt. Es war dunkel, zäh und von einer schmierigen Ölschicht bedeckt, mit der sich Addys Jeans bis zu den Knien vollgesaugt hatte.

Die Kreaturen, die es auf sie abgesehen hatten, gaben nicht auf. Ob es Haie oder etwas anderes war, wusste Addy nicht. Sie wusste nur, dass sie keinen Ausweg sah. Es schien nur sie, das von Müll geprägte Meer und diese Monster zu geben.

Casimir hatte gesagt, dass es in Terra Maters Sphäre keine Zeit gab. Sie hätte eine Ewigkeit in dieser Welt verbringen können, während bei den Menschen erst eine Sekunde vergangen war. Bis man ihr Herz wieder zum Schlagen brachte, wäre sie vielleicht schon Hunderte Tode gestorben. Vielleicht aber auch nur einen, endgültigen, durch den es für sie kein Zurück mehr in ihre Welt gab. Dieser Gedanke legte sich so schwer auf ihre Brust, dass sie kaum noch atmen konnte.

Tränen sammelten sich in ihren Augenwinkeln, aber sie gab nicht auf. Sie durfte nicht aufgeben! Irgendwo in diesem Höllenloch wartete Casimir auf sie und sie hatte nicht vor innezuhalten, bis sie bei ihm war.

Sie rief nach ihm, erklomm einen weiteren Hügel und griff nach einer rostigen Duscharmatur, doch dabei gab der Schrott unter ihren Füßen nach und sie stürzte schreiend ins pechschwarze Wasser.

Die Fluten verschluckten sie und Addy tauchte für einen Moment komplett unter, bevor sie sich wieder an die Oberfläche kämpfen konnte. Sie griff verzweifelt um sich, versuchte, irgendwo Halt zu finden, da krachte es hinter ihr so laut, dass sie vor Schreck herumwirbelte und geradewegs in den Schlund einer Bestie blickte.

Panisch krallte sich Addy an den Schrott, versuchte, sich wieder auf den Hügel zu ziehen, und trat nach dem zahngespickten Maul des Monsters.

Der lose Berg aus aufgehäuftem Müll trieb einfach unter ihr weg. Wieder verschlang sie das Meer, doch diesmal schaffte sie es nicht, zurück an die Oberfläche zu gelangen. Sie wusste nicht einmal, wo oben und wo unten war.

Es war so kalt, dass Addy ihre Arme und Beine kaum noch spüren konnte. Hilflos schwebte sie im Wasser, hielt die Luft an, bis ihr Körper so sehr nach einem tiefen Atemzug gierte, dass ihr Verstand aussetzte und sie den Mund aufriss. Das Wasser füllte ihre Lungen. Es brannte darin wie Feuer und ließ sie noch tiefer sinken.

In dem Moment berührte sie etwas am Bein, und ihr wurde schlagartig bewusst, dass das Monster noch da sein musste. Und es würde sie bei lebendigem Leib auffressen! Todesangst ließ ihr Herz hektisch pochen. Noch einmal versuchte sie, es an die Wasseroberfläche zu schaffen, doch mehr als ein paar hilflose Zuckungen bekam sie nicht zustande.

Erneut streifte etwas ihren Körper. Es mussten mehrere dieser Wesen sein, die sie umzingelt hatten, denn sie spürte ihre Berührungen überall. Sie umschlangen Addy regelrecht, drohten sie zu zerquetschen und hoben sie dabei so weit an, dass ihr Kopf durch die Wasseroberfläche brach.

Sie schnappte nach Luft, spuckte schwarzen Schlick und hustete. Ein öliger Film klebte ihr auf den Augen und machte es ihr schwer, etwas zu erkennen. Doch was sie verschwommen sah, war keine riesige Müllhalde mehr und auch nicht das offene Meer. Sie trieb in einem Becken, über und über mit wuselnden Fischen gefüllt. Und es war auch kein Öl, das ihr am Körper klebte. Es war nicht einmal Wasser, in dem die Fische schwammen. Es war Blut!

Addy konnte keinen klaren Gedanken mehr fassen. Sie wollte schreien, doch dazu fehlte ihr die Kraft. Es war in diesem Becken zu eng, um sich auch nur zu bewegen. Allein das Wuseln der Fische hielt sie an der Oberfläche und immer wieder sackte sie bis zum Kinn ab.

Sie musste raus aus dieser Hölle! Raus aus dem Blut, dem Gestank nach totem Fisch und Verwesung. Aber wie?

Noch einmal sammelte sie all ihre Kraft und versuchte, die Arme zu heben. Sie griff um sich. Die glitschigen Fische schlüpften ihr unter den Händen weg, doch irgendwie gelang es ihr, sich durch die Masse bis zum Beckenrand zu kämpfen, wo sie sich hochzog und auf den Boden sank.

Dort blieb sie liegen. Ihr Kopf war leer und ihr Inneres aufgewühlt. Sie schluchzte leise und wagte es nicht, sich zu bewegen. Wieso tat Terra ihr das an? Wieso quälte sie Addy mit diesem nicht enden wollenden Albtraum? Sie hielt das einfach nicht länger aus. Sie konnte nicht mehr.

Alles, was sie wollte, war Casimir zu finden. Wie gerne hätte sie seinen Namen gerufen – ihn wenigstens geflüstert. Doch ihr Körper versagte ihr den Dienst. Ihre Stimme gehorchte ihr nicht. Sie lag einfach nur da und alles, was sie tun konnte, war atmen.

»Das ist nicht mein Körper.« Addy sagte sich das immer wieder. Sie lauschte diesen Worten, klammerte sich daran fest und hoffte, sie dadurch endlich wahr werden zu lassen. Ihr wahrer Körper war in der Sphäre der Materie. Sie hatte ihn in der Menschenwelt zurückgelassen und nur ihre Seele war auf Terra Maters Ebene gewechselt.

Die Schmerzen, die sie fühlte, die Kälte und sogar der Gestank waren nicht echt. Das alles war nur ein Traum.

Wieso gelang es ihr dann nicht aufzuwachen?

Addy blinzelte. In ihren Ohren dröhnte es, sie zitterte am ganzen Leib und alles, was sie hören konnte, war das stete Tropfen des Blutes, das von ihr zu Boden fiel.

Sie wusste nicht, wie viel Zeit sie hatte. Jede Sekunde könnte man sie wiederbeleben. Ebenso hätte es Jahrhunderte dauern können. Wenn es ihr nicht gelang, ihre Angst und Verzweiflung zu überwinden, würde sie noch bewegungslos daliegen, wenn es so weit wäre. Das durfte nicht passieren. Sie musste Casimir finden, bevor man sie zurückholte, sonst wäre er für immer verloren.

Dieser Gedanke schenkte ihr neue Kraft. Erst krümmte sie nur ihre Finger, und als ihr das gelang, versuchte sie, sich hochzustemmen, und kam wackelig auf die Knie.

Ein Blick zurück verriet ihr, dass dieser Ort aus unzähligen Fischbecken bestand, in denen es von Lachsen, Thunfischen und Heringen nur so wimmelte. Sogar Delfine und andere Meeresbewohner konnte sie im Gewusel entdecken. Über ihr flimmerten Neonröhren, aber von Wänden war in der drum herum liegenden Dunkelheit nichts zu erkennen.

Wo war sie bloß gelandet? Sie verstand nicht, warum Terra Mater ihr das alles zeigte.

Auch vor ihr lagen unzählige weitere Becken. Das verwässerte Fischblut, das ihr von der Kleidung tropfte, führte in einer Spur zwischen ihnen hindurch. Es wirkte, als hätte eben noch jemand neben Addy gesessen und wäre geflohen, bevor sie die Augen aufgeschlagen hatte. Ihr schauderte bei dem Gedanken, doch dann kam ihr etwas ganz anderes in den Sinn und ihr Herz schlug schneller.

»Casimir?«, rief sie.

Sie hatte das unbändige Gefühl, ihm ganz nahe zu sein. Es war fast so, als könne sie seinen Blick auf sich spüren. Aber wieso hätte er sich vor ihr verstecken sollen? Wieso hatte er nichts gesagt, als er bei ihr gewesen war?

Bibbernd schlang sie sich die Arme fest um den Körper, nahm allen Mut zusammen, stand auf und folgte der Spur – fort von dem albtraumhaften Anblick.

Bei dem fahlen Licht konnte sie kaum sehen. Ihre Schritte hallten durch die Dunkelheit und eine Art Nebel zog sich knöchelhoch über den Boden. Er wirbelte auf, wo Addy entlanglief, und machte es ihr schwer, der Blutspur weiter zu folgen.

Flüchtig warf sie einen Blick zurück. Von den Becken war

nichts mehr zu sehen, und als sie sich wieder nach vorne wandte, erhob sich neben ihr ein monströses Gebilde. Beinahe wie ein Berg inmitten einer Lagerhalle.

Mit Ehrfurcht näherte Addy sich dem grauen Etwas und blieb abrupt stehen, als ihr klar wurde, was sie dort liegen sah. Ihr Inneres verkrampfte sich.

Es war ein Wal. Ein riesiger Blauwal. Addy schluckte schwer und konnte sich kaum regen.

Leblos lag er auf dem blutbesudelten Fliesenboden. Sein Leib war von der Rückenflosse bis hin zum Schwanz aufgeschlitzt und seine Gedärme quollen daraus hervor. Addy wurde schlecht bei dem Anblick und sie musste sich die Hand vor Mund und Nase legen. Alles in ihr drängte darauf, auf dem Absatz kehrtzumachen und davonzulaufen, doch gerade als sie einen Schritt rückwärtsmachte, bemerkte sie, wie sich das Auge des Tieres bewegte. Ein kalter Schauer lief ihr über den Rücken. Der Wal sah sie an! Er lebte.

Der Blick des Tiers war trübe und lag schwer auf ihr. Er war von so viel Trauer und Leid geprägt, dass Addy nicht fähig war, auch nur zu atmen, während er sie so ansah. Es zerriss sie förmlich.

Wie fremdgesteuert ging sie auf das Tier zu, hob die Hand und legte sie auf seine von Narben überzogene Haut. Sein großes, mondrundes Auge ruhte weiter auf Addy und er stöhnte auf eine Weise, dass es einem Klagelied glich.

Addy war wie versteinert. Sie konnte nichts tun, ihm weder die Schmerzen nehmen noch ihn retten. Wie lange sie neben ihm stand und hoffte, ihm dadurch ein wenig Trost spenden zu können, wusste sie nicht. Irgendwann glitt sein Blick von ihr ab, verlor sich in der Ferne und alles Leben wich aus ihm.

Addy zog die Hand wieder weg. Sie zitterte und konnte gar nicht aufhören damit.

»Das …«, stotterte sie und stolperte rückwärts. »Das ist nicht echt!« Sie schrie die Worte in die Dunkelheit, wo sie sich als leises Echo verloren.

Das alles waren nur Träume! Es waren keine echten Tiere, die sie leiden und sterben sah, keine echten Monster, die es auf sie abgesehen hatten. Terra quälte sie, folterte sie und zeigte ihr die schlimmsten Seiten der Menschheit, doch wozu? Wieso – wo Addy doch alles daran gesetzt hatte, Elekreen aufzuhalten. Womit hatte sie das verdient?

Addy rannte weiter, rannte blindlings an Dutzenden toter, aufgeschlitzter Tiere vorbei, an Bergen aufgehäufter Robben, an Delfinen und Schildkröten, bis sich das Bild änderte, sie keine Meeresbewohner mehr sah, sondern Schweine und Kühe, die dicht an dicht in viel zu kleinen Ställen zusammengepfercht waren.

Addy hörte ihre Schreie, ihr Quieken, Stöhnen und Ächzen, ihre verzweifelten Hilferufe. Sie sah im Augenwinkel tote Körper an Ketten von der Decke hängen, hetzte durch stinkende Gehege voller Hühner, vorbei an Fließbändern, über die in rasender Geschwindigkeit Küken an ihr vorbeiflitzten, zerschreddert wurden und die Luft mit ihren Daunen füllten.

Addy rannte immer weiter, presste sich die Hände auf die Ohren, kämpfte gegen ihre Übelkeit an, zwang sich, geradeaus und nicht zur Seite zu blicken, und erkannte schließlich ein Licht, auf das sie zusteuerte.

Sie brach aus der Dunkelheit, stolperte ins Freie und fand sich auf einem Feld wieder. Als sie sich umdrehte, war von den Hallen, dem Schlachthaus und den viele toten Tieren nichts mehr geblieben. Und sie schämte sich dafür, dass sie weggesehen hatte. Nicht nur in diesem Albtraum, sondern ihr ganzes Leben lang.

Schwerfällig wandte sie sich wieder nach vorne. Das Feld, auf dem sie gelandet war, schien ausgedorrt. Fugen zogen sich durch die trockene Erde, nur hier und dort erhob sich struppiges Unkraut und über allem lag der chemische Geruch nach Pestiziden.

Addys Atem ging stoßartig, ihre Knie zitterten und die Seite tat ihr weh. Sie hielt sich die Rippen, beugte sich vor und versuchte, zur Ruhe zu kommen.

Als sie wieder hochblickte, erkannte sie Gestalten in der Ferne. Waren das Menschen? Verwundert sah sie sich um und bewegte sich langsam auf sie zu. Doch erst, als sie sehr viel näher war, bestätigte sich Addys Vermutung.

Ihre Körper waren ebenso ausgedörrt wie das Feld, das sie im Gleichtakt mit ihren Hacken bearbeiteten. Dass diese Menschen überhaupt noch stehen konnten, glich einem Wunder. Die Knochen stachen aus ihren Körpern hervor, um ihre Hüften trugen sie nichts weiter als einen Fetzen Stoff und ihre Arme und Beine waren beinahe dünner als die Stiele ihrer Werkzeuge.

Addy war sich sicher, dass auch sie zu diesem Albtraum gehörten. Das waren keine echten Menschen. Zumindest hoffte sie das, denn andernfalls musste sie sich fragen, ob auch sie irgendwann so enden würde.

»H-hallo?«, sprach sie einen der Arbeiter an. Sie konnte nicht einmal sagen, ob es ein Mann oder eine Frau war. Ihre Körper waren kaum noch von Mumien zu unterscheiden.

Der Fremde reagierte nicht, also versuchte Addy es weiter. »Ich suche Terra Mater.« Noch immer bekam sie keine Reaktion. »Sie muss irgendwo sein. Sie versteckt sich vielleicht, aber sie muss da sein. Wisst ihr, von wem ich spreche? Wisst ihr überhaupt, wo ihr seid?«

Sie griff nach der Schulter eines Arbeiters, der daraufhin zu ihr aufsah. Erschrocken stolperte Addy vor ihm zurück. Wo seine Augen hätten sein sollen, waren bloß leere Höhlen.

Auch die anderen hatten zu hacken aufgehört und starrten Addy blind an. Sie nahm all ihren Mut zusammen und fuhr fort. »Es muss in dieser Welt ein mächtiges Wesen geben. Mächtiger als alles andere. Vielleicht ist es wütend, gefährlich. Ich weiß es nicht. Versteht ihr mich überhaupt?«

Fragend sah sie von einem Arbeiter zum nächsten. Waren sie nicht nur blind, sondern auch stumm und taub? Addy wollte gerade aufgeben, da hoben sie alle zeitgleich ihre Hacken und deuteten auf Berge, die Sekunden zuvor noch nicht da gewesen waren.

»Dort entlang?«, fragte sie.

Die Fremden antworteten nicht. Reglos hielten sie ihre Hacken erhoben und starrten Addy durch schwarze, leblose Augenhöhlen an. Sie taten das so lange, bis Addy sich gezwungen fühlte, in die Richtung zu blicken.

»Also gut«, sagte sie und wandte sich den Arbeitern wieder zu, doch die waren verschwunden.

Addy stand allein auf diesem toten, von Chemikalien verseuchten Acker, der Wind pfiff über den staubigen Boden und die Berge erhoben sich bedrohlich am fernen Horizont. Sie waren der einzige Fixpunkt in dieser trostlosen Welt und Addy wurde das Gefühl nicht los, von ihnen angezogen zu werden.

Alles in dieser Sphäre schien darauf ausgelegt zu sein, dass man sie durchwanderte. Man wurde immer weitergetrieben – aber was wartete an ihrem Ende? Das Vergessen? Der endgültige Tod? Mit Sicherheit gab es dann kein Zurück mehr. Man würde sich auflösen und aufhören zu existieren. Das wurde Addy beim Anblick der Berge bewusst.

Aber sie war noch nicht bereit, zu sterben und ein Teil des

Energiefeldes der Erde zu werden. Ihr Körper wartete darauf, dass sie jemand wiederbelebte.

Dennoch konnte sie nicht einfach still stehen und hoffen, zurückgeholt zu werden. Sie hatte keine andere Wahl, als weiterzugehen. Nur so konnte sie Casimir finden und Terra Mater zur Rede stellen.

KAPITEL 4

YOUNES

TAG 9: MO, 07:30 UHR,
ZWISCHEN TORONTO UND OTTAWA, KANADA

Das Lagerfeuer war bereits niedergebrannt, die ersten Sonnenstrahlen stahlen sich über die Baumwipfel und dennoch brachte Younes es nicht fertig, Ella und Chloe aufzuwecken.

Nach ihrer kräftezehrenden Wanderung hatte es nur Minuten gedauert, bis die beiden eingeschlafen waren. Sie brauchten Zeit, um sich zu erholen, denn vor ihnen lag noch ein weiter Weg und kein Naturgeist verlieh den beiden ungeahnte Kräfte.

Ein Lächeln stahl sich auf seine Lippen, während er seine Schwester beim Schlafen betrachtete. Wie friedlich Ella doch aussah. Wie ein kleiner Engel. Younes konnte nicht aufhören, sie anzusehen. Die Angst, er könnte sie wieder verlieren, wenn er sie auch nur einen Moment zu lang aus den Augen ließ, war einfach zu groß.

»Die Sonne geht auf«, erinnerte ihn Ma'an.

»Ich weiß«, antwortete er dem Meliad.

So hatte Addy die Wesen der Energiesphäre in ihrer gemeinsamen Vision genannt. Meliad. Diese Vision war auch der Grund dafür, dass sie nach Norden aufgebrochen waren. Wenn sich seine schlimmsten Befürchtungen bewahrheiten sollten – nämlich dass durch die vielen Naturkatastrophen auch die kanadischen Kernkraftwerke in Mitleidenschaft gezogen worden waren –, wollte er Ella und Chloe so weit wie möglich von ihnen weg wissen.

»Weck sie schon auf«, drängte Ma'an.

Younes wandte sich Chloe zu. Er strich ihr ein paar Strähnen aus dem Gesicht und ließ seine Finger über ihre Wange wandern. Sie stöhnte leise und drehte sich im Schlaf zur Seite.

»Ein paar Minuten noch«, bat er und blickte zum Sonnenaufgang.

Die Welt war in den letzten Tagen eine andere geworden. Friedliche Momente wie dieser, wenn alles um ihn herum still war und nichts und niemand bedrohlich zu sein schien, waren zu selten, um sie einfach verstreichen zu lassen. Younes genoss die Ruhe, weil es in ihm so laut war. Das Chaos war schwer zu ertragen, wenn man nicht einmal in seinem eigenen Verstand Ordnung schaffen konnte. Nicht einen Moment war er mit seinen Gedanken allein und nichts konnte er zu Ende bringen, ohne dass sich Ma'an einmischte.

»Younes?« Chloe war aufgewacht, gähnte und richtete sich auf.

»Morgen«, grüßte er sie.

»Du bist schon wach?«, fragte sie schlaftrunken, rieb sich die Augen und tastete nach ihrer Brille. Sie schob sich das Gestell auf die Nase und blinzelte durch die gebrochenen Gläser.

»Eine Weile schon«, sagte er.

»Du hast gar nicht geschlafen, oder?«, hakte sie nach.

»Liest du jetzt schon meine Gedanken?« Er lachte, obwohl ihm gar nicht danach zumute war. »Es reicht mir völlig, dass das einer von euch tut.«

Chloe sah ihn lange an. Dass ein Naturgeist in ihm steckte, hatte sie noch nicht wirklich verarbeitet. Wie auch, wo Ma'an anfänglich damit gedroht hatte, sie zu töten? Wie, wenn er sich selbst noch schwer damit tat, den fremden Geist in sich zu akzeptieren?

»Hört er uns zu?«, fragte sie.

»Immer.«

Er nahm einen Stock und stocherte in der abgekühlten Asche. Wie gerne hätte er ihr gesagt, dass es anders wäre. Sie hatten einander gerade erst gefunden, würden aber nie auch nur einen kurzen Augenblick für sich alleine haben. Er wollte sie küssen, sie halten und alles mit ihr teilen, aber die Gefühle, die er für sie entwickelt hatte, waren wie abgeschirmt, wirkten irgendwie fern und kaum greifbar. Sie waren da, ließen sein Herz schneller schlagen, wenn er Chloe anschaute, aber es kam ihm vor, als hätte er in seinem Kopf einfach nicht genügend Platz zur Verfügung, um sich darauf zu konzentrieren. Gut möglich, dass er sich vor seinen Gefühlen verschloss, weil er Chloe nicht nahe sein konnte, ohne dass Ma'an ein Teil davon war. Er brauchte sicher nur etwas mehr Zeit, um das Chaos in sich zu sortieren. Aber Chloe wollte ihm die wohl nicht geben.

Sie schwieg und sah ihn nicht einmal mehr an. Unsicher spielte sie mit den Fingern und ihr Blick wanderte zum niedergebrannten Lagerfeuer.

»Es wird immer zwischen euch stehen«, sagte Ma'an.

Younes schnaubte verächtlich. Musste sich er sich denn auch noch in diese Sache einmischen? »Das ist mir schon klar«, zischte er.

»Was sagst du?«, fragte Chloe.

»Nichts«, wehrte er schnell ab.

Besorgt sah sie ihn an, schenkte ihm dann aber ein schmales Lächeln und stand auf.

»Wir müssen weiter«, erinnerte sie ihn und tat dabei so, als würden sich ihre Gedanken nicht um seine ständigen Selbstgespräche drehen. »Unsere Vorräte sind aufgebraucht. Wenn wir die Augen offen halten, finden wir unterwegs vielleicht etwas zum Frühstücken.«

»Ein paar Stunden Fußmarsch von hier entfernt gibt es eine Obstbaumplantage«, erklärte er.

Chloe verkrampfte sich bei diesen Worten. »Hat er dir das gesagt?«, fragte sie, ohne sich ihm zuzuwenden. Sie war bereits dabei, ihre Sachen zu packen.

»Ich kann Früchte wachsen lassen, wenn die Bäume noch keine tragen sollten.«

Chloe nickte hölzern.

Es musste doch einen Weg geben, ihr klarzumachen, dass sie keine Angst vor Ma'an und den Fähigkeiten haben musste, die Younes durch ihn gewonnen hatte.

»Ich weiß von der Plantage, weil ich vor ein paar Jahren schon mal dort war. Aber selbst wenn ich sie erspürt hätte, ist das nichts Schlimmes. Ich kann die Kräfte in mir nutzen, verstehst du?« Er griff nach Chloes Hand, um sie dazu zu bringen, ihm zuzuhören. »Ich kann es kontrollieren. Es kontrolliert nicht mich«, sagte er eindringlich.

»Kannst du das?«, fragte sie und sah zu seiner Hand an ihrem Arm.

Er folgte ihrem Blick. Zarte Blitze zuckten zwischen seinen Fingern und die Härchen auf Chloes Haut stellten sich auf. Erschrocken zog er seine Hand zurück.

Ehe er etwas sagen konnte, sprang ihm Ella in die Arme.

»Youn!«, stieß sie aus und klammerte sich an ihn wie ein Affe.

»Bist du endlich aufgewacht, du Schlafmütze!« Er lachte und raufte seiner kleinen Schwester durchs Haar. Dabei sah er flüchtig zu Chloe, die sich wieder dem Packen gewidmet hatte. So einfach würde sie die Sache sicher nicht auf sich beruhen lassen. Es gab noch viel Unausgesprochenes zwischen ihnen beiden.

Wie lange würde es wohl dauern, bis sie Younes' neues Ich akzeptieren konnte? Würde sie es überhaupt je verstehen können? Wahrscheinlich nicht, wenn es ihm nicht gelang, Ma'ans Kräfte wirklich unter Kontrolle zu bringen.

»Dann los«, sagte Chloe, warf sich den Rucksack über die Schulter und stand auf. Ungeduldig sah sie zu Younes.

»Hol deine Decke«, forderte er Ella auf. Er rollte sein eigenes Lager zusammen, erhob sich und nahm Chloe ihr Gepäck ab. »Lass mich das tragen.«

»Das schaffe ich schon selbst!«, fuhr Chloe ihn an. Sie griff nach ihrem Rucksack, wollte ihn wieder an sich reißen, doch das ließ Younes nicht zu.

Er verstand nicht, warum sie sich wegen dem bisschen Gepäck so aufregte. Auch ohne die Kräfte eines Naturgeistes war er stärker als sie. War es da nicht selbstverständlich, dass er die schweren Sachen trug?

»Kommt endlich!«, rief Ella. Sie war bereits losgerannt, hatte die Lichtung überquert und winkte ihnen zu.

»Geh nicht zu weit weg!«, bat Chloe sie.

»Wo ist das Problem?«, fragte Younes.

Chloe riss ihm den Rucksack aus der Hand und drückte ihn an sich, als hinge ihr Leben davon ab. »Den habe ich schon tragen können, bevor du aufgetaucht bist.«

»Aber jetzt bin ich hier«, sagte er und hob die Hände. »Ich kann dir helfen. Ich *will* dir helfen.«

»Ich brauche deine Hilfe nicht«, giftete sie ihn an. »Ich habe es ohne dich bis nach Hause geschafft, habe es überstanden, dass meine Mum weg war, dass mein Elternhaus in Trümmern lag, und auch den plötzlichen Wintereinbruch habe ich überlebt.

Ich habe deine Schwester gefunden und in Sicherheit gebracht. Da werde ich es ja wohl schaffen, diesen blöden Rucksack zu tragen.«

»Die spinnt doch«, murrte Ma'an.

»Misch dich nicht immer ein«, verlangte Younes durch zusammengebissene Zähne.

Chloe schnaubte, machte auf dem Absatz kehrt und stapfte davon.

»Jetzt warte doch!«, rief Younes ihr nach und hielt sie am Arm auf.

So langsam wurde auch er wütend. Er wusste ja genau, worum sich dieser Streit in Wirklichkeit drehte. Es ging noch immer um Ma'an. Es ging immer um ihn und es wurde durch seine Selbstgespräche nicht besser. Aber was konnte er dafür? Younes hatte es sich nicht ausgesucht, von einem Meliad besessen zu sein, diese Kräfte zu besitzen und lernen zu müssen, mit ihnen umzugehen. Es war nicht seine Entscheidung gewesen und er war es leid, sich immer wieder verteidigen zu müssen. Warum konnte sie es nicht einfach hinnehmen, wie es war?

Chloe riss sich von ihm los. »Du verstehst es einfach nicht«, sagte sie kopfschüttelnd.

»Dann erklär es mir!«

»Ich will *seine* Hilfe nicht«, spie sie ihm entgegen.

»Als ob wir das nicht wüssten«, erklang Ma'ans Stimme in Younes' Kopf.

»Lass es einfach!«, zischte Younes wutentbrannt.

»Siehst du!«, stieß Chloe aus und deutete auf ihn. »Genau das meine ich. Er hört immer zu und spukt durch deine Gedanken. Aber wir brauchen ihn nicht! Wir kommen auch ohne seine Kräfte zurecht. Ich war nicht umsonst jahrelang bei den Pfadfindern. Ich kann in der Natur überleben.«

»Das will ich sehen«, höhnte Ma'an.

Younes hütete sich davor, noch einmal auf ihn reagieren. Chloe war auch so schon wütend genug.

»Und was erwartest du jetzt von mir?«, fragte er.

»Schick ihn weg!«, verlangte sie geradeheraus.

Younes legte die Stirn in Falten. Wie, glaubte sie, sollte er das anstellen? Dass er und nicht Ma'an seinen Körper kontrollierte, war schon ein Wunder.

»Und du glaubst, das geht so einfach? Glaubst du, mir macht es Spaß, meine Gedanken mit ihm teilen zu müssen? Keine Sekunde für mich zu haben und immer damit rechnen zu müssen, dass er …« Younes brach ab. Während er alles hinausließ, was ihn innerlich auffraß, hatte er sich auf Chloe zubewegt und sie wich vor ihm zurück. Ängstlich sah sie ihn an.

»Dass er was?«, fragte sie mit zittriger Stimme.

»Vergiss es«, wiegelte Younes unwirsch ab.

»Das kann sie nicht«, mischte sich Ma'an ein. *»Sie fürchtet sich doch genau vor derselben Sache wie du. Dass sie eines Morgens aufwacht, du bist verschwunden und ich habe die Kontrolle zurück.«*

Younes atmete tief durch. Er versuchte, sich nicht anmerken zu lassen, wie wütend ihn Ma'an gerade machte und wie sehr er darum kämpfen musste, gedanklich bei Chloe zu bleiben, statt ihn anzuschreien.

Doch er konnte ihr nichts vormachen. Sie wusste genau, das die Stimme in seinem Kopf ihn mal wieder vereinnahmte und er nichts dagegen tun konnte.

Mitgefühl lag in ihrem Blick. Sie hob zögerlich die Hand, berührte seinen Arm, aber Younes wollte das nicht und entzog sich ihr. Mitleid war das Letzte, was er gebrauchen konnte. Er wollte, dass sie verstand, welche Vorteile es hatte, die Kräfte eines Meliad nutzen zu können. Wie sollte er denn mit alldem zurechtkommen, wenn es die Menschen um ihn herum nicht konnten – wenn ausgerechnet sie es nicht konnte?

»Ich kann es nicht!«, sagte er mit Nachdruck. »Ich kann ihn nicht einfach fortschicken. Und selbst wenn ich es könnte, würde ich es nicht tun. Wir brauchen ihn!«

»Wie kommst du darauf?«

Verständnislos blickte er sie an. »Du siehst doch, was um uns herum passiert. Die ganze verdammte Welt geht gerade unter und ich habe bisher nicht mal mein normales Leben geregelt bekommen. Wie sollte ich uns da aus dieser ganzen verdammten Scheiße lebend rausholen? Wenn wir das alles überstehen wollen, geht das nicht ohne ihn.«

»Und du glaubst wirklich, du bist nur wegen ihm so weit gekommen? Hältst du denn so wenig von dir? Oder ist er es, der dir das einreden will?«

Younes wandte sich von ihr ab. Sie hatte doch keine Ahnung, wer er wirklich war. Sie wusste nichts von all der Wut, die ihn so lange kontrolliert hatte – die mehr Kontrolle über ihn gehabt hatte, als Ma'an es je könnte. Er hatte Chloe nie erzählt, dass eben diese aufgestaute Wut die Ursache für Ma'ans Hass auf die Menschen war und wie kurz davor er gestanden hatte, seinen eigenen Vater umzubringen. Nichts davon wusste sie und er wollte auch nicht, dass sie es erfuhr. So sollte sie ihn nicht kennenlernen.

»Du warst auch ohne ihn schon stark und mutig«, behauptete Chloe und kam einen Schritt näher.

»Das stimmt nicht.« Seine Hände ballten sich zu Fäusten.

»Sie versteht einfach nicht, dass du mich brauchst«, sagte Ma'an.

»Es stimmt sehr wohl«, widersprach Chloe und griff wieder nach seinem Arm.

Erst durch ihre Berührung merkte er, wie angespannt sein

ganzer Körper war. Er wandte sich ihr zu und sie lächelte auf diese ehrliche, offene Weise, wie er es von ihr kannte und an ihr liebte.

»Ich habe dich schon immer dafür bewundert«, sagte sie. »Wie du dich um deine Schwester gekümmert hast und für deinen Bruder da gewesen bist. Und das trotz allem …«

»Das hat nichts mit Mut zu tun«, meinte er. »Und das war es auch nicht, was euch das Leben gerettet hat. Das verdanken wir ihm und seinen Kräften.«

Chloe schüttelte den Kopf. »Nein, das verdanken wir nur dir. Weil du nicht aufgegeben hast, bis du bei uns warst. Weil du gekämpft hast, für die, die dir wichtig sind. So wie du es schon immer getan hast.«

»Du weißt genau, dass du ohne mich längst tot wärst. Denk an die Schussverletzung«, erinnerte ihn Ma'an. *»Aber sie hat recht. Du bist stark. Das habe ich vom ersten Augenblick an erkannt. Und gemeinsam sind wir stärker.«*

Younes schüttelte den Kopf, als könne er den Naturgeist dadurch aus sich herausbekommen.

»Hör einfach nicht hin«, bat Chloe ihn.

»Das kann ich nicht. Weil seine Stimme lauter ist als alles um mich herum und er die Wahrheit sagt. Ohne ihn wäre ich jetzt nicht hier und mit ihm kann ich euch beschützen.«

»Vielleicht sagen wir ja beide die Wahrheit«, meinte Chloe.

Er sah ihr an, wie schwer es ihr fiel, das zuzugeben. Sie wollte Ma'an nicht in ihm wissen, sie hatte Angst vor ihm und seinen Kräften. Aber allmählich schien sie bereit, seine Anwesenheit zu akzeptieren. Vorläufig zumindest.

Younes streckte seine Hand nach ihr aus, sie presste die Lippen zusammen und mit einem Mal fiel sie ihm in die Arme. Er strich ihr über den Rücken und hielt sie, so fest er konnte.

»Es wird alles gut werden«, flüsterte er ihr ins Ohr. Ihr Körper bebte in einem leisen Schluchzen, der Rucksack rutschte ihr aus der Hand und fiel zu Boden. Younes küsste sie aufs Haar. Wie gerne er doch seine eigenen Worte geglaubt hätte.

Er sah zu Ella, die den Streit mit angehört hatte und verunsichert wirkte. Als er ihr die Hand entgegenstreckte, rannte sie zu ihm und schlang ihre Arme und seine Hüfte.

Younes wollte es wirklich glauben. Er hoffte so sehr, dass es eine Zukunft für sie gab. Eine Zukunft für die gesamte Menschheit. Doch noch während er die beiden an sich drückte, beschlich ihn ein Gefühl, das ihm das Adrenalin in die Adern schießen ließ.

»Wir müssen weiter«, sagte er mit fester Stimme.

Chloe löste sich von ihm. »Stimmt etwas nicht?«

Younes warf einen Blick in die Richtung, aus der sie gekommen waren. Da stimmte wirklich etwas nicht. Aber was es war, konnte er nicht in Worte fassen. Es schien, als würde sich die Farbe der Welt ändern. Als wäre die Energie, die alles durchströmte, mit einem Mal von einer anderen Macht getränkt.

»Ich spüre es auch«, sagte Ma'an.

»Sie ist es, nicht wahr?«, fragte er.

Ma'an musste nicht antworten. Sie wussten beide, dass er sich nicht irrte. Das erste Mal konnte Younes Terra Maters Kraft spüren. Sie durchfuhr die Erde, die Bäume und alles, was sie umgab. Ihre Macht bündelte sich und war so unbändig, dass Younes' Beine drohten wegzubrechen.

»Wer?«, fragte Chloe.

»Schnell jetzt!«, drängte er und schnappte sich den Rucksack.

Plötzlich bebte die Erde, Chloe stolperte von ihm weg und riss vor Schreck die Augen auf. Die Bäume um sie herum bewegten sich wie auf hoher See, die Erde brach auf und Risse zogen sich über die Lichtung.

Younes ließ den Rucksack fallen, nahm Ella auf den Arm, griff Chloes Hand und rannte los. Er steuerte auf den Rand der Lichtung zu, während hinter ihm die Bäume entwurzelt wurden und laut krachend zu Boden stürzten.

Chloe kam kaum hinterher. Um sie herum brach die Erde immer weiter auf und Wasser trat daraus hervor. Gesteinsbrocken und Äste schossen ihnen entgegen und Ella vergrub vor Angst ihr Gesicht in Younes' Schulter.

»Was passiert hier?«, rief Chloe.

Younes antwortete nicht. Er zerrte sie immer weiter durch den Wald, stolperte um die schwankenden Bäume, rannte auf einen Hügel zu und erklomm ihn bis zur Hälfte.

»Mach, dass es aufhört!«, flehte Ella.

Ein heftiger Ruck durchs Erdreich ließ Chloe in Younes' Arme stolpern. Er zog sie und Ella fest an sich und fiel mit ihnen auf die Knie.

Die Kräfte des Naturgeistes waren nicht stark genug, damit Younes mit deren Hilfe gegen Terra Maters Willen bestehen konnte. Aber er konnte durch sie vorausahnen, was sie tat, konnte ihre Energie spüren, die sich wie ein Spinnennetz durch die Umgebung zog, und erahnen, was als Nächstes passieren würde. Und Younes wusste, dass sie sich kein Stück weit bewegen durften, wenn sie überleben wollten.

Der Hügel, auf dem sie knieten, rumorte, die Bäume brachen zu den Seiten weg und der Fels unter ihnen hob sich in die Höhe.

Younes kniff die Augen zusammen, hielt Chloe und Ella, so fest er konnte, und ließ Ma'ans Kräfte in die Umgebung fließen, um den Boden, auf dem sie saßen, zusammenzuhalten. Zu mehr war er nicht fähig.

Es dauerte nur Sekunden und doch fühlte es sich wie eine

Ewigkeit an, bis der Lärm nachließ, der Staub sich legte und die Erde zu beben aufhörte.

Zögerlich schaute Younes auf. Chloe starrte ihn völlig aufgelöst an. Ihr Atem hetzte und die Panik stand ihr ins Gesicht geschrieben. Ella war in Tränen aufgelöst und wollte ihn gar nicht mehr loslassen.

»Ist es vorbei?«, fragte Chloe mit erstickter Stimme.

Younes nickte und wandte sich um. Auch wenn er wusste, was ihn erwartete, traf ihn der Anblick dennoch wie ein Schlag. Ihm wurde heiß und kalt zugleich und er taumelte, als er auf die Füße kam.

Der Hügel, auf den sie sich gerettet hatten, war angehoben worden und sie standen an einer Steilklippe, von der aus sie meilenweit blicken konnten. Während hinter ihnen das Land weitestgehend unberührt geblieben war, ersteckte sich vor ihnen wild gewucherte Natur – ein riesiges Tal, durchzogen von Flüssen, die allesamt in einem See mündeten, der ebenso ein Meer hätte sein können. Straßen, Häuser und die Trümmer mehrerer Ortschaften, an denen ihr Weg sie vorbeigeführt hatte, waren darunter versunken.

Obwohl die Kraftwerke ausgeschaltet sein sollten und der Spuk ein Ende hätte haben müssen, war das, was Ma'an schon vor Tagen angedroht hatte, eingetroffen. Der gesamte Landstrich von Toronto bis hin zu Detroit war unter drei Seen begraben worden, die Terra Mater zu einem einzigen hatte verschmelzen lassen. Irgendetwas an Addys Plan musste schiefgelaufen sein. Nur was?

Younes musste dagegen ankämpfen, Ma'ans Kräfte in die Umgebung fließen zu lassen. Er wollte nicht spüren, wie viele Opfer Terra Maters Neuformung der Welt gekostet hatte. Doch ganz verhindern konnte er es nicht.

»Aber wie …?«, brach es als Chloe heraus. Sie war neben ihn getreten und ließ ihren Blick über das Tal wandern.

Younes schluckte schwer. Er brauchte einen Moment, um sich zu sammeln und etwas sagen zu können.

»Ihr müsst weiter. Geht so weit nach Norden, wie ihr nur könnt. Wo die Natur unberührt ist, wird sie nichts ändern.«

Er tat einen Schritt nach vorne, ohne wirklich zu Ende gedacht zu haben. Alles in ihm drängte darauf, dort hinunterzugehen und wiedergutzumachen, wofür er sich verantwortlich fühlte.

Chloe hielt ihn auf. »Wie meinst du das?«

»Ich muss helfen«, sagte er. In seinem Kopf herrschte Chaos. Was da gerade geschehen war, wollte sich ihm nicht wirklich begreiflich machen. Hätte er es denn aufhalten können? Hätte er bleiben sollen, statt mit Chloe und Ella zu fliehen? So viele Kräfte waren ihm inne und dennoch war er einfach geflohen, statt zu versuchen, den Menschen zu helfen.

»Du hättest es nicht verhindern können«, versicherte ihm Ma'an.

»Aber du kannst doch nicht einfach gehen«, widersprach Chloe. »Willst du uns wirklich alleine lassen?«

Younes sah zu Ella. Verängstigt blickte sie zu ihm auf.

»Nein«, sagte er kopfschüttelnd. Und griff sich an die Schläfen. Chloe ahnte ja nicht, auf wie vielen Ebenen die Kräfte des Naturgeistes ihn wahrnehmen ließen, was gerade geschehen war. Sie konnte nur sehen, was mit der Umgebung passiert war. Er aber war mit allem, was ihn umgab, unweigerlich verbunden. Schon im eisüberzogenen Toronto hatte er dagegen angekämpft, die Toten und Verletzten in der Umgebung spüren zu müssen. Jetzt aber waren Ma'an und er noch viel stärker miteinander verbunden. Er konnte es einfach nicht mehr ausblenden und sich auch nicht zurückziehen und Ma'an das Lenken überlassen. Das Leid der Menschen griff nach ihm, zerrte an ihm. Und er konnte nichts dagegen tun.

»Du kannst Terra Mater ohnehin nicht aufhalten«, erinnerte ihn Ma'an.

»Younes?«, drängte Chloe.

»Lasst uns weitergehen«, sagte er. »Weg von hier. Zu dieser Obstplantage.«

Sie hatte ja recht. Das hatten sie beide. Was geschehen war, konnte er nicht rückgängig machen und er würde es sich nie verzeihen, Chloe und Ella mitten im Nirgendwo allein zurückgelassen zu haben, nur weil er sich Vorwürfe für etwas machte, das außerhalb seiner Macht stand.

KAPITEL 5

YOUNES

TAG 9: MO, 08:30 UHR, ZWISCHEN TORONTO UND OTTAWA, KANADA

Younes lief voraus. Er brauchte Abstand, Ruhe und Zeit zum Nachdenken. Irgendetwas musste schiefgelaufen sein, nur was? War es nicht gelungen, alle Elekreen-Kraftwerke zu deaktivieren? Hatte Ayumi es nicht geschafft, das in Tokio abzuschalten, oder waren sie schlichtweg nicht schnell genug gewesen? Vielleicht reichte es Terra Mater nicht aus, dass die Menschen ihren guten Willen zeigten. Sie hatte es sich in den Kopf gesetzt, die Menschheit zu vernichten, und eine Geste wie die Abschaltung aller Kraftwerke, war da womöglich einfach zu wenig.

»Es macht auch nicht ungeschehen, was ihr bereits getan habt«, fügte Ma'an hinzu.

»Aber sie hat das Recht, Unzählige zu töten? Wir haben es wenigstens nicht mit Absicht getan. Sie aber sehr wohl.«

»Nicht mit Absicht?«, höhnte Ma'an. *»Ihr habt also versehentlich die Weltmeere verschmutzt, ganze Tierarten ausgerottet, sie milliardenfach überzüchtet, um sie grausam zu halten, zu töten und zu essen? Das alles ist aus Versehen passiert? So wie ihr aus Versehen versucht habt, meinesgleichen zu töten?«*

Younes blieb abrupt stehen. Wut kam in ihm auf. Nach allem, was gerade geschehen war, wollte er sich nicht auch noch die

Moralpredigten des Meliad anhören müssen. Ja, die Menschen hatten viel Scheiße gebaut, aber das konnte diesen Massenmord doch nicht rechtfertigen.

»Typisch Mensch«, warf ihm Ma'an vor. *»Kaum hält man euch den Spiegel vor, wollt ihr nicht hinsehen.«*

»Ach ja?«, schrie er zornig.

»Younes?« Chloe war neben ihn getreten und sah ihn besorgt an.

Er schnaubte vor Wut und Frustration. Terra Mater war eine Bitch. Wie gerne hätte er ihr das ins Gesicht gesagt. Wie gerne hätte er Ma'an als Lügner beschimpft und die Menschen verteidigt. Sie hatten vieles falsch gemacht, aber diese Strafe war einfach nicht gerecht. Das konnte nicht gerecht sein.

»Es ist nichts«, behauptete er.

»Das kauft sie dir nicht ab.«

Younes zwang sich, nicht auf die Sticheleien des Meliad einzugehen. »Es ist nur ... was gerade passiert ist ...«

»Du hättest nichts für die Menschen tun können«, sagte Chloe.

»Ich weiß, ich ...« Er brach ab, weil er glaubte, etwas zu hören. Waren das Stimmen gewesen? Er ließ Ma'ans Energien in die Umgebung fließen und tatsächlich erspürte er eine Menschenansammlung hinter der nächsten Anhöhe.

»Komm!«, forderte er Chloe auf und erklomm den Hügel.

Auf der anderen Seite lag die Obstplantage, die sie gesucht hatten. Allerdings umschloss ein provisorisch hochgezogener Schutzwall aus Ästen einen großen Teil davon. So wie Younes das von oben erkennen konnte, befand sich dahinter ein Lager. Hunderte Menschen mussten dort Unterschlupf gefunden haben. Überall standen Zelte, waren Planen gespannt und erste Unterstände errichtet worden.

Chloe schloss zu ihm auf und hielt inne. Ihr Blick wanderte über die vielen Zelte und die Menschen in ihrer zerlumpten Kleidung. Auch wenn der Anblick erschreckend war, strahlte Chloe regelrecht. Endlich hatten sie den Weg zurück zu ihresgleichen gefunden. Endlich waren da andere Überlebende, denen sie sich anschließen konnten.

Younes sah das nicht so positiv. Die letzten Tage hatten ihm vor Augen geführt, wie grausam Menschen sein konnten, und er bezweifelte, dass man sie in diesem Lager einfach so willkommen heißen würde. Ob das alleine seine Gedanken waren oder zum Teil auch die von Ma'an, konnte er nicht sagen.

»Unglaublich, oder?« Es lag so viel Erleichterung in Chloes Stimme, dass Younes es nicht wagte, ihr etwas davon zu nehmen, also schwieg er. »Komm, wir gehen zusammen!«, bot sie Ella an und ergriff ihre Hand.

Younes wollte ihnen folgen, doch der Naturgeist hielt ihn davon ab. *»Warte!«,* stieß Ma'an aus. *»Siehst du das?«*

»Was soll ich sehen?«, fragte er.

»Younes?«, rief Chloe ihm zu. Ella und sie hatten bereits den halben Weg zurückgelegt.

»Ich komme«, versicherte er.

»Direkt neben dir«, erklärte Ma'an.

Younes schaute sich um. Neben ihm lag nichts weiter als Wiese und allmählich fragte er sich, ob der Naturgeist ihn nur davon abhalten wollte, zu diesem Lager zu gehen. Dennoch ging er in die Hocke und strich mit der Hand über das dichte Gras. Erst dadurch begriff er, was Ma'an längst bemerkt hatte. Mit wild pochendem Herzen beobachtete er, wie seine Finger nicht über die Halme, sondern einfach durch sie hindurchglitten. Ein Schauer überkam ihn.

»Es passiert«, sagte Ma'an warnend.

»Was passiert?« Younes konnte sich keinen Reim aus dem machen, was er da sah.

»Sie brechen zusammen. Alle Sphären. Das kann das Ende bedeuten, verstehst du? Das Ende von allem.«

Ma'ans Worte schraubten sich um Younes' Inneres. Reglos saß er am Boden und spürte außer einer Welle aus Hitze nichts mehr. Er wagte es nicht, auch nur einen Moment über das nachzudenken, was Ma'an ihm gerade gesagt hatte. Denn das durfte einfach nicht passieren. Wenn die Sphären zerfielen, wäre alles, was sie getan hatten, umsonst gewesen.

Niemals. Der Naturgeist musste sich irren und wahrscheinlich war er allein dafür verantwortlich, dass sich Younes nicht wohl dabei fühlte, zu diesen fremden Menschen zu gehen. Wenn er diesen Gefühlen nachgab, würde er nur bestätigen, was Chloe behauptet hatte. Dann würde er sich wirklich von Ma'an beeinflussen lassen.

»Youn?!«, rief Ella ihm zu. Ihre Stimme riss ihn aus den Gedanken.

»Ich komme!«, erwiderte er und stand auf.

»Hast du mir zugehört?«, fragte Ma'an aufgebracht.

Younes ignorierte ihn. Er schloss zu Ella und Chloe auf und lief gemeinsam mit ihnen den Hügel hinab.

»War etwas?«, fragte Chloe.

Younes schüttelte den Kopf. In seinen Ohren rauschte es und alles in ihm drängte, innezuhalten und einen Blick zurückzuwerfen. Aber das tat er nicht.

»Es wird sich ausbreiten«, warnte Ma'an.

Ein Schauer überkam ihn. Es fiel ihm schwer, die Fassung zu bewahren, aber er wollte nicht, dass Ella und Chloe mitbekamen, was in ihm vorging. Sie hatten schon genug durchgemacht und vielleicht gab es gar keinen Grund zur Panik.

Sie erreichten den Schutzwall. Es war unverkennbar, dass man ihn gerade erst errichtet hatte. Von den angespitzten Speeren, die ihn spickten, lagen noch jede Menge in Haufen daneben und ein paar Männer waren gerade dabei, weitere Stöcke und schwere Stämme in das vorhandene Geäst zu verkeilen. Sie waren zu beschäftigt, um die drei Neuankömmlinge zu bemerken.

Unbehelligt traten sie durch den offenen Durchgang. Erst im Inneren des Lagers fielen sie auf. Die Menschen blieben stehen und warfen ihnen argwöhnische Blicke zu. Das Schweigen, das ihnen entgegenschlug, war erdrückend und Ella klammerte sich so fest an Younes, dass er Mühe hatte voranzukommen.

Wenn man hier Fremde mit so viel Misstrauen empfing, was würden diese Leute erst tun, wenn sie wüssten, wen Younes in sich trug?

»Wenn die infiziert sind, stecken sie uns alle an«, tuschelte man neben ihnen.

»Wir haben nichts zu teilen!«, rief eine Frau.

»Verschwindet!«

Chloe rückte näher an Younes heran. Sie war mindestens ebenso beunruhigt wie er. Dass sie hier nicht willkommen waren, stand außer Frage.

Ein paar der Leute kamen näher, schnitten ihnen den Weg ab und ließen sie nicht weitergehen. Younes blieb stehen und legte seinen Arm um Ella. Es schien, als ob sich Chloes Hoffnungsschimmer allmählich in einen Albtraum verwandelte. Sie waren umzingelt und offensichtlich unerwünscht.

»Hatten wir nicht ausgemacht, dass Wachen aufgestellt werden?«, fragte ein bärtiger Mann und kämpfte sich durch die Menge bis zu ihnen vor. Missmutig betrachtete er Younes von oben bis unten. »Wo kommt ihr her?«

»Toronto«, antwortete Younes.

Der Name der Stadt zog sich wie ein Echo durch die Reihen. Die Leute flüsterten miteinander und einige schienen neugierig zu werden, aber auch unruhig.

»Für ein paar Kinder ist das ein weiter Weg«, meinte jemand skeptisch.

»Wir sollten sie fortschicken«, schlug eine Frau vor.

»Wer weiß, wie viele noch auftauchen? Wir haben keinen Platz mehr.«

Zustimmendes Gemurmel wurde laut, ein paar der Menschen rückten näher und Younes drängte Ella hinter sich. Unwillkürlich ballte er eine Faust und spürte die Energie, die sich darin ansammelte.

Auch wenn er wusste, wie gefährlich es wäre, in diesem Moment die Kontrolle zu verlieren und sich damit zu offenbaren, juckte es ihn in den Fingern anzugreifen, bevor es die Umstehenden taten. Er würde nicht zulassen, dass sie Ella und Chloe etwas antaten, nur um ihr schäbiges Lager zu verteidigen.

»Warte nicht zu lange. Du bist vielleicht stärker, aber sie sind in der Überzahl.«

»Sie sind nicht infiziert!«, verkündete der bärtige Mann und sah sich dabei um. »Also regt euch alle mal ab.«

»Infiziert?«, fragte Chloe.

Younes konnte sich denken, worauf der Mann anspielte. Die Menschen hier fürchteten sich vor diesen Schatten, den Belial. Und wahrscheinlich hatten sie deswegen den Schutzwall errichtet. Das erklärte auch, warum sie so aggressiv auf Fremde reagierten. Dachten sie etwa, das, was mit der Welt geschah, wäre eine Art Zombieapokalypse?

»Chloe?«, rief jemand.

Chloe löste sich von Younes, sah sich mit weit aufgerissenen Augen um und ihr Blick blieb an einer Frau hängen.

»Mum!«, stieß sie fassungslos aus. Sie stürzte auf ihre Mutter zu und fiel ihr in die Arme.

»Du bist es wirklich, Chloe!«, seufzte ihre Mum voller Erleichterung und Freude.

»Das ist deine Tochter?«, fragte jemand.

Weitere Fragen prasselten auf sie ein. Es waren zu viele, als dass Younes den Überblick behalten konnte. Jemand wollte von ihm wissen, ob es noch mehr Überlebende in Toronto gab, andere fragten, wie die Stadt aussah. Immer mehr Menschen kamen, bedrängten sie und Younes fühlte sich wie eingekesselt.

Plötzlich griff jemand nach seinem Arm und sein Herz machte einen Satz. Es fehlte nicht viel und er hätte den Fremden mit einem Stromschlag von sich gestoßen. Seine Kräfte hatten sich bereits gebündelt, doch der Mann ließ von ihm ab und ging vor Ella in die Hocke. Freundlich lächelte er sie an, während Younes versuchte, ruhig zu atmen und sich nichts anmerken zu lassen.

»Du bist die kleine Ella, nicht wahr?«, fragte er. Ella versteckte sich ängstlich hinter Younes und der Mann stand wieder auf. »Und du bist der jüngere der beiden Tremblay-Jungs.«

Younes nickte steif, kaum fähig, klar zu denken.

»Du weißt doch noch, wer ich bin? O'Connor. Dein Bruder hat vor ein paar Jahren mein Auto zu Schrott gefahren.«

Der Mann streckte Younes die Hand entgegen und der krümmte und spreizte die Finger, um alle Blitze daraus zu vertreiben, ehe er es wagte, sie anzunehmen. An den Vorfall von damals erinnerte er sich nicht mehr. Geschweigen denn an O'Connors Gesicht.

»Die Welt ist klein.« O'Connor lachte verhalten. »Es hat nicht viele aus Toronto bis hierher verschlagen. Ein Wunder, dass ihr es geschafft habt.«

»Ja, das ist es«, stimmte Younes zu.

Eigentlich hätte er erleichtert sein sollen, aber das wollte sich einfach nicht einstellen. Obwohl die Stimmung umgeschwenkt war und niemand mehr davon sprach, sie aus dem Lager zu jagen, fühlte er sich bedroht. Schließlich konnte das jederzeit wieder umkippen. Dazu bedurfte es nur eines einzigen unbeabsichtigten Aufblitzens seiner Kräfte.

»Was werden sie tun, wenn sie es herausfinden?«, fragte Ma'an. *»Du weißt, dass du hier nicht sicher bist.«*

Younes hasste ihn dafür, dass er recht hatte. Wie gerne hätte er behauptet, dass schreckliche Ereignisse das Gute in den Menschen hervorbrachten. Aber das Gegenteil war der Fall. Angst und Panik lösten Misstrauen aus. Wie diese Leute sie empfangen hatten, bewies das. Jeder war sich am Ende selbst der Nächste und alles, was gefährlich sein könnte, wurde ausgeschaltet, bevor man es richtig verstanden hatte.

Wie lange würde Younes verbergen können, was mit ihm los war? Und wie konnte er sich sicher sein, dass man Ella und Chloe verschonen würde, wenn er sich versehentlich offenbarte?

»Sie haben Angst. Und was tun Menschen, wenn sie sich fürchten? Wenn sie etwas nicht verstehen und verzweifelt sind? Denk doch nur mal an Chloe und wie sie dich behandelt. Wenn sie es schon nicht verstehen und akzeptieren kann, wie werden da diese Fremden reagieren?«

Ein plötzliches Geräusch ließ Younes aufschrecken. O'Connor hatte direkt vor seinem Gesicht mit den Fingern geschnipst. Younes musste total weggetreten gewesen sein.

»Alles okay bei dir?«, fragte der Mann.

»Ja!«, sagte Younes übereilt. »Es geht mir gut.«

Er hatte nicht einmal seine Kräfte eingesetzt, keine Selbstgespräche geführt und schon wurde die erste Person misstrauisch. Es war nur eine Frage der Zeit, bis ans Licht käme, was er in sich trug.

Younes musste alles tun, um das zu verhindern. Ella war noch viel zu jung, um erfahren zu müssen, wie grausam Menschen wirklich sein konnten. Bei diesem Gedanken zog er sie näher an sich heran. Sie sah zu ihm auf und er schenkte ihr ein Lächeln.

Er hatte alles daran gesetzt, sie zu beschützen, und das wollte er auch weiterhin tun. Auch wenn das bedeutete, dass er sie am Ende vor sich selbst beschützen musste.

KAPITEL 6

ADDY

ZU EINER UNBESTIMMTEN ZEIT,
IN DER SPHÄRE DER TRÄUME

In den Bergen herrschte eine Eiseskälte und der beißende Wind fühlte sich wie Messerschnitte auf Addys Haut an. Sie rieb sich die frierenden Hände, unter ihren Füßen knirschte Schnee und der Wind trug hagelgroße Flocken mit sich.

Bald schon war das Schneegestöber so heftig, dass sie kaum noch etwas erkennen konnte. Aber Addy lief weiter. Es mussten Stunden vergangen sein, als sie schließlich einen Schatten, einige Meter voraus, sah. Es war vielleicht nur ein Fels, aber zumindest hatte sie damit etwas, auf das sie sich zubewegen konnte.

Sie schleppte sich weiter voran. Auf ihrer Kleidung hatte sich bereits Reif gebildet und jeder Schritt war ein Kampf. Dort, wo ihre Haut ungeschützt war, spürte sie einen Schmerz wie tausend Nadelstiche und auch ihre Finger waren steif gefroren und taub.

Ihre Kräfte schwanden allmählich und sie fragte sich abermals, was mit ihr geschehen würde, wenn sie in Terra Maters Welt starb. Hätte sie diese Sphäre dann endgültig durchschritten und ihre Seele würde zu einem Teil des Energiefeldes der Erde werden?

Sie zwang sich noch einmal, schneller zu gehen, fixierte den wabernden Schatten voraus und war sich mittlerweile sicher, dass es sich dabei nicht um einen Felsen handelte. Da lief jemand auf sie zu und er kam immer näher.

»Hallo?«, rief sie.

Wer was das? Ein Mensch vielleicht oder … Casimir? Ihr Herz schlug bei dem Gedanken schneller, sie vergaß alle Angst und Kälte und rannte auf die fremde Gestalt zu. Es trennten sie nur noch wenige Meter voneinander, sie konnte bereits den Schnee unter den Schritten des Fremden knirschen hören, da knackste es auf einmal bedrohlich unter ihren Füßen. Offenbar lief sie über Eis. Der Untergrund bebte und Addy wäre beinahe gestürzt.

Sie ruderte mit den Armen, schaute nach vorne und erkannte mit Schrecken, dass es kein Mensch war, auf den sie sich zubewegt hatte. Es war ein riesiges, dürres Tier, dessen beinahe mannshohe Silhouette im Schneegestöber von vorne betrachtet der eines Mannes glich. Doch tatsächlich stand ein Eisbär vor ihr.

Ein wehleidiges Brummen entwich seiner Kehle. Er torkelte und stolperte zur Seite, als sich krachend und knirschend ein Riss durchs Eis unter seinen Pfoten hindurchzog.

Addy war wie erstarrt. Sie wusste, wie gefährlich diese Tiere sein konnten. Mit nur einem Schlag seiner Pranke hätte er ihr das Genick brechen können. Doch der Eisbär, den sie vor sich sah, hatte nichts Majestätisches an sich. Er war abgemagert bis auf die Knochen und konnte sich kaum auf den Beinen halten.

Sie tat einen vorsichtigen Schritt zurück. Unter ihrem Fuß knackste es wieder und ein weiterer Riss zog sich von ihr direkt auf den Eisbären zu. Addys Augen weiteten sich und in ihren Ohren begann es zu rauschen.

Sie war es! Jeder Schritt, den sie tat, verursachte Brüche in der Eisscholle. Wie Blitze bewegten sie sich zielsicher auf das Tier zu und hatten es schon zur Hälfte umkreist.

Addy hielt den Atem an. Ihr Herz schlug ihr bis zum Hals. Sie wagte es nicht, auch nur einen weiteren Schritt zu tun, und breitete vorsichtig die Arme aus, um das Gleichgewicht zu halten.

Der Bär stieß einen tiefen, verzweifelten Schrei aus, tat einen Schritt zurück und das Eis knirschte dabei bedrohlich.

»Nicht!«, warnte Addy, streckte unwillkürlich die Hand nach ihm aus und mit ihrer Bewegung wuchs, als wäre es ein Befehl gewesen, ein weiterer Riss auf ihn zu.

Krachend barst das Eis, Wasser schoss um den Bären herum in die Höhe und Addy hob schützend die Arme vors Gesicht.

Ihr Atem ging stoßartig. Die Fluten klatschten aufs Eis, schwappten ihr über die Füße, und als sie wieder aufsah, lag vor ihr ein endlos scheinendes Meer, auf dem vereinzelte Eisschollen trieben.

Tränen sammelten sich in ihren Augenwinkeln und erstarrten auf ihrer unterkühlten Haut. Er war weg. Der Bär war einfach verschwunden. Verschluckt von den Untiefen. Addys Brust schnürte sich ihr zu und Verzweiflung schuf sich in ihr Platz. Ihre Augen hetzten über die aufgewühlte Wasseroberfläche. Sie suchte und suchte, aber das Meer blieb still.

Addy fiel auf die Knie, umklammerte ihren Körper mit den Armen und schrie. Sie schrie, so laut sie konnte, bis ihr die Kehle brannte.

Das war alles zu viel für sie und der Gedanke, dass es noch ewig so weitergehen könnte, während in ihrer Welt kaum eine Sekunde verstrichen war, ließ sie jeden Mut verlieren. Wieso tat Terra Mater das bloß? Wieso sprach sie nicht direkt mit ihr, statt sie mit so vielen grausamen Bildern zu quälen?

Plötzlich überrollte sie das Gefühl, beobachtet zu werden. Ein Schauer überkam sie und ihr war, als würde jemand hinter ihr stehen und seine Hand auf ihre Schulter legen wollen.

Sie wirbelte herum, doch da war nichts.

»Casimir?«, rief sie. Ihre Brust bebte in einem stillen Schluchzen. »Mum?«

Da war niemand. Sie war allein. Ganz allein in diesem Albtraum.

Wie in Trance zog Addy einen Fuß vor den anderen. Sie hatte nicht mehr die Kraft zu kämpfen, lief nicht, weil sie ein Ziel vor Augen hatte, sondern weil sie nicht wusste, was sie sonst tun sollte.

Sie wusste nicht, woher sie den Mut nehmen sollte, Terra Mater gegenüberzutreten, wenn sie so weit käme. Wie hätte sie die Menschheit verteidigen können, wenn sie es nicht ertrug, mit ihren Verbrechen konfrontiert zu werden?

Vor ihr verwandelte sich die Eislandschaft in eine karge Felsenwüste. Es kam ihr vor, als würde sie durch eigene Augen mit ansehen müssen, wie die globale Erwärmung im Zeitraffer aus dem Nordpol unscheinbare Felsen machte. Und auf den Größten davon lief sie zu. Ein einzelner Berg inmitten einer trostlosen Welt. Als sie ihn schließlich erreichte, waren von den Polarkappen nur noch wenige Eisschollen geblieben. Sie trieben auf den aufgewühlten Fluten um sie herum, die sich bis zum Horizont erstreckten und sich in endlosem Blau verloren.

Addy wandte sich dem Berg zu. Er erhob sich bis in die Wolken, war grau, kantig und leblos. Nicht eine einzige Pflanze wuchs auf dem rauen Felsgestein. Aber etwas war an ihm. Etwas, was Addy sich nicht erklären konnte, zog sie wie magisch an.

Sie griff nach dem brüchigen Stein und unter ihren Füßen rieselte es, als sie die Steilwand erklomm. Sie stieg höher und höher, bis der Wind an ihr zupfte und ihre Handflächen brannten. Und je weiter sie kam, desto stärker wurde ihr Verlangen, den Gipfel zu erreichen. Irgendwo tief in ihr berührte dieses Verlangen den Mut, den sie geglaubt hatte verloren zu haben. Ihr Wille zu kämpfen, weiter- und weiterzugehen, wurde davon angefacht und sie zog sich voller Entschlossenheit immer höher hinauf.

Zwischen zwei Felsvorsprüngen schob sie sich hindurch und fand sich am Eingang einer Höhle wieder.

Das Herz klopfte ihr bis zum Hals, als ihr Blick in das konturlose Schwarz eintauchte. Das war es. Ihr Ziel. Jede Faser ihres Seins war sich dessen so sicher wie selten zuvor. Ihre ganze Reise durch die Welt der Träume, durch diesen nicht enden wollenden Albtraum, mündete an dieser dunklen Höhle.

War sie es, die Addy dort erwartete? Terra Mater selbst, die Herrin über alle Sphären, die Zerstörerin ihrer Welt?

Angst ließ sie zögern. Konnte sie die Menschheit nach allem noch verteidigen? Sie wusste es nicht. Aber der unstillbare Durst nach Antworten trieb sie an. Sie verengte den Blick, um etwas erkennen zu können, und tatsächlich glaubte sie, eine Bewegung im Dunkel auszumachen. Zeitgleich kam es ihr vor, als würde der Fels zu ihr sprechen. Als würde er atmen.

Vorsichtig tat Addy einen Schritt auf die Höhle zu. Ihr Herz überschlug sich beinahe und ihre Beine zitterten.

Sie öffnete den Mund, um etwas zu sagen, da erkannte sie eine Gestalt. Sie stockte. Konnte das wirklich Terra Mater sein? Was auch immer dort in den Schatten lauerte, schien ängstlich, von Instinkten getrieben und damit alles andere als das gnadenlose, göttliche Wesen, mit dem sie gerechnet hatte.

»Hab keine Angst«, flüsterte Addy und hob die Hand.

Ihre Worte hallten durch die Höhle, und kaum dass sie ihr über die Lippen gekommen waren, stürzte die Gestalt mit einem markerschütternden Schrei auf sie zu.

Addy stolperte zurück, verlor den Halt und fiel zu Boden.

Es war ein Belial! Eine schuppige, monströse Bestie, die sich mit weit aufgerissenem Maul, glühenden Augen und gefletschten Zähnen auf sie stürzte.

Ihr Puls raste, sie riss instinktiv die Hände vors Gesicht, die Bestie warf sich über sie und ihre Krallen gruben sich in ihr Fleisch. Der Schmerz durchfuhr ihren ganzen Körper, betäubte ihre Sinne und das Bild vor ihren Augen verschwamm. Addy schrie, tastete panisch nach einer Waffe, fand einen Stein und schlug ihm dem Belial gegen die Schläfe.

Blut spritzte, die Bestie kreischte und Addy gelang es, sie von sich zu stoßen. Ihr Herz rebellierte in ihrer Brust, ihr Atem hetzte und sie robbte, so weit es ging, von dem Belial weg.

Sich krümmend lag er am Boden, während Addy taumelnd auf die Beine kam. Ihre Hand schraubte sich fester um den Stein darin.

Entschlossen ging sie auf den Belial zu, sank neben ihm auf ein Knie, hob den Stein an und umfasste ihn mit beiden Händen.

Sie musste es tun, wenn sie überleben wollte.

Tränen sammelten sich in ihren Augen und sie biss sich fest auf die Lippe. Aber warum fiel ihr das so schwer? Warum erlöste sie ihn nicht, solange sie noch konnte, und rettete damit ihr eigenes Leben?

Ruckartig wandte sich ihr das Monster zu, fixierte sie durch dämonisch glühende Augen und Addys Inneres verkrampfte sich zu einem Klumpen, als sie das goldene Leuchten darin erkennen konnte. Wie warmer Honig, wie flüssiges Gold.

Der Stein fiel ihr aus den Händen.

»Casimir«, brachte sie mit brüchiger Stimme hervor.

Ihre Gedanken, ihr Herz, alles war für einen Moment wie erstarrt. Wie zu Eis geworden und in tausend Scherben zerschlagen. Und von einer Sekunde auf die nächste überrannte sie alles auf einmal. Tausend Fragen rauschten ihr durch den Kopf. Was war mit ihm geschehen? Wieso war er zu einem dieser Monster geworden?

Während in Addys Innerem haltloses Chaos herrschte und nichts einen Sinn zu ergeben schien, zögerte der Belial nicht länger, packte sie, stieß sie gegen einen Fels und schlug auf sie ein.

»Casimir«, presste Addy hervor.

Das durfte nicht geschehen! Er durfte sich nicht in dieser Bestie verlieren. Irgendwie musste sie zu ihm vordringen.

»Bitte!«, flehte sie ihn an. Der Belial hob seine Klauen zu einem erneuten Schlag an, presste Addy fest gegen die scharfkantige Steinwand und sie zwang sich, ihn direkt anzusehen. »Bitte, Casimir. Du musst dagegen ankämpfen!«

Da war kaum noch Gold im roten Glimmen seiner dämonischen Augen. Nur noch ein winziger Funke von dem Meliad, für den sie Terra Maters Sphäre durchquert hatte. Zu wenig, um Addy hoffen zu lassen, aber gerade genug, damit sie sich daran festklammern und auf nichts anderes konzentrieren konnte.

»Hörst du mich?«, brachte sie unter Tränen hervor. »Bitte.«

Aber ihre Worte drangen nicht zu ihm vor.

KAPITEL 7

ADDY

ZU EINER UNBESTIMMTEN ZEIT,
IN DER SPHÄRE DER TRÄUME

Der Belial fletschte seine Zähne, kam Addy näher und das dämonische Feuer in seinen Augen verdrängte immer mehr alles Gold darin. Doch noch bevor Addy ein weiteres Mal versuchen konnte, Casimir zu erreichen, bebte der Fels.

Addy riss die Augen auf. Das Monster stolperte von ihr weg, Steine rieselten und der gesamte Berg schien zur Seite zu kippen. Sie tat einen Schritt vor, ein heftiger Schmerz durchzuckte ihre Brust, dort, wo der Angriff des Belial sie getroffen hatte, und die Beine brachen ihr weg. Sie griff sich an die Rippen und merkte erst jetzt, dass die Klauen des Belial dort eine klaffende Wunde hinterlassen hatten. Das Atmen fiel ihr schwer und sie schaffte es nicht, wieder aufzustehen.

Sie war fest davon überzeugt, vom zusammenstürzenden Berg erschlagen zu werden. Doch die Felswände brachen nicht in sich zusammen. Sie änderten ihre Form und aus der Höhle, in der Addy Casimir gefunden hatte, wurde die Wölbung einer gigantischen, geschlossenen Faust, die sich allmählich öffnete.

Die riesige Hand neigte sich zur Seite, Addy versuchte, sich irgendwo festzuklammern, rutschte aber geradewegs auf die Handfläche der sich öffnenden Faust zu.

Aus dem Meer wurden Flüsse, die von einem gigantischen Berg hinuntersprudelten wie wallendes Haar.

Addy traute ihren Augen kaum. Sie lag auf der Handfläche eines Wesens, das so immens groß war, dass sein Haar das ganze Meer umfasste, sein Kopf ein mächtiger Berg und sein Körper die gesamte Erde zu sein schien. Dieser Anblick war so unfassbar, dass sie nicht wusste, was sie fühlen oder denken sollte.

Sie versuchte, wieder auf die Beine zu kommen. Scheiterte aber. Die Wunde tat so unsäglich weh, dass jede Bewegung eine Qual war. Noch immer presste sie sich die Hand fest auf die Rippen und es fühlte sich an, als würde sie nur das zusammenhalten.

Addy sah auf. Der Belial klammerte sich an den Daumen des Riesen, dessen Gesicht sich ihnen allmählich zuwandte. Wasserpflanzen überwucherten es und waberten im Wind, als wäre es noch immer das Meer, in dessen Bewegungen sie tanzten. Tiefe Höhlen lagen dort, wo Augen hätten sein sollen, und Korallen stellten geschlossene Lippen dar.

Das Wesen richtete seinen Blick auf Addy und den Belial.

Addy war wie gebannt. Tiefe Ehrfurcht ergriff sie und sie war unfähig, sich zu bewegen. Die Pupillen des Wesens bestanden aus tief in den Höhlen liegendem Magma, das so hell glühte, dass Addy trotz der Entfernung die Hitze auf ihrer Haut spüren konnte.

Mit einem Mal brannte ihre Verletzung wie Feuer. Sie schrie vor Schmerzen, krümmte sich und presste die Hand fester gegen ihre Rippen. Es war, als würde ein Blick dieses Giganten genügen, um sie in Flammen aufgehen zu lassen.

Auch der Belial schrie, doch Addy fehlte die Kraft, um zu sehen, was mit ihm geschah.

»Aufhören!«, flehte sie. Die Hitze fraß sich durch ihren Körper, doch ebenso so plötzlich, wie es begonnen hatte, hörte es auch wieder auf.

Keuchend lag Addy auf der Seite. Die Panik, die sie eben noch fest im Griff gehabt hatte, ebbte allmählich ab und sie begriff, dass der Schmerz verschwunden war. Sie tastete nach ihrer Wunde, doch die war geheilt.

Sie stemmte sich hoch und sah sich nach dem schreienden Belial um. Er lag nicht weit von ihr zusammengekauert auf der Felsenhand und schien höllische Schmerzen zu leiden.

»Du … du tust ihm weh!«, stieß Addy aus und robbte zu ihm hin. Sie verschwendete keinen Gedanken daran, dass sie es mit einem Belial zu tun hatte, und griff nach seiner Schulter.

Der schwarze Schlick klebte sofort an Addys Haut. Aber das war ihr egal. Sollte er sie doch infizieren. Hauptsache dieser Riese quälte Casimir nicht länger.

Die Schatten begannen, sich wie Spinnweben über den Fels auszubreiten. Es fehlte sicher nicht mehr viel und er erlitt dasselbe Schicksal wie Bennet.

Das durfte nicht passieren. Dieses Ende hatte er nicht verdient! Aber was konnte Addy dagegen tun? Ihre Gedanken rasten. Sie sah, wie sich seine schuppige Haut auflöste, wie sie zu einer pechähnlichen, zähen Flüssigkeit wurde, die allmählich über ihre Finger hinauf zu ihrem Ellbogen kroch.

Panik überkam sie und sie wollte ihre Hand instinktiv wegziehen. Doch kaum, dass sie sich bewegte, zerbröselten die schwarzen Linien auf ihren Armen wie getrockneter Schlamm.

Der Schlick, der den Belial bedeckte, schien im Leuchten der gigantischen Magmaaugen zu erstarren. Risse durchzogen ihn, er brach auf und darunter kam ein Wesen aus reiner Energie zum Vorschein.

Instinktiv zog sie schützend die Hände vors Gesicht und sah durch ihre gespreizten Finger, wie Casimirs wahres Ich Gestalt annahm. Strahlende, wabernde Energie, die Addy sofort alle Angst nahm, sie bis in ihr tiefstes Inneres erwärmte und das Gefühl grenzenloser Freiheit in ihr wachrief.

Sie konnte es nicht glauben. Sie sah ihn direkt vor sich, sah zu ihm auf und dennoch kam es ihr so unwirklich vor. Tränen der Freude und Erleichterung sammelten sich in ihren Augen. Sie wollte vergessen, wo sie gerade waren, dass ein übermächtiges Wesen sie auf seiner Hand trug und was mit ihren Körpern in der Menschenwelt geschah. Nichts davon spielte in diesem Moment eine Rolle.

Auch wenn Casimir keine menschliche Form hatte, nur aus züngelnden, sich umwebenden Energiefragmenten bestand, war ihr, als würde er sich ihr zuwenden, sie ansehen und ihr anbieten, ihre Hand zu nehmen. Sie spürte das. Spürte es tief in sich, als wären seine und ihre Gedanken eins.

Noch zögerlich streckte sie die Hand nach ihm aus und Fäden aus kribbelnder Energie umwoben ihre Finger bis hin zu ihrem Ellbogen. Ihr ganzer Körper wurde von seiner Energie durchströmt, bis tief in ihr Inneres. Die feinen Härchen auf ihrer Haut stellten sich auf und ihr Herz schlug schneller. Mühelos zog Casimir sie auf die Beine und Addy hörte seine Stimme in ihren Gedanken widerhallen.

»Wie lange?«, fragte er.

Verwundert sah sie ihn an. In ihrem Kopf herrschte noch immer Chaos und es fiel ihr schwer, einen klaren Gedanken zu fassen.

»Ich habe nach dir gesucht, Addy«, erklärte er. *»Unzählige Gezeiten lange habe ich nach dir gesucht. Aber du warst nicht da, die Verzweiflung wurde immer größer und dann kam die Dunkelheit. Haben*

sie dich wiederbelebt? Bist du wieder gestorben und hier, um dich von mir zu verabschieden?«

Addy konnte nichts antworten. Ein Kloß steckte ihr im Hals und verhinderte, dass ihr auch nur ein Wort über die Lippen kam. So lange hatte er nach ihr gesucht? Ewigkeiten lang, ohne je aufzugeben? Wäre sie doch nur schneller bei ihm gewesen! Dabei wusste sie, dass Zeit in dieser Welt keine Rolle spielte und dass alles, was jetzt noch zählte, die Tatsache war, dass sie einander gefunden hatten.

Benommen schüttelte sie den Kopf. »Ich …«, brachte sie tonlos hervor. »Ich will mich nicht von dir verabschieden.«

Sie hob die Hand, berührte vorsichtig das Strahlen seines wahren Wesens und wieder durchfuhr sie ein Schwall aus Energie, aus Gefühlen, Ängsten und dunklen Erinnerungen. Sie konnte das alles nicht zuordnen, wusste aber, dass es nur ein Bruchteil von dem war, was er in Terra Maters Welt durchlebt hatte.

Unter ihren Fingern fühlte es sich an, als würde sie feste Materie berühren, und als sie aufsah, erwiderte Casimir ihren Blick. Das Licht, das von ihm ausging, bündelte sich und ein menschlicher Körper kam darunter zum Vorschein.

Addys Herz machte einen Satz. Mit weit aufgerissenen Augen sah sie ihn an und konnte es nicht fassen. Er sah so aus, wie sie ihn in Erinnerung hatte, strahlte dabei von innen heraus und lächelte sie an.

»Casimir«, flüsterte sie.

Plötzlich bebte der Fels unter ihren Füßen und brachte sie ins Schwanken. Die Hand des Riesen krümmte sich, als wolle er seine Faust über ihnen schließen.

Panik kam in Addy auf. Sie hatte Mühe, sich auf den Beinen zu halten, und wusste nicht, was sie diesem mächtigen Wesen entgegensetzen konnten.

Der Gigant hob die Hand näher an sein Gesicht und Addy musste den Arm heben, um sich vor den glühenden Augen zu schützen.

»Du weißt, warum wir hier sind!«, rief Casimir dem Wesen entgegen und trat einen Schritt vor. Sein Blick war fest auf den Riesen gerichtet und seine Finger schraubten sich um Addys Hand.

Allmählich senkte Addy ihren Arm wieder. Sie gewöhnte sich langsam an die Hitze, auch wenn sie ihr in den Augen brannte.

Das Wesen beugte sich weiter zu ihnen vor. Das Meer, das in Dutzenden Wasserfällen aus seinem felsigen Kopf brach, ergoss sich über seine Schultern und bildete reißende Strudel um seinen steinernen Körper – den Körper einer Frau, wie Addy erst jetzt erkannte.

Sie war so unsagbar groß, dass es schwerfiel, sie im Ganzen zu erfassen. Ausgestreckt musste sie die Ausmaße eines Kontinents haben, doch sehen konnte Addy von ihr nur den Teil, der aus dem Wasser ragte.

Terra Mater. Hatte Addy die ganze Zeit nach ihr gesucht und war dabei über sie gewandert wie eine Ameise über den Körper eines Menschen?

Terra öffnete den Mund und es war, als würde sich ein Canyon auftun. Gesteinsbrocken, größer als Addy selbst, brachen aus den Mundwinkeln der Gigantin, Zähne, groß wie Gebirgsketten kamen zum Vorschein, und als sie einatmete, entstand ein Sog, der Addy und Casimir nach vorne straucheln ließ.

»SPRICH, MENSCHENKIND!«, hallte ihre Stimme über sie hinweg.

Addy musste Casimir loslassen und sich beide Hände auf die Ohren pressen und hatte dennoch das Gefühl, ihr Trommelfell würde platzen.

»Was willst du von mir hören?«, fragte sie, so laut sie konnte.

»WAS HAST DU AUF DEM WEG ZU MIR GESEHEN?«

Sie hätte tausend Dinge sagen können, versuchen können, es zu beschönigen, Ausreden erfinden, aber das war es nicht, was ihr sofort in den Sinn kam.

»Den Tod«, sagte sie mit fester Stimme. »Ich habe Tod und Zerstörung gesehen. Ich weiß, dass wir Menschen vieles falsch gemacht haben, und ich weiß, dass du mir nur einen Bruchteil davon gezeigt hast. Wir haben Fehler begangen, die man uns nicht verzeihen kann. Aber wir sind hier, um um eine zweite Chance zu bitten. Ich flehe dich an. Wir können es besser machen! Wir versuchen es ja bereits, nur brauchen wir dafür mehr Zeit.«

»Die Kraftwerke wurden abgeschaltet«, fügte Casimir hinzu. »Die Tore in meine Sphäre sind damit geschlossen, auch die anderen Existenzebenen werden nicht länger von den Menschen bedroht.«

Addy tat einen Schritt vor. »Aber du zerstörst weiter die Welt. Du hörst nicht auf, uns Menschen zu bekämpfen, obwohl wir versucht haben, unsere Fehler zu beheben. Wir können nicht ungeschehen machen, was bereits passiert ist. Wir können es aber auch nicht besser machen, wenn du uns keine Chance dazu lässt. Du hast mir auf meinem Weg hierher all die grausamen Verbrechen der Menschheit an deiner schönen Erde gezeigt. All das Leid und die Zerstörung. Und es gibt noch so vieles mehr. Zu viel, als dass ich es ertragen könnte. Ich verstehe, dass das ein Ende haben muss, ich … ich denke, nach allem, was in den letzten Tagen passiert ist, verstehen es die meisten Menschen.«

»NEIN«, entgegnete Terra.

»Hör sie wenigstens an!«, bat Casimir.

Terra hob ihre Hand noch weiter an und brachte Addy und ihn damit beinahe zu Fall.

»NEIN, DAS WAR ES NICHT, WAS DU GESEHEN HAST«, widersprach sie. »NICHT DIE VERBRECHEN DEINES VOLKES. ALLEIN DEINE VERGEHEN.«

Addy riss die Augen auf. Ihr Inneres verkrampfte sich. Wie konnte das stimmen? Sie hatte weder einen Wal getötet noch Öl ins Meer gekippt. Sie war auch nicht für die globale Erwärmung oder den Tod des Eisbären verantwortlich. Sie trug nicht alleine die Schuld daran!

»Addy?«, sprach Casimir sie an.

Ihre Gedanken rasten. Sie ging alles durch, was sie gesehen und erlebt hatte, jede einzelne Grausamkeit, und mit einem Mal begriff sie. Ihr wurde heiß und kalt zugleich, ihr Herz begann zu rasen und das Atmen fiel ihr schwer. Geschockt riss sie ihren Kopf zu Casimir herum.

»Sie hat recht!«, stieß sie aus.

»Das hat sie nicht«, widersprach er. »Es sind deine Ängste. Damit wirst du in ihrer Welt konfrontiert. Nichts davon ist Wirklichkeit.«

Fragend schaute Addy ihn an. Aber wenn das so war, hatte er dann Angst davor, ein Belial zu werden? Oder warum war er zu diesem Monster geworden?

Addy schüttelte benommen den Kopf. Das alles spielte keine Rolle. Entscheidend war, dass Terra nicht log. Was sie sagte, war die Wahrheit. Verzweiflung und Schuldgefühle gewannen in ihr die Oberhand. Sie sah zu ihren zittrigen Händen, bildete sich ein, daran noch immer das Blut kleben zu sehen, von dem längst alle Spuren weggewischt waren, und eine Leere machte sich in ihrem Inneren breit.

»Es ist alles meine Schuld«, beharrte sie.

»Addy …«, sprach Casimir sie besorgt an.

Sie konnte nicht zu ihm aufschauen. Er hatte nicht gesehen,

was sie gesehen hatte, und sein Leugnen änderte nichts an den Tatsachen.

Wie viele Plastiktüten, Verpackungen und Einwegflaschen verbraucht ein Mensch in seinem Leben? Wie viel Elektroschrott produziert er? Wie viele Tiere wurden für ihn getötet, wie viele weitere sterben, weil sie sich in den Netzen der Fischer verfangen? Wie viel Erde wird ausgebeutet, wie viele Felder verseucht, um den Menschen ein komfortables Leben zu ermöglichen? Sie hatte geglaubt, Terra Mater hatte ihr zeigen wollen, was die Menschheit der Erde antat. Doch dem war nicht so. Sie hatte ihre Ängste gesehen und darin ihre Schuld. Womit sie konfrontiert worden war, waren die Verbrechen, die nur sie allein, ein einziger Mensch in seinem Leben anrichtete. Nur ein einziger von Milliarden. Und davon hatte sie auch nur einen Teil gesehen.

Ihre Kehle schraubte sich ihr zu. Sie war gekommen, um die Menschheit zu verteidigen, aber wie konnte sie das, wenn sie mitschuldig war?

Sie fiel auf die Knie, vergrub ihr Gesicht in den Händen und weinte. Sie weinte bitterlich, krümmte sich und schluchzte.

»Sie haben sich verlaufen«, erklärte Casimir. »Aber sie können sich noch ändern. Es steckt so viel Gutes in ihnen.«

Eine Hand legte sich auf Addys Schulter. Erst glaubte sie, es sei Casimirs, doch als sie aufsah, blickte sie in das Gesicht einer Frau.

Vor Addy stand eine Gestalt aus Pflanzen und Wasser. Freundlich und mitfühlend lag ihr Blick wie der einer liebenden Mutter auf Addy, ihr Gesicht war wie Marmor, ihre Augen Kristalle und ihre wallende Kleidung aus Blüten und grünen Ranken, unter denen glasklares Wasser glitzerte. Sie hob die Hand, strich Addy über die Wange und wischte ihr die Tränen aus dem Gesicht.

Wie erstarrt sah Addy zu ihr auf.

»Du musst nicht weinen, mein Kind«, sagte sie in mildem Ton. »Das Leben und der Tod bilden einen Kreislauf. Altes muss gehen, damit Neues entsteht. Dinge sterben, damit andere leben. Und du, du bist nur ein Stein in einer Lawine. Unfähig, sich selbst zu stoppen oder zu verhindern, was durch den Erdrutsch zerstört werden wird. Die Menschen haben den Kreislauf durchbrochen. Ihr erschafft mehr Zerstörung, als neues Leben entstehen kann. Mehr Gift, als die Welt fähig ist, wieder abzubauen. Auch ich kann die Lawine nicht aufhalten, die ihr ausgelöst habt. Genauso wenig, wie ich verhindern konnte, dass du geboren wirst.«

»Dass ich …« Verwirrt sah Addy sie an. Was wollte sie ihr damit sagen?

»Verstehst du es denn noch immer nicht?«, fragte Terra. »Alles, was geschehen ist, begann mit dir. Vor so vielen Jahren, als den Menschen ihre eigene Welt nicht mehr genügte. Sie haben ein Loch in die anderen Sphären geschlagen und dabei Verletzungen verursacht, die nicht mehr heilen werden.«

»Elekreen«, sagte Addy. »Aber was hat das mit mir zu tun?« Sie sah zu Casimir, der ebenso verwirrt schien wie sie.

»Die Erschütterung, die ihr damals verursacht habt, hat den Kreislauf des Lebens stocken lassen. Für nur eine Sekunde stand die Welt still, alle Sphären waren offen und das Leben selbst hielt den Atem an. Genau in dieser Sekunde wurden vier Kinder geboren. Kinder, die unmöglich hätten leben können, die in keiner Sphäre zu Hause waren und doch in alle gehörten.«

»Was soll das heißen?«, fragte Addy.

»Es heißt, dass deine Seele nicht die eines Menschen ist. Sie existiert zeitgleich in allen Sphären, schwächt die Membran zwischen den Welten und verursacht Trudel in der Wirklichkeit, dort, wo du dich aufhältst.«

Addy konnte nicht glauben, was sie da hörte. Das alles ergab doch keinen Sinn. Sie war ein Mensch. Terra Mater hatte sie doch selbst so genannt. Und plötzlich überkam sie ein schrecklicher Gedanke.

»Hat Elekreen deswegen ein Kraftwerk in meiner Nähe gebaut?«, fragte sie mit tonloser Stimme. »Weil es dort, wo ich bin, leichter ist, ein Tor in die Energiesphäre zu erschaffen? Stehen deswegen Kraftwerke in Toronto und Tokio, wo die anderen leben?«

»Es ist nicht deine Schuld«, redete Terra beruhigend auf sie ein. »Du bist nur der Strudel, um den sich alles dreht. Du trägst den Tornado in dir, der die Welt aus den Angeln hebt. Und es ist wichtig, dass du zurückkehrst, damit ich beenden kann, was ich begonnen habe.«

Addy schüttelte ungläubig den Kopf. Sie versuchte zu verstehen, was Terra da sagte, konnte es aber nicht. Wäre es Elekreen überhaupt gelungen, weitere Tore in Casimirs Sphäre zu schlagen, wenn Addy und die anderen nicht gewesen wären? Sie wollte kein Tornado sein und die Welt nicht auf dem Gewissen haben müssen. Es musste einen Weg geben, das aufzuhalten!

Entschieden sah sie Terra an. »Und was, wenn nicht? Wenn ich hier bleibe. Was passiert dann?«

Terra Mater richtete sich auf. Mit regloser Miene sah sie zu Addy hinab. »Die Menschheit muss weichen. Um alle Sphären zu retten, muss ich die Grenzen endgültig aufreißen und eine neue Welt entstehen lassen. Es gibt keinen anderen Weg und du wirst zurückkehren, um diesen Weg zu ebnen.«

»Und wenn ich mich weigere?«

»Ein Stein hält keine Lawine auf«, erwiderte Terra.

»Deswegen hast du die Kraftwerke zerstört, nicht wahr?«, fragte Casimir geschockt. »Du hast es in dem Wissen getan, dass die Tore in meine Welt aufreißen und unzählige meiner Art geopfert werden. Du wolltest, dass die Membran zwischen den Sphären schwächer wird. Das ist alles Teil deines Plans.«

»Nur so ist unsere Welt noch zu retten«, sagte Terra Mater. »Eine neue Welt muss entstehen und Altes dafür schwinden. Der Kreislauf muss wiederhergestellt werden und die Menschen müssen gehen, um ihn kein weiteres Mal zu gefährden.«

Addy stand auf und brachte Abstand zwischen sich und Terra Mater. Es mochte sein, dass sie in ihrer Welt war, aber sie weigerte sich, hinzunehmen ihr Werkzeug zu sein – ein Werkzeug für die Vernichtung der gesamten Menschheit. Trotz aller Fehler, die begangen worden waren, hatten sie dieses Ende nicht verdient und Addy glaubte einfach nicht, dass es zu spät war, um die ihr bekannte Welt zu retten. Sie glaubte nicht, dass das Schlechte darin überwog, dass es keine Hoffnung mehr gab und alles enden musste.

»Bist du denn fähig, mich zurückzuschicken?«, fragte Addy herausfordernd.

»Ich habe es mit anderen getan, ich tue es auch mit dir«, sagte Terra, hob die Hand und ging auf Addy zu.

Addy wich nach hinten aus. Der Fels unter ihr bebte und die Finger, die sich drohend wie die Gitterstäbe eines Kerkers um sie herum erhoben, bewegten sich langsam auf sie zu.

Plötzlich packte Casimir sie, zog Addy fest an sich und riss sie mit sich in die Tiefe.

Addy schrie, als sie von der riesigen Handfläche herunterstürzten. Die Riesengestalt drehte ihren Kopf und ihre lodernden Augen richteten sich auf sie. Doch im nächsten Augenblick schlugen Casimir und Addy auf der Wasseroberfläche auf und versanken in den Fluten.

KAPITEL 8

ADDY

ZU EINER UNBESTIMMTEN ZEIT,
IN DER SPHÄRE DER TRÄUME

Der Schmerz, als die eisigen Fluten über Addy zusammenschlugen, lähmte ihren ganzen Körper. Wie Stromschläge durchzuckte die Kälte sie und für einen Moment sah sie nur einen wirren Tanz aus Luftblasen und schäumendem Eiswasser um sich herum.

Casimirs Gesicht tauchte vor ihr auf. Seine honigfarbenen Augen ruhten auf ihr, seine Bewegungen waren sanft, beinahe schwebend im Wasser, als wäre dieses Element schon immer seine Heimat gewesen.

Er streckte die Hand nach ihr aus und sie versuchte, ihren Arm zu heben, um nach ihm zu ergreifen. Tatsächlich gelang es ihr, doch dann durchzuckte sie erneut dieser unbändige Schmerz.

Ein Stromschlag. Genauso fühlte es sich an und mit einem Mal wusste sie, dass es nicht die Kälte des Meeres war, die sie fühlte.

Sie riss die Augen weit auf, versuchte mit aller Macht, Casimir zu erreichen, doch schon im nächsten Augenblick bäumte sich ihr Oberkörper in die Höhe und sie nahm einen tiefen Atemzug.

Die Kälte war noch da, aber das Meer, die Luftblasen, Casimir, das alles war verschwunden.

»Sie ist zurück!«, hörte sie jemanden neben sich sagen.

Gehetzt schnappte sie nach Luft. Unter ihren Fingern spürte sie Erde und Gras. Jemand umfasste ihr Gesicht mit beiden Händen, strich ihr mit den Daumen über die Wangen und sie versuchte, das Gesicht zu erkennen, das verschwommen vor ihr aufgetaucht war.

Es war Ben! Addy stieß ihn von sich und robbte von ihm weg. Ihr Herz schlug ihr bis zum Hals, jeder Muskel in ihrem Körper tat ihr weh und ihre Beine fühlten sich taub an.

Panisch sah sie sich um. Da waren mindestens ein Dutzend Männer um sie herum. Addy saß auf dem Hügel, wo Casimir ihr Herz zum Stehen gebracht hatte, neben ihr lagen ein aufgerissener Notfallkoffer und ein Defibrillator. Sie fasste sich an die Brust und musste feststellen, dass ihr Oberteil aufgerissen worden war. Hastig zog sie die Stofffetzen ihrer Kleidung zusammen und umschlang mit beiden Armen ihren Körper.

Sie war zurück. Einfach so hatte man sie aus der Sphäre der Träume gerissen, weg von Casimir und hin zu Ben, der sie besorgt ansah.

Es konnten in der Menschenwelt höchstens Minuten vergangen sein. Addy zog sich auf die Beine und taumelte auf die Soldaten zu, die einen leblosen Körper am Boden umringten.

Ben packte sie von hinten am Ellbogen und hielt sie auf.

»Lass mich!«, verlangte sie. »Lass mich los!«

»Beruhige dich erst mal.«

»NEIN!«, schrie sie aus voller Kehle. Tränen sammelten sich in ihren Augenwinkeln, ihr Herz explodierte beinahe und ihre Brust fühlte sich an wie zugeschnürt. Sie musste zu ihm, musste ihn irgendwie zurück in diesen Körper holen. Er durfte nicht in Terra Maters Welt gefangen bleiben.

Addy wehrte sich aus Leibeskräften, bekam ihren Arm frei und stolperte auf Casimir zu. Ein paar der Soldaten traten beiseite und erlaubten ihr einen Blick auf den dort liegenden Körper.

Der Anblick zog ihr den Boden unter den Füßen weg und sie fiel auf die Knie. Mit weit aufgerissenen Augen starrte er sie an. Tote, trübe Augen, ohne Gold darin.

»Das ist nicht er«, sprach Ben aus, was sie längst wusste.

Ihr Inneres verkrampfte sich zu einem Klumpen. Ihr Herz drohte zu zerspringen. Was sie dort am Boden liegen sah, war nicht Casimirs lebloser Körper. Es war Eric. Eine klaffende Wunde an seiner Stirn zeugte von dem Kopfschuss, der ihm den halben Schädel weggepustet hatte.

Die Tatsache, dass Casimir nicht fähig wäre, in diesen Körper zurückzukehren, selbst wenn er einen Weg aus der Welt der Träume fände, konnte sie nicht einfach akzeptieren. Es musste einen Weg geben!

»Was hast du getan?«, brachte sie tonlos hervor. Ihr war, als würde sie keine Luft bekommen, und sie musste um jedes Wort ringen. »Ben, was hast du getan?«

»Es musste sein«, behauptete er. Wieder packte er sie an einem Arm, zog sie auf die Beine und zwang sie, ihn anzusehen. Sie war so voller Verzweiflung, dass sie es nicht einmal schaffte, sich gegen ihn zu wehren. Seine Finger schraubten sich fest um ihre Oberarme. Kein Anflug von Bedauern zeichnete seine Miene. »Er hätte uns alle umgebracht.«

»Mörder!«, knurrte sie ihn an. Unbändiger Hass durchströmte ihren ganzen Körper. Die Wut in ihr war kaum zu halten, jeder ihrer Muskeln spannte sich an und sie wehrte sich, so gut sie konnte, gegen ihn. »MÖRDER!«, schrie sie.

Ben ließ sie nicht los. Sie trat nach ihm, versuchte, ihn zu schlagen, doch er schüttelte sie nur, als müsse er sie wachrütteln.

»Versteh das doch!«, fuhr er sie an.

»Ms Maxwell?« Es war General O'Reilly, der Addy in ruhigem, aber bestimmten Ton ansprach.

Die Tränen, die ihr ungehindert über die Wangen liefen, verhinderten, dass sie ihn klar sehen konnte, als er neben Ben trat.

»Ihr versteht nicht, was er getan hat«, schluchzte Addy. »Keiner von euch versteht es.«

Ihre Kraft ließ langsam nach, die Knie brachen ihr weg, doch Ben hielt sie weiter aufrecht.

»Ich verstehe sehr gut«, widersprach O'Reilly. »Der Meliad, im Körper dieses Jungen, hatte angekündigt, die Natur würde sich beruhigen, wenn die Elekreen-Kraftwerke erst einmal abgeschaltet sind. Das Gegenteil war der Fall. Kaum dass wir sie deaktiviert hatten, ging er hinaus, begab sich zu diesem Hügel und um ihm herum bäumte sich die Natur aufs Neue auf. Der junge Mann, den Sie so wüst als Mörder beschimpfen, Ms Maxwell, hat dem mit einem gezielten Schuss ein Ende gesetzt. Kaum war der Meliad ausgeschaltet, beruhigte sich die Natur wieder. Ich hätte Ihnen gerne geglaubt, meine Liebe. Sie und ihre Freunde waren sehr überzeugend. Aber die Tatsachen sprechen für sich und wir werden nun die Konsequenzen ziehen müssen.«

Addy konnte nicht fassen, was sie da hörte. Sie starrte O'Reilly an, als wäre er ein Geist. Aus seiner Sicht ergab das alles einen Sinn. Er ahnte ja nicht, welche Rolle Addy dabei spielte. Dass sie nach der Abschaltung der Kraftwerke Terra Maters verbliebene Verbindung zur Menschenwelt war, konnte er nicht wissen. Ebenso wenig, dass die Natur nur gestoppt worden war, weil Casimir ihr Herz zum Stehen gebracht hatte. Nicht etwa wegen seinem Tod.

Kraftlos schüttelte Addy den Kopf.

»Nein«, sagte sie kaum hörbar.

Sie hatte noch keine Gelegenheit gehabt, wirklich zu verarbeiten, was Terra Mater ihr offenbart hatte. Dass *sie* die Anomalie in dieser Welt war. *Sie* war der Ankerpunkt für Terra Mater, der Riss zwischen allen Ebenen der Existenz, der der Erdmutter erlaubte, die Welt aus den Angeln zu heben. Und sie war es die ganze Zeit gewesen. Die ganze Zeit, in der sie versucht hatten zu stoppen, was unaufhaltsam schien, in der sie für die Menschheit gekämpft und dabei so viel verloren hatten. In all der Zeit war Addy der Ursprung aller Zerstörung gewesen.

Die Leere, die sich durch Casimirs Tod in ihr ausgebreitet hatte, drohte sie bei diesen Gedanken endgültig zu verschlingen. Sie zitterte und spürte ihre Beine kaum noch.

»Schon gut«, flüsterte Ben. Er wollte sie näher an sich heranziehen, um sie zu halten und zu trösten, doch Addy riss sich los und stolperte von ihm weg.

»Nein«, brach es mit erstickter Stimme aus ihr heraus.

Sie wirbelte herum, stürzte neben dem Leichnam auf die Knie und klammerte sich an dem leblosen Körper fest.

Ihre Tränen tropften auf ihn herab und sie krümmte sich über ihm zusammen.

»Lasst sie sich verabschieden«, hörte sie O'Reilly in ihrem Rücken sagen.

Aber sie wollte sich nicht verabschieden. Sie wollte nicht, dass dies hier das Ende war. Das durfte es einfach nicht sein.

»Bitte«, flehte sie. Ihre Finger schraubten sich fester um Casimirs Shirt. »Bitte, komm zurück.«

Eine Hand legte sich auf ihre Schulter, aber sie war noch nicht bereit zu gehen. Sie konnte ihn nicht einfach so liegen lassen. Addy musste bei ihm bleiben. Nein, sie musste zu ihm zurück!

Eine unbändige Entschlossenheit füllte die Leere in ihrem Herzen. Sie richtete sich auf, wischte sich die Tränen aus dem

Gesicht und ließ zu, dass einer der Soldaten sie auf die Füße zog. Kaum, dass sie neben ihm stand, griff sie seine Pistole, wirbelte herum und richtete sie auf die umstehenden Menschen.

Sie zitterte noch immer, doch es gelang ihr, das weitestgehend zu unterdrücken.

»Keiner bewegt sich!«, verlangte sie.

O'Reilly gebot seinen Leuten mit einer Geste, ruhig zu bleiben, und hob beschwichtigend die Hände. Nur Ben ließ sich von der Waffe in ihrer Hand nicht beeindrucken. Er ging auf Addy zu, wenn auch mit gebotener Vorsicht.

»Komm ja nicht näher!«

»Du wirst mir nichts tun«, behauptete er. »Du bist kein Mörder wie ich. Das bist du einfach nicht.«

Addy wich einen Schritt vor ihm zurück. Er hatte ja keine Ahnung, wer sie war und wozu sie fähig sein konnte, wenn man sie in die Enge trieb. Sie war so voller Wut auf ihn, dass sie nichts lieber getan hätte, als sich zu rächen. Aber dazu hatte sie die Waffe nicht gestohlen.

Bei diesem Gedanken wanderte ihr Blick unweigerlich zu Casimir, doch kaum, dass sie abgelenkt war, sah sie im Augenwinkel eine Bewegung. Sie riss die Pistole in die Richtung der jungen Soldatin, die versuchte, sich von der Seite an Addy heranzuschleichen. Die Frau stockte und hob die Hände.

»Stehen bleiben, habe ich gesagt!« Während Addy die Soldatin anschrie, spürte sie, dass die Erde unter ihren Füßen zu beben begann. Es ging wieder los. Sie war zurück in der Menschenwelt und Terra Mater würde ihren Plan, die Menschheit endgültig zu vernichten, wieder weiter vorantreiben. Dem musste sie auf der Stelle ein Ende setzen.

Sie hob die Waffe, drückte sich den Lauf fest unters Kinn und krümmte ihren Finger um den Abzug. Auch wenn ihrem Verstand klar war, dass sie sich das Leben nehmen musste, weigerte sich ihr Körper zu gehorchen.

Aber das musste er. Es gab keinen anderen Ausweg. Sie kniff die Augen fest zusammen, biss sich auf die Lippe und wurde im selben Moment von den Füßen geholt. Ein Soldat hatte sich von hinten auf sie gestürzt, sie schlug hart auf dem Boden auf und ein weiterer Mann riss ihr die Pistole aus der Hand.

»Nein!«, schrie sie, wehrte sich gegen die Männer, die sie niederdrückten, und versuchte verzweifelt, an die Waffe zu kommen. »Ihr versteht das nicht! Ich muss das tun, ich muss! Bitte, lasst mich, ich ...« Die Stimme brach ihr weg. Die Männer drückten sie mit solcher Kraft zu Boden, dass sie sich kaum regen konnte, und die Pistole war längst außerhalb ihrer Reichweite.

Es war vorbei. Es war endgültig vorbei.

KAPITEL 9

LIAM

TAG 9: MO, 23:30 UHR,
SOUTHERN HIGHLANDS VULKAN, AUSTRALIEN

Liam hatte keine Ahnung, wie lange er schon reglos am Boden lag. Er wusste nicht einmal genau, was mit ihm geschehen war. Eben noch hatte er sich todesmutig in einen aktiven Vulkan gestürzt und im nächsten Moment lag er auf verbrannter Erde, den Blick zum dunklen Nachthimmel gerichtet.

Vor einer Sekunde war ihm noch, als könne er sich an mehr erinnern als nur an seinen Sprung. Aber das verblasste bereits wie ein Traum, der ihm allmählich entglitt. Vielleicht war es ja genau das gewesen. Bloß ein Traum. Vielleicht auch das Leben nach dem Tod? Er wusste es nicht.

Es kam ihm so vor, als wäre er noch nicht richtig in seinem Körper angekommen. Sein Denken funktionierte, aber er spürte kaum etwas. Nur nach und nach kehrte das alles zurück.

Vom Himmel fielen dicke graue Flocken. Es roch nach Asche und verbranntem Grünzeug und Liams Lunge brannte bei jedem Atemzug. Der Schmerz war also das Erste, was ihm sein wiedergewonnenes Leben vergönnte.

Er versuchte, die Finger seiner verletzten Hand zu bewegen, und es gelang ihm. Es tat nicht einmal sonderlich weh. Auch sein verstauchter Knöchel machte ihm keine Probleme mehr.

Dafür fiel ihm nur ein Grund ein. Dieser Dreckskerl von einem Naturgeist steckte noch in ihm und hatte ihn geheilt!

Sofort saß Liam aufrecht. Alles war wieder da. Seine Sinne, seine Reflexe und eine Welle aus Panik, die beinahe an Hysterie grenzte.

Er wollte keine fremdgesteuerte Puppe sein. Da wäre er lieber tot!

Gehetzt tastete er seinen Körper ab und stellte dabei fest, dass er keine Kleidung trug. Er war völlig nackt und fror nicht einmal.

Es fühlte sich nicht so an, als würde er seinen Körper mit einem fremden Geist teilen. Aber was wusste er schon?

»Hallo?«, fragte er in sich hinein.

Er bekam keine Antwort.

Eine Weile saß er noch so da, wartete darauf, dass etwas geschah, während sein Atem schnell ging und sein Herz wild pochte. Aber da war nichts. Kein Naturgeist, der zu ihm sprach, niemand anderes, der seinen Körper lenkte, außer er selbst.

Erleichtert atmete er durch. Erst dann fiel sein Blick auf die Umgebung.

Es war niederschmetternd und schnürte ihm die Kehle zu. Um ihn herum lag totes Land. Blanker Stein, verbrannte Erde und nur hier und dort der verkohlte Stamm eines Baumes, dessen Krone den Flammen zum Opfer gefallen war – genau wie alles andere in dem über Nacht erblühten Urwald.

Das, was hier geschehen war, konnte unmöglich etwas mit Terra Maters Plan zu tun haben. Sie wollte doch eine neue Welt erschaffen und nicht alles in Schutt und Asche legen.

Er war bereit gewesen, sein Leben zu opfern. Aber wofür? Der Vulkan war dennoch ausgebrochen, hatte dabei den halben Berg weggesprengt und die Umgebung zu einer trostlosen schwarzen Wüste werden lassen. Er fühlte sich wie ein Versager und innerlich leer gefegt.

Weil er nicht ewig einfach so dasitzen und im Selbstmitleid baden konnte, zog er sich auf die Beine. Wie er an den Fuß des Vulkans gelangt war, wusste er nicht. Irgendwie hatte er überlebt, als hätte er einen Schutzengel an seiner Seite. Wenigstens war der Naturgeist weg und er noch immer er selbst.

Ob es Jack gelungen war, rechtzeitig zu fliehen? Ob er seine Tochter und Jones gefunden hatte?

Es war eine Sache, den Vulkanausbruch nicht abgewendet haben zu können, aber eine ganz andere, wenn er seine Freunde dabei verloren hätte. Das durfte einfach nicht geschehen sein! Es war schon schmerzhaft genug zu wissen, dass er für den Tod seines Pferdes verantwortlich war. Der Gedanke an Whiskey tat unsagbar weh.

Obwohl die Erde unter Liams Füßen warm war, schlang er sich die Arme um den Körper. Die Sterne standen am Himmel, es war dunkel, aber hier und dort glühte es noch unter der erstarrten Lava, sodass er genug sehen konnte.

Er schaute zum Vulkan. Um Jack einzuholen oder auf Grace und Jones zu stoßen, würde er ihn umrunden müssen. Und wenn die Lava nur Richtung Sydney geflossen war – wie es der Naturgeist vorgehabt hatte – gab es tatsächlich noch die Chance, dass die drei überlebt hatten. Ohne Kleidung, Wasser und Proviant stand Liam aber ein harter Fußmarsch bevor.

»Autsch, verdammte Scheiße!«, schrie er wutentbrannt, als er, kaum drei Schritt weit gekommen, auf einen spitzen Stein trat. Er sah hinauf zum Himmel. »Die scheiß Schuhe hättest du mir ruhig lassen können!«

Er war wütend. Frustriert. Auch wenn er keine Ahnung hatte, wem er es verdankte, noch am Leben zu sein, kam es ihm wie eine Strafe vor. Als würde ihm jemand sein Versagen unter die Nase reiben wollen und hinter seinem Rücken laut über ihn lachen.

Ganz sicher musste es da jemanden geben. Er hätte den Sturz in den Vulkan unmöglich überleben können. Irgendetwas oder jemand war für seine Rückkehr in die Welt der Lebenden verantwortlich. Nur wer? Die Ignis? Die Belial? Am Ende vielleicht Terra Mater selbst? Wenn er sich doch nur an diesen Traum erinnern könnte.

Liam stockte. Offensichtlich hatte ihm die kurze Verbindung mit dem Naturgeist mehr gebracht, als er für möglich gehalten hätte. Plötzlich wusste er, was es mit den fremdartigen Wesen auf sich hatte. Er wusste um die fünf Sphären, aus denen die Welt bestand, und welche Rolle dieser Energiekonzern Elekreen in der ganzen Sache spielte.

»Deswegen also«, murmelte er und setzte seinen Weg mit einem mulmigen Gefühl in der Magengegend fort. Deswegen hatte es der Naturgeist auf das Kraftwerk abgesehen. Nun verstand Liam auch seine Vision und es war erschreckender als alles, was er sich bisher ausgemalt hatte. Elekreen tötete die Naturgeister.

Eine ganze Weile lief Liam, bis ihm ein erstarrter Lavastrom den Weg versperrte. Heißer Dampf stieg von ihm auf und unter der rissigen, erstarrten Oberfläche konnte man es noch rot glimmen sehen. Er ging in die Hocke, legte seine Fingerkuppen auf das Gestein und zog sie hastig wieder weg. Die Lava war viel zu heiß, um es zu überqueren.

Er ließ seinen Blick in Fließrichtung wandern und verengte die Augen zu schmalen Schlitzen, als er etwas an einem verkohlten Baum hängen sah. Da baumelte doch tatsächlich sein Hemd. Ungläubig starrte er es an.

Wahrscheinlich war es pures Glück, dass der Wind es mitgetragen und vor dem Feuer gerettet hatte. Aber ein wenig Hoffnung machte er sich schon, auch über seine Schuhe zu stolpern. Vielleicht gab es da wirklich jemanden, der schützend seine Hand über ihn hielt.

Er lief zum Baum, pflückte sein Hemd vom Ast und ein Schwarm Ignis stob dabei auseinander wie aufgeschreckte Glühwürmchen.

»Wart ihr das?«, fragte Liam. »Habt ihr mir das Leben gerettet? Oder zumindest mein Hemd?«

Die Ignis antworteten nicht. Aufgeregt schwirrten sie umher und Liam fragte sich, ob sie es lustig fanden, ihn nackt zu sehen.

Er band sich sein Hemd wie einen Lendenschurz um die Hüfte und kam dann auf eine Idee. Wenn es ihm gelänge, den Baum umzustürzen, könnte er auf ihm die andere Seite erreichen.

Ob ihn die Ignis aus diesem Grund hierhergelockt hatten? Er beobachtete die schwebenden Lichter und stellte dabei fest, dass sie sich hin und wieder auf den Ästen niederließen, ohne dabei zu schmelzen und die Gegend gefrieren zu lassen.

Verwirrt sah Liam sich um. War er wirklich wach? War das wirklich seine Welt? Denn wenn dem so war, hätten die Ignis nicht sterben müssen, kaum dass sie mit fester Materie in Berührung kamen?

Liam fühlte sich nicht wie in einem Traum. Wenn er sich also wirklich durch die Menschenwelt bewegte, was war dann mit ihr geschehen, dass die Ignis in ihr überleben konnten? Etwas sehr Merkwürdiges ging vor sich. Obwohl kaum etwas merkwürdiger sein konnte, als den Sturz in einen aktiven Vulkan zu überleben.

Er legte seine Hände an den Baumstamm und machte sich bereit, all seine Kraft aufzuwenden, ihn umzustoßen. Doch als er sich festen Stand suchte und nach vorne sah, fiel ihm auf, dass einige der Äste durchsichtig schienen.

In dem Moment wünschte er sich, nicht mit dem Naturgeist verbunden gewesen zu sein und dessen Wissen in sich zu tragen. Denn statt an eine optische Täuschung oder einen Traum zu denken, schuf sich eine schreckliche Ahnung in ihm Platz.

Er richtete sich wieder auf. Konnte das wirklich sein? Stürzten alle Sphären in sich zusammen? Nur so konnte er sich erklären, warum Materie durchlässig wurde und die Ignis in seiner Welt überlebten. Allein der Gedanke daran schnürte ihm die Kehle zu. Wenn das wirklich geschah, war das dann das Ende?

Nein. Er durfte sich davon nicht aus der Fassung bringen lassen. Vielleicht hatte er bloß Halluzinationen. Er wusste ja nicht, was mit ihm passiert war.

Entschlossen widmete Liam sich wieder dem Baum. Er lehnte sich dagegen und die toten Wurzeln lösten sich beinahe von selbst aus der Erde. Der Stamm stürzte über den Lavafluss und Liam konnte ihn überqueren. Die Ignis begleiteten ihn dabei.

Auf der anderen Seite angekommen warf er einen Blick zurück. Dort, wo zuvor die durchscheinenden Äste gewesen waren, flimmerte die Luft seltsam. Ganz sicher war es die Membran zwischen den Welten, die sich an dieser Stelle begonnen hatte zu zersetzen.

Egal wie lange Liam das Phänomen auch anstarrte, es kam ihm dennoch unwirklich vor. Er wollte einfach nicht, dass das wirklich geschah. Und erst recht wollte er nicht wissen, wo das endete.

Er setzte seinen Weg fort, fühlte sich wie innerlich tot und wusste nicht mehr, warum er überhaupt weiterlief. Alles kam ihm so sinnlos vor.

Die ganze Nacht hindurch lief er, in der Hoffnung, Jack noch einholen zu können, und so ging bereits die Sonne auf, als er endlich weiche Erde unter seinen geschundenen Füßen spüren konnte. Ihm tat jeder Knochen im Leib weh, seine Augenlider waren schwer und während der letzten halben Meile hatte er zu schwanken begonnen. Er war einfach am Ende seiner Kräfte.

Dennoch hielt ihn irgendetwas auf den Beinen. Es war, als würde ihn eine unbekannte Macht magisch anziehen. Vor ihm lag ein Hügel und Liam überkam das Gefühl, ihn nur überwinden zu müssen, um zu Hause anzukommen. Er wusste, wie abwegig das war. Die Ranch seiner Eltern lag Hunderte Meilen in die entgegengesetzte Richtung. Dennoch konnte er dieses Gefühl nicht abschütteln.

Auf allen vieren erklomm er den Steilhang und richtete sich, oben angekommen, auf.

Im roten Schein der ersten Sonnenstrahlen des anbrechenden Tages zeigte sich ihm erstmals das ganze Bild der Zerstörung. Und Liam war bei diesem Anblick ebenso geschockt wie erleichtert.

Der Naturgeist hatte den Plan verfolgt, den gesamten Landstrich vom Southern Highlands Vulkan bis hin zu Sydney unter Lava und Asche zu begraben. Viele Tausend Quadratmeilen bewohntes Gebiet, Wälder und Buschland, mehr als 5 Millionen Menschen und unzählige Kängurus, Koalas und andere Tiere. Doch das war ihm nicht gelungen. Der Vulkan war zwar ausgebrochen und hatte dabei den Nattai National Park niedergemacht, aber rundherum lag grünes Land. Die Lava war nicht bis nach Sydney gelangt. Nicht einmal im Ansatz.

Trotzdem war der Anblick erschreckend, denn dort, wo die Lavaströme und die durch sie entstandenen Buschbrände endeten, war Australien aufgebrochen wie eine zerplatzte Eierschale. Ein paar Meilen vor sich konnte Liam das Meer sehen und dahinter grün erblühtes Land, wo Straßen und Städte hätten sein sollen. Es schien, dass das gesamte Gebiet rund um Sydney mitsamt der Stadt vom Kontinent abgebrochen war.

Das Gefühl, seiner Heimat nahe zu sein, war noch immer da und bei diesem Anblick stärker denn je. Es ging von der Insel aus und war beinahe wie ein Rufen, dem er nur schwer widerstehen konnte.

Fassungslos starrte er zu dieser neu entstandenen Insel. Er wusste nicht, was er denken oder fühlen sollte, wie das geschehen sein konnte und wie lange er weg gewesen sein musste, um eine derartige Naturkatastrophe zu verpassen. Wieso er trotz seiner Müdigkeit dagegen ankämpfen musste, einfach blindlings loszurennen, um dort hinzugelangen, wusste er erst recht nicht.

In Anbetracht der erkalteten Lava und der extremen Veränderungen bezweifelte er, dass nur eine Nacht vergangen war. Aber länger als zwei oder drei Tage konnten es doch nicht gewesen sein, sonst würde der Boden nicht mehr glühen. Nur war das viel zu wenig Zeit, um Inseln entstehen zu lassen. Es konnte nur Terra Mater selbst gewesen sein, die dafür verantwortlich war.

War es dann sie, die er rufen hörte? Oder war es nur sein Heimweh nach Sydney, in das er, so erschöpft, wie er war, zu viel hineininterpretierte?

Eine gefühlte Ewigkeit stand er auf dem Gipfel der Anhöhe und starrte auf die Insel. Das war einfach unbegreiflich. Und was er sah, war nicht nur irgendeine Insel. Was da vor ihm lag, war ein regelrechtes Dschungelparadies.

Liam schaute an sich herunter und wieder nach vorne.

»Ich bin auf der falschen Seite des Meeres gestrandet«, meinte er. Er hätte lauthals lachen können, wenn das, was er sah, nicht so erschreckend gewesen wäre. »Mit meinem Lendenschurz sehe ich aus wie Tarzan und der gehörte in den Dschungel, nicht wahr?«

Er sah zu den Ignis, die seine Art von makabrem Humor nicht zu teilen schienen.

Das Schrecklichste für ihn war, dass er das schon einmal gesehen hatte. Terra Mater hatte ihm diese Zukunft gezeigt. Sydney von Pflanzen überwuchert, alles zerstört, was die Menschen errichtet hatten. Er hatte gewusst, dass es so weit kommen würde. Nur seine Rolle dabei kannte er damals noch nicht.

Ob mittlerweile die ganze Welt so aussah? Das, was direkt vor ihm lag, war wohl der Anfang eines neuen Zeitalters und Liam wusste nicht, ob es ihm gefiel, dass er live dabei sein durfte.

Angelehnt an ein paar Steine versuchte Liam, ein wenig Schlaf zu bekommen. Alles kam ihm so sinnlos vor. Er würde in dieser Einöde sterben, davon war er fest überzeugt. Seine Glieder schmerzten, sein Magen war leer und seine Kehle trocken. Nicht nur körperlich war er am Ende, auch geistig fühlte er sich wie erschlagen.

Er wünschte sich nichts weiter, als endlich zur Ruhe zu kommen, aber sein Kopf ließ das nicht zu. Seine Gedanken rotierten und in seinem Bauch hatten sich Frust, Wut und Schuld zu einem festen Knoten zusammengeschnürt. Es gelang ihm einfach nicht einzuschlafen.

Ein Geräusch ließ ihn aufschrecken. Er saß sofort aufrecht, sein Herz hämmerte in seiner Brust, doch er konnte nichts Auffälliges sehen. Vielleicht spielte ihm sein Verstand nur einen Streich? So übermüdet, wie er war, hielt er das für am wahrscheinlichsten. Was sollte es außer ihm in dieser trostlosen Gegend auch geben? Er lehnte sich wieder zurück, da berührte ihn etwas an der Schulter. Erschrocken schrie er auf, wirbelte herum und hatte schon die Hände zum Angriff erhoben, als er direkt in Jacks Gesicht blickte.

Liams Atem ging stoßartig, und obwohl er Jack direkt vor sich sah, war sein Verstand noch nicht so weit, das zu begreifen.

»Gott sei Dank, er lebt!«, seufzte Grace, die neben ihrem Vater auftauchte.

Noch immer nach Luft ringend sah Liam von Jack zu ihr und wieder zurück. Nach und nach begriff er, dass das wirklich geschah. Sie hatten ihn gefunden! Sie lebten und er war gerettet. Der tief sitzende Klumpen aus Angst, Wut und Verzweiflung, der ihm die ganze Zeit schon im Magen gelegen hatte, löste sich mit einem Mal auf und wich überströmender Freude.

Er sprang auf, taumelte, weil sein ausgezehrter Körper ihm kaum noch gehorchen wollte, und Jack ergriff seinen Arm, damit er nicht fiel.

»Ihr habt mich gefunden!«, stieß er voller Erleichterung aus und umarmte den Mann.

»Zum Glück haben wir das«, meinte Jack.

Liam löste sich von ihm, stützte sich auf seinen Knien ab und atmete tief durch. Er spürte, wie sich Freudentränen in seinen Augenwinkeln ansammelten. Sein Körper zitterte vor abfallender Anspannung.

»Alles okay?«, fragte Grace besorgt und trat vor ihn.

Er nickte, richtete sich auf und sie strahlte ihn voller Erleichterung an.

Ohne nachzudenken, packte er Grace, umfasste ihr Gesicht mit beiden Händen und küsste sie.

Er musste das einfach tun. Von ihrer ersten Begegnung an hatte er es sich gewünscht und in diesem Moment überschäumenden Glücks schien es ihm die beste Idee von allen zu sein.

Sein Herz explodierte beinahe, als ihre Lippen sich berührten. Aller Schmerz war mit einem Mal wie weggeblasen und alles Schreckliche vergessen.

Kaum eine Sekunde hielt das an, da stieß Grace ihn von sich und Jack packte ihn am Arm, um seine Tochter von ihm zu befreien.

»Was fällt dir ein?!«, fuhr sie ihn an, wischte sich den Mund ab und bedachte ihn mit einem Blick voller Abscheu und Empörung.

Jacks Hand schraubte sich fester um seinen Arm, er hob gerade an, Liam die Meinung zu sagen, als Jones hinter dem Steinhaufen auftauchte.

Liams Herz begann zu rasen, als er seinen Freund sah. Er hatte es nicht gewagt, darüber nachzudenken, warum Jones nicht bei Jack und Grace gewesen war. Zu sehen, dass er noch lebte, ließ ihn innerlich vor Freude schreien.

»Wer von euch hat gerade gebrüllt wie ein kleines Mädchen?«, fragte Jones und riss die Augen auf, als er Liam entdeckte. »Du lebst, verdammt!«, stieß er aus. Er sah zu Jacks Hand an Liams Arm und dann an ihm herunter. »Was habe ich verpasst?«

»Dein Freund hat großes Glück, dass ich ihm mein Leben verdanke, sonst würde ich ihn jetzt eigenhändig zurück auf den Vulkan schleifen und in die Lava werfen!«

»Hey, hey!«, versuchte Jones zu beschwichtigen. »Jetzt kommen wir mal alle wieder runter.«

»Es war nur ein Kuss«, brummte Liam und befreite sich von Jack. Nicht mal ein wenig Freude gönnte der Alte ihm. Er war nur froh, dass der Mann seine Schrotflinte nicht dabeihatte.

»Du hast ihn geküsst?«, fragte Jones und deutete auf Jack.

Grace lachte und Jones grinste gehässig. Er kam auf Liam zu und zog ihn an sich. Liam erwiderte die Umarmung, schloss die Augen und hätte in diesem Moment einfach nur einschlafen und alles Geschehene vergessen können.

»Man, bin ich froh, dich lebend wiederzusehen«, seufzte ihm Jones ins Ohr. »Wir hatten die Hoffnung schon fast aufgegeben.«

»Und wie froh ich erst bin«, sagte Liam leise.

KAPITEL 10

YOUNES

TAG 10: DI, 07:30 UHR,
ZWISCHEN TORONTO UND OTTAWA, KANADA

Younes schob die Zeltplane beiseite und warf einen flüchtigen Blick nach draußen. Obwohl sich die Menschen im Lager ihm gegenüber nicht abweisend verhielten, fühlte er sich umzingelt und ständiger Gefahr ausgesetzt. Erst als er sicher war, unbeobachtet zu sein, widmete er sich wieder seinem Gepäck.

Chloe und Ella hatten nicht lange gebraucht, um Anschluss zu finden. Es half ihnen, dass sie ein paar der Leute aus ihrem früheren Leben kannten. Ein Leben, von dem sich Younes so weit entfernt hatte, dass es ihm völlig fremd geworden war.

»Du solltest keine Zeit verlieren«, drängte Ma'an.

»Schon klar«, knurrte er.

Ihn zu hetzen, hätte sich der Naturgeist sparen können. Younes wusste selbst, dass es ihm jede weitere Minute schwerer machte zu gehen. Und er bereute, sich nicht richtig verabschiedet zu haben. Aber wie hätte er Ella das antun können? Wie wäre er fähig gewesen, sie zurückzulassen, wenn sie ihn anflehen würde, zu bleiben? Allein der Gedanke daran brach ihm das Herz und ließ ihn an seinem Vorhaben zweifeln.

Aber Zweifel waren das Letzte, was ihm weiterhelfen würde. Er musste das einfach durchziehen. Alleine schon, weil er Ella und Chloe nur so beschützen konnte.

Er ging in die Hocke und räumte den Rucksack aus, packte alles, was für Chloe von Nutzen sein konnte, zum Gepäck ihrer Mutter und schob es zurück unter das provisorisch aufgebaute Nachtlager. Nur eine Decke, etwas zu trinken und seine Handschuhe nahm er mit.

Er schnürte den Rucksack zu und starrte ihn an, ohne die Kraft zu finden aufzustehen.

»Du zögerst viel zu lange«, warnte ihn Ma'an. *»Es ist nur eine Frage der Zeit, bis sie herausfinden, was du bist. Und wenn es so weit ist, heißt es die oder wir.«*

»Dein Name, woher kommt der eigentlich?«, fragte Younes.

»Willst du vom Thema ablenken?«

Natürlich wollte er das. Noch mehr Druck von Ma'an konnte er nicht gebrauchen. Wie hätte er sicher sein können, diese Entscheidung aus freien Stücken zu treffen, wenn der Meliad ihm nicht die Zeit zum Denken ließ?

»Sag schon. Ihr Naturgeister habt doch eigentlich gar keine Namen. Warum ausgerechnet Ma'an?«

»Du willst wirklich vom Thema ablenken. Glaubst du, ich spüre deine Zweifel nicht? Du willst Chloe und Ella nicht alleine lassen. Du glaubst, dass sie sich ohne dich nicht zurechtfinden. Aber im Grunde weißt du doch, dass es genau umgekehrt ist. Wenn ans Licht kommt, dass du nicht normal bist, werden sie erst Probleme bekommen. Ohne uns sind sie besser dran.«

Wie gerne Younes doch Gegenargumente gebracht hätte. Er war es wieder und wieder durchgegangen, aber das Ergebnis blieb immer dasselbe: Ma'an hatte recht. Die beiden waren ohne ihn besser dran und die Menschen hier nur in Gefahr, wenn er bei ihnen blieb.

Er warf sich den Rucksack über die Schulter, schob die Plane beiseite und verließ das Zelt.

»Es ist eine Stadt«, sagte Ma'an. *»Sie liegt in Jordanien. Es war der Traum deines Bruders, die alten Ruinen dort irgendwann einmal mit eigenen Augen zu sehen. Ich würde gerne behaupten, ich hätte mir diesen Namen aus einem schlechten Gewissen heraus ausgesucht, aber wir beide wissen, dass das nicht stimmt. Es war wohl eher so, dass er in Samuels Gedanken so präsent war, dass es mir passend erschien.«*

Jordanien. Wie wenig er doch von seinem Bruder gewusst hatte. Younes hatte nie nach seinem Studium und seinen Berufszielen gefragt. Es hatte ihn einfach nicht groß interessiert und das bereute er jetzt zutiefst. Damals hatte er keinen einzigen Gedanken an Sterblichkeit verschwendet. Dass man von einer Sekunde auf die nächste alles verlieren konnte und jede Minute kostbar war, gehörte einfach nicht in die Gedankenwelt seines damaligen Ichs. Er hatte geglaubt, noch Zeit zu haben.

»Es werden einige Träume nicht in Erfüllung gehen, wenn Terra Mater so weitermacht«, meinte er und war in Gedanken bei der Sintflut, der sie nur knapp entronnen waren. Unzählige Leben waren direkt vor seinen Augen ausgelöscht worden und so viele würden noch folgen. Es schnürte ihm die Kehle zu, wenn er nur daran dachte.

Er passierte ein Zelt und bemerkte, dass seine Hose durch den Hering, an dem es befestigt war, hindurchglitt, statt daran vorbeizustreifen.

Erschrocken blieb er stehen. Zum zweiten Mal schon konnte er beobachten, wie die Membran zwischen den Welten durchlässig wurde, und je länger er hinsah, desto mehr kam es ihm vor, als würde das Bild vor seinen Augen verschwimmen.

»Stimmt es wirklich? Bricht jetzt endgültig alles zusammen?«

»Ich kann mir nicht vorstellen, dass Terra Mater das zulässt. Sie wird einen Plan haben.«

Younes schnaubte verächtlich. Terra Mater und ihre Pläne. Er konnte es nicht mehr hören.

Gerade wollte er in die Hocke gehen und den Hering berühren, da bemerkte er einen Mann, der ihn skeptisch beäugte. Younes wandte sich schnell von ihm ab und lief weiter. Es fehlte ihm gerade noch, auf den letzten Metern entdeckt zu werden. Er musste sich diese Selbstgespräche unbedingt verkneifen, solange er beobachtet wurde. So wie er die Menschen kannte, würden sie am Ende noch ihm die Schuld für den Zusammenbruch der Welten geben, käme sein Geheimnis ans Licht.

Er versuchte, die Blicke der anderen zu meiden, durchquerte das Lager und hatte bald schon den Schutzwall hinter sich gelassen.

Gerade war man dabei, ein Tor aufzustellen. Die Menschen schotteten sich vor ihrer Umwelt ab, wie sie es schon immer getan hatten. Sie schützten sich vor dem, was ihnen gefährlich vorkam und was sie nicht verstanden, indem sie Mauern um Territorien zogen, die sie für sich beanspruchten.

»Younes!«, rief Chloe ihm nach.

Sein Inneres verkrampfte sich. Er blieb stehen, drehte sich aber nicht zu ihr um. Die Plantage hatte er bereits hinter sich gelassen, war den Hügel bis zur Hälfte hinaufgestiegen und hatte geglaubt, unbemerkt verschwinden zu können. Offenbar lag er damit falsch. Chloe würde versuchen, ihn aufzuhalten, und es dadurch nur noch schwerer machen.

Sie hatte ihn schnell erreicht und griff nach seinem Arm. »Wo zum Teufel willst du hin?«, fuhr sie ihn an.

Er wandte sich ihr zu, ließ seinen Blick über das Camp schweifen und über die vielen Menschen, die ihm wie eine Bedrohung vorkamen und nicht wie seinesgleichen. Erst dann sah er zu ihr, die ihn wütend anfunkelte.

»Ich kann nicht hier bleiben«, sagte er.

Verständnislos starrte sie ihn an. »Wie kommst du darauf?«

»Hast du nicht bemerkt, wie sie mich ansehen? Was glaubst du, tun sie, wenn sie herausfinden, was ich bin?«

»Nichts, wenn du es ihnen erklärst. Also sei kein Feigling und komm zurück! Wir reden erst einmal mit meiner Mum und dann überlegen wir uns, wie wir es den anderen klarmachen. Vielleicht finden wir ja sogar einen Weg, dir zu helfen.«

»Helfen?«

»Na danke«, murrte Ma'an.

Younes schüttelte verständnislos den Kopf. »Du hast zu viel Vertrauen in die Menschen. Ich sehe doch, wie ihre Angst vor den Dingen, die sie nicht verstehen, Misstrauen in ihnen weckt. Sie werden kein Verständnis haben, sie werden tun, was Menschen immer tun, wenn es hart auf hart kommt.«

»Und das ist?«, fragte sie. »Hör dir doch mal selbst zu! Du klingst paranoid. Es ist *er,* der da aus dir spricht. Er ist es, der die Menschen für dich fremd werden lässt. Siehst du das denn nicht?«

»Sie weiß nicht, wovon sie spricht. Sie will einfach nicht wahrhaben, wie die Menschen wirklich sind.«

Chloe sah ihn mit großen Augen an, verengte dann aber den Blick. Dass Ma'an zu ihm sprach, schien sie sofort zu bemerken.

»Lass mich raten. Er behauptet das Gegenteil und natürlich glaubst du ihm«, warf sie ihm vor.

Younes wollte sich nicht für Ma'an und gegen Chloe entscheiden müssen, aber der Meliad hatte nun mal recht. Sie sah nur das Gute in den Menschen und dafür liebte er sie. Weil sie genau das auch in ihm gesehen hatte. Nur gab es immer zwei Seiten und das zu leugnen, half niemandem.

»Es tut mir leid.«

»Tut es das wirklich?«, fragte sie mit bebender Stimme. »Bist du nicht froh, uns endlich loszuwerden?«

»Wie kommst du darauf?«

Wütend sah sie ihn an. »Du wolltest ihn von Anfang an für dich alleine haben«, geiferte sie und tat einen Schritt auf Younes zu. Verwirrt wich er nach hinten aus, doch sie ließ nicht locker. »Ist doch so, oder? Du bringst ihn gegen mich auf, gegen seinesgleichen. Du manipulierst seine Gefühle und Gedanken. Von wegen du steuerst ihn nicht. Du lässt ihn doch nur in dem Glauben, einen freien Willen zu haben!«

Sie stieß ihm beide Hände gegen die Brust, sodass er einen weiteren Schritt vor ihr zurückstolperte.

»Was soll das?«, fuhr Younes sie an und packte ihre Handgelenke. Chloe versuchte vergebens, sich loszureißen.

Dachte sie etwa, ihn überzeugen zu können, indem sie Ma'an angriff und Dinge behauptete, die einfach nicht stimmten?

»Ich sagte doch, dass sie nicht weiß, wovon sie spricht. Lass uns einfach gehen«, riet Ma'an. *»So wird es leichter für uns alle sein.«*

»Nein«, widersprach Younes. »Ich kläre das.«

Er ließ sich von dem Meliad nicht lenken und manipulieren. Chloe irrte sich. Und damit unterstrich sie doch nur, dass sie es ebenso wenig verstand, wie es andere verstehen würden.

»Was sagt er?«, verlangte Chloe zu erfahren. »Behauptet er, ich würde lügen? Bitte, Younes, versuch wenigstens, mir zu glauben.«

»Das kann ich nicht, weil es einfach nicht wahr ist!«, erwiderte er scharf. »Wieso machst du es mir so schwer? Ich versuche doch nur, euch zu beschützen. Kannst du das nicht verstehen oder willst du nicht?«

»Lass mich los!«, verlangte sie.

Er hatte gar nicht bemerkt, dass er noch immer ihre Handgelenke hielt und sich seine Finger fest darum geschraubt hatten. Sofort ließ er von ihr ab und sie verpasste ihm eine schallende Ohrfeige.

Hitze schoss ihm ins Gesicht und Wut schäumte in ihm auf.

»Wenn du Ella wirklich lieben würdest …«, begann Chloe.

»Wag es ja nicht!«, fiel er ihr ins Wort. Er baute sich vor ihr auf, doch sie blieb standhaft, wich keinen Schritt zurück, auch wenn sich ihre Augen mit Tränen füllten und ihre Lippe zu zittern begann.

»Du weißt, dass es die Wahrheit ist«, sagte sie mit tonloser Stimme. »*Er* ist es. Er unterdrückt deine wahren Gefühle. Für sie und auch für mich.«

Younes schüttelte den Kopf. Wie konnte er sich so in ihr getäuscht haben? Wie hatte er glauben können, sie würde ihn irgendwann verstehen, würde ihn unterstützen und ihm helfen können?

»Das ist nicht wahr!«, schrie er. Seine Hände ballten sich zu Fäusten, unbändige Energie sammelte sich darin, die Erde bebte unter ihm und Chloe sah sich panisch um. Ängstlich wich sie vor ihm zurück.

Er war so wütend, dass er am liebsten die ganze Gegend in Schutt und Asche gelegt hätte. Und er wusste, dass er die Macht dazu hatte.

»Das willst du nicht wirklich«, erinnerte ihn Ma'an.

Younes schnaubte vor angestautem Zorn. Es wäre so leicht, all das freizusetzen, indem er die Macht demonstrierte, die ihm inne war. Aber Ma'an hatte mal wieder recht. Natürlich wollte er niemanden verletzen.

Die Energie in seinen Händen verschwand und die Erde beruhigte sich wieder.

»Du weißt nicht, wer ich wirklich bin«, sagte er.

Chloe wischte sich die Tränen weg.

»Nein«, flüsterte sie mit brüchiger Stimme. »Du bist derjenige, der es nicht weiß.«

»Du glaubst, Ma'an würde mich beeinflussen und du hast recht. Gerade hat er mich davon abgehalten, diesen ganzen scheiß Hügel in sich zusammenstürzen zu lassen. Und du? Du verurteilst ihn, nur weil du ihn nicht verstehen kannst, weil er anders ist.«

Chloe sah ihn lange an. »Kannst du dir denn nicht im Entferntesten vorstellen, dass er dich nur davon abgehalten hat, um meine Worte zu widerlegen? Merkst du denn nicht, wie leicht er dich um den Finger wickeln kann?«

Younes sagte darauf nichts. Sie wollte nicht verstehen und er würde sie nicht überzeugen können. Alles, was er wollte, war, sie und Ella in Sicherheit zu wissen. Wenn das bedeutete, dass sie ihn und Ma'an hassen musste, um ihn gehen lassen zu können, dann war das nun mal so.

Er wandte sich von ihr ab und lief los.

»So ist es das Beste«, versicherte Ma'an.

»Jetzt nicht«, bat Younes.

Es war auch so schon schwer genug. Auch ohne dass der Meliad ihm gut zuredete.

»Geh nicht!«, rief Chloe ihm nach. Sie flehte ihn regelrecht an und ihre Stimme schnitt sich ihm tief ins Fleisch. Es tat weh, zu hören, wie verletzt sie war.

Younes stockte unweigerlich. Es war, als hätten ihn ihre Worte zu Stein werden lassen.

»Lass dich nicht darauf ein. Ich will hier nicht krepieren, nur weil du nicht Nein zu ihr sagen kannst. Und du willst nicht, dass sie und deine Schwester draufgehen, weil du es nicht schaffst, dich von ihr zu trennen.«

Ma'an hatte doch keine Ahnung, worum es hier ging. Er verstand nicht, was Chloe und Younes miteinander verband. Obwohl er seine Gefühle miterleben konnte, war ihm nicht klar, wie sehr es Younes wehtat, sich nicht zu ihr umzudrehen, sie stattdessen zu ignorieren und an seiner Entscheidung festzuhalten. Der Naturgeist konnte das unmöglich verstehen, weil Liebe mehr war als nur ein Haufen Hormone, Endorphine und andere chemische Reaktionen seines Körpers. Sie war dieses eine Gefühl in ihm, das nur ihm allein gehörte und zu dem nicht einmal der Meliad in seinen Kopf Zugriff hatte.

Younes atmete tief durch, ließ Ma'ans Energien in die Umgebung fließen und wandte sich dann wieder Chloe zu.

Wie sie ihn ansah, so voller Verzweiflung und Hoffnung zugleich. Das zerriss ihn. Das brach ihm das Herz.

In ihrem Rücken brachen Knospen an den Obstbäumen auf und die Plantage erblühte mit einem Mal in ihrer vollen Pracht. Ein Gestöber weißer Blütenblätter fegte über das Camp hinweg und die Menschen traten aus ihren Zelten, erhoben sich von den Feuerstätten und bewunderten das Schauspiel der Natur mit Ehrfurcht, Staunen und Angst.

»Dreh dich um«, bat er Chloe.

Fragend sah sie ihn an, tat dann aber, worum er sie gebeten hatte. Während sie das kleine Wunder, das Younes ihr zum Abschied schenkte, beobachtete und dabei zusah, wie Früchte an den Bäumen weiter wuchsen, wandte er sich von ihr ab und lief los. Wenn sie sich wieder umdrehen würde, wäre er schon verschwunden.

KAPITEL 11

YOUNES

TAG 10: DI, 09:00 UHR,
ZWISCHEN TORONTO UND OTTAWA, KANADA

Younes stand am Steilhang, ließ seinen Blick über den versunkenen Landstrich schweifen und fühlte dabei nichts als Leere in sich. Nicht weil es ihn kalt ließ, was mit den vielen Dörfern, Städten und ihren Bewohnern geschehen war. Ganz im Gegenteil. Es fraß ihn von innen heraus auf und ließ nichts mehr von ihm übrig. Nichts als diese Leere.

Als läge unter der reglosen Wasseroberfläche ein Paralleluniversum, spiegelte sich die wild gewucherte Pflanzenwelt mit all ihren Seltsamkeiten darin. Die Farben, die vielen Blüten und ungewöhnlichen Gewächse, das alles im funkelnden Wasser, umschwirrt von den Lichtern der Ignis, wäre ein atemberaubend schöner Anblick gewesen, hätte es nicht die vielen Leichen gegeben. Sie trieben zwischen den Trümmern der von den Wassermassen zerschmetterten Häuser, zwischen Dreck und anderen wertlos gewordenen Überbleibseln der Zivilisation.

Younes' Kehle schnürte sich ihm zu. Er ertrug diesen Anblick nicht länger und wandte sich ab.

»Könnten wir Meliad fühlen wie ihr, wäre es das, was wir in den letzten zwei Jahrzehnten beim Verfall unserer Welt durchlitten hätten. Genau das.«

Ma'an musste Younes nicht daran erinnern, dass Elekreen

Tore in seine Sphäre geöffnet, sie wie sein Sieb durchlöchert und ihnen ihr Leben ausgesaugt hatte. Er musste nicht immer wieder betonen, wie zahlreich und unentschuldbar die Fehler waren, die die Menschen begangen hatten. Die Meliad waren von ihnen genauso grausam behandelt worden wie Schlachtvieh in Massentierhaltung. Die menschliche Hochkultur war zu einem Krebsgeschwür geworden, das die Welt befallen hatte und in ihrem unstillbaren Wachstum nicht nur alles andere, sondern auch sich selbst auffraß.

All das war Younes längst klar. Und er wusste, dass dies hier die Strafe dafür war. Doch das machte es nicht einfacher, diesen Anblick zu ertragen.

»Was willst du jetzt tun? Willst du wirklich da runtergehen? Ich merke doch, wie du immer mehr an der Menschheit zweifelst. Und das zu recht. Terra Maters Pläne für dich können unmöglich darin bestehen, dich den Überlebenden zum Fraß vorzuwerfen. Aber genau das tust du, wenn du nach ihnen suchst.«

Ma'ans Worte ließen Wut in ihm aufkommen. Er hatte doch keine Ahnung von den Menschen. Nicht wirklich. Sie waren nicht alle schlecht, misstrauisch und fremdenfeindlich. Nicht jeder von ihnen.

Eine Weile schwieg Ma'an, als wäre er damit beschäftigt, in Younes hineinzuhorchen. *»Du wirst versuchen, ein paar von ihnen zu retten«*, sagte er schließlich.

Damit hatte er recht und Younes empfand eine Art Genugtuung, diese Antwort von Ma'an zu hören. Er wollte ihm das gerade bestätigen, als der Naturgeist fortfuhr. *»Du glaubst, hier zu sein, um zu beweisen, dass Chloe sich irrt und du fähig bist, meine Kräfte zu kontrollieren. Aber in Wirklichkeit willst du dich doch nur davon überzeugen, dass es diese Fantasie von einem guten Menschen wirklich gibt. Du hoffst, dass sie sich nicht wie eine Horde blutrüns-*

tiger Barbaren auf dich stürzen werden, wenn du ihnen zeigst, wer du geworden bist. Du klammerst dich verzweifelt an dem Glauben fest, dass Terra Mater die Böse in dieser Geschichte ist, obwohl du im Grunde deines Herzen längst weißt, dass das nicht stimmt. Das Leben hat dir schließlich wieder und wieder vor Augen geführt, wie die Menschen wirklich sind. Menschlichkeit ist eine Illusion und das weißt du längst. Es wäre so viel leichter, würdest du das endlich akzeptieren.«

»Das reicht jetzt«, zischte Younes.

Was Ma'an behauptete, stimmte einfach nicht. Es durfte nicht wahr sein! Er hatte den Glauben an die Menschheit nicht verloren. Da war Gutes in ihnen, denn wenn nicht, was wäre er dann? Er, mit seiner Wut und seinem Hass auf alles und jeden. Er, der seine Schwester im Stich gelassen und Chloe das Herz gebrochen hatte. Der versucht hatte, seinen Vater umzubringen und die Schuld am Tod seiner Mutter und seines Bruders trug. Was wäre er, wenn es an den Menschen nichts gab, das es wert war, gerettet zu werden?

»Wie du meinst …«, flüsterte Ma'an in seinem Kopf.

Seine Hände ballten sich zu Fäusten. Noch einmal ließ er seinen Blick über die Gegend schweifen. Der Verfall der Sphären wurde immer deutlicher. Mittlerweile sah er gleich mehrere Stellen, an denen die Membran durchlässig geworden war. Es wirkte wie Wassertropfen, die auf ein Aquarell gefallen waren und die Farbe dadurch verschwimmen ließen.

Hier und dort drang die Lebensenergie der Bewohner anderer Sphären durch diese Risse. Energiekugeln hoben sich aus den Fluten, und wo sie mit Materie in Berührung kamen, veränderte sich die Umgebung, die Pflanzen wucherten und entstanden wie aus dem Nichts.

An anderen Stellen sickerten die Belial wie schwarzer Nebel in die Welt. Durch sie waren einige Bäume zu düsteren, um sich schlagenden Rankenwesen mutiert, während wieder andere wie in Licht getaucht wirkten und leuchtende Früchte trugen.

Die ganze Umgebung schien ein pulsierendes, von neuem, fremdartigem Leben strotzendes Sammelsurium der Merkwürdigkeiten zu sein. Direkt vor seinen Augen entstand eine neue Weltordnung und er war machtlos dagegen.

»Es wäre besser, du würdest es einfach hinnehmen«, riet Ma'an ihm.

»Besser für wen?«

Er hob die Arme und mit seiner Bewegung begann der Berg zu erzittern und zu rumoren. Der Steilhang brach auf, eine Treppe aus Gesteinsbrocken und Lehm entstand, über die Younes eher schlitterte, als dass er sie ins Tal hinunterlief. Unten angekommen legten sich die Äste der Bäume über das Wasser und bildeten einen Steg, dem er folgen konnte.

»Besser fürs Überleben«, sagte Ma'an.

Younes folgte dem Pfad. Die Äste gaben unter seinen Schritten leicht nach und wurden immer wieder von Wasser überflutet. Größtenteils blieb er aber trocken.

Ein Kreischen, wie aus dem Nichts, ließ ihn zusammenfahren. Er sah hinauf zum Himmel, wo ein Rabe seinen Weg kreuzte. Als Younes bemerkte, dass das Tier direkt auf einen der Risse zuflog, war es bereits zu spät.

Eine Explosion schwarzen Nebels ließ die Welt um ihn herum erzittern. Younes' Herz machte einen Satz. Instinktiv duckte er sich, der Rauch färbte den Himmel, und mit einem markerschütternden Schrei brach der Rabe auf der anderen Seite der Dunkelheit als riesiges pechschwarz gefiedertes Monstrum hervor.

Younes glaubte seinen Augen kaum. Das Tier war ebenso mutiert wie die Pflanzen. Es war riesig geworden, mit armlangen Klauen und der Flügelspannweite eines Passagierflugzeugs. Mit klopfendem Herzen sah Younes ihm nach.

»Ich kann es dir nicht sagen«, meinte Ma'an.

»Was?«, fragte Younes verwirrt, den Blick noch immer auf den schwarzen Rabendrachen gerichtet.

»Ob das auch mit den Menschen passiert, wohin das führt und wie Terras Pläne aussehen.«

Tatsächlich hatte sich Younes das alles gefragt und wünschte sich, der Meliad würde es beantworten können. Aber im Grunde wusste er ja, dass es nur einen gab, der die Antworten hatte. Terra Mater selbst.

Vorsichtig richtete er sich wieder auf. Der mutierte Rabe war weitergeflogen und hatte ihn nicht bemerkt. Wenn Younes sich umsah, erkannte er weitere Tiere, die sich vor den Fluten in die Bäume gerettet hatten. Eichhörnchen, Katzen, auch einen Fuchs sah er. Er lief weiter und fragte sich, wie viele dieser Tiere mutiert waren und wieso sie die Scheu vor den Menschen verloren zu haben schienen. Statt sich vor ihm zu verstecken, verfolgten ihn ihre Blicke.

Unter ihm schwankte der Pfad aus ineinander verkeilten Ästen. Die bislang reglose Wasseroberfläche schlug Wellen und ließ eine der aufgequollenen Leichen nahe an Younes herantreiben.

Ein ekelerregender Verwesungsgeruch stieg ihm in die Nase. Die Galle kam ihm hoch und er hielt sich die Hand vor den Mund. Mit dem Fuß stieß er den Toten an, der daraufhin in eine andere Richtung trieb.

Kalter Schweiß stand ihm auf der Stirn und das Gefühl, als sein Schuh in das weiche, aufgedunsene Fleisch dieser Wasserleiche eingedrungen war wie in Teig, brannte sich ihm ins Gedächtnis. Die Knie wurden ihm weich, er stolperte zurück und stieß mit dem Rücken gegen einen Baum.

Ein Geräusch zog Younes' Aufmerksamkeit wieder nach vorne. Dort, wo die Leiche hingetrieben war, durchbrach etwas Gigantisches die Wasseroberfläche. Wieder schwankte der Steg und zwang Younes in die Knie.

Ungläubig, mit weit aufgerissenen Augen, beobachtete er, wie ein mehrere Meter langer Wels in die Höhe schoss. Seine Fühler reichten beinahe an ihn heran, der Fisch war blau wie die Nacht und von groben Schuppen übersäht, als wären es Muscheln, die sich darauf festgesetzt hatten – Muscheln, von denen einige leuchteten.

Der Fisch riss die Leiche mit sich, als er sich in die Höhe warf, drehte sich in der Luft und schlug mit der Breitseite wieder auf dem Wasser auf. Er versank so schnell, wie er gekommen war, in den Fluten und Younes riss den Arm hoch, als das Wasser bis zu ihm spritzte.

Er wusste nicht, ob er fasziniert oder ängstlich sein sollte. Irgendwie war er beides. Wie lange würde es dauern, bis ihm eines der mutierten Tiere gefährlich wurde?

Mit zittriger Hand stieß er sich vom Baum ab und lief weiter.

»Wir müssen das nicht tun«, erinnerte ihn Ma'an. *»Es steht nicht mal fest, ob es Überlebende gibt.«*

Younes hatte nicht vor umzukehren. Aber er konnte auch nicht leugnen, dass seine Hoffnung schwand. Ma'ans Energien zu nutzen, um so nach Überlebenden zu suchen, wagte er nicht. Er wusste zu wenig darüber, was geschehen würde, kämen sie mit einem Bruch zwischen den Welten in Berührung. Womöglich würde dann auch er mutieren.

Vor einem dieser Risse blieb er stehen. Die Äste, die er mithilfe von Ma'ans Kräften zu einem dichten Geflecht über der Wasseroberfläche geformt hatte, waren dort, wo sie ihn berührten, welk und morsch. Ihre Rinde war grau und ihre Blätter, trotz des Wassers, auf dem sie lagen, ausgetrocknet. Es war die Sphäre der Belial, die an dieser Stelle in die Menschenwelt vordrang.

Unmittelbar hinter dem Riss waren die Äste und Blätter wieder saftig und grün.

Younes ging in die Hocke und streckte unwillkürlich seine Hand nach vorne.

»Sei vorsichtig! Mit der Sphäre der Dunkelheit ist nicht zu spaßen.«

»Keine Sorge«, sagte er. »Ich fasse es nicht an.«

Er konnte nicht leugnen, dass die siechende Dunkelheit eine schwer zu greifende Anziehungskraft auf ihn ausübte. Etwas, ganz tief in ihm, verlangte danach, sie zu berühren. Aber der Drang war nicht stark genug, um Younes wirklich zu verführen.

»Warum tut sie das?«, fragte er. Wut kam in ihm auf. Die Belial starben doch genauso wie die Ignis und die Meliad, wenn sie zu lange mit der Welt der Materie in Berührung kamen. Warum war Terra Mater bereit, so große Opfer zu bringen? Hätte sie nicht alle Kraftwerke zerstört, wäre es nie so weit gekommen.

»Sie wird ihre Gründe haben. Sie hat für alles ihre Gründe.«

»Ach, Schwachsinn!«, knurrte er. Diese Ausreden konnte er sich nicht mehr anhören. »Sie ist ein fieses Miststück, weiter nichts!« Sein Hass auf Terra Mater nahm überhand. Er überwältigte ihn regelrecht und plötzlich weitete sich der Riss vor ihm.

Erschrocken zog Younes die Hand zurück und wich nach hinten aus. Wabernde schwarze Schatten krochen über die Äste, die daraufhin ergrauten und zerbröselten, als wären sie zu Asche verbrannt.

»Das hast du jetzt von deiner ganzen Wut!«, fuhr Ma'an ihn an.

»Jetzt gib nicht mir die Schuld daran.« Er wich weiter zurück und richtete sich auf.

Es war Terra Mater und ihr grausames Werk, was ihn so wütend machte, und ihre Schuld, dass es die Risse zwischen den Welten überhaupt gab.

Younes warf einen Blick zurück. Umkehren kam für ihn nicht infrage. Der Riss, auch wenn er sich geweitet hatte, lag dicht über der Wasseroberfläche, war sehr schmal und hinter ihm führte der Steg unbeeinflusst weiter.

»Du hast doch nicht etwa vor, zu tun, was ich denke?«, fragte M'an.

»Genau das!«, sagte er entschlossen und rannte los.

Mit einem Satz überwand er den Riss, verlor auf der anderen Seite den Halt und stürzte auf das Holzgeflecht.

Eisiges Wasser schwappte ihm über die Arme, er stemmte sich hoch, wollte aufstehen, aber seine Beine gehorchten ihm nicht.

Sofort stieg Panik in ihm auf. Er drehte sich um, wo sich die verkohlten grauen Äste wie Ranken um seine Füße gewunden hatten. Schatten strömten von ihnen aus und krochen ihm die Beine hinauf.

»Fuck, fuck, fuck!«, stieß er aus, zerrte an seinen Beinen, kam aber nicht frei.

»Tu etwas«, verlangte Ma'an.

»Ich versuch's, verdammt!«

Die Ranken hatten bereits seine Knie erreicht und zogen sich immer enger um seinen Körper.

Er griff nach vorne, bekam ein paar dünne Äste zu greifen und ließ Ma'ans Kräfte in sie fließen. Sie umwickelten seine Handgelenke und zerrten an ihm.

»Das reicht nicht.«

Anstatt dass Younes freikam, umschlangen ihn die Schatten nur noch fester. Er schrie vor Schmerz, umklammerte die Äste mit beiden Händen, musste aber hilflos mit ansehen, wie einer nach dem anderen Stück für Stück auffaserte und schließlich zerriss.

»Was … was soll ich tun?«, presste Younes hervor. Wie auf der Streckbank lag er da und hatte das Gefühl, in zwei Hälften zerteilt zu werden. Ihm wurde schwindelig vor Schmerzen.

»Lass los«, verlangte Ma'an. *»Überlass die Kontrolle mir. Noch einmal lasse ich dich nicht sterben. Versprochen.«*

Um Younes herum wurde alles in ein waberndes Licht gehüllt. Verlor er das Bewusstsein? Ehe das geschah, musste er tun, was Ma'an vorschlug. Sonst wäre das ihr beider Ende.

Doch noch bevor er die Kontrolle dem Meliad überlassen konnte, erkannte er Bewegung im Leuchten. Ignis.

Sie steuerten von allen Seiten auf ihn zu, legten sich wie sanfter Schneefall auf die Schatten und vertrieben sie.

Kraftlos sackte Younes in sich zusammen. Der Schmerz pulsierte noch in seinem Körper, verlor sich aber nach und nach im kühlen Glanz der Lichtwesen.

KAPITEL 12

YOUNES

TAG 10: DI, 10:45 UHR,
ZWISCHEN TORONTO UND OTTAWA, KANADA

»Das hätte unser beider Tod sein können«, murrte Ma'an.

Die Ignis schwirrten um Younes herum wie ein Schwarm Leuchtkäfer. »Ich danke euch«, sagte er schwer atmend, woraufhin die kleinen Wesen davonflogen und eine nahe gelegene Baumkrone eroberten.

Younes sah ihnen nach und beobachtete, wie sie die Äste und Blätter umschwirrten. Eine Weile sah er ihnen zu, während sich seine Gedanken um das drehten, was gerade geschehen war.

»Du hattest mich fast so weit gehabt«, sagte er.

»So weit wofür?«, hakte Ma'an nach.

»Beinahe hätte ich dir meinen Körper überlassen und du wärst damit doch mit Sicherheit sofort von hier verschwunden.«

»Kannst du es mir verdenken? Terra will dich lebend wissen und ich bin dazu gezwungen, untätig dabei zuzusehen, wie du dich von einem waghalsigen Abenteuer ins nächste stürzt.«

Schon mehrmals hatte der Meliad behauptet, dass Terra Mater nicht seinen Tod wollte. Aber wie konnte er sich dabei so sicher sein, wo er die Pläne der Erdmutter doch nicht kannte? Und wieso hatte er gesagt, er würde ihn nicht noch einmal sterben lassen? Irgendetwas verschwieg er ihm und Younes konnte regelrecht spüren, wie sich der Meliad bei diesen Gedanken zurückzog und versuchte, sein Geheimnis für sich zu behalten.

Zweifel darüber, ob er sich wirklich für die richtige Seite entschieden hatte, überkamen ihn. Wie konnte er behaupten, die Kontrolle zu haben, wenn der Meliad Dinge vor ihm geheim hielt? Younes konnte nicht einmal sagen, wie viel von dem Hass auf sich selbst und die Menschen sein eigener war und ob es nicht am Ende Ma'an war, der ihn in den Wahnsinn trieb. Das musste ein Ende haben!

»Was ist es?«, verlangte er zu erfahren.

Er hatte nicht vor weiterzugehen, bevor er es nicht wusste, und musste sich im selben Moment fragen, ob es nicht genau das war, was Ma'an wollte.

Eine innere Unruhe ergriff ihn und sein Blick wanderte zurück zum Rand des Tals. War es wirklich die richtige Entscheidung gewesen? Hatte er Chloes Behauptungen zu schnell abgetan? Er wusste es einfach nicht und das brachte ihn zur Verzweiflung.

»Steh auf«, verlangte Ma'an.

»Du hast mir nichts zu befehlen.« Younes' Finger schraubten sich fester um das Geäst, auf dem er saß.

»Du vergisst, dass es hier um unser beider Leben geht«, erinnerte ihn der Meliad. *»Schau mal nach unten.«*

Younes tat, was er von ihm wollte, und riss die Augen auf, als er mehrere dieser Riesenwelse direkt unter sich schwimmen sah. Dadurch, dass ihre Schuppen teils leuchteten, konnte er sie auch im trüben Wasser gut erkennen.

Sofort war Younes auf den Beinen.

»Geht doch«, sagte Ma'an.

Die Überheblichkeit des Naturgeistes ging Younes gewaltig gegen den Strich. Wut regte sich in ihm.

»Was willst du von mir? Soll ich einfach aufhören zu denken? Mich komplett zurückziehen und dich eine Dummheit nach der nächsten begehen lassen?«

»Ich will, dass du mir sagst, was du die ganze Zeit verschwiegen hast!«, verlangte Younes.

»Du willst nur, dass ich alle Schuld auf mich nehme«, widersprach Ma'an. *»Gib es doch zu. Es wäre so viel leichter für dich, wenn du ein braver Junge wärst und ich das Böse in dir. Dabei weißt du doch, dass ich nur bin, was du aus mir machst. Akzeptier das und dann lass uns von hier verschwinden.«*

Younes sah sich um. Die Fische schienen ihn bemerkt zu haben. Sie schwammen in Kreisen um den Steg und Younes hatte ja bereits beobachten können, dass sie in der Lage waren, die Wasseroberfläche zu durchbrechen, um an ihre Beute zu gelangen.

Obwohl er das sah und sein Puls zu rasen begann, als sie ihre Kreise enger zogen, rührte er sich nicht.

»Sag schon!«, zischte er.

»Das hältst du nicht durch«, behauptete Ma'an.

Younes' ganzer Körper stand unter Anspannung. Sein Atem ging schneller und alles in ihm drängte darauf davonzulaufen. Durch das Geäst konnte er sehen, wie sich einer der Fische direkt auf ihn zubewegte. Er schoss regelrecht in die Höhe und es blieb nicht viel Zeit, bis er den Holzsteg einfach durchbrechen und Younes verschlingen würde.

Er wusste nicht, was es war, das ihn wie angeklebt an Ort und Stelle hielt. War es Sturheit oder Verzweiflung? War es die nicht greifbare Angst, die Kontrolle über seine Gedanken, seine Entscheidungen und sein Handeln zu verlieren? Eine Angst, die viel größer schien, als die vor dem Tod selbst.

Was es auch war, er rührte sich kein Stück.

»Jetzt mach schon!«, schrie Ma'an in seinem Inneren. Er tobte regelrecht.

Younes konnte spüren, wie er versuchte, die Kontrolle zurückzugewinnen. Wie er mit allem, was er war, um sich schlug und in blanke Panik ausbrach.

»Sag es!«, wiederholte er.

Nur Sekunden blieben. Der Fisch hatte die Wasseroberfläche schon beinahe erreicht und Younes spürte, wie sein Überlebensinstinkt sich regte. Er wollte rennen, aber er musste sich diese Sache beweisen – selbst wenn es ihn alles kosten würde.

»Du kannst sowieso nicht sterben!«, schrie Ma'an panisch. *»Ich aber sehr wohl.«*

Das reichte ihm als Antwort. Er zog die Arme mit einem Ruck zusammen, und die Äste, durchströmt von Ma'ans Kräften, folgten seiner Bewegung, bündelten sich zu einem festen Strang und beinahe im selben Moment knallte der Fisch mit voller Wucht von unten gegen den Steg.

Knarzend bäumte sich das Gehölz auf, Younes verlor das Gleichgewicht und fiel auf ein Knie. Er klammerte sich an die Äste und wartete, bis sich das Wasser wieder beruhigt hatte. Erst dann wagte er es zu atmen.

Adrenalin schoss ihm durch die Adern. Ein Hochgefühl überkam ihn und er musste grinsen, obwohl er gerade ganz knapp dem Tod entronnen war. Zumindest glaubte er das. Was er Ma'an entlockt hatte, ergab noch nicht sehr viel Sinn.

»Was grinst du so?«, murrte der Meliad. *»Du hast den Verstand verloren und vielleicht wäre es jetzt langsam mal an der Zeit, von hier zu verschwinden. Bewiesen hast du ja jetzt, dass du die Kontrolle hast. Selbst wenn du drauf und dran bist, Selbstmord zu begehen, kann ich dich nicht davon abhalten. Wozu also noch weiter durch diese gefährliche Gegend streifen?«*

»Du kennst die Antwort doch«, erwiderte Younes. Er stand auf und lief weiter. Die Fische schienen ihre Lektion gelernt zu haben und ließen ihn ziehen. »Wir wäre es, wenn du jetzt alle Karten auf den Tisch legst?«

Der Naturgeist schwieg. Dass er gekränkt war, stand außer Frage. Younes hatte ihm eine gemeine Falle gestellt. Er hätte gerne behauptet, nur geblufft zu haben, aber dem war nicht so. Der Gedanke, auf diesem Steg zu sterben, war nicht so erschreckend für ihn gewesen, wie er geglaubt hatte. Die Todesangst war da gewesen, aber die anderen Ängste waren einfach größer. Er wollte keine Marionette sein.

»Das bist du aber«, sagte Ma'an. Younes verengte den Blick. Worauf wollte der Naturgeist hinaus? *»Du erinnerst dich an die Schussverletzung?«*

»Wie könnte ich das vergessen?«

»Du bist an diesem Tag gestorben«, erklärte Ma'an. *»Sie hat dich zurückgeholt.«*

»Sie?« Er schüttelte ungläubig den Kopf. »Du meinst, Terra Mater hat mich zurückgeschickt? Sie hat mich nicht sterben lassen?«

»Gestorben bist du schon, aber du warst höchstens ein paar Sekunden weg.«

Wieso Terra Mater ihn lebend wissen wollte, verstand er nicht. Warum hatte sie ausgerechnet ihm eine zweite Chance gegeben, während sie alle anderen Menschen gnadenlos tötete?

»Wieso erfahre ich das erst jetzt?«

»Warum wohl? Du hältst nichts von Terra Maters Plänen und willst unbedingt die Kontrolle haben. Wie fühlt es sich an zu wissen, dass du ein Teil dieser Pläne und nicht meine, sondern ihre Marionette bist?«

Wie sollte sich das schon anfühlen? Er war wütend, voller

Frust und aufgestautem Hass auf Dinge, die er nicht beeinflussen konnte. Zu wissen, dass alles, was er tat, ein Teil von dem sein könnte, was Terra Mater von ihm wollte, brachte ihn zur Verzweiflung. Aber Ma'an hatte nicht das Recht zu entscheiden, welche Dinge er erfuhr und welche nicht.

»Es war das letzte Mal«, schwor Ma'an. *»Keine Geheimnisse mehr.«*

Younes wusste nicht, ob er ihm das glauben konnte. Er wusste gar nichts mehr.

»Spürst du das?«, fragte der Naturgeist.

Younes ließ vorsichtig seine Kräfte in die Umgebung fließen. Er wagte es nicht, sich zu weit voranzutasten, glaubte aber Leben wahrzunehmen.

Ob es tatsächlich Menschen waren, konnte er nicht sagen.

Er ließ den Steg zwischen den dichten Bäumen hindurch in die Richtung wachsen, die er ausgemacht hatte, und folgte ihm.

Der Anblick, als sich die Baumreihen lichteten, verschlug ihm den Atem. Vor ihm erhob sich ein Berg aus dem Wasser, an dem halb von Schlick verdeckte Gebäude wie Fliegen an einer Honigfalle klebten.

Gebannt starrte Younes auf dieses unwirkliche Bild. Von seiner Perspektive sah es aus, als würde er über die Dächer dieses Dorfes fliegen. Er konnte Wohnhäuser, eine Tankstelle und mehrere Geschäfte erkennen. Abgerutschte Autos lagen auf den Hauswänden, Straßen schienen einfach in den Himmel zu führen und fast alles, was nicht im Boden verankert gewesen war, lag in einem riesigen Haufen aus Schrott am Fuße des Berges.

»Dort vorne«, sagte Ma'an.

Younes konnte es sehen. Im Schrottberg bewegte sich etwas. Noch war er zu weit entfernt, um Genaueres erkennen zu können, aber es musste sich um Menschen handeln, die diese Katastrophe irgendwie überlebt hatten.

»Eines muss man euch lassen. Ihr seid zäh«, meinte Ma'an anerkennend.

Younes lief weiter und sah, dass ein paar kahle Felsen aus dem Schrott ragten. Wellen brachen sich daran und schlugen den ganzen Unrat immer wieder gegen den steilen Bergkamm. Scheinbar hatten sich die Überlebenden dort zusammengerottet und saßen nun fest. Der Berg war zu steil, um hinaufzuklettern und die Fluten zu aufgewühlt, um die Felsen verlassen zu können.

»Es wird kaum etwas nutzen, aber ich erinnere dich daran, dass wir von den anderen Menschen weg sind, um zu vermeiden, enttarnt zu werden. Willst du das wirklich tun, nur um etwas zu beweisen?«

Younes antwortete nicht. Wie viele Überlebende konnten das sein? Ein paar Dutzend vielleicht? Er könnte versuchen, ihnen den Berg hinaufzuhelfen. Dort wären sie zumindest vorübergehend sicher. Selbst wenn er nur ein paar Menschen vor Terra Mater retten konnte, war es das Risiko wert.

Dennoch stand er wie gelähmt da und tat nichts. Vielleicht stimmte es ja und er war in Wirklichkeit gar nicht auf der Suche nach Überlebenden, sondern nach etwas Menschlichkeit. Und die Angst davor, sie nicht zu finden, hinderte ihn am Weitergehen.

»Noch können wir umkehren.«

Das war das Letzte, was er wollte.

Er trat einen weiteren Schritt vor, breitete die Arme aus und die Äste wucherten wie ein Spinnennetz über das Wasser, auf die Überlebenden zu.

Es dauerte nicht lange, bis sie ihn bemerkten und sich alle in seine Richtung gewandt hatten.

»Bleib weg!«, schrie ihm ein Mann schon von Weitem zu.

»Ich hab es ja gesagt«, murrte Ma'an.

Younes hatte die Strecke bis zu den Felsen noch nicht ganz hinter sich gebracht. Nahe dem Berg war das Wasser aufgewühlter und brachte die Äste unter ihm ins Schwanken, sodass er breitbeinig dastehen musste, um das Gleichgewicht halten zu können.

Verteidigend hob er die Hände. »Ich will nur helfen!«

Der Mann, circa Mitte fünfzig, mit Vollbart, in Jeans und Flanellhemd gekleidet, richtete einen Stock auf Younes. Er hatte sich schützend vor ein paar Kindern aufgebaut.

Younes ließ seinen Blick über die Gruppe Überlebender schweifen. Es waren viele Frauen und Kinder unter ihnen. Einige hatten offensichtliche Verletzungen davongetragen, alle waren sie durchnässt und zitterten. Verzweiflung und Angst zeichnete ihre Gesichter.

»Keinen Schritt weiter!«, drohte der Mann.

»Du hast ihn gehört«, schloss sich ihm ein zweiter an. Wenn sich Younes nicht täuschte, trug er die Kleidung eines Soldaten. Das hatte ihm gerade noch gefehlt.

»Sie sterben lieber, als sich von dir helfen zu lassen. Es sind nun mal Menschen, was hast du erwartet?«

Younes ignorierte ihn. Wohin es führte, vor den Augen anderer mit sich selbst zu sprechen, hatte er bereits zur Genüge erfahren dürfen.

»Früher oder später wirst du mich nicht mehr ignorieren können und dann zeigen sie ihr wahres Ich.«

»Ich bin ein Mensch, wie ihr«, versprach Younes.

»Gute Idee. Behaupte einer von ihnen zu sein. Das macht es so viel leichter, dir selbst zu beweisen, dass sie keine Angst vor Fremden haben.«

»Menschen lassen keine Äste über Wasser wachsen!«, widersprach der bärtige Mann.

»Ihr habt uns alles genommen!«, schrie eine Frau unter Tränen. »Lasst uns wenigstens unser Leben.«

»Geh einfach!«, verlangte der Soldat. »Geh und lass diese Leute in Frieden.«

»Du hast ihn gehört«, sagte Ma'an. *»Du wolltest es versuchen, sie wollen keine Hilfe. Lass uns abhauen, bevor sie anfangen, mit Steinen nach uns zu werfen.«*

Der Naturgeist sagte das nicht nur so. Auch Younes hatte bemerkt, dass einige der Leute begannen, sich zu bewaffnen.

»Ich heiße Younes«, sagte er. »Ich bin siebzehn Jahre alt und komme aus Toronto. Ich will nur helfen. Bitte.«

»Verschwinde!«, schrie der Soldat, zog eine Waffe und zielte auf ihn.

Younes' Herz machte vor Schreck einen Satz. Er wich einen Schritt zurück und hob die Hände weiter an.

»Abi«, stellte sich eine Frau vor und richtete sich auf.

»Oliver«, sagte der Mann mit Bart und senkte allmählich den Stock, mit dem er sich bewaffnet hatte.

Scheinbar waren sie bereit, ihm zu glauben.

Plötzlich traf Younes etwas an der Schulter, brachte ihn aus dem Gleichgewicht und er stürzte. Die eisigen Fluten schlugen über ihm zusammen, bevor er auch nur begreifen konnte, was geschehen war.

»Schwimm, verdammt, schwimm!«, schrie ihn Ma'an an.

Er schnappte instinktiv nach Luft, atmete Wasser ein und spürte, wie ihn seine Kleidung nach unten zerrte. Panik rauschte ihm in den Ohren, seine Lunge brannte und er schlug wild um sich. Er versuchte, irgendwie nach oben zu kommen, wusste aber nicht mehr, wo das war. Um sich herum sah er nur Luftblasen und ein Wirrwarr aus Ästen, in denen er sich verheddert hatte.

Etwas schoss direkt neben ihm durchs Wasser. Er wollte davor wegkommen, erkannte dann aber eine Hand, die ihn packte und nach oben zerrte.

Er durchbrach die Wasseroberfläche und schnappte gierig nach Luft. Alles um ihn herum war verschwommen und Geräusche drangen nur dumpf zu ihm vor.

»Ich habe es gesagt!«, schrie Ma'an wutentbrannt. *»Ich habe es doch gesagt.«*

Die Hand, die ihn gepackt hatte, zog ihn durch das Wasser.

»Helft mir!«, rief jemand.

Weitere Hände griffen nach ihm, zerrten ihn an Land und über ihm tauchte ein verschwommenes Gesicht auf.

»Atmet er?«, fragte eine Frau.

Younes blinzelte, konnte dadurch aber nicht besser sehen. Sein Körper fühlte sich taub an und er brauchte all seine verbliebene Kraft, um zu atmen.

»Alles gut. Er lebt«, erklärte die Person, die sich über ihn gebeugt hatte.

»Was hast du dir dabei gedacht?«, schrie eine Frau.

Es wurde laut um ihn herum. Direkt neben seinem Kopf trampelten Füße, ein Handgemenge schien ausgebrochen zu sein und die Menschen warfen sich gegenseitig Vorwürfe an den Kopf. Es waren zu viele Stimmen, die durcheinanderriefen, als dass Younes etwas verstehen konnte.

Noch einmal versuchte er, sich zu bewegen, und diesmal gelang es ihm. Er stemmte sich hoch, kippte zur Seite weg und spuckte Wasser aus.

Jemand klopfte ihm auf den Rücken.

»Es reicht jetzt!«, schrie derjenige. So langsam ließ das Rauschen in Younes' Ohren nach und er erkannte die Stimme wieder. Es war dieser Oliver, der ihn aus dem Wasser gezogen hatte und jetzt triefend nass neben ihm saß.

Younes sah auf. Die Menschen gingen noch immer aufeinander los. Einer dieser Leute hatte wohl einen Stein nach ihm geworfen und ihn damit ins Wasser befördert.

»Aufhören«, stieß er kraftlos aus.

Alles, was er gewollt hatte, war, zu helfen und nicht die Ursache für Hass und Anfeindungen zu sein.

»Er wird uns alle umbringen!«, schrie eine Frau.

Oliver half Younes aufzustehen. Zwei Männer hielten die Frau in Schach. Sie versuchte mit aller Macht, sich zu befreien, hatte aber keine Chance. Younes suchte nach dem Soldaten mit der Waffe, konnte ihn auf die Schnelle jedoch nicht finden.

»*Du* hast versucht, *ihn* umzubringen, nicht umgekehrt!«, fuhr Abi sie an. »Er ist noch ein Kind!« Mit ausgestrecktem Arm deutete sie auf Younes. Ihn als Kind zu bezeichnen, kam ihm übertrieben vor. Aber wenigstens versuchten sie nicht alle, ihn umzubringen.

»Er ist ein Monster!«, widersprach die Frau unter Tränen.

»Wir wissen nicht, was er ist«, sagte Oliver. »Wir wissen auch nicht, was hier passiert. Alles verändert sich. Wieso also nicht auch wir Menschen? Er sagt vielleicht die Wahrheit und will uns nur helfen. Und wir können diese Hilfe wahrlich gebrauchen.« Er wandte sich ihm zu. »Younes, richtig?«

Younes nickte.

»Wenn du uns noch immer helfen willst, sind wir dir dankbar. Keiner von uns kann Äste über Wasser wachsen lassen. Wir sitzen hier fest.«

Bevor er antworten konnte, tauchte direkt vor ihm ein anderes Gesicht auf und Younes wich unweigerlich zurück. Skeptisch sah ihn der Mann an. Er war etwas jünger als Oliver, mit breitem Mund und kurz geschorenem Haar.

Statt wieder zu verlangen, dass Younes verschwand, bot ihm der Soldat diesmal die Hand an.

Zögerlich griff er zu.

»Sorry, Kleiner. Das mit dem Wasserbad ist scheiße gelaufen. Geht's wieder?«

»Es geht«, bestätige Younes, wusste aber nicht recht, was er von diesem Kerl halten sollte. Er wirkte nicht sehr vertrauenerweckend auf ihn. Die ganze Situation ließ nicht zu, dass er sich entspannte. Sein Puls raste noch immer und er rechnete damit, sich jederzeit wieder verteidigen zu müssen.

»Da hast du vollkommen recht«, zischte Ma'an. *»Du solltest ihm nicht vertrauen. Weder ihm noch den anderen.«*

»Lucas«, stellte sich der Soldat vor. »Noch mal, es tut uns leid. Die Nerven liegen bei uns allen blank. Wir sitzen schon eine ganze Weile hier fest.«

»Ihr vertraut ihm doch jetzt nicht so einfach?!«, fragte die Frau, die von den anderen zurückgehalten wurde. Panik und Verzweiflung lag in ihrem Blick. Ungläubig sah sie sich zwischen den Umstehenden um. »Er kann die Natur kontrollieren und die ist es doch, die gerade verrücktspielt. Bestimmt haben wir ihm das alles zu verdanken!«

»Dann hätte er uns auch gleich töten können«, konterte Abi. Sie war eine hübsche junge Frau mit blondem Haar und blasser Haut. Eine Platzwunde klaffte an ihrer Stirn und dunkle Augenringe zeichneten ihr Gesicht.

All diese Menschen sahen mitgenommen aus, und dass sie Panik hatten und von ihrer Angst beherrscht wurden, war völlig normal. Aber am Ende hatten sie ihm geholfen. Sie hatten Menschlichkeit gezeigt.

»Das beweist nichts. Sie haben dich doch nur gerettet, weil sie deine Hilfe brauchen. Doch selbst wenn es so etwas wie Menschlichkeit war, ändert das nichts. Die Menschen können noch so viel Gutes in sich tragen. Am Ende reicht einer, der den Stein wirft. Wenn ihr alle

von Grund auf böse wärt, hätte euch Terra Mater schon viel früher vernichtet. Aber das seid ihr nicht. Euer Fehler ist, dass die Dummen, die Ängstlichen und die Wütenden immer lauter schreien als die Klugen unter euch. Das Böse wird immer gewinnen, weil ihr es gewinnen lasst. Diesmal hattest du Glück, aber was ist beim nächsten Mal? Die Menschen haben nie gelernt, für das zu kämpfen, was ihnen wirklich wichtig ist, sondern immer nur gegen das, was ihnen Angst macht. Und früher oder später werden sich diese Leute hier gegen dich stellen. Du wirst schon sehen.«

Younes erwiderte nichts darauf. Was hätte er auch sagen können? Im Grunde wusste er ja, dass Ma'an die Wahrheit sagte. Und die Tatsache, dass er sich unter diesen Menschen, trotz der Freundlichkeit, die die meisten von ihnen ihm entgegenbrachten, wie ein Kaninchen unter Wölfen fühlte, bestätigte das nur.

Sosehr er es auch wollte, er vertraute keinem von ihnen.

Was war bloß mit ihm passiert? Er hatte geglaubt, dass es die Umstände gewesen waren, die ihn von Chloe und Ella weggetrieben hatten, und war fest davon überzeugt gewesen, dass es anders wäre, wenn die Menschen seine Fähigkeiten sahen und akzeptierten. Aber jetzt musste er sich fragen, ob es überhaupt noch einen Unterschied machte, wem er begegnete. Vielleicht würde er sich nie mehr wie einer von ihnen und unter Menschen sicher fühlen können.

KAPITEL 13

ADDY

TAG 10: DI, 19:00 UHR,
SÜDWESTLICH VON OXFORD, ENGLAND

Sie behandelten Addy, als wäre sie geisteskrank. Man hatte ihr die Hände auf den Rücken gebunden, sie in eine kleine Kammer gesperrt und zwei Soldaten im Raum statt vor der Tür postiert.

Als würden die beiden Männer dafür trainieren, vor dem Buckingham Palace als Wachen eingesetzt zu werden, starrten sie bloß reglos ins Leere.

Addy war so unglaublich wütend. Keiner wollte ihr zuhören und keiner verstand, was gerade mit der Welt geschah. Sie hatte es auf alle möglichen Arten versucht, hatte es ruhig und sachlich erklärt, es geschrien, an die Vernunft der Leute appelliert, sie angefleht. Aber es war ihnen egal.

Seit einer gefühlten Ewigkeit hielt man sie fest, gab ihr in regelmäßigen Abständen zu essen, ließ sie aber nicht einmal alleine, wenn sie auf Toilette musste.

Sie war müde, ausgezehrt. Vielleicht würde sie wenigstens in ihren Träumen von den Horrorszenarien verschont werden, die sich ihr Kopf im wachen Zustand ausmalte. Sie schloss die Augen, doch gerade, als ihr Körper schwer wurde und sie das Gefühl hatte, wegzudösen, hörte sie, wie die Türklinke nach unten gedrückt wurde. Sofort saß sie aufrecht.

Ein weiterer Soldat betrat den Raum. Addy seufzte enttäuscht, weil sie von einer Wachablöse ausging, aber dann sah sie, wie ihm Sarah und Jared folgten. Ihr Herz machte einen Satz. Endlich ließ man die beiden zu ihr! Sie rappelte sich auf, Erleichterung überkam sie, doch als sie sich Sarah näherte, wurde sie von einem der Soldaten aufgehalten.

»Geht es dir gut?«, fragte Sarah mit überschlagender Stimme.

»Lassen Sie mich!«, verlangte Addy, riss sich los und fiel ihrer Freundin in die Arme.

»Sorry, sie wollten uns nicht früher zu dir lassen«, erklärte Jared und wandte sich dann an die Soldaten. »Können wir jetzt mit ihr reden oder was?«

Die Männer wechselten nur schweigende Blicke, während Addy Sarah fest an sich gedrückt hielt. Sie war so dankbar, ihre Freunde wiederzusehen.

»Kommt schon!«, stöhnte Jared genervt. »Ihr habt hier doch bestimmt alles verwanzt. Wir werden sicher keine geheimen Spionageinfos austauschen oder so.«

Einer der Männer nickte schließlich. »Aber keine Dummheiten anstellen!«, ermahnte er sie, gab den anderen ein Zeichen und sie verließen den Raum.

Addy löste sich wieder von Sarah.

»Hey«, sagte Sarah einfühlsam und fing Addys Blick auf. »Weinst du?«

Addy schüttelte den Kopf, auch wenn ihre Tränen sie Lügen straften.

»Setz dich«, forderte Jared sie auf und deutete auf den Boden. »Wir lösen dir erst einmal die Fesseln.«

»Bloß nicht!«, widersprach Sarah. »Die haben hier wahrscheinlich Kameras und stürmen den Raum, wenn wir was Falsches machen.«

»Da hast du wahrscheinlich recht …«

»Schon gut«, meinte Addy und sank auf die Knie.

Sarah und Jared setzten sich ihr gegenüber.

»Sie haben uns die letzten zwei Tage einem Dauerverhör unterzogen«, begann Jared zu erzählen.

»Dabei bist du wahrscheinlich die Einzige, die wirklich versteht, was gerade geschieht, oder?«, fragte Sarah. »Es heißt, der Kontakt zu vielen Ländern sei nun endgültig abgebrochen. Seit die Kraftwerke abgeschaltet wurden, ist es nur noch schlimmer geworden! Sie wollen jetzt alle wieder anschalten.«

»Das macht auch keinen Unterschied mehr«, murmelte Addy. Sie starrte auf den Boden, weil sie es nicht übers Herz brachte, ihren Freunden in die Augen zu blicken.

»Wie meinst du das?«, fragte Jared.

»Sie hat bereits erreicht, was sie erreichen wollte. Die Membran zwischen den Sphären ist durch die vielen Kraftwerke, die sie zerstört hat, schon geschwächt genug, und weitere Meliad zu töten, wird die Menschheit nicht retten. Wahrscheinlich ist Terras Macht über die Natur mittlerweile so stark, dass sie alle übrigen Kraftwerke mit nur einem Schlag ausradieren könnte, wenn man sie wieder anschaltet.« Addy sah nun doch zu den beiden auf. Mit großen Augen starrten sie sie an. Die Angst, die sie darin lesen konnte, schnürte ihr die Kehle zu und ihre Stimme war rau und erstickt, als sie weitersprach. »Terra Mater wird eine neue Welt erschaffen. Eine Welt, in der es für die Menschen keinen Platz mehr gibt. Das war von Anfang an ihr Plan und alles, was wir getan haben, war wie eine Rebellion von Ameisen gegen einen Flächenbrand.«

»Aber …«, begann Sarah und schüttelte benommen den Kopf.

»Dann hat sie die Kraftwerke nicht zerstört, um die Meliad zu retten?«, fragte Jared.

»Nein, sie wollte die Membran zwischen den Welten schwächen. Die Menschen haben schon zu viel Schaden angerichtet, also wird sie erst uns vernichten und dann eine ganz neue Weltordnung erschaffen – eine, in der es keine Grenzen mehr zwischen den Existenzebenen gibt.«

Jared verengte den Blick. »Und das hast du alles erfahren …?«

»Als ich tot war«, ergänzte Addy. »Und das hätte ich auch bleiben sollen.«

»Sag doch so etwas nicht!«, bat Sarah, beugte sich vor und strich ihr über den Arm.

Addy atmete tief durch. Es führte kein Weg drum herum. Sie musste ihren Freunden sagen, wer sie wirklich war. Aber wo sollte sie anfangen?

Sie sah Sarah an. »Dein Vater hatte eine Vision, als er vor fast 18 Jahren das erste Tor in die Sphäre der Energie aufgestoßen hat«, begann sie. »Er wusste nicht, dass er dadurch einen Riss durch alle fünf Ebenen verursachen würde und was daraufhin geschah. Er konnte es nicht wissen.«

»Und was war das?«, drängte Jared. »Was ist damals passiert?«

Addy sah ihn lange an, ohne die Kraft zu finden, seine Frage zu beantworten. Ihr Inneres war ein Scherbenhaufen und jeder Gedanke an Casimir und die Wahrheit, die Terra Mater ihr offenbart hatte, fühlte sich an, als würde jemand in diesen Scherben wühlen. Es tat weh und nichts konnte ihr diesen Schmerz nehmen.

Sie erzählte, was sie erlebt hatte, und senkte den Blick, um nicht in ihren Gesichtern zu sehen, was sie von ihr dachten, sobald sie fertig war. Mit monotoner, leiser Stimme klärte sie ihre Freunde darüber auf, dass die Erschütterung durch die Ebenen Wesen erschaffen hatte, die zu gleichen Teilen in alle fünf Sphären gehörten und deren bloße Existenz Terra Mater erlaubte, ihre Kräfte auf die Menschenwelt auszuweiten.

Gerade als Addy an dem Punkt der Erzählung angelangt war, an dem sie und Casimir in die Fluten gestürzt waren und ihr Herz wieder zu schlagen begonnen hatte, riss einer der Wachen die Tür auf.

Die Soldaten stürmten den Raum, packten Addy und die anderen und zerrten sie auf die Füße.

»Was soll das?!«, verlangte Sarah zu erfahren.

Jared versuchte vergebens freizukommen. »Wir haben nichts getan!«

»Mitkommen!«, verlangten die Männer und bugsierten sie nach draußen.

»Sie haben kein Recht, uns so zu behandeln!«, schrie Addy. Sie wehrte sich, war aber nicht stark genug, um sich losreißen zu können.

Ob sie tatsächlich belauscht worden waren? Ob man ihr endlich glaubte? Vielleicht würde O'Reilly das einzig Richtige tun und Addy erschießen lassen, um all dem ein Ende zu setzen.

Obwohl das für Erleichterung bei ihr hätte sorgen sollen, stieg Panik in ihr auf. Sie wollte nicht die Schuld am Untergang der Menschheit tragen. Sie wusste, dass ihre Gegenwart nur noch mehr Schaden anrichtete, aber der Gedanke, sterben zu müssen, machte ihr unsägliche Angst.

Ohne Erklärung drängte man sie in Richtung Ausgang und erst, als sie dort angekommen waren, begriff Addy, was wirklich vor sich ging.

Es hatte nichts mit ihr zu tun. Es war Terra Mater, die den gesamten Militärstützpunkt in hellen Aufruhr versetzte. Wind fegte zwischen den Gebäuden hindurch und in der Ferne sah man am vom Sonnenuntergang rötlich gefärbten Himmel mächtige Sturmwolken, die sich wie ein Strudel um die ganze Gegend zogen – wie ein mächtiger Sturm und Addy war sein Zentrum.

Sarah und sie wechselten vielsagende Blicke.

»Die evakuieren alles!«, schrie Jared gegen den Lärm an.

Aber wohin? Es gab keinen Ort, an dem sie sicher waren.

Der Wind peitschte zu heftig, als dass Addy aufrecht stehen konnte, lose Gegenstände flogen durch die Luft und wurden in den aufkommenden Sturm gehoben.

Im Augenwinkel sah Addy eine Art Wabern, als würde dort Gas austreten. Sie wandte sich um und riss vor Schreck die Augen auf, als sie sah, dass mitten auf dem freien Platz ein verschwommener Fleck in der Luft schwebte. Niemand schien ihn zu bemerken.

Das war sicher kein Gas, das war ein klaffendes Loch in der Membran der Welt. Feine Risse wie Fäden zogen sich von ihm in alle Richtungen weg, und als ein Soldat einfach durch ihn hindurchrannte, verschwand er.

Er war weg, als hätte es den Mann nie gegeben. Panisch sah sich Addy um, doch niemand reagierte darauf. War sie die Einzige, die das gesehen hatte? Das konnte doch unmöglich sein!

Sie wollte alle warnen, doch in dem Moment schoss gut eine halbe Meile vom Stützpunkt entfernt ein greller Blitz vom Himmel. Die gesamte Gegend wurde in gleißendes Licht getaucht, die Erde bebte und alle warteten auf den Donner, der nicht folgte. Stattdessen erhoben sich Flammen, wo der Blitz eingeschlagen hatte, wurden vom Wind angefacht und samt dichten schwarzen Rauchwolken in den Himmel gesogen. Rasend schnell breitete sich ein Flächenbrand aus, der direkt auf den Stützpunkt zusteuerte.

Die Soldaten führten sie zu einem der Laster, wo Sarahs Mum bereits auf sie wartete.

»Beeilt euch!«, rief sie ihnen zu.

Aus einem anderen Gebäude wurde Ben ins Freie und zu einem Laster begleitet. Er blieb stehen, als er Addy sah. Der Blick, den er ihr zuwarf, war voller Mitgefühl. Sie erinnerte sich gut, wie hasserfüllt er Casimir angesehen hatte, bevor der tödliche Schuss gefallen war. Ob er sie genauso ansehen würde? Ob er ebenfalls, ohne zu zögern, abdrücken und sie töten würde, wenn er wüsste, dass in Wirklichkeit sie die Schuldige war?

Einer der Soldaten legte Ben die Hand in den Rücken und führte ihn zur Ladefläche des Lasters. Er stieg ein und Addy wandte sich wieder den anderen zu. Ein Kloß hatte sich in ihrem Hals gebildet. Sie wollte nicht die Waffe sein, die der Menschheit an der Schläfe lag. Aber sie war machtlos und das nahm ihr die Luft zum Atmen.

Mrs Bennet half gerade Sarah auf den Laster und sah dann, dass Addy gefesselt war. »Machen Sie sie los!«, verlangte sie von einem der Soldaten.

»Einsteigen!«, befahl der und drängte Mrs Bennet zum Wagen. Widerwillig gehorchte sie und nahm auf der Bank neben ihrer Tochter Platz.

Addy sah noch einmal zu dem Riss zwischen den Sphären. Er schien weiter gewachsen zu sein.

»Sehen Sie das?«, fragte Addy den Soldaten neben sich.

»Hoch mit dir!«, forderte er und schob sie zum Laster.

»Können Sie das wirklich nicht sehen?«

Jemand packte sie, zog sie auf die Ladefläche und man zwang sie, sich hinzusetzen.

»Habt ihr das gesehen?«, fragte Addy die anderen. Hinter ihr war Jared eingestiegen und die Soldaten schlossen die Heckklappe. Er und Sarah sahen sie fragend an.

»Was meinst du?«, fragte Sarah.

»Den Riss«, erklärte Addy und deutete mit dem Kinn nach draußen.

»Ein Riss?« Jared sah sie verwirrt an.

»Ja, es …« Der Konvoi aus Militärfahrzeugen setzte sich in Bewegung und der plötzliche Ruck unterbrach Addy.

»Wo bringt man uns hin?«, fragte Jared.

»Wahrscheinlich gibt es einen Bunker, in dem wir sicherer sind«, mutmaßte Mrs Bennet.

Dadurch, dass nur die Hecklappe und nicht die Plane des Lasters geschlossen worden war, konnte Addy sehen, was hinter ihnen vor sich ging. Sie verließen den Stützpunkt. In der Ferne beschrieben die Flammen den Horizont und Addy konnte das Feuer bereits riechen. Sie beobachtete, wie es vom Wind zerfetzt und hinauf in die Wolken gehoben wurde. Dort glomm es weiter, sodass der Himmel aussah wie glühende Kohlen. Addy konnte kaum fassen, dass das wirklich geschah. Der Himmel brannte.

Als sie den Hügel hinaufgelangt waren, schlugen plötzlich brennende Feuertornados wie Schüsse aus einer Maschinenpistole gen Boden und zerpflückten alles, was sie im Stützpunkt trafen. Mitsamt der letzten Wagen. Addys Herz schlug ihr mit einem Mal bis zum Hals und alles, was sie noch hören konnte, war das Rauschen in ihren Ohren.

Sie konnte sehen, wie Trümmer, Fahrzeuge, Zaunteile und Bruchstücke ganzer Gebäude in die Höhe gehoben wurden. Explosionen ließen die Erde erzittern und plötzlich blendete sie ein grelles Licht. Sie blinzelte und sah, dass die klaffende Wunde zwischen den Sphären endgültig aufgerissen war und den gesamten Stützpunkt verschlungen hatte. Mit eigenen Augen beobachtete Addy, wie eine neue Welt entstand.

Fäden aus Licht, Energie und Dunkelheit wanden sich umeinander, bildeten Ranken, die aus der Erde hervorquollen, zu allen Seiten wuchsen und die gesamte Umgebung niederwalzten. Pflanzen sprossen aus dem Nichts, riesige Pilze, Bäume, Dornengewächs. Das alles breitete sich wie eine Druckwelle aus, die in Zeitlupe über die Umgebung rollte. Addy konnte beobachten, dass Ignis um die Pflanzen schwirrten und Schatten zwischen den Bäumen huschten. Es war, als würde die Welt dort, wo der Stützpunkt gewesen war, vor neuem, fremdartigem Leben überquellen.

»Verdammte Scheiße«, flüsterte Jared ihr gegenüber. Auch wenn den Riss niemand außer Addy gesehen zu haben schien, entging ihm offenbar nicht, was gerade geschah.

Da entstand ein Paradies. Grün und voller Leben. Und sie war sich sicher, dass jeder Mensch, der sich zu diesem Zeitpunkt noch dort befunden hatte, einfach ausradiert worden war, wie sie es bei dem Soldaten mit ansehen musste.

Addy schämte sich, weil sie das sah und es trotz allem wunderschön fand. Es war, als würde sie gerufen werden. Als hätte sie endlich ihr Zuhause gefunden. Tränen liefen ihr die Wangen runter. Nicht weil sie um die Menschheit trauerte, wie sie es tun sollte, sondern aus tief empfundener Rührung.

Und mit einem Mal hatte sie keine Zweifel mehr. Sie war genau das, was Terra gesagt hatte. Sie hatte nie in die Menschenwelt gehört, sondern genau dorthin – In eine Welt, in der alle Sphären zugleich existierten. Eine Welt, die unweigerlich entstehen musste, um ungeschehen zu machen, was die Menschheit angerichtet hatte.

Sie schaute zu Sarah und ihrer Mum, dann zu Jared. Egal welche Verbrechen die Menschheit auch an der Erde begangen hatten, keiner von ihnen hatte es verdient, dafür zu sterben.

»Schaut mal!«, sagte Sarah und deutete nach vorne.

Ein Ignis hatte sich auf die Ladefläche des Lasters verirrt und huschte zwischen den Sitzbänken umher.

»Scheucht ihn weg!«, befahl ein Soldat.

»Was? Nein!«, stieß Addy aus.

»Verschwinde!«, knurrte einer der Männer, schlug nach dem Ignis und das kleine Lichtwesen schwirrte aufgebracht herum. Addy wollte sich auf die Füße ziehen, um dem Ignis helfen zu können, doch da flog er bereits auf sie zu, berührte ihre Stirn und mit einem Mal wurde sein Leuchten so hell, dass Addy nur noch strahlendes Weiß um sich herum sehen konnte.

KAPITEL 14

LIAM

IN DER SPHÄRE DER IGNIS,ZU EINER UNBESTIMMTEN ZEIT

Liam blinzelte, konnte dadurch aber nicht besser sehen als zuvor. Er hob die Hände und stellte fest, dass er sie, wie auch den Rest seines Körpers, gut erkennen konnte, nicht aber die Umgebung. Er trug auch nicht mehr den Highlander-Überwurf, den Grace ihm aus einer Decke geknotet hatte, sondern seine Jeans, die Schuhe und das Hemd. Träumte er?

Eben noch hatte er auf einer Wiese gesessen und den anderen erzählt, was er, seit sie getrennt worden waren, erlebt hatte, während sie vom spärlichen Rest ihres Reiseproviants aßen. Und eine Sekunde später war alles um ihn herum in dieses seltsame weiße Licht gehüllt worden.

»Grace?«, rief er, drehte sich um und stand einem fremden Mädchen gegenüber. Verwirrt sah er sie an.

»Wer zum Teufel bist du?«, fragte sie in typisch britischem Tonfall.

»Das war mein Text«, entgegnete er.

Die Fremde kam ihm bekannt vor. Irgendwann hatte er sie schon einmal gesehen, erinnerte sich aber nicht mehr, wo. Sie war ganz hübsch. Mit rundem Gesicht, braunem Haar und zierlich gebaut. Er trat einen Schritt zurück, musterte sie von oben bis unten und stellte sie sich im Bikini vor. Nein, aus Sydney kannte er sie nicht. Zumindest nicht vom Strand. Vielleicht eine Studentin?

Bei dem Gedanken an die Stadt und sein dortiges Leben blitzte die Erinnerung an seine Vision in ihm auf und er wusste wieder, woher er sie kannte.

»Du!«, stießen sie beide zeitgleich aus.

Liam hob abwehrend die Hände. »Wir sollten uns darauf einigen, wer hier welchen Text bekommt. Wenn wir immer dasselbe sagen, wird das eine ziemlich eintönige Konversation.«

Ehe das Mädchen antworten konnte, bemerkte Liam eine Bewegung im Augenwinkel. Jemand näherte sich ihnen. Ebenfalls einer der Jugendlichen, die er damals in seiner Vision gesehen hatte. Der Junge. Etwa so groß wie er selbst, mit blasser Haut und dunklem Haar.

War es wirklich ein Traum, in dem er steckte? Oder war es eine weitere Vision? Dass Liam von ihr träumte, konnte er sich noch erklären, aber was hatte dieser Kerl dabei zu suchen?

»Addy?«, fragte der blasse Junge.

Von der anderen Seite näherte sich die Vierte im Bunde. Eine Asiatin in abgewetzter Schuluniform.

»Du bist also dieser Cowboy«, stellte sie fest.

»Habe ich irgendwas verpasst?«, fragte Liam verwirrt und sah von einem zum anderen. »Kennt ihr euch bereits? Habt ihr ein paar Geheimbundtreffen ohne mich abgehalten?«

»Da hält sich wohl jemand für einen Spaßvogel«, meinte der Junge und verschränkte die Arme vor der Brust.

»Und du bist wer? Mister Oberschlau?«, brummte er.

»Wie heißt du?«, fragte das britische Mädchen.

»Liam. Und du heißt Addy?«

»Genau. Addison Maxwell aus England. Und ich vermute, du bist ebenfalls 17 Jahre alt? Am 13. März geboren?«

Liam riss die Augen auf. Woher wusste sie das?

»Ayumi«, stellte sich die Asiatin vor.

»Younes«, meinte der Junge missmutig, besann sich dann aber und nickte Liam knapp zu. Er erwiderte die Geste, obwohl er nicht sicher war, was er von diesem Kerl halten sollte.

Was er von dieser ganzen Vision halten sollte, wusste er erst recht nicht.

Younes wandte sich erneut an Addy. »Warum haben uns die Ignis diesmal zusammengeführt? Geht es um den Zusammensturz der Sphären? Weiß einer von euch, wie wir das stoppen können?«

»Ich verstehe nicht, was schiefgelaufen ist«, sagte Ayumi. »Die Kraftwerke wurden doch abgeschaltet, alles ist nach Plan verlaufen. Tokio war sicher, die Meliad gerettet und die Bombe ist nicht explodiert. Aber dann gingen die Naturkatastrophen erst richtig los. Es gab eine Flut und ich habe diese verschwommenen Flecken gesehen. Während wir hier reden, liege ich bewusstlos auf einer schwimmenden Tür und um mich herum scheint sich die Membran zwischen den Sphären aufzulösen.«

»Ein Tür? Wie in Titanic?«, fragte Liam.

»Das ist nicht zum Spaßen«, meinte Younes.

Der Kerl war wirklich ziemlich verkniffen. Klar war ihre Lage hundsmiserabel, aber musste er deswegen alles, was Liam sagte, auf die Goldwaage legen? Er versuchte doch nur, die angespannte Situation etwas aufzulockern.

»Und du kommst wo her?«, fragte er und deutete mit dem Kinn auf Younes. »Aus Ernstilvanien?«

»Kanada«, antwortete Younes trocken.

»Sag ich doch.«

Younes schien das alles nicht sehr lustig zu finden. Man konnte ihm ansehen, wie Wut in ihm aufkam. Er machte einen Schritt auf Liam zu, doch da stellte sich Addy mit erhobenen Händen zwischen sie.

»Hört auf damit, okay? Was Ayumi gesehen hat, diese verschwommenen Flecken, das waren Stellen, an denen sich die Membran zwischen den Welten bereits begonnen hat aufzulösen. Dort verschmelzen alle Ebenen und eine neue Welt entsteht. Ich habe es mit eigenen Augen gesehen. Das Leben strömt aus allen Sphären in unsere, die Natur explodiert und neue Pflanzen und sogar Tiere entstehen.«

»Das habe ich auch gesehen«, sagte Younes. »Mehrere dieser Risse. Was damit in Berührung kam, ist mutiert.«

»Und ich weiß, warum das geschieht und wieso es nicht gereicht hat, die Kraftwerke zu deaktivieren«, erklärte Addy. »Ich weiß auch, was es mit uns auf sich hat und warum Terra Mater das alles tut. Ich weiß das alles, weil ich in ihrer Sphäre war, der Sphäre der Träume, die man betritt, wenn man schläft oder stirbt. Die Ignis haben uns zusammengebracht, weil wir alle dorthin müssen, um dem Ganzen ein Ende zu setzen. Also hört bitte auf, euch zu streiten, und lasst es mich erklären.«

Ayumi klatschte Beifall für Addys klare Ansage, hörte aber sofort auf und lief rot an, als sich alle nach ihr umdrehten. »Tut mir leid«, murmelte sie und deutete eine Verbeugung an.

»Erklär es uns«, bat Younes.

Liam verdrehte die Augen. Er wusste nicht mal, warum er das tat. Irgendetwas störte ihn gewaltig an diesem Younes, ohne dass er sagen konnte, was es war. Der Kerl war ihm einfach zu glatt.

Addy nickte, doch bevor sie loslegen konnte, ergriff Liam noch einmal das Wort. »Einen Moment mal. Nur, damit ich das richtig verstehe. Du sitzt gerade auf einer Tür in Tokio, du bist in England und du in Kanada. Ich bin in Australien und die Ignis haben diesen Rat der Weisen einberufen, damit wir uns miteinander absprechen können?«

»Genau«, bestätigte Ayumi.

»Okay, dann leg los«, sagte er und nickte Addy auffordernd zu. Eigentlich hätte er noch ein halbes Dutzend weitere Fragen gehabt, aber zu denen kämen wohl ohnehin noch einige mehr, wenn Addy erst einmal von Terra Mater berichtet hatte.

Addy atmete tief durch, sagte aber erst einmal nichts. Wahrscheinlich wusste sie nicht, wo sie anfangen sollte. Ihr Blick verlor sich kurz im weißen Nebeldunst, und als sie sich ihnen wieder zuwandte, lag tiefe Traurigkeit in ihren Zügen.

»Dass wir irgendwie anders sind als andere Menschen, war uns allen klar«, begann sie. »Ich habe mich schon immer mit der Natur verbunden gefühlt und Ayumi, du hast erzählt, dass du Visionen von Meliad hattest, die du für Träume gehalten hast.«

Liam dachte daran, wie sehr er das Meer liebte und die Freiheit, die er spürte, wenn er über die Wellen surfte. War das die Art der Naturverbundenheit, von der Addy sprach? Aber das machte ihn doch nicht gleich besonders. Eher die Tatsache, dass er Dinge sehen konnte, die sonst niemand sah. Jack hatte behauptet, seine Aura würde der eines Naturgeistes gleichen. Vielleicht hing das damit zusammen.

»Es ist so, dass wir gar nicht hätten geboren werden dürfen. Wir kamen alle am selben Tag zur Welt. Nicht an irgendeinem Tag, sondern genau in dem Moment, als Bennet das erste Tor in die Sphäre der Meliad geschaffen hat. Genau in diesem Moment brachen alle Sphären auf.«

»Du redest hier aber von einer Sekunde, oder?«, fragte Liam. »Es muss eine Sekunde sein, weil täglich mindestens 350.000 Menschen geboren werden. Das macht 243 pro Minute, also 4 pro Sekunde.«

Die drei sahen ihn verdutzt an. »Was?«, fragte er. »Habe ich mich verrechnet?«

Addy öffnete den Mund. »Nein«, stotterte sie. »Ich glaube nicht.«

»Können wir beim Thema bleiben?«, fragte Younes. »Ich weiß nicht wie viel Zeit vergeht, während wir hier reden, aber Ayumi treibt auf einer Tür und ich stand zuletzt an einem Abgrund. Ich will nicht aufwachen und feststellen, dass ich abgestürzt und tot bin.«

»Er hat also doch Humor«, höhnte Liam und hob dabei eine Braue.

»Einigen wir uns auf eine Sekunde«, sagte Addy. »Wir sind genau in dieser Sekunde geboren worden und irgendwie existieren unsere Seelen dadurch nicht nur in unserer Sphäre, sondern in allen. Wir verursachen dadurch so etwas wie Strudel im ...«

»Raum-Zeit-Gefüge?«, ergänzte Liam ungläubig.

Wieder starrten ihn alle an, dabei versuchte er doch nur zu verstehen, was Addy da sagte.

»Stimmt das?«, fragte Ayumi.

Addy nickte. »Um uns herum wird die Membran geschwächt und nur dadurch kann Terra Mater ihre Kräfte derart einsetzen. Elekreen hat die Naturgesetze aus den Angeln gehoben, als sie begonnen haben, Tore in eine andere Sphäre zu schlagen. Normalerweise sind die Ebenen voneinander getrennt und Terra Mater hat deswegen normalerweise wahrscheinlich gar nicht so viel Einfluss auf unsere Sphäre. Als immer mehr Tore geöffnet wurden, begann Terra Mater, das zu tun, was aus ihrer Sicht das einzig Richtige war. Nicht Elekreen zu bekämpfen, wie wir geglaubt haben, sondern die gesamte Menschheit. Elekreen hat ihr dazu erst die Möglichkeit gegeben, sonst hätten wir Menschen die Erde wohl komplett ruiniert und niemand hätte uns stoppen können. Sie tut das alles nicht, weil ein einziger Großkonzern begonnen hat, Meliad zu töten, sondern weil wir durch die Ausbeutung der Natur alles aus dem Gleichgewicht gebracht haben. Mutter Natur hat sich gegen uns gewandt, nachdem sie durch unsere eigenen Taten endlich die Macht dazu hatte.«

»Wir haben es ja nicht anders verdient«, meinte Younes. »Wir vergiften die Meere, wir verpesten die Luft. Wir tragen Schuld an dem Voranschreiten der globalen Erwärmung und der Ausrottung unzähliger Arten. Wir bewohnen die Welt schon lange nicht mehr. Wir haben sie versklavt.«

»So ist es«, bestätigte Addy. »Und dadurch haben wir nicht nur unserer Sphäre geschadet, sondern auch allen anderen, weil es ja eine Welt ist, die wir uns teilen.«

»Wir sind also gar keine Menschen?«, fragte Ayumi.

»Na ja, irgendwie schon«, meinte Liam. »Wenn ich das richtig verstanden habe, sind unsere Körper menschlich und unsere Seelen, oder wie man das nennen will, zumindest zu einem Teil.«

»Und dadurch, dass unsere Seelen zeitgleich in allen Ebenen existieren, schaffen wir eine Art Verbindung zwischen ihnen, die Terra Mater nutzen kann, um ihre Kräfte auf unsere Welt auszuweiten?«, hakte Ayumi nach. »Wir sind so etwas wie Terra Maters Tür in unsere Welt?«

»Warum nutzt Terra Mater nicht einfach die Kraftwerke?«, fragte Younes. »Davon gibt es Dutzende und die sind auch Tore durch die Sphären.«

»Das ist was anderes«, wiegelte Liam ab. Allmählich ergab das alles einen Sinn für ihn. »Das eine ist ein Tor von unserer Sphäre in die der Meliad, ähnlich einem Tunnel durch einen Berg. Das andere, also wir, sind Anomalien. Es ist, als würde man, um von einer Seite eines Berges zur anderen gelangen zu wollen, alle Gesteinsschichten miteinander verrühren, bis nur noch Sand da ist, durch den man einfach greifen kann.«

Younes sah Liam an, als hätte er spanisch gesprochen.

»Anderes Beispiel …«, begann er.

»Ich denke, wir haben es verstanden«, unterbrach Addy ihn.

»Woher weißt du das alles?«, fragte Ayumi.

Liam zuckte mit den Schultern. »Star Trek«, behauptete er. Ihnen mit Quantenphysik und Teilchendynamik, kombiniert mit einer gehörigen Portion Fantasie zu kommen, hätte wohl für noch mehr Verwirrungen gesorgt.

»Wir sind hier aber nicht in einer Science-Fiction-Serie«, merkte Younes an.

»Aber ich denke, er hat recht«, meinte Addy. »Terra Mater hat die Kraftwerke mit Absicht zerstört. Dadurch riss die Membran erst auf und alle Sphären begannen, miteinander zu verschmelzen.«

»Sie hat also den Tunnel und dadurch den kompletten Berg zum Einsturz gebracht?«, fragte Younes. »Sie wollte die Meliad gar nicht retten?«

»Nein, sie wollte, dass ihre Lebensenergie, genau wie die der Wesen aller anderen Sphären, in unsere fließt. Sie erschafft gerade eine neue Welt und zeitgleich radiert sie die Menschheit vom Angesicht der Erde.«

»Und das mit unserer Hilfe«, fügte Younes schwermütig hinzu.

Die Stimmung war mit einem Mal erdrückend. Der Gedanke, dass das, was um sie herum geschah, ihre Schuld sein sollte, zog alle runter.

»Was können wir tun?«, fragte Liam schließlich. Er ahnte, wie die Antwort ausfallen würde.

»Terra Mater hat mich zurückschicken wollen, nachdem ich gestorben war. Sie braucht uns in unserer Sphäre, damit sie ihren Plan weiter verfolgen kann«, erklärte Addy.

»Zurückgeschickt?«, fragte Liam.

Addy nickte und erzählte in knappen Worten, was sie in Terra Maters Sphäre erlebt hatte. Gebannt hörte Liam ihr zu und musste an den Traum denken, den er vor seinem Erwachen am Fuß des Vulkans geglaubt hatte zu haben. Durch das, was Addy erzählte, war er sich mittlerweile sicher, dass es die Erinnerungen an Terra Maters Sphäre gewesen waren, die er nicht hatte festhalten können. Er war noch nie gut darin gewesen, sich an Träume zu erinnern.

»Sie hat auch mich zurückgeschickt«, meinte Younes. »Ich wurde angeschossen und bin gestorben.«

Liam meldete sich wie im Schulunterricht. »Kopfsprung in einen aktiven Vulkan und noch am Leben.«

Ayumi sah von einem zum anderen. »Ich weiß nicht, ob ich mal gestorben bin. Gelegenheiten gab es genug.«

Wieder schwiegen alle. Jeder wusste, worauf das Ganze hinauslief.

»Wir sind uns also einig?«, fragte Addy.

»Worüber? Dass wir uns alle umbringen werden?«, hakte Younes nach.

»Nicht unbedingt«, widersprach sie. »Es reicht wahrscheinlich, wenn wir unsere Körper verlassen.«

»Nichts leichter als das«, scherzte er müde.

»Fällt dir was Besseres ein?«, fuhr Liam ihn genervt an. Wenigstens kam Addy mit sinnvollen Vorschlägen.

»Im schlimmsten Fall schickt uns Terra Mater zurück, oder?«, fragte Ayumi besorgt.

Addy hob die Schultern. »Ich denke schon, ja … wir könnten aber auch endgültig sterben, wenn wir ihre Welt durchqueren und uns im Energiefeld der Erde auflösen.«

»Und das sollten wir besser vermeiden«, ergänzte Liam. »Was tun wir also, wenn wir in ihrer Welt sind?«

»Wir versuchen, sie aufzuhalten«, meine Younes mit gesenktem Blick. Er schien ganz in Gedanken zu sein.

»Ich weiß nicht, ob wir das können«, sagte Addy bitter.

Liam atmete tief durch. Im Prinzip hatten sie doch gar keine andere Wahl. Nicht, wenn sie die Welt, wie sie sie kannten, retten wollten. Oder zumindest das, was davon noch übrig war. »Wir können es versuchen«, schlug er vor. »Hauptsache, wir verlassen erst einmal unsere Sphäre. Damit stoppen wir Terra Mater vorerst. Und dann sehen wir weiter.«

Younes und Addy stimmten schweigend zu, nur Ayumi wirkte noch unsicher.

»Das ist verrückt«, meinte sie leise. »Wie finden wir uns denn in ihrer Welt?«

Addy öffnete den Mund, sagte etwas, doch Liam hörte ihre Worte nicht. Es war, als hätte jemand einen Schalldämpfer über sie gelegt. Der weiße Nebel, in den sie gehüllt waren, nahm überhand und verschluckte sie alle.

»Wir sind uns einig, oder?«, rief er, wusste aber nicht, ob die anderen ihn noch hörten.

KAPITEL 15

YOUNES

TAG 10: DI, 17:00 UHR,
ZWISCHEN TORONTO UND OTTAWA, KANADA

Jemand packte Younes am Arm und zog ihn zur Seite.

»Pass auf, Junge!«, warnte ihn der Mann.

Benommen starrte er in den Abgrund. Zu seinen Füßen bröckelten Steine weg und rieselten in die Tiefe. Sie schlugen gegen Häuser, die senkrecht am Berg hingen, und klatschten schließlich weit unter ihm ins aufgeschäumte Wasser.

Er konnte sich nicht mehr erinnern, wie er zum Gipfel gelangt war.

»Das ist die Anstrengung«, sagte Ma'an. *»Ich habe dich gewarnt, dass dich das überfordert.«*

Erst allmählich kehrten seine Erinnerungen an die letzten Stunden zurück. Er hatte diesen Leuten helfen wollen, hatte Pflanzen wachsen lassen und sie waren daran hochgeklettert, um sich vor den Fluten in Sicherheit zu bringen.

»Du warst weg«, meinte Ma'an vorwurfsvoll.

»Ich weiß«, sagte Younes.

Etwas verschwommen, nicht weit von sich entfernt, sah er Lucas, der ihn argwöhnisch beobachtete. Wie viel wusste dieser Mann über die Naturgeister? Er war Soldat und als solcher doch sicher von Elekreen gezielt mit Fehlinformationen versorgt worden. Wenn dem so war, hatte er das bisher für sich behalten.

»Was weißt du?«, fragte ihn der Mann, der ihn noch immer am Arm hielt.

Younes wandte sich ihm zu. Bei dem Hämmern in seinem Schädel konnte er sich kaum darauf konzentrieren, ihn anzusehen. Erst jetzt erkannte er überhaupt, wer es war. »Oliver«, stellte er fest.

Oliver packte Younes an den Schultern. »Schau mich an. Weißt du, wo wir sind? Hörst du, was ich sage?«

Ganz offenbar fühlte sich Younes nicht nur gerädert, er musste wohl auch so aussehen. Er wollte antworten, doch Ma'an funkte ihm dazwischen.

»Sag schon, was war los mit dir?«, drängte er. *»Es war dieser Ignis, oder?«*

»Gib … gib mir einen Moment«, bat Younes.

»Wofür?«, fragte Oliver. »Willst du eine Pause? Du hast gesagt, dass du uns erklärst, was mit dir los ist, sobald wir in Sicherheit sind. Vielleicht solltest du das jetzt tun. Sonst weiß ich nicht, wie wir dir helfen können.«

Zeitgleich mit Oliver redete auch Ma'an auf ihn ein. *»Eine Vision, nicht wahr? Ging es um Terra Mater? Was hast du herausgefunden?«*

»Was ist mit ihm?«, fragte Abi, sodass Younes nicht hören konnte, was Ma'an noch sagte.

Die Kopfschmerzen waren unerträglich. »Ich verstehe nichts, wenn ihr gleichzeitig redet!«, knurrte er ungehalten und riss sich von Oliver los.

Er wollte den Mann nicht anfahren, aber dieses Pochen hinter seiner Stirn brachte ihn um den Verstand. Er fasste sich an die Schläfen.

Die letzte Vision hatte ihn lange nicht so mitgenommen. Woher kam dann das Gefühl, sein Schädel würde explodieren?

»Ich sagte doch, du hast es übertrieben. Und jetzt rück damit raus. Was hast du gesehen? Wir wollten doch keine Geheimnisse mehr voreinander haben, schon vergessen?«

Younes stolperte von Oliver und den anderen weg. Nur Ma'an konnte er nicht loswerden. »Hör jetzt einfach auf!«

Es war, als würde sich Ma'ans Stimme wie ein Bohrer durch seinen Schädel fressen. Er verlor das Gleichgewicht und fiel auf die Knie, während der Meliad weiter seine Erinnerungen durchforstete. Younes tat alles, um ihn davon abzuhalten. Vielleicht sorgte auch das dafür, dass ihm der Schädel brummte. Er wollte nicht, dass der Meliad wusste, wie Terra Maters Pläne aussahen und was er und die anderen vorhatten. Aber allein der Versuch, diese Erinnerungen von Ma'an fernzuhalten, ließen sie wie ein Leuchtfeuer in seinem Kopf auflodern.

»Ihr wollt in ihre Sphäre?«, fragte Ma'an ungläubig.

Um ihn herum strömten die Stimmen der Menschen auf ihn ein.

»Ich habe gesagt, dass es eine scheiß Idee ist, diesem Freak zu trauen«, hörte er jemanden mit gesenkter Stimme sagen.

»Er ist nur erschöpft«, meinte Oliver.

»Und wenn so was passiert wäre, während wir die Kinder hochgeholt haben?«, fragte jemand anderes.

Younes presste sich die Hände auf die Ohren, konnte Ma'an dadurch aber nur noch lauter in sich schreien hören.

»Ihr seid doch verrückt!«, brüllte er. *»Wenn sie eine neue Welt erschaffen will, könnt ihr sie nicht aufhalten!«*

Eine Hand legte sich auf seine Schulter. »Alles okay?«, fragte Oliver.

Er nickte schwerfällig, wagte es aber nicht, die Hände von den Ohren zu nehmen.

»Rede endlich mit mir!«, verlangte Ma'an. *»Vergiss die Menschen und*

konzentrier dich auf mich. Was glaubst du, gegen die Mutter aller Dinge ausrichten zu können? Denkst du, ich lasse dich einfach so gehen?«

»Brauchst du Wasser?«, fragte Oliver.

»Ich …«, stammelte er. »Ja, bitte.«

»Hör mir zu!«, geiferte Ma'an.

»Ich versuche es ja!«, schrie Younes außer sich vor Wut und schlug seine Hände auf den Boden. »Lass mich doch nur eine Sekunde in Ruhe! Nur eine Sekunde lang!«

Sein Atem ging schwer, seine Hände zitterten, und als er aufschaute, blickte er in völlig entsetzte Gesichter. Es war still um ihn herum geworden.

Hatte die Erde gebebt? Er spürte ein Vibrieren unter seinen Händen, Oliver war gestürzt, die Kinder wimmerten und die Erwachsenen hatten sie dicht an sich herangezogen. Sie hatten Angst – alle hatten sie panische Angst vor ihm.

»Es …«, begann Younes. Ein weiteres Beben und dumpfes Rumoren unterbrachen ihn.

Das war er nicht. Etwas anderes ging gerade vor sich.

»Es passiert«, sagte Ma'an. *»Die Risse zwischen den Sphären brechen endgültig auf und eine neue Welt entsteht. Was auch immer du vorhattest, es ist zu spät.«*

Nun konnte auch er es sehen. Ein gleißendes Licht, ähnlich dem Pilz einer Atomexplosion erhob sich im Tal. Fäden aus schwarzem, weißem und silbrigem Licht gingen wie feinste Spinnweben davon aus, waberten in der Luft wie die Tentakel einer Qualle im Wasser, und kaum dass Younes diesen Anblick verarbeitet hatte, gab es eine weitere Erschütterung.

Sie rissen auf. Jede einzelne Schwachstelle der Membran zwischen den Welten.

Er zog sich auf die Beine, trat einen Schritt vor, wagte sich aber nicht noch näher an den Rand der Klippe.

»Das ist meine Schuld«, flüsterte er wie in Trance.

Er sah zu seinen Händen, als wären sie allein dafür verantwortlich, was Terra Mater mit der Welt anstellte.

Eine Anomalie, so hatte Liam sie genannt.

Genau das waren sie. Er und die anderen. Das Auge im Sturm, der die Welt vernichtete.

Wieder bebte die Erde. Diesmal so heftig, dass alle um ihn herum schrien und einige stürzten. Der Boden brach auf, Ranken schossen daraus in die Höhe und ließen die Steine zerbersten, als wären sie nichts.

»Hör auf!«, brüllte Lucas und packte Younes von hinten.

Von allen Seiten kam das Licht näher, die Spinnfäden ähnlichen Linien krochen auf die Menschen zu, weiteten sich und spuckten ein Wirrwarr aus wuchernden Pflanzen aus. Überall um sie herum sprossen sie aus der konturlosen Lichtwelle, die sich auf sie zubewegte, quollen daraus hervor wie aus einem überkochenden Topf, prall gefüllt mit neuem, unbekanntem Leben.

Younes versuchte, sich von Lucas loszureißen. Er musste etwas tun, bevor es zu spät war! Er musste die Leute hier wegbringen. Aber wohin? Er war das Zentrum. Es geschah überall um ihn herum und bewegte sich auf ihn zu.

Ein Schlag traf ihn in den Magen und er fiel auf ein Knie.

»Er soll aufhören!«, schrie eine Frau panisch. »Bringt ihn dazu aufzuhören!«

Die Menschen zerrten an ihm und er spürte, wie Energie zwischen seinen Fingern Funken schlug.

»Tu es!«, verlangte Ma'an.

»Aufhören!«, schrie Younes. »Lasst mich los!«

Jemand kreischte laut auf. Younes riss den Kopf herum und sah, dass sich das Gewirr aus Licht und daraus wachsenden

Pflanzen wie eine Druckwelle über die Felsen schob, die ersten Menschen erreicht hatte und diese einfach verschwinden ließ, sobald sie mit der neuen Welt in Berührung kamen. Sie hörten einfach auf zu existieren.

Younes' Atem stockte. Das durfte nicht geschehen! Das durfte Terra Mater den Menschen nicht antun.

»Loslassen!«, schrie er und riss seine Hände hoch. Blitze zuckten zu allen Seiten und schleuderten die Umstehenden von ihm weg.

Zwei Männer kamen dabei dem Licht zu nahe und lösten sich auf, als wären sie bloß eine Illusion gewesen.

Younes' Puls raste. Er starrte voller Entsetzen dorthin, wo eben noch die beiden Männer gewesen waren, und konnte sich nicht mehr bewegen. Zwischen seinen Fingern zuckten noch immer die Blitze und um ihn herum war die Erde zu Asche verbrannt.

Er hatte es nicht unter Kontrolle. Die Erkenntnis erschlug ihn regelrecht. Der Tod dieser beiden Menschen war seine Schuld. Seine Kehle schraubte sich ihm zu und er hatte das Gefühl, keine Luft mehr zu bekommen.

»Dir wird nichts passieren«, versprach Ma'an. *»Du gehörst in die Welt, die um dich herum entsteht. Sie verschwinden, aber du wirst bleiben.«*

Younes schüttelte den Kopf. Er hatte das nicht gewollt. Er wollte diese Männer nicht töten, wollte niemanden verletzen. Er wollte das alles nicht!

Etwas traf ihn von der Seite, riss ihn zu Boden und er schlug mit dem Kopf auf. Ein heftiger Schmerz durchzuckte ihn, mühsam stemmte er sich hoch, da packte ihn jemand, riss ihn um und er landete auf dem Rücken.

Über ihm kniete Lucas, hielt mit beiden Händen einen footballgroßen Stein erhoben und sah ihn direkt an.

»Es muss sein«, sagte er und hob die Arme über den Kopf.

»Wehr dich!«, drängte Ma'an. *»Wehr dich schon!«*

Nein! Es musste passieren. Nur so konnten sie Terra Mater stoppen. Er hielt den Atem an, kniff die Augen fest zusammen und sein ganzer Körper verkrampfte sich, während er darauf wartete, dass Lucas zuschlug.

»Das lasse ich nicht zu«, protestierte Ma'an voller Verzweiflung. *»Ich lasse dich nicht einfach sterben!«*

Beinahe im selben Augenblick durchschoss ein heftiger Schmerz Younes' Schädel, durchzuckte seinen ganzen Körper und verschwand ebenso schnell, wie er gekommen war.

Von einer Sekunde auf die nächste war alles vorbei. Er sah sich selbst leblos auf dem Boden liegen. Der Stein, den Lucas ihm auf den Kopf geschlagen hatte, lag blutbesudelt neben seinem Körper. Oliver zerrte den Soldaten weg, doch er kam zu spät.

KAPITEL 16

ADDY

TAG 10: DI, 21:50 UHR,
SÜDWESTLICH VON OXFORD, ENGLAND

Addy riss die Augen auf. Ihr Atem ging stoßartig, als hätte sie gerade einen Marathon hinter sich gebracht, und kalter Schweiß stand ihr auf der Stirn.

Fragend sah sie sich um und blickte in verwirrte Gesichter. Wie viel Zeit war vergangen, während sie mit dem Ignis in Verbindung gestanden hatte? Sie warf einen Blick aus dem Wagen. Das gleißende Licht, das der Verschmelzung der Sphären vorausging, verschwand allmählich hinter einem Hügel, der Sturm tobte unerbittlich und der Konvoi bretterte in hohem Tempo über eine abgelegene Straße.

»Wo ist er hin?«, wollte einer der Soldaten wissen.

»Wer?«, fragte Addy.

»Tu nicht so!«, raunzte er sie grob an. »Wo ist die Lichtkugel hin verschwunden? Was hast du mit ihr gemacht?«

»Was soll sie denn getan haben?«, mischte sich Sarah mit bissigem Ton ein. »Das Ding ist einfach verglüht. Vielleicht war es ja eine alte Leuchtkugel, die an Altersschwäche gestorben ist, oder diese Wesen vertragen blödes Menschengeschwätz einfach nicht.«

»Jetzt werd ja nicht frech!«, warnte sie der Mann mit erhobenem Zeigefinger.

»Reden Sie nicht so mit meiner Tochter!«, verlangte Mrs Bennet.

»Das genügt«, unterbrach ein zweiter Soldat den Streit in herrischem Ton. Er war älter als der andere Mann und die Abzeichen an seinem Tarnanzug ließen Addy vermuten, dass er im Rang höher stand.

Seine klare Ansage brachte alle zum Schweigen. Er musterte noch einmal jeden Einzelnen von ihnen, wohl um sicherzugehen, dass niemand vorhatte zu widersprechen, dann stand er auf, lief gebückt an ihnen vorbei und warf einen Blick nach draußen. *Lieutenant Smith,* las Addy auf seinem Namensschild, als er nahe genug war.

Er hob sein Funkgerät an. »Bravo Tango 9 an alle Fahrzeuge. Wie wäre es mal mit etwas mehr Tempo? Hier hinten wird es langsam ungemütlich. Over.«

Obwohl Smith versuchte, sich keine Gefühlsregung anmerken zu lassen, konnte Addy nicht übersehen, wie nervös er war. Er wandte sich wieder dem Laderaum zu und bemerkte dabei ihren Blick.

»Was schaust du so?«, fragte er gereizt.

Bevor sie etwas sagen konnte, bekam er eine verrauschte Antwort auf seinen Funkspruch und beschäftigte sich damit statt mit ihr, während er zurück zu seinem Sitzplatz stolperte.

Addy sah ihm nach. Die Soldaten konnten noch so abgeklärt tun, sie hatten doch alle Angst. Und das zu Recht. Wie lange würden sie denn fliehen können? Bald schon gab es keine Grenzen mehr zwischen den Sphären. Nirgendwo. Keinen Ort, an dem sie sicher waren.

»Geht es dir gut?«, fragte Jared leise.

Sie warf ihm ein flüchtiges Lächeln zu und nickte. Ihr ging es alles andere als gut, aber das musste sie ihm nicht sagen. Das wusste er auch selbst.

Es dauerte nicht lange, bis sie die Stadt erreicht hatten. Addy war sie noch gut von ihrem Besuch in Terra Maters Welt in Erinnerung. Im wahren Leben bestand sie allerdings nicht aus einer riesigen Müllhalde. Sie fuhren über die holprige Straße an einst beschaulichen Reihenhäusern vorbei. Die Scheinwerfer der Fahrzeuge wanderten über rote Backsteinfassaden, die von Pflanzen überwuchert worden waren, einige Gebäude lagen in Trümmern, viele Dächer waren eingestürzt und die Glasscherben der gesprungenen Fenster säumten die Wege. Es sah nicht so schlimm aus wie in Orsett oder Birmingham, wo Elekreen-Kraftwerke gestanden hatten, war aber dennoch erschreckend anzusehen. Es erinnerte Addy an Bilder aus Kriegsgebieten. Und in einem Krieg befanden sie sich ja auch. Ein Krieg Mensch gegen Natur.

Ohne anzuhalten, durchquerte der Konvoi die kleine Stadt. Addy sah, dass die Anwohner trotz der späten Uhrzeit aus ihren Häusern gestürzt kamen und ihnen nachliefen.

»Halten wir nicht an?«, fragte sie und sah von einem Soldaten zum anderen. Keiner von ihnen antwortete oder würdigte sie auch nur eines Blickes.

Sie wandte sich wieder zu den Menschen um. Die Angst und Verzweiflung war ihnen deutlich anzusehen. Addy schraubte es die Kehle zu und sie verstand nicht, warum das Militär die Leute einfach im Stich ließ. War es nicht ihre Pflicht, den Bürgern zu helfen? Niemand hatte diesen Leuten gesagt, was um sie herum geschah, und nun, wo ein Sturm tobte, der mächtig genug war, alles in der Umgebung dem Erdboden gleichzumachen, floh das Militär und ließ sie schutzlos zurück.

»Wir müssen doch etwas tun!«, drängte Addy.

»Was denn?«, fragte Lieutenant Smith.

»Wir …« Addy wusste es selbst nicht.

Sie sah Frauen, die ihre weinenden Kinder hielten, verzweifelte Menschen, die dem Konvoi flehend nachriefen und immer wieder schlugen Hände gegen die Fahrzeugseiten. Manche versuchten sich sogar an der Heckklappe festzuhalten und kamen Addy dadurch zum Greifen nahe.

Doch sie wurden nicht langsamer und die ersten ihrer Verfolger gaben auf. Nach und nach fielen sie zurück.

»Wo fahren wir denn hin?«, fragte Sarah. »Es muss doch einen Notfallplan geben. Einen Ort, an dem wir sicher sind. Warum nehmen wir nicht wenigstens ein paar dieser Leute mit? Zumindest die Kinder.«

Wieder schwiegen die Soldaten. Addys Blick driftete zurück nach draußen und fiel auf einen Mann, der gerade eine Seitengasse verließ. Mit regloser Miene sah er ihnen nach und im Dämmerlicht war gut zu erkennen, wie es in seinen Augen golden aufblitzte.

Addys Herz machte einen Satz. Sie musste sofort an Casimir denken, wusste aber im selben Moment, dass es nicht er war, den sie dort sah. Es war ein anderer Meliad. Einer der wenigen, denen es gelungen war, einen Körper zu finden, bevor sich ihre Lebensenergie in der Menschenwelt verlieren konnte.

Am Horizont hinter der Stadt breitete sich die klaffende Wunde der Membran weiter aus. Es wirkte, als hätte sich die Welt dort in eine weiße Leere aufgelöst. Die Umwandlung und Verschmelzung der Sphären kam unaufhaltsam näher und bald wäre dieser Meliad der einzige Überlebende der kleinen Stadt.

Addy fand nicht mehr die Kraft, nach draußen zu sehen. Sie riss sich vom Anblick der verzweifelten Menschen los und sah zu Boden, während der Konvoi die Stadt hinter sich brachte und weiter der Straße folgte.

Was hätte es denn genutzt, diesen Leuten zu helfen, wo es

doch keinen Ort gab, an dem sie sicher waren? Selbst wenn sie vorhatten, in einem Bunker Schutz zu suchen, würde sie die neue Welt irgendwann erreichen und jeden einzelnen Menschen das Leben kosten.

Eine Hand legte sich auf ihre Schulter.

»Geht es dir wirklich gut?«, fragte Jared.

Sie nickte, dabei war ihr speiübel, ihre Brust fühlte sich an, als hätte man ihr das Herz herausgerissen, und das Gefühl der Machtlosigkeit erdrückte sie regelrecht. Sie musste einen Weg finden, zurück in Terra Maters Welt zu gelangen und all dem ein Ende zu setzen. Dabei wusste sie nicht einmal, ob es den anderen gelungen war und wie sie das mit gefesselten Händen, von bewaffneten Soldaten umzingelt, schaffen sollte.

»Sie sieht wirklich nicht gut aus«, meinte Mrs Bennet besorgt.

Die Soldaten schien das nicht zu interessieren. Wieso auch? Sie hatten größere Sorgen als ein blasses Mädchen, dem Tränen in die Augen stiegen.

Was aber, wenn es ihr schlechter gehen würde? Wenn man wegen ihr anhalten müsste? Vielleicht war das die Lösung. Vielleicht hatte sie gerade einen Weg gefunden, sich aus ihrer Lage zu befreien. Zumindest musste sie es versuchen.

Sie begann, schneller zu atmen und merkte, wie ihr schwindelig wurde.

»Hey, sitzen bleiben!«, verlangte der Soldat ihr gegenüber, als sie von der Bank auf die Knie rutschte.

»Sehen Sie denn nicht, dass etwas mit ihr nicht stimmt?«, warf Sarah ihm vor und sank neben Addy auf den Boden. »Was ist mit dir? Bekommst du keine Luft?«

Addy schüttelte den Kopf, nahm tiefe, schnelle Atemzüge und spürte, wie ihre Glieder zu kribbeln begannen. Sie ließ sich vornüberkippen und verdrehte die Augen.

»Tun Sie doch etwas!«, rief Jared.

Lieutenant Smith kam zu ihnen und fühlte ihren Puls. »Vielleicht eine Panikattacke. Haben wir eine Tüte, in die sie atmen kann?«

Ein anderer Soldat klopfte an die Fahrerkabine. »Anhalten, wir haben hier ein Problem!«, rief er.

»Nein, wir fahren weiter!«, widersprach Smith unwirsch.

»Aber …«, brachte der Soldat kleinlaut hervor, klopfte dann aber wieder gegen die Kabine. »Ihr habt es gehört. Weiterfahren.«

Addy hätte schreien können. Wieso funktionierte das nicht? Wieso hielten sie nicht an? Sie waren lediglich etwas langsamer geworden und nahmen schon wieder an Fahrt auf.

»Machen Sie ihre Hände los!«, verlangte Jared.

»Du musst dich beruhigen, Mädchen«, riet Lieutenant Smith ihr wenig einfühlsam.

Irgendjemand hatte eine Papiertüte organisiert, Smith befreite Addys Hände, half ihr, sich aufzurichten, und hielt ihr die Tüte vor den Mund.

»Atme ganz ruhig ein und aus«, sagte er.

Plötzlich warf sich Jared auf Smith, riss ihn zu Boden und entwaffnete den Soldaten. Fassungslos sah Addy zu ihm auf. Mit zittriger Hand zielte er auf den Mann.

»Sie geben sofort den Befehl anzuhalten!«, verlangte er, dann warf er Addy ein gezwungen wirkendes Grinsen zu. »Das wolltest du doch, oder?«

»Ganz ruhig, Kleiner«, ermahnte ihn Smith und hob verteidigend die Hände. »Das willst du doch nicht wirklich.«

Addy rappelte sich auf und stellte sich neben Jared. Sarah warf ihr einen fragenden Blick zu.

»Tun Sie schon, was er verlangt«, sagte Addy.

»Keiner tut hier irgendetwas«, widersprach Smith und wollte aufstehen.

»Keine Bewegung!«, schrie Jared völlig aufgebracht und entsicherte die Waffe. Seine Hand zitterte immer mehr und Addy war drauf und dran, ihm die Waffe selbst wegzunehmen. »Hier hat niemand was zu verlieren, verstanden? Die ganze beschissene Welt geht gerade unter! Uns bleiben vielleicht noch Minuten und was machen wir? Einen Ausflug ins Grüne? Addy ist die Einzige, die kapiert, was hier abgeht, also tun wir, was sie sagt.«

Ein Schlagloch rüttelte den Wagen durch, Jared verlor beinahe die Waffe, schwenkte sie einmal quer durch die Ladefläche und die Männer duckten sich erschrocken weg.

»Das Ding kann losgehen, verdammt!«, schrie Smith. »Du bringst am Ende noch einen deiner Freunde um.«

»Ihr seid es, die uns alle umbringen werdet!«, entgegnete Addy. »Anhalten. Sofort!«

Der Lieutenant reagierte nicht direkt. Er musterte Addy ausgiebig, als müsse er erst sicher sein, dass es ihr völlig ernst war, dann nickte er schließlich.

»Also gut«, stimmte er widerwillig zu.

Einer der Soldaten klopfte an die Fahrerkabine. »Wir halten an«, befahl er.

Kurz darauf kam der Wagen zum Stehen.

»Was jetzt?«, fragte Jared nervös.

»Jetzt beruhigen wir uns alle erst einmal«, meinte Smith.

»Gib mir die Waffe«, bat Addy.

Sarah sah sie nervös an. »Was hast du vor?«

Smith versuchte aufzustehen, aber Jared zielte sofort auf ihn. »Nicht bewegen, verdammt!«, schrie er geradezu hysterisch.

Auch Addy war unheimlich nervös. Ihr Puls raste und ihr Körper kribbelte noch immer vom Sauerstoffmangel durch die fingierte Panikattacke. Vorsichtig legte sie ihre Hand über Jareds Hände. Sie spürte, wie stark er zitterte.

»Gib sie mir«, bat sie.

General O'Reilly tauchte in Addys Rücken auf. »Was geht hier vor?«, verlangte er zu erfahren.

Smith sprang auf, stürzte sich auf Jared und Addy riss ihm die Waffe aus der Hand, bevor der Lieutenant sie ihm wegnehmen konnte. Jared schrie, als Smith ihm den Arm auf den Rücken verdrehte und ihn mit dem Gesicht auf den Boden drückte. Erst dann bemerkte er, dass Addy die Waffe hatte.

»Es ist vorbei«, sagte er und streckte ihr die Hand entgegen.

Addy sah flüchtig zu O'Reilly, der die Lage schnell analysiert hatte, zurücktrat und nach seiner Waffe griff. Auch die anderen Soldaten machten sich bereit, ihre Pistolen zu ziehen.

Addy zögerte nicht, zielte auf den General und sprang über die Heckklappe von der Ladefläche, als der die Hände hob und beiseitetrat.

»Addy, was hast du vor?«, rief Sarah ihr nach.

Die Soldaten stießen sie grob beiseite und sprangen ebenfalls vom Wagen.

Addy wirbelte herum und zielte nacheinander auf jeden Einzelnen von ihnen. Ihr Puls raste, ihr Atem ging immer noch schnell und sie konnte nicht klar sehen. Es würde nicht lange dauern, bis man sie eingekesselt und entwaffnet hatte. Immerhin war sie nur ein Mädchen mit zittrigen Händen und keiner Ahnung, was sie da eigentlich tat. Und ihr gegenüber standen ausgebildete Soldaten.

Rückwärts lief sie von ihnen weg. Es war dunkel, der Sturm tobte noch heftiger als zuvor, peitschte Regenschauer über die Wiesen und Hügel und die dichten Wolken über ihnen schirmten sie vom Sternenhimmel ab.

»Addy!«, rief Ben über die Sturmböen hinweg.

Sie wirbelte zu ihm herum. Er näherte sich ihr mit ausgestreckten Händen und so vorsichtig, als hätte er es mit einem wilden Tier zu tun.

»Ms Maxwell, überlegen Sie sich gut, was Sie da tun!«, rief O'Reilly ihr zu.

»Wir werden alle sterben!«, schrie sie.

»Das werden wir nicht«, versicherte der General. »Was glaubst du, wohin wir unterwegs sind? Wir werden dich und deine Freunde in Sicherheit bringen und …«

»Nein!«, fiel sie ihm ins Wort. »Es gibt keinen sicheren Ort.«

Sie wusste selbst, wie verrückt das in den Ohren des Generals klingen musste. Aber es war die Wahrheit.

Eine Explosion grellen Lichts hinter dem Hügel links von ihnen, ließ alle zusammenzucken. Addy riss die Augen auf. Ein weiterer Riss der Membran war aufgebrochen und die Erde bebte unter den massiven Umwälzungen, die die Verschmelzung der Sphären mit sich brachte. Nun näherte sich ihnen die neue Welt bereits von zwei Seiten. Die Zeit lief ihnen davon.

»Wir müssen hier weg«, drängte O'Reilly.

Addy zögerte nicht länger, hob die Waffe an und legte sie sich an die Schläfe. Jetzt musste sie nur noch abdrücken, um allem ein Ende zu setzen.

Jeder Muskel in ihrem Arm bis hin zu ihren Fingerspitzen, spannte sich an. Sie hörte ihr eigenes Blut rauschen und kämpfte gegen ihren kaum zu bändigen Überlebenswillen an. Er schien stärker als die Vernunft und doch krümmte sie ihren Finger um den Abzug. Sie musste es tun. Es gab keinen anderen Weg.

Sie hörte das Gebrüll der anderen, hörte Sarah verzweifelt schreien, sah im Augenwinkel, dass Ben losgestürzt war, konzentrierte sich aber nur auf den Abzug der Waffe.

Nichts geschah. Es war, als wäre sie gelähmt. Wieso gelang es ihr nicht, all dem ein Ende zu setzen? Wieso, wenn daran das Schicksal der Menschheit hing? Ihr Leben war doch nichts im Vergleich zu denen, die sie retten konnte. Doch so klar ihr das auch war, weigerte sich ihr Körper dennoch, zu gehorchen. Sie konnte sich einfach nicht überwinden. Aber sie musste! Sie musste es unbedingt.

»Verdammte Scheiße!«, fluchte sie völlig außer sich und riss die Waffe runter. Wie feige war sie denn? Wie schwach und unnütz! Alles hing an ihr und sie war dabei zu versagen.

Ben erreichte sie, wollte nach der Pistole greifen, doch sie wich ihm aus, wirbelte herum und rannte über einen Hügel, direkt auf den Sturm zu.

»Hinterher!«, hörte sie O'Reilly rufen. »Schnappt sie euch und dann nichts wie weg hier!«

Ben folgte ihr, packte sie am Arm, kaum dass sie den Kamm des Hügels erreicht hatte, und zog sie mit einem Ruck zu sich.

»Was ist bloß in dich gefahren?!«, fuhr er sie an, schraubte seine Finger fest um ihre Oberarme und schüttelte sie.

»Du verstehst das nicht!«, schrie sie.

Ben schnaubte vor Wut, riss ihr die Waffe aus der Hand und warf sie von sich. Mit weit aufgerissenen Augen starrte Addy auf die Pistole. Das durfte nicht sein! Sie musste es doch tun. Sie brauchte diese Waffe.

»Hängst du so sehr an diesem bescheuerten Meliad, dass du dich echt umbringen willst? Weißt du, wie verrückt das ist?«

»Es geht nicht um ihn!«, fuhr sie ihn an.

Ben zog sie ein Stück weit vom Gipfel weg, Addy warf einen flüchtigen Blick zur Seite und erkannte erst jetzt, dass sie auf eine Schlucht zugelaufen war. Im Dunkel hatte sie das nicht gesehen. Ihr wurde schwindelig, als sie in die Tiefe blickte.

»Es geht nicht um ihn«, wiederholte sie so leise, dass nicht mal sie sich hören könnte.

Sie hasste sich dafür, dass sie zu feige gewesen war abzudrücken. So viele Menschen hatten ihr geholfen, sie hatten so viel erreicht und erfahren. Wo es keine Hoffnung gegeben hatte, war es ihnen gelungen, einen Ausweg zu finden, und jetzt hing alles davon ab, dass Addy in Terra Maters Welt zurückkehrte. Aber sie hatte es nicht geschafft, ihren Finger zu krümmen, als sie es noch konnte.

»Komm zu dir, Addy!«, verlangte Ben. »Er ist es nicht wert!«

Addy sah zu ihm auf. Er kämpfte so verzweifelt darum, zu ihr durchzudringen, und war dabei doch nicht bereit, ihr wirklich zuzuhören.

Sie riss sich von ihm los. Ein weiteres Mal würde sie nicht versagen. Rückwärts stolperte sie auf den Abhang zu, schloss die Augen, atmete tief durch und ließ sich einfach fallen.

Für einen Moment fühlte es sich an, als würde sie fliegen. Sie wollte an diesem Gefühl festhalten, wollte nichts als die Freiheit spüren und alles vergessen, was um sie herum geschah. Doch das konnte sie nicht.

Sich das Leben zu nehmen, hatte nichts Romantisches oder Heroisches an sich. Es tat einfach nur höllisch weh und sie bereute es trotz allem mit jeder Faser ihres Seins.

Sie riss die Augen wieder auf, sah Bens Silhouette am Rand der Klippe, wie er ihr die Hand entgegenstreckte und schrie, doch der Wind war zu laut, als dass sie ihn hören konnte. Die heftigen Böen zerrten an ihr, trieben ihr die Luft aus den Lungen, dass sie das Gefühl hatte zu ersticken und ein Schmerz, als bohrte ihr jemand durch beide Ohren in den Schädel, raubte ihr beinahe die Sinne.

Zu wissen, dass unter ihr der Boden rasend schnell näher

kam, ließ die Panik in ihr pulsieren und ihr Herz so heftig pochen, dass es wehtat. Sie spürte, wie ihr Körper sich allmählich drehte, wusste, dass es nur Bruchteile von Sekunden dauern konnte, bis sie aufschlagen würde. Und zog unwillkürlich die Hände vors Gesicht.

Noch bevor sie sich ganz gedreht und den Boden der Schlucht gesehen hatte, durchzuckte ein heftiger Schmerz ihren ganzen Körper und Eiseskälte umfasste sie. Beinahe im selben Augenblick schraubten sich Arme fest um ihren Körper, zogen sie hoch und sie durchbrach mit dem Kopf eine aufgewühlte Wasseroberfläche.

Sie schnappte gierig nach Luft, drehte sich um und Casimir umfasste ihr Gesicht mit beiden Händen.

»Alles gut?«, fragte er. »Ich halte dich.«

Mit weit aufgerissenen Augen, noch immer nach Luft ringend, starrte sie ihn an.

»Ich weiß«, sagte sie tonlos.

Sie war zurück.

Tränen mischten sich unter das salzige Wasser auf ihrer Haut, ihre Lippe zitterte und sie hob die Hand, um nach ihm zu greifen – als müsse sie Casimir berühren, um sich ganz sicher zu sein, dass er es wirklich war.

Ein ohrenbetäubender Lärm, gefolgt von starkem Wellengang, unterbrach sie. In Terra Maters Welt schien kaum eine Sekunde vergangen zu sein, um sie herum stürzten Gesteinsbrocken ins Wasser und wühlten das Meer auf. Die Wellen schlugen über ihnen zusammen und Addy wurde nach unten gezogen. Sie strampelte mit den Beinen und schaffte es nur mit Mühe zurück an die Oberfläche.

Der Steingigant hatte sich aus den Fluten erhoben. Er schien überall um sie herum zu sein und ließ seine glühenden Augen auf der Suche nach ihnen über das aufgewühlte Meer wandern.

Die Strömung schlug gegen sie wie das Meer gegen eine Steilküste und drängte sie in Richtung des Riesen.

Addy sah sich gehetzt um. Überall um sie herum war Wasser, so weit das Auge reichte. Es schien keinen Ort zu geben, an dem sie sicher waren.

»Dort!«, stieß Casimir aus und deutete geradeaus. Tatsächlich erhob sich nahe dem Horizont eine kleine Insel aus dem Meer.

»Das schaffen wir nie!«, stieß Addy aus.

»Wir müssen.« Casimir sah sie voller Zuversicht an. Obwohl die Insel meilenweit entfernt war, schien er keine Zweifel zu haben. Und warum auch? Sie waren in der Welt der Träume – ein Ort, an dem alles möglich war. Sie nickte und begann zu schwimmen.

KAPITEL 17

LIAM

TAG 11: MI, 08:00 UHR,
SOUTHERN HIGHLANDS VULKAN, AUSTRALIEN

Ein heftiger Schmerz riss Liam zurück in die Wirklichkeit. Er sah Grace, die mit erhobener Hand vor ihm saß und schaffte es gerade noch, ihren Schlag abzufangen, bevor sie ihm eine zweite Ohrfeige verpassen konnte.

»Was soll der Scheiß?«, raunzte er sie an, rieb sich die schmerzende Wange und bewegte seinen Kiefer hin und her.

»Gott sei Dank!«, stieß Grace erleichtert aus und wandte sich den anderen zu. »Er ist wieder klar im Kopf.«

»Was war los, Kumpel?«, fragte Jones und klopfte ihm auf die Schulter. »Du wolltest überhaupt nicht mehr wach werden.«

»Ich …«, begann er, wusste aber nicht, wie er das hätte erklären sollen. Er glaubte ja selbst noch nicht wirklich, was passiert war.

Wenn es stimmte, was er während dieser Vision erfahren hatte, dann blieb ihm gar keine andere Wahl, als in Terra Maters Welt zu gehen und dadurch zu stoppen, was gerade geschah.

»Ich brauche jetzt einen Moment für mich, okay?«, bat er.

»Wie jetzt? Du willst uns nicht mal erklären, was gerade mit dir los war?«, fragte Grace verärgert.

»Lass ihn«, forderte Jack seine Tochter auf und legte ihr die

Hand auf die Schulter. »Wir packen derweil die restlichen Vorräte weg und rationieren, was wir noch haben.«

»Er könnte es wenigstens erklären«, beschwerte sie sich angefressen, wischte Jacks Hand weg und stand auf.

Jack sah ihr nach, wie sie davonstapfte und ihre Wut an Jones ausließ. Als die beiden außer Hörweite waren, ging er neben Liam in die Hocke und schloss den Deckel der Brotdose, die neben ihm stand. »War es eine Vision? Hattest du Kontakt zu den Geistern?«

»Vision ja, Geister nein«, meinte Liam. »Ich brauche jetzt wirklich etwas Zeit, um mir über einiges klar zu werden, okay?«

Jack nickte, nahm die Brotdose und das restliche Essen mit und ließ ihn allein.

Liam saß auf der Wiese eines sanft abfallenden Hangs und vor ihm lagen die Küste, das Meer und die Insel, zu der Sydney geworden war. Nach allem, was Addy und Younes berichtet hatten, sah er diesen neu entstandenen Urwald, wie er sich grün und ungezähmt aus den Fluten erhob, mit ganz anderen Augen.

Das Gefühl, dort hinzugehören, ergab plötzlich einen Sinn. Denn genau so war es. Was er vor sich sah, war die Verschmelzung aller Sphären und die neue Welt, die daraus entstand. Seine Welt, seine Heimat.

Er konnte es nicht wirklich fassen und wusste nicht, was größer war: Das Gefühl der Verbundenheit, des Heimkehrens, nach jahrelanger, vergeblicher Suche nach dem Ort, an den er gehörte, oder die tief empfundene Schuld. Wie ein Schwelbrand fraß sie sich durch sein Inneres.

Ob es dort überhaupt noch Menschen gab? Hatte Terra Mater sie bereits alle getötet, jede Spur der Zivilisation vernichtet und diese Insel auf ihren Trümmern erblühen lassen? Den Gedanken daran, dass sie alle tot sein könnten – jeder, den er von früher kannte – ertrug er einfach nicht. Zu wissen, dass es seine Schuld wäre, tat unsagbar weh.

Kein Scherz und kein lockerer Spruch konnten ihm helfen, damit zurechtzukommen. Selbst wenn er in Terra Maters Welt übergetreten wäre, konnte er dadurch nicht ungeschehen machen, was sie der Welt bereits angetan hatte. Was er vor sich sah, geschah überall. Addy hatte es in England beobachtet, Younes in Kanada und Ayumi in Japan. Und die Tatsache, dass ihn der Anblick dieser Insel trotz allem faszinierte, sein Herz höherschlagen ließ und ihm beinahe schon ein Lächeln entlockte, schürte die Schuld nur noch mehr an.

Trotzdem konnte er den Blick einfach nicht von der Insel lassen. Es war wirklich ein malerischer Anblick. Er konnte sich gar nicht daran sattsehen. Schäumende Wellen schlugen sich gegen die Klippen, ganze Vogelschwärme umschwirrten gigantische, eng an eng stehende Bäume, zwischen deren dunklen Stämmen schimmernder Nebel über die Klippen floss wie Wasserfälle.

Wie konnte eine derartige Schönheit bloß aus so viel Leid entstehen? Was Terra Mater mit den Menschen tat, war, wie ein Haus abzureißen, während die Bewohner noch friedlich in ihren Betten schliefen. Es war grausam. Auch wenn diese Bewohner einen nicht wiedergutzumachenden Schaden an der Bausubstanz ihres Wohnaushauses angerichtet hatten. Aber so war die Natur nun mal. Gnadenlos.

Aber so wollte er nicht sein. Er wollte sich von der neuen Welt nicht angezogen fühlen. Erst recht konnte er nicht einfach ignorieren, wie sie entstanden war, und dankbar sein, endlich nicht mehr diese Rastlosigkeit zu spüren, die ihn sein Leben lang begleitet hatte.

Er wollte etwas tun und das konnte er nur, wenn er Terra Mater gegenübertrat.

»Hey«, sprach Grace ihn an. »Mit den Vorräten sieht es ziemlich mau aus. Wir werden die nächsten Tage fasten müssen.«

Er blickte zu ihr auf, legte die Hand über die Augen, weil die Sonne ihn blendete, und sah ihre Silhouette neben sich. Sie hatte die Fäuste in die Hüften gestemmt und Liam konnte im Gegenlicht nicht erkennen, ob sie ihn wütend anfunkelte, weil er seinen Proviant verloren hatte und sie jetzt teilen mussten, oder ausnahmsweise mal freundlich gesinnt war. »Ich verstecke keinen Rinderbraten unter meinen Ohrläppchen, falls du darauf anspielst.«

»Schon klar. Bist du fertig mit Grübeln oder brauchst du noch mehr Zeit?«

»Nein ich … keine Ahnung«, sagte er und wandte sich wieder nach vorne.

Grace setzte sich neben ihn.

»Wunderschön, nicht wahr?«, murmelte sie fasziniert.

»Ja«, antwortete er schlicht und spürte, wie sich dabei sein Magen verknotete. »Für mich ist Sydney immer mein Zuhause gewesen. Merkwürdig, es jetzt so zu sehen.«

Ihm war weder nach Streiten noch nach einer Unterhaltung zumute. Er fühlte sich dazu einfach zu elend. Nicht nur körperlich, sondern auch geistig war er völlig ausgelaugt. Immer wieder ging er in Gedanken durch, was er anders hätte machen können, um zu verhindern, was geschehen war. Es gab so viele Momente, in denen er den falschen Weg eingeschlagen, die falsche Entscheidung getroffen oder zu lange gezögert hatte. Er wusste gar nicht, was er am meisten bereuen sollte.

»Das mit deinem Pferd tut mir leid«, sagte Grace leise.

Liam nickte nur stumm. Nach allem, was ihm durch den Kopf ging, wollte er nicht auch noch an Whiskey denken müssen. Ihn zu verlieren, war mit das Schlimmste.

»Du hast dein Versprechen gehalten. Das hätte ich dir wirklich nicht zugetraut«, fuhr sie fort.

Obwohl ihm eigentlich nicht danach zumute war, schmunzelte er hämisch.

»Was grinst du jetzt so?«, fragte Grace gereizt.

»Das muss dich doch ärgern«, unterstellte er ihr. »Komm schon, gib es zu. Ein bisschen sauer macht es dich schon, dass ich nur halb so viel ein Versager bin, wie du mir unterstellt hast.«

Grace klappte die Kinnlade runter. »Willst du damit sagen, ich habe darauf spekuliert, meinen Vater an diesen Naturgeist zu verlieren, nur um recht zu behalten?«

»Das hast jetzt du gesagt«, neckte er sie.

»Wenn du es richtig angestellt hättest, wäre der Vulkan gar nicht erst ausgebrochen, also glaub ja nicht, dass ich anfange, Lobeshymnen auf dich zu singen.«

Liams Grinsen gefror ihm im Gesicht. Seine Kehle schnürte sich ihm zu und er wandte sich wieder nach vorne. Dieser Tiefschlag tat wirklich weh.

»Das …«, brachte Grace mit rauer Stimme hervor. »Das war nicht so gemeint.«

»Lass es einfach gut sein«, bat er sie unwirsch.

Reichte es nicht, dass er sich den Kopf darüber zerbrach, was schiefgelaufen war? Musste er sich das auch noch von ihr anhören? Er wollte gar nicht wissen, welche Sprüche sie parat hätte, wenn sie wüsste, wer oder eher was er wirklich war.

»Nein, wirklich! Liam, ich …« Plötzlich packte sie ihn, zog ihn an sich heran und küsste ihn.

Liam wusste nicht, wie ihm geschah. Er war wie erstarrt, hatte die Augen weit aufgerissen und regte sich nicht, während sich ihre Lippen ungefähr so zärtlich auf seine pressten wie ein Hammer auf einen Nagel.

Eine gefühlte Ewigkeit saßen sie nur so da, bis auch Grace die Augen aufschlug, ihn verwirrt ansah und sich von ihm löste.

»Das … was soll ich sagen?«, murmelte sie verlegen. »Das war irgendwie komisch.«

Damit hatte sie vollkommen recht. Ihr Kuss hätte ebenso ein hinterhältiger Angriff gewesen sein können. Liam war sich nicht einmal sicher, ob sie den Unterschied kannte. Sinnlich und gefühlvoll war jedenfalls anders.

Zumindest eines hatte ihr Überfall bewirkt: Liam wusste jetzt, wie sie sich gefühlt haben musste, als er sie unüberlegt geküsst hatte.

»Grace?«, rief Jack und erlöste sie damit aus ihrer peinlichen Lage.

»Ich komme!«, antwortete sie und wollte aufspringen, doch Liam packte sie am Handgelenk und hielt sie auf.

So konnte er das einfach nicht stehen lassen. Grace neigte dazu, ihn zur Weißglut zu bringen, aber die Anziehungskraft zwischen ihnen war von Anfang an da gewesen. Sie war beinahe genauso stark wie die Verbindung, die er zu dieser Insel spürte. Vielleicht sogar stärker.

Würde er sie jetzt einfach gehen lassen, hätte er wahrscheinlich nie die Gelegenheit herauszufinden, was es war, das begonnen hatte, zwischen ihnen zu entstehen.

Grace hielt inne und sah ihn verwundert an. Er richtete sich auf, beugte sich zu ihr vor und legte die Hand an ihre Wange. Diesmal würde er alles richtig machen.

Er schloss die Augen und berührte sanft ihre Lippen mit seinen. Kaum dass er das getan hatte, durchströmte ihn eine tiefgehende Wärme. Sie kribbelte ihm bis in die Fingerspitzen. Sein Mund öffnete sich leicht und Grace kam ihm näher. Er konnte hören, wie ihr Atem schneller ging, als ihre Zungen den Kampf austrugen, den sie zuvor immer mit Worten ausgefochten hatten, Liams Herz schlug schneller und er umfasste ihr Gesicht mit beiden Händen.

Der Schmerz, die Schuld, die tief empfundene Scham, all das war mit einem Mal wie weggeblasen. Da waren nur noch er und sie und ein paar in der Zeit erstarrte Sekunden – wenige Augenblicke, die sich wie eine Ewigkeit anfühlten.

Und genau in dem Moment, als Liam versuchte, daran festzuhalten, löste sich Grace ebenso plötzlich von ihm, wie sie ihn zuvor geküsst hatte.

Sie schob ihn von sich und schnappte nach Luft, als wäre sie nur knapp dem Ertrinken entronnen.

»Das war …«, japste sie.

»Immer noch komisch?«, fragte er schmunzelnd.

Grace schüttelte energisch den Kopf. »Nein, es war …« Sie brach ab und sah ihn erschrocken an. »War es denn für dich komisch?«

»Ganz und gar nicht«, erwiderte er und sein Schmunzeln wurde zu einem breiten Grinsen. Sein Herz pochte noch immer hektisch. Er hätte sie am liebsten direkt wieder gepackt und geküsst.

Doch dann sah er, dass Jack sie missmutig beobachtete, und verwarf den Gedanken wieder.

»Das hat trotzdem nichts zu bedeuten!«, betonte Grace hastig. »Du bist immer noch ein Idiot! Ein Idiot, der meinem Dad das Leben gerettet hat, aber ein Idiot. Ich kann im Moment einfach nicht klar denken, bei allem, was passiert ist. Das ist das Problem.«

»Wie du meinst.« Ihm konnte sie nichts mehr vormachen. Sie fühlte sich genauso von ihm angezogen wie er sich von ihr und ihr hatte der Kuss mindestens genauso gut gefallen. Davon war er fest überzeugt.

Wenn sie so tun wollte, als wäre da nichts gewesen, würde er sie nicht davon abhalten. Nach ihrem holprigen Versuch, ihn zu küssen, konnte er ja darauf hoffen, dass sie früher oder später wieder vor ihm stehen würde.

Andererseits wusste er nicht, ob es dieses Später gäbe. Der Gedanke daran vertrieb die letzten Glücksgefühle, die er dem Kuss zu verdanken hatte.

»Bilde dir nichts darauf ein«, drohte sie ihm regelrecht und hob dabei den Zeigefinger.

»Sieh es als einen Abschiedskuss«, sagte er gedankenschwer.

Grace legte dir Stirn in Falten. »Was soll das jetzt schon wieder bedeuten?«

Liam sah sie an, öffnete den Mund, wusste aber nicht, wo er anfangen sollte. Das war alles einfach zu viel. Er stieß sich vom Boden ab und lief auf die Küste zu, die sich wie ein Bruch durch die Welt vor ihm ersteckte.

»Sag schon!«, rief Grace ihm nach, folgte ihm und packte ihn am Arm.

Dadurch, dass sie so aufgebracht war, hatte sie die Aufmerksamkeit der anderen beiden erregt. Sie kamen näher und sahen Liam fragend an.

Er musste es ihnen erklären. Schließlich konnte er sich ja nicht einfach die Klippe runterstürzen, ohne klarzumachen, dass er nicht selbstmordgefährdet war. Andererseits gab es sicher einen besseren Weg in Terra Maters Welt.

Er wandte sich an Jack. »Ich muss dich bitten, ein paar Kräuter für mich zu sammeln«, erklärte er, in der Hoffnung, dass Jack in der Gegend fand, was er brauchte.

KAPITEL 18

AYUMI

TAG 11: MI, 09:10 UHR, TOKIO, JAPAN

»Ich hasse das Meer«, murrte Taro.

Der Kater saß am Rand der Tür, auf der sie im Wasser trieben, und starrte wie hypnotisiert ins blaue Nass. Taro hob die Pfote, als wolle er nach einem Fisch schlagen, ließ es dann aber bleiben. Kein Wunder, wo es um sie herum doch mehr Plastiktüten und anderen schwimmenden Müll gab, als sie tatsächlich Fische zu Gesicht bekamen.

Ayumi legte das Straßenschild beiseite, mit dessen Hilfe sie durch die Hochhäuser paddelte, und fischte eine Plastikflasche aus dem Wasser. Zu ihrer Enttäuschung war sie leer. Immer wieder sammelte sie etwas aus dem Meer, stieß aber selten auf Verwertbares. Am Tag zuvor hatte sie das letzte Mal etwas getrunken und ihr Mund war bereits völlig ausgetrocknet.

Sie warf die Flasche zurück und schaute zu den beiden Katzen. Yuri schlief friedlich eingerollt, während Taro weiter das Wasser beobachtete. Die beiden benahmen sich schon beinahe wie ganz normale Katzen, was Ayumi ein Lächeln entlockte.

»Katzen können ja auch nicht schwimmen«, meinte sie.

»Was?« Taro riss den Kopf zu ihr herum.

Obwohl er nicht wirklich sprach, sondern nur seine Gedanken mit Ayumi teilte, wurde Yuri davon wach. Er gähnte, streckte sich ausführlich und begann, sich zu putzen.

»Warum erfahre ich das erst jetzt?«, beschwerte sich Taro.

Yuri spuckte Fell aus. *»Was tue ich da eigentlich?«*, fragte er missmutig.

»Ich glaube zumindest, dass sie nicht schwimmen können«, meinte Ayumi nachdenklich. »Mein Wissen darüber beruht auch nur auf Kinderanimes.«

»Wie lange ist es schon hell?«, fragte Yuri und sah sich um.

Ayumi sank in den Schneidersitz. »Eine Stunde vielleicht oder zwei? Wir müssen etwas zu essen finden und vor allem Trinkwasser. Spürt ihr etwas in der Nähe?« Sie wusste, dass die Naturgeister ihre Kräfte in die Umgebung fließen lassen konnten, um mehr wahrzunehmen, als man mit bloßem Auge erkennen konnte.

Taro schüttelte den Kopf.

»Land ist auch keines in Sicht gekommen, während ich geschlafen habe?«, fragte Yuri weiter.

Ayumi senkte nur den Blick. Sie musste an die Vision von letzter Nacht denken. Dass sie und die anderen drei der Grund für das sein sollten, was mit der Welt geschah, wollte sie nicht wirklich wahrhaben. Sie fühlte sich schuldig, obwohl sie sich das alles nicht ausgesucht hatte. Nichts davon.

Eine Pfote legte sich auf ihr Knie. *»Mach dir keine Sorgen«*, bat Yuri. *»Wir finden Land. Wenn Gebäude über das Wasser ragen, kann unmöglich ganz Japan überflutet worden sein. Sobald wir etwas spüren, sagen wir es dir.«*

»Ich weißt, es ist nur ...« Sie brach ab und sah sich um. Es war erschreckend zu sehen, was von den Menschen blieb, wenn ihre Häuser, Geschäfte und Straßen zerstört worden waren. Es schnürte Ayumi die Kehle zu. Von dem bunten, hektischen Chaos, das Tokio noch vor wenigen Tagen beherrscht hatte, waren nur Trümmer geblieben, die still auf dem Wasser trieben. Müll, so weit das Auge reichte. Und dazwischen aufgequollene Leichen, bei deren Anblick Ayumi die Tränen in die Augen getrieben wurden.

Die einzige Überlebende in einer Stadt voller Toter zu sein, nahm ihr jede Hoffnung auf Rettung. Und zu wissen, dass sie nur überlebt hatte, um Terra Mater als Waffe zu dienen, machte es nicht besser. Im Gegenteil.

»Es ist nur was?«, hakte Yuri nach.

Taro kam näher. *»Es ist nur, dass sie nicht weiß, was sie jetzt tun soll. Ist doch so, oder? Du hattest diese Vision, deine Freunde haben sich entschieden, zu versuchen eure Welt zu retten, und du bist dir nicht sicher, ob du das auch willst.«*

Ayumi nickte stumm. Sie schämte sich dafür, mit dem Gedanken zu spielen, Addy und die anderen im Stich zu lassen. Aber wozu etwas retten, das ohnehin schon in Trümmern lag?

Sollten sie wirklich Terra Mater aufhalten, damit das, was Ayumi gerade um sich herum sah, weiter bestehen konnte? Eine Müllhalde voller unnützem Plunder und toter Menschen? In anderen Gegenden sah es doch bestimmt nicht besser aus. Und bevor das alles passiert war, was hatten die meisten Menschen denn gemacht? Sie hatten sich in Traumwelten geflüchtet, um nicht in der Realität sein zu müssen. Eine Realität, die sie nun retten sollte. Vielleicht war das, was Terra Mater erschuf, ein Ort, an dem es nicht nötig war, nach Fluchtwegen zu suchen. Einer, der alles vereinte, was Ayumi an ihren Geschichten, Bildern und Träumen so liebte.

Sie glaubte selbst kaum, dass sie sich traute, so zu denken. Keiner der Helden ihrer Lieblingsmanga hätte es je gewagt, die Menschheit infrage zu stellen.

Aber sie erinnerte sich auch nicht, dass einer von ihnen je gesehen hätte, was sie sah, und gefühlt hätte, was sie fühlte.

Da war dieses Ziehen in ihrer Brust, dieses unbändige Gefühl, dem Ort nahe zu sein, nach dem sie sich ihr ganzes Leben lang gesehnt hatte. Ein Zuhause, von dem sie bisher nicht einmal gewusst hatte, dass es existierte. Sie fühlte das immer dann, wenn sie zu lange auf einen Riss der Membran zwischen den Sphären schaute. Dann kam es ihr vor, als hätte sie bisher nur einen Bruchteil der wahren Welt gesehen.

Und auch wenn Ayumi wusste, dass es nicht richtig war, so zu denken, konnte sie es doch nicht abstellen.

Was war sie denn für ein Monster, mit dem Gedanken zu spielen, alle anderen Menschen zu opfern, nur um endlich dort zu sein, wo sie hingehörte? Was lief falsch mit ihr? Vielleicht waren es der Hunger und die Müdigkeit, vielleicht auch die Angst davor, die letzte Überlebende in ganz Japan zu sein.

»Du musst das nicht tun«, sagte Taro. *»Niemand kann dich zwingen.«*

Plötzlich aufkommender Wellengang ließ die Tür stark schwanken. Ayumi verlor das Gleichgewicht, fing sich mit den Händen ab und sah mit Schrecken, dass ihr Ruder wegrutschte.

»Pass auf!«, warnte sie Taro.

Ayumi warf sich voran und griff nach dem Schild. Es glitt ihr durch die Finger und versank im Wasser. Mit weit aufgerissenen Augen starrte sie ihm nach.

Das durfte nicht sein! Sie brauchte ein Ruder, um nicht zwischen dem ganzen Treibgut festzusitzen.

»Halt dich fest!«, rief Yuri.

Der Wellengang nahm noch einmal zu. Ayumi klammerte sich an die Tür, die mit einem Mal in die Höhe gerissen wurde. Sie schrie panisch und ihr Puls raste, als das Brett fast senkrecht stand und drohte nach hinten wegzukippen. In letzter Sekunde überwand die Tür die sich aufbäumende Welle und rauschte auf der anderen Seite in die Tiefe, wo sie in die Fluten eintauchte. Ayumi schraubte ihre Hände, so fest sie konnte, um das Holz. Ihre Arme fühlten sich an, als würden sie zerreißen, und sie konnte nur noch schäumende Gischt und umherwirbelnden Plastikmüll sehen.

Sie kniff die Augen fest zusammen und betete, dass es vorbeiging. Weitere Wellen folgten, doch die Tür stellte sich nicht noch einmal senkrecht. Das Meer wurde allmählich ruhiger und sie wurden gestoppt, als sie gegen etwas Festes prallten.

Ayumis Atem hetzte. Sie brauchte lange, um sich zu überwinden, die Augen wieder aufzuschlagen.

Das Wasser hatte sie komplett überspült. Sie war von oben bis unten durchnässt und zitterte am ganzen Leib. Vor sich sah sie noch die letzten Wellen, die von einer Art Lichtexplosion auszugehen schienen. Dabei hatte es gar keinen Knall gegeben. Dennoch konnte Ayumi in der Ferne einen Ballon aus gleißend hellem Licht sehen. Es war, als wäre die Welt dort einfach entzweigerissen worden.

Panik ergriff Ayumi, als sie an Taro und Yuri dachte. Sie schaute sich gehetzt um und entdeckte den pitschnassen Yuri neben sich, wie er gerade seine Krallen aus dem Holz zog und sich schüttelte. Aber wo war Taro?

Ihr Herz schlug ihr mit einem Mal bis zum Hals. Sie richtete sich auf, ließ ihren Blick über die aufgewühlte Wasseroberfläche fliegen, als es plötzlich vor ihr platschte. Sie schaute nach unten, wo Taro seinen Katzenkörper mühsam aus dem Wasser zog.

»Katzen können schwimmen«, murrte er.

Erleichtert atmete Ayumi durch, rutschte etwas beiseite und griff Taro ins Genick, um ihm zu helfen.

Erst jetzt sah sie, dass es der Pfeiler eines Hochhausgerippes war, gegen den die Wellen sie getrieben hatten. Ihr Blick fiel auf Yuri, der wie gebannt auf das Lichtphänomen starrte.

»Was ist da passiert?«, fragte sie mit zittriger Stimme.

Ein weiteres grelles Licht brach neben ihnen aus dem Nichts, wühlte das Meer erneut auf und Ayumi klammerte sich an den Stützpfeiler, um kein weiteres Mal weggetrieben zu werden.

»Die Risse brechen auf«, erklärte Taro, ebenfalls von dem Anblick hypnotisiert.

Ayumi blinzelte, um im grellen Weiß etwas erkennen zu können, und nun sah sie es auch. Wie eine Druckwelle in Zeitlupe rollte das Licht über die Umgebung und ließ alles mutieren, womit es in Berührung kam. Felsen wuchsen aus dem Nichts, die Pflanzen, die die Hochhäuser umschlungen hatten, wucherten mit einem Mal, sprudelten geradezu über die Ruinen, und wo zuvor noch das Gerippe eines Gebäudes gestanden hatte, sah Ayumi kurze Zeit später einen grün erblühten Berg aus dem Meer ragen, von dessen Gipfel Wasserfälle in die Tiefe sprudelten und Regenbögen über die Landschaft ragten.

Der Anblick war atemberaubend und Tränen der Rührung sammelten sich in Ayumis Augen. Sie richtete sich auf und war so ergriffen, dass es ihr schwerfiel zu atmen. Was da geschah, was vor ihren Augen entstand, war wunderschön.

Ihre Hand glitt vom Stützpfeiler ab und sie trieb auf der Tür allmählich in die Mitte Hochhauses. Zeitgleich erreichte sie die Welle des Lichts. Was davon berührt wurde, veränderte sich, und als es an einer leblos im Wasser treibenden Leiche angelangt war, löste die sich einfach auf, als hätte sie nie existiert.

Sprachlos starrte Ayumi auf die Stelle, wo eben noch der Tote gewesen war. Sie wusste nicht, was sie denken oder fühlen sollte. Was war da gerade geschehen?

»Uns passiert nichts«, versprach Yuri.

Ayumi wusste, dass er damit recht hatte. Die Welt, die um sie herum entstand, war ihre. Sie war die Verschmelzung aller Sphären und damit auch das Zuhause der Meliad. Sie würden die Körper der Katzen verlassen können und wieder sie selbst sein dürfen. Die Einzigen, die in Terra Maters neuer Weltordnung nicht willkommen waren, das waren die Menschen selbst. Und offenbar nicht einmal ihre Leichen.

Die Stützpfeiler des Hochhauses wurden von einer Art Grünspan überwuchert, als das Licht sie berührte. Das Metall mutierte in rasender Geschwindigkeit zu einer weichen, pilzartigen Oberfläche.

Ayumi legte den Kopf in den Nacken und sah, wie sich die Veränderung allmählich in die Höhe zog. Pfeiler um Pfeiler mutierte, Abertausende kleine Pilze sprossen, die sich miteinander zu einem einzigen riesigen Gewächs verbanden. Dann begann sich das Gerippe zu verbiegen. Es knarzte und ächzte überall um Ayumi herum, aus dem Metallgestänge waren die Fasern eines übermächtigen Pilzstammes geworden, die sich allmählich umeinanderwanden und immer enger zusammenzogen.

Es wurde dunkel um sie herum und Ayumi bekam es mit der Angst zu tun. Sie drehte sich in die Richtung, in die ihr Floß trieb, sah, dass nach und nach alle Öffnungen zuwucherten, und suchte verzweifelt nach etwas, mit dem sie paddeln konnte.

»Festhalten!«, warnte Yuri. Die wachsenden Pilzfasern lösten durch ihre Bewegung Wellen aus und Ayumi klammerte sich ans Holz, als die Tür mitgerissen wurde. Sie schwappten durch eine Öffnung und gelangten zurück aufs offene Wasser.

Ayumi wirbelte sofort wieder herum. Von dem Gebäude war nichts mehr zu erkennen, die Fasern des Pilzes verschmolzen miteinander, schlossen sich zu einem einzelnen Stamm und weit über ihr, wo kurz zuvor noch das Dach eines Hochhauses den Himmel berührt hatte, fächerte sich der mächtige Hut des Pilzes auf.

Er warf seinen Schatten über Ayumi und sie konnte sehen, dass seine Lamellen in bunten Farben glitzerten, wie von Abertausenden winzigen Edelsteinen besetzt. Zwischen ihnen leuchtete es zaghaft und plötzlich löste sich ein Schwarm Ignis von den Lamellen ab und schwirrte um den Stamm.

Ayumi fühlte sich wie in einem Traum. Überall um sie herum entstand diese neue, wundersame Welt. Sie sah das alles und konnte es doch nicht glauben. Die Luft schwirrte von einer Energie, die sie bis ins tiefste Innere erfüllte. Als würde sie mit jedem Atemzug die Freiheit in sich aufnehmen können, die die neue Welt verhieß.

»Ayumi, dort!«, hallte Taros Stimme in ihrem Kopf.

Sie drehte sich wieder um und sah, nicht weit von ihnen entfernt, Land. Während hinter ihr neue Inselteile aus den Fluten wuchsen und das Meer in Seen teilte, steuerten sie direkt auf das Festland zu.

Es stimmte also. Nicht ganz Japan war überflutet worden und Ayumi sah mit Entsetzen und Unglauben zugleich, dass dort Menschen waren. Überlebende.

Bei diesem Anblick überschlug sich ihr Herz beinahe. Sie war also tatsächlich nicht der letzte Mensch in diesem Teil der Welt. Andere hatten sich vor dem Erdbeben und den Fluten in Sicherheit bringen können und nun standen sie dort auf einem Hügel und starrten voller Ehrfurcht auf das, was gerade mit den Überresten ihrer Heimat geschah.

Ein plötzlicher Anflug von Panik ließ Ayumi schwanken. Sie hatte gesehen, was mit den Leichen passierte, und sie wusste, das Terra Mater die Menschen nicht in ihrer neuen Welt haben wollte. Sie würden verschwinden, sobald sie mit dem Licht in

Berührung kamen. Die letzten Überlebenden der Menschheit würden einfach aufhören zu existieren. Das durfte nicht passieren! Ayumi konnte einfach nicht untätig dabei zusehen.

»Das …«, stammelte sie. »Das muss aufhören!«

Die beiden Katzen sahen verwirrt zu ihr auf und Ayumi fiel vor ihnen auf die Knie. »Yuri, bitte, bring mein Herz zum Stehen. Nur für einen kurzen Augenblick. Nur lange genug, damit ich in Terras Sphäre reisen kann. Bitte.«

»Aber …«, mischte sich Taro ein.

»Bitte!«, drängte sie.

In ihren Ohren rauschte es und sie wagte es nicht, über das, was sie gerade verlangte, nachzudenken. Das durfte sie nicht, weil ihre Angst sonst überwiegen würde. Er musste es einfach tun, solange sie noch fest davon überzeugt war, die richtige Entscheidung zu treffen.

Flehend sah sie der Kater an. Wie hätte sie mit der Schuld leben sollen, nichts getan zu haben, während sich die neu entstehende Welt unaufhaltsam auf diese Menschen zubewegte? Wie hätte sie es ertragen können, nicht zu wissen, ob ihre Eltern unter ihnen gewesen waren?

Yuri kam näher. *»Also gut«,* sagte er.

Bevor sie es sich doch noch anders überlegen konnte, streckte sie ihm die Hand entgegen, er legte seine Pfote darauf und ein heftiger Schmerz durchzuckte Ayumi mit einem Mal. Alles um sie herum wurde schwarz, die Geräusche verschwanden, das Gefühl für ihren Körper verlor sich im Nichts und was blieb, war Dunkelheit.

KAPITEL 19

ADDY

ZU EINER UNBESTIMMTEN ZEIT,
IN DER SPHÄRE DER TRÄUME

Addy zog sich ans Ufer, hustete und spuckte Wasser. Sie hatte kaum die Kraft, sich hochzustemmen, versuchte es aber dennoch.

Neben ihr sank Casimir in den Sand. Er starrte auf seine Hände, als wären es nicht seine eigenen, bemerkte Addys Blick und wandte sich ihr zu.

»Geht es dir gut?«, fragte er.

Sie schüttelte den Kopf und setzte sich auf. Das Steinmonster war ein ganzes Stück von ihnen entfernt, suchte das Meer ab und würde sie sicher bald finden.

»Was ist mit dir?« Sie sah zu seinen Händen und wieder zu ihm auf.

»Nichts, nur …« Er ballte seine Fäuste und spreizte die Finger wieder. »Ich hatte erwartet, in dieser Welt wieder ich selbst zu sein. Ich hatte es sogar gehofft. Aber das Gegenteil ist der Fall. Ich bin …«

»Menschlich?«, fragte sie.

Er nickte still und Addy konnte ihm ansehen, wie sehr ihn das quälte. Es musste ihm wie eine Strafe vorkommen und war wahrscheinlich sogar der Grund dafür, dass er sich in einen Belial verwandelt hatte. Als Meliad wären ihm keine Gefühle inne gewesen, die das Schattenwesen hätten anlocken können. Aber wieso tat Terra Mater ihm das an?

»Ich kann jedenfalls meine Kräfte nicht nutzen …«

»Es wird auch ohne gehen«, versicherte sie.

Ein lautes Krachen in ihrem Rücken ließ Addy zusammenzucken. Sie wirbelte herum und sah, wie der Gigant sich im Wasser drehte. Gesteinsbrocken brachen von ihm ab und seine Bewegungen lösten Wellen aus, die sich bedrohlich schnell auf das Ufer zubewegten. Seine glühenden Augen wanderten über das Meer, bis sein Blick an Casimir und Addy hängen blieb.

Casimir war sofort auf den Beinen. »Schnell weiter!«

Die Insel, auf die sie sich gerettet hatten, war Addy von Weitem wie ein karger Fels vorgekommen, doch jeder Schritt, den sie taten, schien sie wachsen zu lassen. Hügel um Hügel grünes Land erhob sich am Horizont, Pflanzen schlängelten sich unter ihren Schritten über den sandigen Grund und Bäume schienen wie aus dem Nichts zu wachsen.

Über die Schulter sah Addy, wie der Gigant seinen riesigen Mund öffnete. Ein tornadogleicher Schrei fegte über das Meer hinweg. Wellen wurden auseinandergetrieben, eine tiefe Furche schoss über den Sandstrand, Bäume wurden entwurzelt und Addy riss Casimir gerade noch rechtzeitig zu Boden, als die heftige Windböe schon über sie hinwegfegte.

Erst nachdem es wieder ruhig geworden war, richteten sie sich vorsichtig auf.

»Weiter!«, drängte Casimir und rappelte sich auf.

Addy befreite sich vom Sand und sie liefen los.

»Wir müssen die anderen finden!«, rief Addy Casimir zu, während der gerade dabei war, den Stamm eines entwurzelten Baumes zu überwinden.

»Wen?«, fragte er und streckte ihr die Hand entgegen.

Addy packte seinen Arm und zog sich auf den Stamm. »Die anderen. Die aus meiner Vision, die so sind wie ich.«

»Wieso glaubst du, dass sie hier sind?«

Sie sprang vom Baum und beide duckten sie sich hinter den Stamm, als der Gigant erneut schrie.

»Ich war wieder zurück und habe mit ihnen gesprochen!«, rief Addy über den Lärm des Windes hinweg. »Solange wir am Leben sind, kann Terra Mater ungestört wüten. Wir haben entschieden, etwas dagegen zu tun.«

Casimir schüttelte ungläubig den Kopf. »Wir wissen doch gar nicht, welche Folgen es hat, wenn ihr aufeinandertrefft!«, rief er. »Du hast gehört, was Terra Mater gesagt hat. Ihr seid wie Wirbelstürme und wer weiß, was passiert, wenn sich vier davon vereinen.« Er schien regelrecht wütend zu sein und offenbar auch von ihr enttäuscht.

»Terra Mater ist dabei, alle Menschen zu töten, und wenn ich die drei nicht finde, wird sie einen nach dem anderen wieder zurückschicken. Dann war alles umsonst gewesen!«

»Du meinst, dein Tod?«, fragte er bitter.

»Ich hatte keine Wahl …« Ihre Stimme war brüchig geworden und kam kaum gegen den Lärm an.

Casimir warf einen flüchtigen Blick über den Baumstamm und sie fragte sich, was gerade in ihm vorging. Terra Mater war ihnen dicht auf den Fersen und verfolgte nur ein Ziel: Addy zurück ins Leben zu schicken. Ihnen blieb keine Zeit zu zögern. Doch genau das tat er gerade.

Spielte er etwa mit dem Gedanken, das zuzulassen?

»Ich gehe nicht zurück!«, sagte sie entschlossen. »Nicht ohne dich.«

Beinahe flehend sah er sie an. »Es geht hier nicht um mich.«

»Ich weiß … Es geht um Milliarden Leben. Vielleicht sind es auch nur noch Millionen, vielleicht nur Tausende. Ich weiß nicht, wie viele Menschen die letzten Tage überstanden haben. Aber wir werden alles daran setzen, sie zu retten. Koste es, was es wolle. Auch wenn du nicht verstehen kannst, warum wir das tun.«

Casimirs Blick durchforstete sie. Hätte er denn für sein Volk nicht dasselbe getan?

»Natürlich verstehe ich das«, sagte er. »Warum glaubst du, ich würde das nicht?«

»Weil …« Die Stimme brach ihr weg. »Weil alles, was passiert ist, allein unsere Schuld ist. Weil du bestimmt glaubst, dass die Menschheit es verdient hat, vernichtet zu werden. Und weil … weil du damit vielleicht recht hast.«

Ein sanftes Lächeln legte sich auf seine Lippen. Es war dieses eine, warme, alles erhellende Lächeln, das so viel intensiver war, nun, da er wirklich er selbst war und nicht nur seine menschliche Hülle.

Er hob die Hand, legte sie an ihre Wange und ihr Herz machte einen Satz. Sie sah zu ihm auf und ertrank im warmen Glanz seiner honigfarbenen Augen.

»Trotz all der Fehler, die ihr begangen habt, was glaubst du, wird mir von eurer Welt im Gedächtnis bleiben? Ich sage es dir: der Tag am Lagerfeuer, als deine Freunde und du beschlossen habt, gegen Elekreen vorzugehen. Du, die du ins Kraftwerk eingebrochen bist, um mich zu retten, die Menschen im Wald, die uns geholfen haben. Deine Freundin, Sarah, die uns zu dir geführt hat, Jared, der sich für uns opfern wollte, und auch Ben, der dich nur vor mir beschützen wollte. Der einzelne Mensch ist zu Großem fähig, Addy. Das habe ich gelernt. All diese kleinen Dinge sind die Samen, aus denen Gutes wächst. Daraus entsteht Mut und Opferbereitschaft.«

Während Casimir gesprochen hatte, war es still geworden. Der Wind hatte sich gelegt, doch ihr blieb kaum die Zeit, über seine Worte nachzudenken, denn plötzlich bebte die Erde und große Gesteinsbrocken fielen um sie herum vom Himmel.

Addys Puls begann augenblicklich zu rasen, sie duckten sich, Casimir griff nach ihrer Hand und zog sie weiter ins Landesinnere.

»Terra Mater wird alles daransetzen, um euch voneinander fernzuhalten und zurückzuschicken!«, rief Casimir ihr zu. »Und du weißt, dass diese Welt riesig ist und Zeit keine Rolle spielt.«

»Ich finde sie«, sagte Addy mit fester Überzeugung. »Schließlich habe ich auch dich gefunden.«

Seine Hand schloss sich fester um ihre. »Ja, das hast du.«

KAPITEL 20

ADDY

ZU EINER UNBESTIMMTEN ZEIT,
IN DER SPHÄRE DER TRÄUME

Addy verlangsamte ihr Tempo, als der Gigant außer Sicht war und die Landschaft sich änderte. Es wurde zunehmend heißer, die Pflanzen waren verdorrt und das Gras hatte eine gelbe Färbung angenommen. Sie musste die Hand vor Mund und Nase legen, weil ein beißender Geruch Übelkeit in ihr auslöste. Es stank nach faulen Eiern.

Aufmerksam sah Casimir sich um. »Wo sind wir hier?«

Es war zwar so, dass ihre Ängste für all das verantwortlich waren, was Terra Mater ihr bisher gezeigt hatte. Aber das hier? Eine Dürre konnte sie unmöglich ausgelöst haben. Es war auch kein Teil ihrer Erinnerung. Dahinter steckte etwas anderes.

Plötzlich schoss ein Schwall heißen Dampfes direkt vor ihr aus dem Boden und sie stolperte erschrocken zurück. Der Geruch nach faulen Eiern wurde intensiver und das Bild vor Addys Augen verschwamm.

»Alles in Ordnung?«, fragte Casimir besorgt.

»Ich denke schon«, brachte sie mit rauer Stimme hervor. Ihr war so übel, dass sie befürchtete, sich übergeben zu müssen.

»Wir sollten schnell weiter«, schlug er vor und sah sich um. »Dort hinten sieht das Land etwas grüner aus.«

»Nein«, widersprach sie. »Wenn dieser Teil von Terra Maters

Welt weder aus deiner noch aus meiner Vorstellung stammt, dann muss es der Traum eines anderen sein.«

»Du meinst, wir nähern uns jemandem aus deinen Visionen?«

Sie nickte. Es war mehr als nur eine Vermutung. Es war ein Gefühl, tief in ihrem Inneren. Dass Younes, Ayumi, Liam und sie miteinander verbunden waren wie verwandte Seelen, hatte sich schon darin gezeigt, dass sie einander am Rande der Lichtsäule, über die Grenzen von Raum und Zeit hinweg, hatten sehen können. Die Ignis hatten das verstanden und sie zueinander geführt und nun war ihr, als wäre da ein Ziehen in ihrer Brust. Wie ein unsichtbares Band, das unter Spannung geraten war. Sie wusste, dass mindestens einer von ihnen in ihrer Nähe sein musste.

»Hier entlang«, sagte sie und folgte eben diesem Gefühl.

Aus dem verdorrten Land wurde einige Zeit später eine felsige Lavalandschaft. Immer mehr Fontänen aus heißem Dampf brachen aus der schwarz verkohlten Erde, durch die sich rötlich glimmende Risse zogen und alle Pflanzen waren tot und von Asche bedeckt.

Um sie herum hoben sich riesige Felsen und am Horizont zeichnete sich ein Vulkan ab, dem sie dieses trostlose Bild zu verdanken hatten. Eine dichte Rauchwolke stieg von ihm auf und verdunkelte den Himmel. Das Atmen fiel Addy zunehmend schwerer und auch Casimir hatte zu kämpfen.

»Dort vorne!« Er deutete zwischen zwei Felsen hindurch.

Die Hitze war so unerträglich, dass das Bild vor Addys Augen flimmerte und sie nicht klar erkennen konnte, was sich dort nahe dem Boden bewegte. Aber Casimir hatte recht. Irgendetwas war zu sehen. Das erste Lebenszeichen in diesem von Zerstörung gezeichneten Landstrich.

Addy lief voraus. Sie passierten den schmalen Durchgang zwischen den Felsen und waren noch nicht auf der anderen Seite angekommen, als die Erde zu beben begann. Steine rieselten auf Addy herab. Sie hob schützend die Arme über den Kopf, rannte weiter und gelangte strauchelnd ins Freie.

»Alles okay?«, fragte Casimir in ihrem Rücken.

Addy konnte nicht antworten. Zu gebannt war sie von dem Anblick des Vulkans. Von ihm ging das Beben aus.

Ähnlich einem wilden Tier, das aus dem Tiefschlaf gerissen worden war, rumorte er bedrohlich. Krachend weiteten sich die Risse im Boden zu tiefen Spalten. Die Erde bebte erneut, Addy breitete die Arme aus, um das Gleichgewicht halten zu können, und plötzlich schoss aus dem Gipfel des Vulkans eine riesige Fontäne aus Lava, Rauch und Asche.

Ihr Herz begann zu rasen. Sie durften keine Zeit verlieren! Bald wäre alles in der Umgebung von geschmolzenem Gestein bedeckt.

»Hallo?«, rief sie und stolperte voran.

Überall waren nur kahle Felsen, verbrannte Erde und die Asche zu sehen, die auf sie hinunterregnete.

Addy fing sich an einem Felsen, schrie erschrocken auf, weil sie sich die Hand daran verbrannte, und zog sie an ihren Körper. Der Schmerz pulsierte ihr in den Fingern.

»Geht es?«, fragte Casimir und wollte nach ihrer Hand greifen. Er stockte, bevor er sie erreicht hatte, und Addy sah ihm an, was in diesem Moment in ihm vorging.

Er hatte vorgehabt, sie zu heilen, ohne daran zu denken, dass er das in dieser Welt nicht konnte.

»Schon gut«, versicherte sie. »Es ist nichts Schlimmes.«

Er wollte etwas erwidern, als sie in seinem Rücken einen Hut auf dem Boden liegen sah. Ein Stetson mit angesengter Krempe.

Casimir folgte ihrem Blick und Addy verengte die Augen zu schmalen Schlitzen, um durch den Ascheregen mehr erkennen zu können.

Nicht weit vom Hut entfernt saß jemand am Boden, stemmte die Füße gegen den Fels und schien an etwas zu ziehen.

»Liam?«, fragte sie und lief an Casimir vorbei auf ihn zu.

Liam riss den Kopf zu ihr herum. Schiere Panik war ihm ins Gesicht geschrieben. »Hilf mir, verdammt! Addy, hilf mir!«

Sie rannte sofort zu ihm, stürzte neben ihm auf den Boden und ihr Herz machte einen Satz, als sie erkannte, was er da tat. Er hielt die Zügel eines Pferdes in den Händen und zerrte verzweifelt daran.

Das Tier, so unwirklich das auch war, steckte in einem Lavafluss fest und lebte noch. Als wäre es Treibsand und keine kochende Brühe, kämpfte es gegen das Versinken an, hatte die Augen weit aufgerissen und versuchte verzweifelt, die Beine freizubekommen.

»Casimir!«, rief Addy und griff nach den Zügeln.

Gemeinsam zogen sie mit aller Kraft daran, doch das Pferd rührte sich nicht.

»Wir müssen es schaffen!«, presste Liam durch zusammengebissene Zähne hervor. Tränen standen ihm in den Augen. »Ich darf ihn kein zweites Mal verlieren.«

Casimir trat neben sie. Sein Schatten legte sich über Addy, aber warum packte er nicht mit an? Fragend sah sie zu ihm auf.

Sein Blick haftete am Vulkan. Dass der weiter rumorte und die Erde bebte, hatte Addy mitbekommen, doch erst, als sie Casimirs weit aufgerissene Augen sah, schaute sie hoch und stellte mit Schrecken fest, dass der Berg in der Mitte aufgebrochen war und sich etwas Mächtiges aus dem aufsteigenden Rauch kämpfte. Ein weiterer Gigant. Terra Mater.

»Sie kommt!«, sagte Addy.

»Was?« Liam folgte ihrem Blick. »Verdammte Scheiße.«

Finger aus glühendem Gestein umschlossen den Gipfel des zweigeteilten Vulkans mit festem Griff, leuchtende Augen stachen durch den dichten Rauch und eine Bestie aus Lava und Stein, die in ihrer Größe den Berg bei Weitem übertraf, erhob sich allmählich.

Die Felsen bröckelten unter den Pranken des Giganten, er öffnete sein Maul und statt Zähnen kam darin Lava zum Vorschein, die ihm wie zäher Honig zwischen den Kiefern klebte. Als er sich weiter aufrichtete, knackste die Erde, der Vulkan brach endgültig entzwei und der Riss weitete sich bis über die Erde. Er steuerte direkt auf den Lavafluss zu, in dem das Pferd gefangen war.

»Casimir, hilf uns!«, forderte Addy ihn erneut auf und riss ihn damit aus seiner Erstarrung.

Er ging neben ihr auf ein Knie und packte mit an, doch auch zu dritt erreichten sie nichts.

Die Bestie hob einen Arm aus dem Vulkan, schlug die Felsen weg, die ihr im Weg waren, und rammte ihre Klauen tief in die Erde. Das Beben, das davon ausgelöst wurde, sorgte dafür, dass Addy den Halt verlor und gefährlich nah an den Lavafluss rutschte. Sie schrie, warf sich mit aller Kraft gegen die Zügel und zerrte, so fest sie nur konnte, daran.

»Es hat keinen Zweck!«, schrie Casimir.

Liam ließ plötzlich los und stand auf. »Er hat recht«, sagte er und knöpfte sein Hemd auf.

»Was hast du vor, verdammt noch mal?« Völlig entgeistert starrte Addy ihn an.

»Was wohl?! Ich springe da rein und helfe ihm«, knurrte er fest entschlossen.

Addy glaubte nicht, was sie da hörte. »Du willst in glühende Lava springen? Hast du den Verstand verloren?«

»Ich habe das schon einmal getan und überlebt. Fällt dir was Besseres ein?« Dass er mit den Nerven am Ende war, konnte man ihm ansehen.

»Genau das will sie doch«, sagte Casimir und stand ebenfalls auf. »Sie will, dass du in dieser Welt stirbst. So kann sie dich zurückschicken.«

»*Er* stirbt, wenn ich es nicht tue!«, brüllte Liam und deutete auf das Pferd.

Ein Ruck zog sich durch den Boden, als der Gigant einen Fuß auf festen Grund setzte. Ein großer Teil des Vulkans brach dabei zur Seite weg und Lava ergoss sich über die Umgebung. Addys Puls raste bei diesem Anblick und es fiel ihr schwer, noch einen klaren Gedanken zu fassen.

»Wir müssen gehen«, drängte Casimir.

Liam wischte sich Tränen aus dem Gesicht und raufte sich durchs Haar. Er wusste offenbar weder ein noch aus.

»Verdammte Scheiße!«, stieß er aus und packte erneut die Zügel. »Dann geh doch, wenn du aufgeben willst!«

Casimir schüttelte den Kopf und Addy ergriff Liams Hand.

In dem Moment, als sie sich berührten, ging ein Ruck durch ihren ganzen Körper – gefühlt ging er durch die ganze Welt. Für einen Moment schien alles zu erstarren, selbst ihr Puls raste nicht mehr, und sie sah Liam an, dass er ebenfalls spürte, was gerade zwischen ihnen vor sich ging. Sie musste an das denken, was Casimir gesagt hatte. Was passiert, wenn sich zwei Wirbelstürme zu einem vereinen?

Nur eine Sekunde, dann strömte die Wirklichkeit wieder auf sie ein. Doch das hatte ausgereicht, um Addy zu erlauben, einen klaren Gedanken zu fassen.

»Das hier ist die Welt der Träume. Deine Welt, die du dir selbst erschaffst. Hier ist alles möglich.« Sie sah flüchtig zu Casimir, und als der nicht widersprach, wandte sie sich wieder Liam zu. »Wenn man fest genug daran glaubt, kann man alles erreichen. Glaubst du, dass dein Pferd freikommen kann?«

Liam starrte sie völlig entgeistert an. »Nein, ich ...«

Sie hatte auch nicht daran geglaubt, den Eisbären retten zu können. Sie hatte nicht geglaubt, dass der Wal überleben würde. Im Grunde ihres Herzens, sosehr sie es auch gehofft hatte, war ihr klar gewesen, dass sie sterben würden. Den Fehler durfte Liam nicht begehen.

»Dann versuch es«, forderte sie ihn auf. »Versuch, daran zu glauben. Glaub an dich. Ich tue es auch.«

Zögerlich zog sie ihre Hände zurück, nicht wissend, ob sie das Richtige tat. Sie trat einen Schritt zurück, sodass sie neben Casimir stand. Ihn hatte sie gefunden, weil sie fest davon überzeugt gewesen war, dass sie es schaffen würde. Nun lag es an Liam, seinen Albtraum selbst zu lenken.

»Also gut«, sagte Liam und wandte sich wieder nach vorne.

Addys Herz pochte hektisch, ihr ganzer Körper zitterte trotz erdrückender Hitze und sie biss sich fest auf die Lippe, als sie sah, wie das arme Tier weiter versank. Hatte sie einen Fehler gemacht? Sie wollte gerade nach vorne stürzen, da ergriff Casimir ihre Hand.

Wortlos, ohne den Blick von dem Pferd zu lösen, verschränkte er seine Finger mit ihren und schenkte ihr dadurch neue Kraft. Während alles um sie herum zusammenbrach, hielt er sie und ließ nicht zu, dass sie abstürzte.

Liam zerrte nicht, wie sie erwartet hätte, an den Zügeln. Er atmete tief durch, ging vor seinem Pferd in die Hocke und hielt sie ganz locker.

»Komm, mein Guter, es ist nicht weit«, forderte er das Tier mit ruhiger, aber dennoch zitternder Stimme auf. »Du schaffst das, ich weiß es!«

Das Pferd wieherte, riss den Kopf hoch, wurde aber ruhiger, als Liam die Hand nach ihm ausstreckte. »Schhhh«, säuselte er, stand auf und trat vorsichtig einen Schritt zurück.

Tatsächlich beruhigte sich das Tier, kämpfte sich langsam voran und schaffte es, ein Vorderbein aufs Ufer zu heben. Mit einem weiteren Satz entkam es dem Lavafluss und das geschmolzene Gestein tropfte von ihm ab, als wäre es nichts weiter als zähflüssiger Teig.

»Du hast es geschafft!«, stieß Liam aus. Er strich dem Pferd über den Kopf und legte seine Stirn auf die seine. »Jetzt wird alles gut.« Tränen rannen ihm über die Wangen.

Seine Freude griff auf Addy über. Sie strahlte von einem Ohr zum anderen und spürte eine Erleichterung wie schon lange nicht mehr.

»Wir müssen weiter«, erinnerte sie Casimir.

Liam sah zu dem Monstrum auf, das sich mittlerweile ganz aus dem Vulkan gekämpft hatte. »Was zur Hölle ist das?«

»Das ist sie«, sagte Addy.

»Terra Mater?« Er warf Addy einen flüchtigen Blick zu. »Und wie, glaubst du, sollen wir so etwas besiegen?«

»Jedenfalls nicht, indem wir hier rumstehen und nichts tun«, sagte Casimir ungeduldig.

Wie um seine Worte zu untermalen, bebte die Erde erneut. Das Pferd wurde unruhig und riss den Kopf hoch, aber Liam hatte es gut im Griff.

»Komm«, forderte Addy ihn auf und folgte Casimir in die einzige Richtung, in die sie laufen konnten. Weg von dem gigantischen Lavamonster.

»Warte!«, rief Liam.

Addy wirbelte erschrocken zu ihm um.

»Mein Hut«, sagte er, schnappte sich seinen Stetson vom Boden und setzte ihn schief auf, sodass darunter nur sein breites Grinsen zu sehen war. Er hob das Kinn, funkelte Addy durch abenteuerlustige Augen an und griff sich an die Krempe. »Los geht's!«

KAPITEL 21

ADDY

ZU EINER UNBESTIMMTEN ZEIT,
IN DER SPHÄRE DER TRÄUME

Unter einem Felsvorsprung suchte Addy Schutz. Ihr Puls raste und sie rang nach Luft. Irgendwo auf ihrer Flucht vor brennenden Felsen, die wie Kanonenkugeln auf sie niedergeprasselt waren, hatte sie Liam und Casimir verloren. Die Angst, Terra Mater könnte die beiden erwischt haben, war erstickend. Ihr Inneres verkrampfte sich bei dem Gedanken. Doch gerade als ihre Hoffnung zu schwinden begann, hörte sie Hufschläge.

Sie lugte vorsichtig um die Ecke und sah Liam, wie er gerade von seinem Pferd sprang. Er entdeckte Addy und grinste schief.

»Sie ist hier!«, rief er nach hinten und zuckte zusammen, als seinen Worten ein ohrenbetäubendes Krachen folgte. Zwischen den halb verkohlten Bäumen und Gestrüpp in seinem Rücken brach das Erdreich auf. Dickflüssige Lava quoll daraus hervor und formte sich zu einem haushohen Monstrum, dessen Oberfläche an der Luft zu dunklem, von glimmenden Adern durchzogenem Gestein erstarrte. Das Lavawesen wandte sich Liam zu.

»Komm!«, rief Addy von ihrem Versteck aus, doch Liam war zu sehr damit beschäftigt, sein Pferd zu halten, um fliehen zu können. Sie wollte ihm zu Hilfe kommen, da tauchte plötzlich Casimir zwischen ihm und dem Lavamonster auf.

»Lauf!«, rief er.

In dem Moment holte das Monster auch schon zum Schlag aus, traf Casimir mit voller Wucht und schleuderte ihn mehrere Meter von sich.

Addys Herz machte einen Satz. Sie rannte sofort los und suchte gehetzt das Dickicht nach ihm ab.

»Scheiße, verdammt!«, fluchte Liam, schwang sich in den Sattel und riss die Zügel herum. »Komm schon, du Missgeburt! Du hast es doch auf mich abgesehen!« Er trieb sein Pferd an, umrundete das Lavamonster und zwang es, träge wie es war, sich um sich selbst zu drehen.

Addy fand Casimir und stürzte neben ihm auf die Knie. Er lag in der Krone eines entwurzelten Baumes und richtete sich stöhnend auf.

»Was hast du dir bloß dabei gedacht?!«, fuhr Addy ihn an. »Du hast hier keine Kräfte. Das weißt du doch.«

»Ich …« Er schüttelte den Kopf und rieb sich die Schläfe. »Ich habe es vergessen.«

Er ließ sich von ihr auf die Beine helfen.

»Wenn du stirbst …«, begann Addy. Sie konnte es kaum aussprechen. Nicht einmal denken konnte sie daran.

»Dann höre ich auf zu existieren. Ich weiß«, sagte er und beendete das Gespräch, indem er an ihr vorbeitrat und nach Liam sah. Der hatte das Monster derweil umrundet und trieb sein Pferd direkt auf sie zu.

»Weg hier!«, rief er, während sich die Bestie in seinem Rücken wie in Zeitlupe wieder zu ihm umdrehte.

Addy und Casimir rannten zum Felsvorsprung, versteckten sich dahinter und Liam hatte sie kurz darauf erreicht. Er sprang aus dem Sattel und warf einen Blick zurück. »Das Ding ist so lahm wie eine Schnecke, nur leider um einiges gefährlicher. Auf welche gottverdammte Scheiße habe ich mich da eingelassen?«

»Wir müssen nur die anderen finden«, meinte Addy. Sie lugte ebenfalls um die Ecke und sah, dass das Lavamonster die Umgebung nach ihnen absuchte. Scheinbar hatte es nicht gesehen, wohin sie verschwunden waren. Sie atmete erleichtert durch, als es vorerst aufgab und wieder zu schmelzen begann.

»Das war ganz schön mutig«, meinte Liam und klopfte Casimir auf den Rücken. »Und mindestens genauso dumm.«

»Ich schätze, ich muss mich daran gewöhnen, euch keine Hilfe zu sein.«

Liam lachte. »Was dachtest du denn, ausrichten zu können?«

»Er ist ein Meliad«, erklärte Addy. »Ein Naturgeist.«

Liam riss die Augen auf.

»Zumindest war ich das«, verbesserte Casimir sie.

»Du weißt schon, dass diese Dinger auf Terra Maters Seite stehen?«, fragte Liam. »Am Ende lockt er sie noch mit Absicht zu uns.«

»Casimir ist kein Verräter!«, fuhr Addy ihn an.

»Schon gut!« Liam hob verteidigend die Hände. »Ich wollte deinem Herzbuben nicht auf den Schlips treten. Meine Erfahrungen mit den Meliad sind halt nicht so prickelnd.«

In seinem Rücken scharrte sein Pferd nervös mit dem Huf. Er wandte sich ihm zu, strich ihm über die Nüstern und versuchte, es zu beruhigen.

»Kommt jetzt weiter«, bat Casimir.

Liam warf einen flüchtigen Blick zur bedrohlich wirkenden Felspassage, die vor ihnen lag. Sein Pferd riss erneut den Kopf hoch und wieherte aufgebracht. »Einen Moment«, bat er.

»Was hast du vor?« Fragend sah Addy ihn an.

»Was ich schon längst hätte tun sollen.« Er löste das Zaumzeug seines Pferdes, hob die Hand, um es zum Abschied zu streicheln, doch das Tier nutzte seine neu gewonnene Freiheit sofort aus und stürmte davon. Es galoppierte an den Bäumen vorbei auf ein offenes Feld zu. Weg von den Bergen, dem Lavamonster und allen anderen Gefahren.

Addy schnürte es die Kehle zu, als sie Liam beobachtete, wie er seinem Pferd reglos nachsah. Sie trat an ihn heran und legte ihm die Hand auf die Schulter.

»Es ist so das Beste«, meinte er mit rauer Stimme. »Ich war schon einmal ein Trottel, ihn nicht gehen zu lassen. Ein zweites Mal wollte ich diesen Fehler nicht machen. Er wird hier glücklich sein, nicht wahr? Er wird den Weg in seine eigene Traumwelt finden. Eine, in der es keine Lavamonster gibt. Vielleicht eine mit Wildpferden und grünen Wiesen.«

»Ganz bestimmt«, versicherte Addy.

Die Pfade zwischen den Felsen waren wie ein Labyrinth. Schnell hatte Addy die Orientierung verloren und wusste nicht mehr, ob sie überhaupt vorankamen oder im Kreis liefen. Immer wieder waren entfernte Geräusche zu hören und ließen sie herumfahren.

»Spürst du das auch?«, fragte Liam mit gesenkter Stimme. »Dieses seltsame Gefühl – wie ein Ziehen?«

Nachdem er es angesprochen hatte, nahm sie es auch wahr. Es kam ihr vor wie ein Band, das unter Spannung geraten war. Diese unsichtbare Verbindung zog sie regelrecht in eine bestimmte Richtung.

»Ja«, sagte sie leise und spürte Hoffnung in sich aufkeimen. Konnte es sein, dass sie sich Ayumi oder Younes näherten?

Sie wollte keine Zeit mehr verlieren und folgte Casimir, der vor ihnen um eine Ecke gebogen war. Das Gefühl wurde stärker, je weiter sie kamen.

Über ihnen verschwand bald das Tageslicht und sie gelangten

in eine Höhle. Dunkelheit umfing sie. Die Hitze der Lava hatten sie hinter sich gelassen und die Stille wurde nur von ihren Schritten durchbrochen.

»Wir sind ganz nah«, sagte sie aufgeregt und lief an Casimir vorbei.

»Vorsicht!«, warnte er, packte sie und zog sie dicht an sich heran.

Ihr Fuß war ins Leere getreten. Hätte Casimir sie nicht aufgehalten, wäre sie gestürzt.

»Was ist da?« Liam schloss zu ihnen auf. »Eine Schlucht?« Er tastete sich mit dem Fuß weiter vor, ging in die Hocke und fuhr mit den Händen über den Rand des Abgrundes. »Eine Treppe?«

»Mitten in einer Höhle?« Addy konnte es nicht glauben. Sie schob ebenfalls ihren Fuß über den Rand und tatsächlich fand sie sicheren Halt auf einer Stufe.

Addy lief voraus. Die Treppe vollzog einen Bogen und sie gelangten in einen heruntergekommenen Hausflur. Die Fenster waren verbarrikadiert, es war düster und roch modrig, die Luft war trocken und schwer von Staub und einem beißenden Geruch, den Addy nur schwer zuordnen konnte.

»Wo sind wir hier gelandet?«, fragte sie.

Liam sah sich um, entdeckte eine Kommode und griff sich einen umgekippten Bilderrahmen. »Kennt jemand dieses Mädchen?« Er zeigte ihnen das Foto eines Kleinkindes mit blondem Haar.

Addy schüttelte den Kopf. Plötzlich krachte es laut und sie zuckte zusammen. Der Lärm schien aus der unteren Etage zu kommen und hatte nach berstendem Holz geklungen.

»Lasst uns nachschauen«, schlug Casimir vor.

Addy nickte stumm und folgte ihm zum Ende des Ganges. Im Erdgeschoss angekommen schaute sie sich um. Außer ihnen schien niemand da zu sein. Das Wohnzimmer war verlassen, im Fernseher lief Rauschen und das kalte Licht des Bildschirms flimmerte bis in den Flur. Auch in der Küche herrschte nur Chaos und Leere.

Sie liefen weiter.

Der Gang schien kein Ende zu nehmen und die Räume begannen, sich zu wiederholen. In welchen Albtraum waren sie da bloß geraten?

Casimir schob vorsichtig eine der Türen auf, sodass sie einen Blick ins Innere werfen konnten. Es handelte sich um ein weiteres Wohnzimmer, doch in diesem waren alle Möbel zertrümmert worden.

Als Addy neben Casimir trat, knirschten Glassplitter unter ihren Schuhsohlen. Ihr Blick wanderte zum Fenster, gegen das die Couch geschleudert worden war. Sie hing halb nach draußen, wo ein heftiger Sturm tobte und verhinderte, dass man die Umgebung erkennen konnte.

»Kommt nicht näher!«, rief jemand.

»Younes?«, fragte Addy.

Ihr Herz begann, schneller zu schlagen. Eilig umrundete sie die umgestürzten Regale und fand ihn dahinter an die Wand gelehnt sitzen.

»Komm nicht näher!«, warnte er erneut.

Erst jetzt bemerkte sie, dass er seine Hände fest auf den Boden gepresst hielt und Blitze zwischen seinen Fingern zuckten.

»Ich kann es nicht kontrollieren!«, stieß Younes aus.

Plötzlich brach direkt neben ihm eine Hand durch die Wand. Younes schrie, zog die Arme vors Gesicht und schützte sich dadurch vor Mörtel und Holzspänen, die auf ihn niederprasselten. Casimir zog Addy zurück.

Als wäre die Wand nur eine Attrappe, zerrupfte der Angreifer sie, brach durch sie hindurch und wandte sich Younes zu. Addy hatte keine Ahnung, womit sie es zu tun hatten. Im ersten Moment dachte sie an einen Belial, doch ebenso gut hätte es auch ein kräftig gebauter Mensch sein können. Unter dem vielen Dreck der durchbrochenen Wand war das schwer zu erkennen.

Sie suchte gehetzt die Umgebung ab, um eine Waffe zu finden. Im Augenwinkel sah sie, wie die Blitze zwischen Younes' Fingern bedrohlich aufzüngelten. Er robbte von dem Angreifer weg, stieß mit dem Rücken gegen eine Vitrine und hob die Arme über den Kopf. Warum er sich nicht wehrte, obwohl er offensichtlich die Kraft dazu hatte, verstand Addy nicht. Aber sie mussten ihm helfen. Egal, wie.

»Hey!«, schrie Liam, der neben ihnen aufgetaucht war.

Der Angreifer wandte sich ihm zu und bekam von Liam ein Tischbein quer durchs Gesicht gezogen. Addy nutzte die Gelegenheit, lief zu Younes und streckte ihm die Hand entgegen. »Komm!«

Younes biss sich auf die Lippe und nickte schließlich zustimmend. Ohne ihre Hand anzunehmen, kämpfte er sich auf die Beine, während Liam dem Angreifer gerade einen weiteren Schlag verpasste, ihn damit aber kaum ins Taumeln brachte.

»Verdammt, ist der zäh«, zischte er, warf das Tischbein von sich und sie stürzten alle aus dem Raum.

KAPITEL 22

ADDY

ZU EINER UNBESTIMMTEN ZEIT,
IN DER SPHÄRE DER TRÄUME

Addy rannte zur Haustür und zerrte vergebens daran. Die Panik wuchs ihr über den Kopf. »Verdammt!«, stieß sie aus und schlug mit beiden Händen gegen die Tür. Es musste doch einen Weg raus aus diesem Albtraum geben.

»Das bringt nichts!«, rief Younes.

»Wir verschwinden durch die Höhle«, schlug sie vor.

»Höhle?«, fragte Younes.

Casimir nickte und deutete zur Treppe. »Wir kamen durch eine Höhle in das Haus. Sie ist im oberen Stockwerk und führt …«

»Zurück zu diesem Lavamonster?«, warf Liam ein.

»Alles ist besser, als hier festzusitzen«, meinte Addy.

Younes schüttelte den Kopf. »Aber da ist keine Höhle. Da ist nichts weiter als ein Dachboden.«

»Jetzt nicht mehr«, widersprach Liam. Ein lautes Scheppern aus einem der Räume ließ sie alle zusammenzucken. »Wir können das jetzt natürlich erst einmal in Ruhe ausdiskutieren.«

Addy lief an ihnen vorbei, den Weg zurück, den sie gekommen waren.

»Wo willst du hin?«, rief Liam ihr nach.

»Die Räume wiederholen sich, schon vergessen?«

Sie lief weiter und die anderen folgten ihr. Doch schon bald war sie sich nicht mehr sicher, auf dem richtigen Weg zu sein. Als sie endlich die Treppe erreichte, blickte sie hinauf, wagte den Schritt auf die erste Stufe aber nicht. Was, wenn sie alle in die Irre geführt hatte?

Casimir trat neben sie und nickte aufbauend. »Wir sind richtig«, versicherte er ihr und warf einen Blick zurück. »Beeilt euch.«

Die anderen schlossen zu ihnen auf und gemeinsam liefen sie nach oben.

»Hey, wir haben es geschafft!«, stieß Liam aus und deutete auf die Kommode.

Das Bild, das er bei ihrer Ankunft betrachtet hatte, lag nicht, sondern stand genau dort, wo er es zurückgelassen hatte.

Erleichtert atmete Addy durch. Sie lief zum nächsten Treppenaufgang und tauchte in die Dunkelheit ein. Mit den Händen tastete sie sich voran, wartete darauf, kalten Stein unter ihren Fingerkuppen zu fühlen, spürte aber nur, wie ihr die Brust bei jeder genommenen Stufe enger wurde. Da war kein Stein, keine Höhle. Nichts dergleichen.

Sie erreichte einen Dachboden. Genau wie es Younes vorausgesagt hatte. Die Höhle war einfach verschwunden. Mit klopfendem Herzen bestieg sie die Dielen, richtete sich auf und sah sich um. An der Decke baumelte eine nackte Glühbirne, der Sturm tobte laut um sie herum und fahles Licht fiel zwischen den klappernden Ziegeln hindurch. Es beschien den Staub, der in der Luft tanzte und auf unzähligen, modrigen Kisten lag.

Auch die anderen betraten einer nach dem anderen den Dachboden. Schweigend sahen sie sich um, bis Liam nach der Schnur an der Glühbirne griff, daran zog und sie dadurch anschaltete. Sie flackerte und surrte leise. »Soll das jetzt heißen, wir sitzen in diesem versifften Drecksloch fest?«

»Dieses Drecksloch ist mein Zuhause!«, fuhr Younes ihn an. Blitze zuckten zwischen seinen Fingern auf.

Liam hob verteidigend die Hände. »Du musst mich nicht gleich grillen.«

»Das hatte ich auch nicht vor«, zischte Younes verbissen.

»Es muss einen Weg hier rausgeben«, meinte Casimir. »Was ist mit dem zerbrochenen Fenster? Oder wir steigen durchs Dach.«

»Es gibt keinen Weg«, beharrte Younes. »Glaubt ihr nicht, ich hätte ihn schon gefunden, wenn es ihn gäbe? Wenn man durch ein Fenster rauswill, wird der Sturm so heftig, dass man nicht gegen ihn ankommt.«

»Wenn nicht durch eine Tür oder ein Fenster, dann geht es auf einem anderen Weg raus«, sagte Addy mit fester Überzeugung. »Das hier ist ein Albtraum. Ein selbst geschaffenes Gebilde aus Ängsten. So wie auch bei mir, Liam und …« Sie sah zu Casimir und brach ab. Sie wollte nicht aussprechen, dass auch er mit seinen größten Ängsten konfrontiert wurde. Mit der Angst, zu einem Menschen zu werden – so wie sie einer war. Und noch hatte er diesen Albtraum nicht überwunden. Ihre Stimme klang brüchig, als sie fortfuhr. »Und wir haben auch einen Weg gefunden.«

»Was, bitte, soll das heißen?«, fragte Younes.

»Diese Welt zeigt dir deine größten Ängste«, erklärte Casimir. »Du musst sie überwinden, um voranzukommen.«

»Soll das heißen, es ist meine Schuld? Ihr sitzt meinetwegen hier fest?«

Liam zuckte mit dem Schultern. »Im Prinzip schon.«

»Ich habe dieses Monster nicht erschaffen!« Younes wandte sich ab, raufte sich das Haar und schrie schließlich vor Wut. »Das ist nicht meine Schuld, verdammt!« Er schlug seine Faust gegen einen Stützbalken, Blitze durchzuckten seinen ganzen

Körper, fuhren in die Wände und den Boden, ließen das Licht flackern und die anderen wichen vor ihm zurück.

Er zog seine Hand wieder weg und starrte auf seine gespreizten Finger. »Ich kann es nicht kontrollieren«, sagte er mit erstickter Stimme. »Und ich kann *ihn* nicht kontrollieren, okay? Es ist nicht meine Schuld.«

Addy trat vorsichtig einen Schritt auf ihn zu. »Hör nicht auf das, was Liam sagt«, bat sie und warf Liam dabei einen scharfen Blick zu.

Plötzlich brach zwischen ihnen der Holzboden auf. Die Dielen zerbarsten, als wären sie aus trockenem Stroh, und Younes stolperte erschrocken zurück. Eine Hand packte ihn am Fußgelenk, brachte ihn zu Fall und versuchte, ihn in die Tiefe zu ziehen.

Addy griff instinktiv nach ihm, bekam jedoch einen Stromschlag, als ihre Hände sich berührten, und ein heftiger Schmerz durchzuckte sie. Sie wurde von ihm geschleudert, schlug gegen die Dachschräge und landete auf dem Boden. Casimir war sofort bei ihr.

Liam packte eine der Kisten, warf sie nach dem Monster und Younes gelang es, sich zu befreien. Auf allen vieren stolperte er weg, erreichte ein paar abgedeckte Möbel und warf sich dahinter. Der Angreifer stieg durch den Boden und setzte ihm nach.

»Wir müssen ihm helfen!«, sagte Addy und versuchte, auf die Beine zu kommen, scheiterte aber. Der Stromschlag hatte ihr stark zugesetzt, ihr ganzer Körper schmerzte und ihre Knie fühlten sich weich an.

»Aber wie?«, fragte Liam.

Das Wesen brüllte und begann, die Möbel auseinanderzunehmen.

»Dir haben wir auch geholfen.« Noch einmal versuchte Addy aufzustehen und diesmal gelang es ihr.

Liam verengte nachdenklich den Blick. »Schlussendlich habe ich mir selbst geholfen, nicht wahr?«

»Was willst du damit sagen?«, fragte Addy.

Liam antwortete nicht. Stattdessen trat er näher an das tobende Monster heran und wandte sich an Younes. »Töte es!«, rief er ihm zu.

Addy und Casimir folgten Liam. Durch den Stromschlag fühlten sich ihre Glieder wie betäubt an und es fiel ihr schwer, auch nur geradeaus zu laufen.

Der Inhalt der Kiste, die Liam geworfen hatte, lag quer über dem Boden verteilt. Es waren Erinnerungsstücke. Bilder einer glücklichen Familie, Stofftiere, Frauenkleider. Erst jetzt erkannte Addy, dass auf den meisten Kisten »Mum« stand. Ein mulmiges Gefühl ergriff sie.

»Töte es, verdammt!«, wiederholte Liam. »Du hast als Einziger die Kraft dazu.«

»Ich kann nicht!«, schrie Younes.

Das Monster packte das Sofa, auf das es eingeschlagen hatte, schleuderte es von sich und bekam Younes am Hals zu greifen. Mühelos zog es ihn auf die Füße, sodass er in der Luft hing, mit den Beinen zuckte und nach Atem rang.

»Verdammt, der lässt sich lieber töten, als sich zu wehren!« Liam schaute sich gehetzt um und griff nach einer Stehlampe.

Er schrie, hob die Lampe an und schlug damit auf den Rücken des Monstrums ein. Er musste mehrmals zuschlagen, bevor die Bestie überhaupt Notiz von ihm nahm.

»Was sollen wir bloß tun?«, fragte Addy.

Casimir schüttelte nur den Kopf. Sie konnte ihm vom Gesicht ablesen, wie machtlos er sich fühlte. Schließlich traf er eine Entscheidung und griff sich einen Hocker.

Gemeinsam mit Liam schlug er auf das Monster ein und endlich ließ es von Younes ab. Kraftlos sackte er zu Boden, hustete und schnappte nach Luft. Die Bestie wirbelte herum, schlug nach Liam und schleuderte ihn von sich, sodass er quer durch den Raum flog und in einem Stapel Kisten landete.

Addy lief zu ihm und half ihm auf, während sich Casimir schützend vor ihnen aufbaute.

Das Monster wirkte nicht sehr beeindruckt von ihm. Es schaute ihn einen Moment an, ließ ihn dann aber stehen und wandte sich wieder Younes zu.

Der rang noch immer nach Luft. Mit weit aufgerissenen Augen blickte er zu dem Monster auf und versuchte, rücklings von ihm wegzurobben.

»Du Idiot!«, rief Liam. »Jetzt töte es schon, verdammt, oder willst du, dass es uns alle umbringt?«

Das Monster stürzte sich auf Younes, er hob die Hand und ein Blitz schoss von ihr direkt durch die Brust der Bestie, durchbohrte sie und in einem markerschütterndem Schrei zerplatzte sie zu schwarzem Schlick, der Dach, Wände und Boden tränkte.

Schwer atmend senkte Younes seine zittrige Hand. Addy war wie erstarrt und brauchte einen Moment, um sich aus ihrer Starre zu befreien. Vorsichtig ging sie auf Younes zu.

»Nein!«, schrie er mit überschlagender Stimme. Er hob seine Hand und richtete sie abwehrend auf Addy. Erschrocken blieb sie stehen. »Ihr versteht das nicht! Es wird schlimmer. Jedes Mal wird es schlimmer und er stärker.«

Hatte er sich deswegen nicht gewehrt? Weil die Kräfte in ihm unkontrollierbarer wurden, je öfter er sie benutzte? Sie trat einen weiteren Schritt auf Younes zu, sah dann aber, wie sich der Schlick langsam wieder zusammenzog und neue Form annahm. Dieses Monster war nicht besiegt. Vielleicht war es gar nicht zu töten.

»Komm da weg!«, forderte sie Younes auf.

Zögerlich folgte er ihrer Aufforderung und lief in einem Bogen um den Schlick. Als er bei Addy angelangt war, wich er auch ihr aus. Die Blitze um seine Hände waren wirklich viel kräftiger geworden, griffen auf die Umgebung über und hinterließen überall Schmauchspuren.

»Und wenn du ihm jetzt noch so einen Schlag verpasst?«, fragte Liam.

»Das habe ich alles schon versucht«, knurrte Younes.

»Wieder nach unten?«, fragte Casimir.

»Es ist egal, er findet uns überall«, meinte Younes.

Sie wollten erst einmal so viel Abstand wie möglich zu dem Monster gewinnen und waren ins Erdgeschoss geflüchtet. Nachdem sie an immer gleichen Zimmern vorbei, durch endlos scheinende Gänge gelaufen waren, hatten sie sich in eine Küche zurückgezogen.

Liam steckte mit dem Kopf im Kühlschrank, während Younes unruhig auf und ab ging.

»Wir haben höchstens ein paar Minuten«, erklärte er. »Vielleicht … vielleicht sollte ich es einfach geschehen lassen.«

»Genau das ist es doch, was Terra will«, widersprach Addy.

»Habe ich denn eine andere Wahl?!«, schrie er sie an. Seine Wut stachelte die Energie in ihm erneut an und er zuckte zusammen, als würde ihm das Schmerzen bereiten. »Ich kann ihn nicht immer und immer wieder töten … Irgendwann werde ich es gar nicht mehr kontrollieren können und euch alle umbringen.«

Liam richtete sich auf. »Habt ihr auch was anderes als Bier im Haus?«

Younes deutete unwirsch auf einen Hängeschrank. »Da ist …«,

begann er, doch ein Blitz schoss, ausgelöst durch seine Geste, zum Schrank und riss die Tür aus den Angeln. »… Müsli im Schrank.«

»Er wird uns wirklich alle grillen, wenn das so weitergeht«, meinte Liam.

Casimirs Finger wanderten über die Broschüren und Zeitungen auf dem Tisch. Eine Schlagzeile handelte von Elekreen, die Broschüren waren von verschiedenen Therapie- und Rehazentren. »Du musst es uns erklären«, meinte er nachdenklich. »Wir können nur eine Lösung finden, wenn wir verstehen, was hier vor sich geht. Wer ist dieses Monster und wieso greift es dich an?«

In Younes' Augen blitzte es gefährlich, als wäre er gänzlich zu einem Meliad geworden, und seine Muskeln spannten sich an. Man konnte sehen, wie die Wut in ihm überhandnahm. Dennoch gelang es ihm, ruhig zu antworten. »Es ist mein Vater.«

Für einen Moment herrschte erdrückende Stille. Addy wusste nicht, was sie darauf sagen sollte. Was musste Schreckliches zwischen ihm und diesem Mann vorgefallen sein, dass er Younes im Leben nach dem Tod diese Hölle bereitete? Sie konnte es sich nicht einmal ausmalen.

»Ungeklärte Differenzen zwischen dir und deinem Vater also«, meinte Liam nachdenklich. Er lehnte an der Küchentheke und griff in die Cornflakespackung, die er sich aus dem Schrank geholt hatte. »So was kenne ich. Mein Dad war auch von einem Belial besessen. Wir brauchen Tageslicht, um ihn davon zu befreien.«

»Und wo, bitte, sollen wir das herholen?«, warf Younes ihm entgegen. »Draußen tobt ein Sturm, der alles verdunkelt, wir können das Haus nicht verlassen, und selbst wenn er nicht mehr von einem Belial besessen wäre …« Er brach ab.

»Was wäre dann?«, hakte Addy nach.

»Dann wäre er immer er.« Younes verschränkte die Arme, lehnte sich ebenfalls an die Küchentheke und warf Liam einen missbilligenden Blick zu. »Schmeckt es?«

»Na ja, ein wenig verkohlt«, meinte Liam schief grinsend.

Younes musste schmunzeln und Addy fiel sofort auf, dass die Energie, die von ihm ausging, abebbte, als sich seine Stimmung aufhellte.

»Bist du dir sicher, dass es dein Vater ist?«, fragte sie. Sie kannte weder Younes' Vergangenheit noch das Verhältnis zwischen ihm und seinem Dad, aber sie war sich sicher, dass hinter diesem Albtraum mehr steckte. Dieses Monster sah nicht aus wie ein Mann, der von einem Belial besessen war. Und es benahm sich auch nicht so. Und dazu kamen Younes' Kräfte, die ihn regelrecht von innen heraus aufzuzehren schienen und stärker wurden, je öfter er sie benutzte.

Verwundert sah Younes sie an. »Wie meinst du das?«

Addy ging auf ihn zu, doch Casimir hielt sie davon ab. »Schon gut«, meinte sie und strich seine Hand von ihrem Arm.

Younes wich vor ihr zurück, als sie sich ihm weiter näherte. »Bleib dort stehen. Ich werde dich verletzen, wenn du näher kommst.«

»Willst du das denn?«, fragte sie.

»Nein, natürlich nicht.«

»Addy, was hast du vor?«, fragte Casimir.

»Schon gut«, wiegelte sie ab und wandte sich wieder an Younes. »Wir sind hier in der Welt der Träume. Wenn du mich nicht verletzen willst, wirst du es auch nicht tun.«

Younes schüttelte den Kopf. »So einfach ist das nicht«, widersprach er und wich weiter vor ihr zurück.

Etwas tropfte von der Decke auf seine Schulter. Er schaute

nach oben, wo sich ein schwarzer Fleck gebildet hatte, und riss die Augen auf. »Er kommt!«

Der Belial sickerte durch die Deckenverkleidung. Tropfen um Tropfen klatschte auf den Boden und die Anrichte und sickerte über die Wände nach unten.

»Nimm meine Hand«, forderte Addy Younes auf.

»Ich tue dir weh!«, sagte er. »Ich tue allen weh, die mir zu nahe kommen.«

War es das, was ihm Angst machte? Nicht dieses Monster, nicht sein Vater. Hatte er Angst davor, andere zu verletzen? Angst davor, selbst ein Monster zu sein?

»Sie hat recht«, mischte sich Liam ein. »Dieses Ding, das ist nicht wirklich dein Dad, oder? Komm schon, nimm ihre Hand, dann verschwinden wir von hier.«

»Ich kann nicht, verdammt!«, schrie Younes. Blitze zuckten bei diesen Worten von ihm zu allen Seiten weg. Liam und Addy wichen zurück.

Weiterer Schlick tropfte von der Decke und zwang auch Younes zurückzuweichen.

»Ich kann nicht«, wiederholte er, presste seine Hände fest an sich und wich so weit zurück, dass er mit dem Rücken zur Wand stand.

Hilfe suchend sah sich Addy zu den anderen um, doch auch die wussten nicht weiter. Die Decke über ihnen knarzte bedrohlich, brach mit einem Mal auf und der Belial klatschte wie ein Schwall Schlamm zwischen Addy und Younes auf den Küchenboden.

Addy wusste nicht, was sie noch tun konnte. Wenn Younes nicht bereit war, ihre Hand zu ergreifen, wenn er nicht daran glaubte, diese Macht in sich kontrollieren zu können, statt von ihr kontrolliert zu werden, wie sollten sie dann diesem Albtraum entfliehen? Was hatte er erlebt, dass seine Angst, andere zu verletzen, so groß war?

Aus dem Schlick erhob sich eine Gestalt, die nach und nach die Form eines Mannes annahm.

»Das ist doch nicht zu fassen«, schnaubte Liam. Er umrundete das Monster und baute sich zwischen ihm und Younes auf.

»Was hast du vor?«, rief Addy. Hatte er denn vergessen, dass dieses Ding ihnen genauso gefährlich werden konnte? Keiner von ihnen durfte in dieser Welt sterben. Nicht, wenn sie ihre retten wollten.

»Na, was wohl?«, warf Liam zurück und sah das Monster direkt an. »Man kann sich nicht immer selber retten. Manchmal braucht es jemanden, der einem den Rücken freihält.«

Fest entschlossen sah er dem Monster ins Gesicht und tatsächlich blieb es stehen.

Younes, der die Arme schützend gehoben hatte, senkte sie wieder. »Tu das nicht«, bat er. »Verschwinde von hier, bevor es dich angreift.«

»Du kapierst es nicht, oder?«, fragte Liam, ohne den Blick von dem Monster zu nehmen, das ihm schnaubend gegenüberstand. »Dieses Ding, das bist in Wirklichkeit doch du. Du kämpft hier die ganze Zeit gegen dich selbst. Jeder Trottel würde das erkennen. Wenn du also nicht vorhast, mich zu killen, passiert mir nichts und das beweise ich dir gerade. Andererseits …« Er wich unweigerlich einen Schritt zurück. »Du willst mich doch nicht umbringen, oder?«

Younes starrte zu Boden. Seine Gedanken schienen zu rasen. »Nein«, sagte er leise.

Kaum hatte er dieses Wort ausgesprochen, schien sich das Monster zu beruhigen.

»Na, geht doch«, sagte Liam erleichtert. Er wirkte nervös.

Ganz so frei von Angst, wie er gerade tat, schien er nicht wirklich zu sein, versuchte sich das aber nicht anmerken zu lassen. »Wie wäre es, wenn wir jetzt verschwinden?«

Addy lief in gebührendem Abstand an dem Monster vorbei und streckte Younes die Hand entgegen. »Komm«, bat sie erneut. »Du wirst mir nicht wehtun.«

Younes griff nicht zu. »Ohne mich kommt ihr hier vielleicht raus. Wenn ihr mich hierlasst …«

»Das werden wir nicht«, widersprach sie.

Er atmete tief durch, die Blitze verschwanden und er ergriff ihre Hand. Sobald sie einander berührten, durchfuhr Addy ein Beben, wie sie es schon einmal gespürt hatte. Es kam ihr vor, als würde Terras gesamte Sphäre von einem Ruck durchfahren werden. Für einen Moment wackelte das Bild vor ihren Augen und sie spürte eine unheimliche Macht, die sie bis ins tiefste Innere erfüllte.

Younes riss erschrocken die Augen auf und in dem Moment löste sich das Monster aus seiner Erstarrung und stürzte voran. Es schlug nach Liam, der wich zur Seite aus und die Faust der Bestie traf die Wand.

Diesmal war das Monster nicht so unverwundbar wie bisher. Als wäre es aus poröser Kohle, zogen sich Risse von seinem Arm über den gesamten Körper und es zerbröselte vor ihren Augen zu Staub.

Fassungslos sahen sie dabei zu. Liam stolperte vor dem aufwirbelnden Dreck zurück und schob sich zwischen Addy und Younes, woraufhin er ihre Hand losließ.

Einen Moment noch starrte Addy auf die Überreste der Bestie, dann wandte sie sich Casimir zu.

»War's das jetzt?«, fragte Liam.

Younes sah zu seinen Händen. »Ich schätze schon«, meinte

er nachdenklich. Er krümmte und spreizte seine Finger, aber nichts geschah. Dann sah er zu Addy. »Was war das, als wir uns berührt haben?«

»Ich weiß nicht«, erwiderte sie.

»Eine Erschütterung durch diese Sphäre«, erklärte Casimir. »Deswegen seid ihr doch hier. Um Terra Maters Welt aus den Angeln zu heben, oder?«

»Stimmt, da war ja was«, meinte Liam lachend.

»Und du bist?«, fragte Younes an Casimir gerichtet. »Tut mir leid, irgendwie war nicht die Gelegenheit, früher zu fragen. Sind wir zu fünft?«

»Das ist Casimir«, erklärte Addy.

»Ein Meliad«, fügte Liam missmutig hinzu.

Erst jetzt dachte Addy daran, dass Younes von einem Meliad besessen gewesen war. Sie wusste nicht, was er davon hielt, in dieser Sphäre auf einen weiteren zu treffen.

»Ein ziemlich unnützer, wie du sicher bemerkt hast«, ergänzte Casimir.

»Und dieses Aussehen?«, fragte Younes. »Ist das der Menschenkörper, den du übernommen hast? Ist er mit dir gestorben, als du hier gelandet bist?«

»Nein, er war vorher schon tot. Ich habe nicht den Körper eines Lebenden übernommen. Das hätte ich niemals getan. Warum fragst du?«

Younes verengte den Blick. Etwas schien ihn zu beschäftigen, aber schließlich schüttelte er nur den Kopf. »Nicht wichtig«, wiegelte er ab.

»Und jetzt?«, fragte Liam und wandte sich Addy zu.

»Jetzt finden wir Ayumi«, sagte sie.

KAPITEL 23

ADDY

ZU EINER UNBESTIMMTEN ZEIT,
IN DER SPHÄRE DER TRÄUME

Nachdem Younes seinen Albtraum durchbrochen hatte, war es ihnen problemlos gelungen, das Haus zu verlassen. Der Sturm hatte sich gelegt, die Sonne schien und vor ihnen erstreckte sich ein weitläufiges Feld mit sanften Hügeln.

Addy erklomm einen dieser Hügel und ließ ihren Blick über die Gegend schweifen. Das Haus war verschwunden und überall um sie herum lag weites, unberührtes Land. Es gab kein Anzeichen von Zivilisation oder sonstigem Leben. Nur hier und dort reckte sich ein kahler Baum aus dem kniehohen Gras, der Wind wiegte die sattgrünen Halme in sanften Wellenbewegungen und über ihnen lag ein wolkenloser, endlos scheinender Himmel.

Irgendwo musste Ayumi sein. Addy war sich darin absolut sicher. Sie alle waren miteinander verbunden und sie verstand mittlerweile, dass sich ihre Wege in dieser Welt unweigerlich kreuzen mussten. Selbst Terra Mater konnte das nicht verhindern. Aber wo in dieser grenzenlosen Weite war Ayumi zu finden? Welche ihrer Ängste hatte diese Umgebung geschaffen?

Eine Hand legte sich auf ihre Schulter.

»Alles okay bei dir?«, fragte Younes, der zu ihr aufgeschlossen hatte.

Addy wandte sich ihm zu und strich sich das Haar hinters Ohr. Der Wind zupfte daran und ließ es wild flattern.

»Das sollte ich dich fragen«, entgegnete sie.

Ein trübes Lächeln huschte ihm über die Lippen. »Wieso sollte es mir nicht gut gehen? Schließlich habe ich gerade meine schlimmsten Ängste überwunden. So ist es doch, oder? So funktioniert diese Welt. Wie ein Traum, der davon bestimmt wird, was in einem selbst vor sich geht. Es kann ein Paradies sein oder die Hölle … Wie war es bei dir?«

Addy warf einen Blick zurück zu Casimir. Sie erinnerte sich noch sehr genau daran, wie es sich angefühlt hatte, ihn in dieser Welt in der Gestalt eines Menschen vor sich zu sehen. Sie erinnerte sich an das Glücksgefühl und wie ihr Herz höhergeschlagen hatte.

Wenn sie ihn jetzt ansah, verkrampfte sich ihr Magen. Wie hätte sie sich länger über etwas freuen können, unter dem er so litt? Aber so war das Leben. Das begriff sie allmählich. Nie geschah jemals etwas, das nur Gutes zum Vorschein brachte. Leid und Glück gingen immer Hand und Hand. Wo jemand eine Blume pflückte, starb eine Pflanze, wo jemand ein Gedicht zu Papier brachte, hatte ein Baum dafür sein Leben lassen müssen. Alles, was man tat, jeder Schritt, den man ging, jeder Atemzug, den man nahm, hinterließ seine Spuren. Niemand war nur für sich selbst verantwortlich. Alles hing zusammen. Von der kleinsten Pflanze bis hin zu den größten Tieren und dem Menschen selbst.

»Addy?«, hakte Younes nach und riss sie damit aus den Gedanken.

»Schuld«, sagte sie etwas übereilt.

Er legte die Stirn in Falten.

»Meine größte Angst war es, Mitschuld an allem zu tragen.

Ich habe gesehen, wie viel Leid ein einzelner Mensch in seinem Leben verursacht. Aber ich verstehe jetzt, dass es sich gar nicht vermeiden lässt. Niemand kann sich aus der Rechnung streichen. Jeder von uns trägt einen kleinen Teil bei.«

»Wir wären allerdings nicht hier, hätte die Menschheit nicht übertrieben«, meinte Younes.

»Genau. Und woran liegt das? Haben wir tatsächlich vergessen, dass wir Teil des Ganzen sind und dass alles, was wir tun, Auswirkungen auf den Rest der Welt hat? Und anstatt dass wir andere für das bewundern, was sie Gutes tun, reiten wir auf den Dingen herum, die sie nicht getan haben. Statt jemanden zu respektieren, weil er einem hungernden Tier etwas zu essen gibt, kritisieren wir, dass er nicht mehr Tiere retten konnte. Statt jemanden dafür zu bewundern, dass er für eine sauberere Welt auf die Straße geht, machen wir ihm Vorwürfe, dass er ja Mitschuld an ihrer Verschmutzung trägt.«

»So sind wir nun mal …« Younes hob die Schultern und sein Blick glitt in die Ferne. »Das ist es, was uns Menschen ausmacht und was uns zu diesem Punkt geführt hat. Wir wollen nur das Schlechte sehen. Wir können gar nicht anders.«

»Aber wir können uns ändern«, sagte Addy mit fester Überzeugung. »Deswegen sind wir doch hier, oder? Um für eine zweite Chance zu kämpfen. Damit die Menschen es beim nächsten Mal besser machen, sich den guten Dingen zuwenden und versuchen, so viele wie möglich davon zu tun, bevor es zu Ende geht.«

Younes presste die Lippen zu einer schmalen Linie zusammen. Sah er es denn nicht so? Glaubte er nicht daran, dass sie diese Chance verdient hatten? Warum war er dann hier?

»Hey!« Liam erklomm ebenfalls den Hügel und nickte ihnen zu. »Führt ihr hier oben Grundsatzdiskussionen oder warum die Trauermienen? Sollten wir nicht nach Ayumi suchen?«

»Addy!«, rief Casimir, ehe sie Liam antworten konnte. Er war auf die Knie gegangen und hatte das Gras beiseitegekämmt. Scheinbar war ihm etwas aufgefallen.

Addy stieg an Liam vorbei zurück ins Tal und lief zu ihm.

»Schau dir das an.« Er deutete auf den Boden.

Vor ihm blieb sie stehen, blickte nach unten und ein Schauer überkam sie.

Liam holte sie ein. »Verdammte Scheiße«, stieß er aus.

Auch Younes schloss zu ihnen auf und erstarrte bei dem Anblick.

Casimir hatte das Gras beiseitegebogen und darunter war keine Erde zum Vorschein gekommen, sondern unzählige Knochen.

Addy lief es kalt den Rücken runter. Zu ihren Füßen türmten sich die Gebeine von Toten. Die Wurzeln der Gräser wanden sich durch Schädel, um Hände, durch Hüftknochen, umschlangen Arme und Beine. Dieses ganze endlos scheinende, ausgestorbene Land, war auf Leichen errichtet. Und erst nachdem Addy das begriffen hatte, ihre Knie weich wurden und sie einen Schritt zurücktaumelte, knirschten diese Skelette unter ihren Füßen. Wo sie zuvor noch fest davon überzeugt gewesen war, weiche Erde zu spüren, knacksten mit einem Mal brechende Knochen.

»Das war doch eben noch nicht da!«, stieß Liam fassungslos aus und sah sich um.

»Dagegen ist meine Hölle nichts gewesen«, meinte Younes. »Was geht bloß in diesem Mädchen vor?«

»Sollen wir uns aufteilen?«, fragte Casimir. »Jeder geht in eine andere Richtung. Vielleicht finden wir sie dadurch schneller.«

»Nein«, widersprach Addy. »Wer weiß, ob Terra Mater dann nicht verhindert, dass wir einander wiederfinden.«

»Es ist auch nicht nötig«, meinte Younes. »Wir werden sie finden, egal in welche Richtung wir laufen. Unsere Leben sind miteinander verknüpft. Auch über den Tod hinaus. So ist es doch, oder?«

»So fühlt es sich zumindest an«, stimmte Liam zu.

Addy nickte. Sie hob die Hand, um ihre Augen vor der Sonne zu schützen, und schaute sich um.

Es gab keine Wege, keine Orientierungspunkte. Nur sanft im Wind wiegendes Gras und eine Stille, die Addy anfangs friedlich vorgekommen war, nun aber bedrohlich wirkte. Wie die Ruhe auf einem Friedhof. Und nichts anderes war dieser Ort ja.

»Hier entlang«, meinte Younes und wandte sich in eine scheinbar wahllose Richtung.

Er lief voraus, dicht gefolgt von Liam, der sich schwer darin tat, über die Gebeine zu laufen. »Wir trampeln hier echt auf Toten rum«, murrte er, machte große Schritte und balancierte sich mit den Armen aus.

Addy wandte sich Casimir zu. »Kommst du?«

Er stand auf, nickte zustimmend und ein warmes, wenn auch flüchtiges Lächeln huschte ihm über die Lippen, als er sie ansah. Es brachte Addys Herz dazu, schneller zu schlagen, und steckte sie an.

Wenn es nur ein Lächeln brauchte, um für den Bruchteil einer Sekunde alles zu vergessen, was Schlimmes geschehen war, um jeden Schmerz und jede Trauer, jeden Zweifel und all ihre Ängste für einen kurzen Moment von ihrer Seele zu waschen, wie konnte es da sein, dass die Menschen keine zweite Chance verdient hatten? Wie, wenn sie zu so etwas fähig waren? Zu solch kleinen Wundern, denen sie zwar vergessen hatten, Beachtung zu schenken, die deswegen aber noch lange nicht ausgestorben waren.

Casimir senkte den Blick und trat an ihr vorbei.

»Warte«, bat Addy. Er wandte sich ihr nicht gleich zu, hielt aber inne.

Seit sie beschlossen hatten, in Terra Maters Welt zu wechseln, war so viel passiert, aber nie war Gelegenheit gewesen, über das zu sprechen, was auf dem Hügel nahe dem Stützpunkt zwischen ihnen vorgefallen war. Sie wusste nicht, was noch auf sie zukommen würde, aber im Moment waren sie unter sich und niemand bedrohte sie, also nahm sie all ihren Mut zusammen. »Ich wollte ihn nicht küssen«, erklärte sie.

»Das spielt doch jetzt keine Rolle mehr.« Noch immer hatte er ihr den Rücken zugekehrt und so konnte sie nicht sehen, ob seine Mimik etwas über seine Gefühle verriet. Nur dass sich die Muskeln seiner Arme anspannten, gab ihr einen Hinweis darauf, dass es ihn noch immer verletzte, darüber zu reden.

Addy atmete tief durch. »Aber es hat dir wehgetan und das wollte ich nicht. Nicht absichtlich.«

Er schwieg.

»Casimir?«, fragte sie vorsichtig, hob die Hand, um ihn zu berühren, wagte es aber nicht. Sie senkte den Blick. »Er hat mich überrumpelt. Ich wusste nicht, wie mir geschah, und ich kann dir auch nicht sagen, warum ich mich nicht gleich gewehrt habe. Vielleicht war es einfach nur Angst. Angst vor dem, was zwischen dir und mir entstanden ist und was nicht hätte sein dürfen. Zumindest dachte ich das, weil ich glaubte, du könntest als Meliad nicht so fühlen wie ich. Du hast es mir ja nie gezeigt und unterbewusst dachte ich wahrscheinlich, Ben könnte so etwas wie ein Ausweg sein. Es war dumm, das ist mir jetzt klar. Aber weißt du …« Sie sah auf und ihr Herz machte einen Satz, als sie direkt in seine Augen blickte. Er hatte sich ihr zugewandt, ohne dass sie es bemerkt hatte.

»Was soll ich wissen?«, fragte er leise.

Addy fühlte sich wie betäubt. Seine Nähe lähmte ihre Gedanken, ihren ganzen Körper und alles, was sie noch wahrnahm, war ihr hektisch pochendes Herz. »Da ist noch mehr«, flüsterte sie.

Fragend sah er sie an. »Mehr?«

Sie nickte, weil ihr die Worte im Hals stecken geblieben waren. Hätte sie sich dieses Gespräch doch nur vorher zurechtgelegt. Nun wusste sie nicht, was sie sagen wollte, und musste nach der Antwort suchen. »Ich weiß, dass du kein Mensch sein willst und dass es wahrscheinlich dein Albtraum ist, einer geworden zu sein. Aber der Schmerz, von dem du mir erzählt hast, der kommt nicht vom Menschsein allein. Der kommt …« Erst jetzt bemerkte sie, dass sie ihre Hand noch immer erhoben hielt. Sie schaute sie einen Moment an, als wäre es nicht ihre, dann wusste sie, was sie ihm sagen wollte, und legte sie auf seine Brust. Sie spürte seine tiefen Atemzüge und die Hitze seiner Haut. »… von dort. Von Gefühlen, guten Gefühlen, die verletzt wurden – die *ich* verletzt habe. Und das tut mir so unendlich leid.«

Casimirs Hand legte sich auf ihre. Er kam ihr noch näher, sodass sie den Kopf in den Nacken legen musste, um zu ihm aufzusehen.

»Du redest von den vielen kleinen Dingen, nicht wahr?«, fragte er. Nun war sie es, die nicht folgen konnte. »Damals, in Orsett«, erklärte er. »Erinnerst du dich? Du sagtest, dass es ganz viele kleine Dinge gibt, die euer Leben lebenswert machen.«

Seine Finger umschlossen ihre und mit der freien Hand strich er über ihre Wange.

»Nein«, sagte sie. »Ich glaube, es ist das Größte von allen Dingen.«

Er beugte sich vor, schloss die Augen und sie tat es ihm gleich. Seine Lippen berührten ihre und mit einem Mal fühlte es sich an, als würde die Zeit in Tausend Farben explodieren. Es gab keine Welt mehr um sie herum, keine Körper, die sie voneinander trennten, keine Grenzen zwischen Addys Gefühlen und seinen. Er küsste sie und für den Bruchteil dieses Augenblicks war alles vergessen. Jeder Schmerz und jeder Zweifel.

Als er sich schließlich wieder von ihr löste, hing seine Wärme noch einen Moment lang auf ihren Lippen. Sie hielt die Augen noch geschlossen, um sich an dem festzuhalten, was zwischen ihnen war, und erst, als seine Wärme verblasste, schlug sie sie wieder auf.

»Ich verstehe …«, flüsterte er.

Ein sanftes, warmes Lächeln umspielte seine Mundwinkel und das sagte mehr, als jedes weitere Wort es gekonnt hätte.

Tränen füllten Addys Augen und sie wusste gar nicht, wieso. Sie hatten sich gefunden. Nach allem, was passiert war und was zwischen ihnen hätte stehen sollen – und auch, wenn sie ins Leben nach dem Tod hatten gehen müssen, um an diesen Punkt zu gelangen. Er fühlte, was sie fühlte. Sie liebten einander und das war stärker als alles andere. Stärker als der Tod selbst.

»Kommt ihr?«, rief Liam ihnen zu.

KAPITEL 24

ADDY

ZU EINER UNBESTIMMTEN ZEIT,
IN DER SPHÄRE DER TRÄUME

Addy erklomm eine Anhöhe nach der nächsten und nichts in ihrer Umgebung schien sich zu ändern. Dieses Feld der Toten hatte weder Anfang noch Ende. Und sie folgten lediglich einer Ahnung, mehr nicht. Aber sie war fest davon überzeugt, Ayumi zu finden.

Bald schon hatte sie das Zeitgefühl verloren. Es war einfach zu still. Jeden ihrer Schritte, jeden Atemzug und das Rascheln ihrer Kleidung konnte Addy klar hören. Selbst der Wind schien keine Geräusche mehr zu machen.

»Einsamkeit«, murmelte sie nachdenklich.

»Was?«, fragte Liam.

»Ich denke, das ist es. Der Ort, an dem wir uns befinden. Das ist die Einsamkeit.«

Liam drehte sich einmal um sich selbst. »Das trifft es ganz gut.«

Auch Casimir schaute sich um. »Es ist schon merkwürdig, wovor ihr Menschen euch fürchtet.«

»Ach ja?«, fragte Liam. »Wovor habt ihr denn Angst?«

Casimir antwortete nicht. Als Meliad kannte er die Angst nur vom Menschsein. Sie war eine körperliche Reaktion, wie auch alle anderen Emotionen.

»Kennt ihr das, wenn man sich abends hinlegt, die Augen schließt und für einen Moment ganz für sich ist?«, fragte Younes. »Dieser winzige Augenblick zwischen dem Lärm des Alltags und dem der rasenden Gedanken, die einen wach halten wollen?«

Liam legte die Stirn in Falten. »Kann schon sein. Wobei ich ja meistens einfach umfalle und schlafe wie ein Stein.«

Er grinste, aber Addy sah ihm an, dass er Younes sehr wohl verstand. Er tat immer so ungerührt von allem, wurde aber mit Sicherheit von ähnlichen Ängsten und Gedanken wie Younes und sie getrieben.

»Wie sehr einem diese Stille fehlt, merkt man erst, wenn man sie nicht mehr hat. Ich teile meine Gedanken schon so lange mit dem Geist eines anderen, dass ich schon beinahe nicht mehr wusste, wie sich Stille anhört. Alleinsein. Für mich ist dieser Ort der Inbegriff des Friedens. Mal abgesehen von den Knochen. Ich fühle mich hier frei. Seit Langem endlich wieder. Frei, aber auch ...«

»Verloren?«, fragte Casimir.

Younes nickte, wandte sich wieder nach vorne und verengte den Blick. »Seht ihr das?« Nicht weit voraus wurde das Gras lichter. Die Gebeine der Toten waren darunter deutlich zu erkennen. Sie türmten sich zu einem grauen Berg auf.

»Auf dem Gipfel muss sie sein«, meinte Addy.

»Verdammt gruselig, dieser Albtraum«, murmelte Liam.

Plötzlich erzitterte die Erde von einem lauten Donnern, der Wind nahm zu und dunkle Wolken zogen sich über ihnen zusammen.

»Auch schon aufgewacht?!«, rief Liam. »Komm schon, Terra, zeig, was du kannst! Uns trennst du nicht mehr voneinander. Wir werden dir jetzt gehörig in den Arsch treten!«

»Geht's noch?«, fragte Younes.

»Was denn? Sie soll ruhig wissen, dass wir uns nicht alles gefallen lassen.«

»Wir müssen da rauf«, sagte Casimir und ging voraus.

Der Wind nahm weiter zu, schlug ihnen entgegen und erschwerte ihnen das Vorankommen. Über ihnen schlossen sich die Wolken zu einer fast schwarzen Decke zusammen und unter ihren Schritten knacksten die Knochen. Sie machten sich an den Aufstieg. Der Berg wurde schnell steil und zwang Addy, sich mit den Händen abzustützen.

Erneut donnerte es, begleitet von einem Blitz, der die Sturmwolken auflodern ließ, als stünden sie in Flammen.

»Fuck!«, stieß Liam aus. Er war gestürzt und in den Gebeinen gelandet. Mühsam kämpfte er sich wieder auf die Füße, blickte hinauf und riss die Augen auf, als er sah, was sich am Himmel zusammengebraut hatte.

Auch Addy konnte es erkennen. Es war, als hätte der Horizont ein Gesicht. Wie ein riesiger Totenschädel, geformt auf tiefschwarzen Wolken sah er aus. Finstere Höhlen bildeten die Augen, in denen es bedrohlich blitzte und donnerte. Wo das Maul der Bestie war, klaffte der Sturm auseinander, der Wind peitschte ihnen noch heftiger entgegen und Addy musste schützend den Arm vors Gesicht heben.

»Nicht aufgeben!«, ermahnte Younes sie. Er war bereits ein Stück weiter hinaufgestiegen und schrie, um den Lärm der aufkommenden Sturmböen zu übertönen.

Das Herz schlug Addy bis zum Hals. Terra Mater tat alles, um sie von Ayumi fernzuhalten und wieder zurück in die Welt der Lebenden zu befördern. So weit durfte es nicht kommen.

Casimir streckte ihr die Hand entgegen. »Komm!«

Addy griff zu, schaute an ihm vorbei und erkannte eine Gestalt auf dem Gipfel. Ayumi.

»Dort!«, rief sie.

In dem Moment schlug ein Blitz ein. Haarscharf verfehlte er Younes, hinterließ einen tiefen Krater und die Gebeine unter seinen Füßen gaben nach.

»Passt auf!«, rief Ayumi vom Gipfel aus. Sie wirkte völlig aufgelöst und verzweifelt. Hilflos lief sie auf und ab.

Younes war gestürzt, konnte sich aber gerade noch rechtzeitig festhalten. Liam packte ihn am Arm und zog ihn auf die Beine.

»Du musstest sie ja unbedingt provozieren!«, schnauzte Younes ihn an und befreite sich von ihm.

»Wie wäre es mit einem Danke?«, beschwerte Liam sich.

Younes ließ ihn links liegen und stieg weiter hinauf. Auch Addy und Casimir versuchten, den Gipfel zu erreichen. Doch die Knochen rutschten unter ihnen weg und machten es beinahe unmöglich voranzukommen.

»Sie will uns so oder so umbringen!«, rief Liam Younes nach und folgte ihm.

Weitere Blitze durchzuckten die Luft und schlugen im Boden ein. Addy schützte ihre Augen vor dem grellen Licht. Wenn Terra Mater ihre Kräfte gezielt hätte entladen können, wären sie längst getroffen worden, doch scheinbar gelang ihr das nicht. Dafür aber sorgte ihr Angriff für immer mehr Krater, in denen die Knochen versanken wie im Treibsand.

»Gib mir deine Hand!«, hörte Addy Ayumi rufen.

Younes bekam Ayumis Hand zu greifen und in dem Moment, als sie einander berührten, durchzog ein Beben die gesamte Sphäre. Das Wolkenmonster über ihnen schrie, bäumte sich auf und Sonnenlicht brach wie Pfeile durch seinen Schädel.

Ayumi stürzte nach hinten, als sie Younes hochzog, und er landete neben ihr auf dem Gipfel der Anhöhe. »Hier ist fester Grund!«, rief er den anderen zu. »Keine Knochen. Erde.«

»Schnell«, forderte Addy Casimir auf und zog sich weiter nach oben. So gut es ging, hangelte sie sich Stück für Stück hinauf, schlitterte aber immer wieder nach unten. Auch Casimir hatte zu kämpfen, hörte dann aber mit einem Mal auf, sich zu bewegen, und streckte die Hände von sich.

»Rühr dich nicht«, riet er Addy.

Auch sie hielt inne und begriff, dass ihre gehetzten Bewegungen den Untergrund ins Schlittern brachten. Sie sah sich nach den anderen um.

Liam trennte nur noch ein kleines Stück vom Gipfel, doch kurz bevor er ihn erreicht hatte, gaben die Gebeine unter ihm nach und er rutschte auf einen der Krater zu. Ein kräftiger Ruck stoppte Liam, während ihm der Stetson vom Kopf glitt, im Krater landete und von den Gebeinen zermalmt und verschluckt wurde.

Es war Younes gewesen, der sich auf den Bauch geworfen und ihn am Kragen gepackt hatte. Kopfüber hing er am Abgrund. »Gibst du mir jetzt deine Hand oder willst du da hängen bleiben?«

Liam warf seinen Arm nach oben und Younes half ihm hoch.

»Pass auf!«, rief Casimir und beinahe im selben Moment riss er Addy schon von den Füßen. Sie schlug hart mit der Schulter auf. Casimir hielt seine Arme um sie geschlungen und vor ihren Augen explodierte grelles Licht.

Der Geruch nach verbrannten Knochen stieg ihr in die Nase. Unmittelbar dort, wo sie eben noch gestanden hatte, musste ein Blitz eingeschlagen haben. Sie spürte die gewaltige Energieendladung noch in der Luft flirren.

»Weiter«, drängte Casimir und raffte sich auf.

Auch Addy versuchte, auf die Beine zu kommen, doch der lose Untergrund bot ihr keinen Halt. Die Füße rutschten ihr weg, sie schlitterte schreiend ein Stück abwärts und direkt auf einen Krater zu. Erst kurz vor dem Abgrund blieb sie liegen. Ihr Atem hetzte und sie wagte es nicht, sich zu regen.

»Alles in Ordnung da unten?«, schrie Younes.

Addy fühlte sich wie durch den Fleischwolf gedreht. Die harten Knochen hatten sich ihr in den Rücken gebohrt und sicher einige Kratzer und blaue Flecke hinterlassen. Vorsichtig hob sie die Hand in die Höhe, um zu signalisieren, dass es ihr gut ging.

»Sie leben!«, hörte sie Liam rufen.

»Alles okay bei dir?«, fragte Casimir mit leiser Stimme gleich neben ihr. Ob er ihr gefolgt oder ebenfalls abgerutscht war, hatte sie nicht mitbekommen.

»Ja«, hauchte sie kraftlos. »Und bei dir?«

»Alles gut«, versicherte er.

»Ihr müsst ganz vorsichtig sein!«, riet Younes ihnen. »Richtet euch langsam auf und kommt wieder hoch.«

»Aber auch nicht zu langsam«, meinte Liam. »Da oben braut sich wieder was zusammen.«

Ganz langsam drehte sich Addy auf die Seite. Casimir lag auf dem Rücken neben ihr und lächelte sanft, als ihre Blicke sich trafen. Wenn sie ihn so ansah, hätten sie ebenso gut friedlich an einem Badestrand liegen und den Wellen lauschen können statt auf einem Knochenberg im Reich der Toten.

»Du hast mir das Leben gerettet«, sagte sie. Hätte er sie nicht von den Füßen geholt, als der Blitz eingeschlagen hatte, wäre sie von ihm getroffen worden.

»Ich weiß«, antwortete er und Addy schmunzelte.

Sie schaute hinauf. Ayumi, Younes und Liam waren bloß noch als ferne Punkte zu erkennen und über ihren Köpfen brodelten die Wolken regelrecht. Sie zogen sich dicht zusammen, verdrängten die Sonne und die ersten Konturen des Gesichtes, das sich neu formierte, waren zu erkennen.

»Wir müssen uns beeilen«, sagte Addy.

Sie wandte sich Casimir zu und ein kalter Schauer durchfuhr sie, als sie in sein Gesicht blickte. Er war von einem Moment zum nächsten blass geworden, sah sie unverwandt durch seine honigfarbenen Augen an und das Lächeln auf seinen Lippen wirkte gezwungen.

»Was …?«, brachte sie mit tonloser Stimme hervor.

Er wandte nur leicht den Blick nach unten. Ihre Augen folgten ihm und es fühlte sich wie ein Schlag gegen ihre Brust an, als sie das Blut sah, das ihm zwischen den Fingern hervorquoll. Er hielt seine Hände fest auf eine Wunde an seinem Bauch gedrückt. Im Sturz hatte sich einer der Knochen durch seinen Körper gebohrt.

»Nein!« Tränen sammelten sich in Addys Augenwinkeln.

»Addy …«

»Nein!« Das durfte nicht sein. Er durfte nicht sterben. Nicht in dieser Welt. Und das würde er auch nicht! Sie würde es einfach nicht zulassen.

Schnell richtete sie sich auf und presste ihre Hände ebenfalls auf die Wunde. Die Knochen unter ihnen gaben zwar nach und knacksten, rissen sie aber nicht mit sich. Noch nicht.

»Wir bekommen das wieder hin«, versprach sie gehetzt. Wieso sollte ihnen das auch nicht gelingen? Sie hatten schon viel Schlimmeres überstanden und dies war schließlich die Welt der Träume. Alles konnte möglich sein.

»Es ist schon gut«, sagte er leise.

»Das wird es werden«, versprach sie und sah ihn an. Sie versank in seinen Augen. In all der Wärme, die sich darin verbarg. Das durfte ihr Terra nicht nehmen. Nicht auch noch ihn. Er durfte nicht als Mensch sterben, nachdem er doch schon alles für die Menschheit geopfert und durch sie alles verloren hatte.

»Addy ...«, presste er hervor und sie biss sich auf die Lippe, um nicht endgültig in Tränen auszubrechen. Er durfte nicht glauben, dass sie die Hoffnung aufgab.

Sie riss den Kopf nach oben. »Younes!«, rief sie und wandte sich wieder Casimir zu. »Er hat die Kräfte eines Meliad. Er kann dich heilen. Du wirst hier nicht sterben, hörst du? Nicht in dieser Welt. Nicht so.«

Casimir antwortete nicht. Er schaute sie unverwandt an und löste seine Hände von der Wunde.

»Was tust du da?« Das Blut strömte Addy regelrecht durch die Finger und sie konnte nichts dagegen tun, egal wie fest sie auch auf die Wunde drückte. Dadurch brachte sie ihn nur zum Stöhnen und hatte Angst, alles nur noch schlimmer zu machen.

»Younes!«, schrie sie, so laut sie konnte.

Casimir hob die Hand und legte sie sanft an ihre Wange.

Unter Tränen wandte sich ihm Addy wieder zu. Nur verschwommen konnte sie ihn sehen und ihre Brust bebte, als sie zu schluchzen begann und sich über ihm zusammenkrümmte.

»Schon gut«, flüsterte er.

Sie sah zu ihm auf. In seinem Blick lag so viel Endgültiges. Er hatte nicht vor zu kämpfen. Das hatte er von Anfang an nicht vorgehabt. Aber wieso? Wieso wollte er sie einfach verlassen?

Ein paar Knochen rollten vom Hügel hinab auf sie zu. Sie schaute sich um und erkannte, dass Younes ihrem Flehen gefolgt war und den Abhang hinabschlitterte. Die anderen beiden folgten ihm in kurzem Abstand.

»Er kommt!«, sagte Addy erleichtert und schaute wieder zu Casimir, doch die Augen, in die sie blickte, waren blass und beinahe leblos. Ihr Herz stockte. Seine Hand rutschte ihr von der Wange und fiel herab.

»Nein!« Sie presste ihre Hände fester auf seine Wunde, doch

das half nicht. Nichts schien zu helfen. Sie packte sein Gesicht. »Bleib bei mir!«, flehte sie ihn mit erstickter Stimme an.

Casimir schaute sie an. Er war kreidebleich und seine Haut kalt wie Eis, aber da war noch ein letzter Funke in ihm. Da war noch Leben und Addy klammerte sich mit aller Macht daran. Sie wünschte nur, er hätte das ebenfalls getan. »Bitte! Lass mich nicht allein.«

»Niemals«, sagte er so leise, dass sie ihn kaum verstehen konnte.

Ihr war, als würde dieses eine Wort ihr Herz in unzählige Scherben zerschlagen. Kaum dass es ihm über die Lippen gekommen war, glitt sein Blick an ihr vorbei und jeglicher Glanz darin verschwand.

Addy war wie erstarrt. Sie nahm kaum wahr, wie die Gebeine unter ihr immer mehr ins Rutschen gerieten. Als könne sie Casimirs Seele festhalten, indem sie ihm weiter in die Augen blickte, starrte sie ihn an und ignorierte die Hand, die nach ihrem Arm griff.

»Vorsicht!«, hörte sie Liam warnend rufen.

Ein Ruck riss sie von Casimir los. Es war Younes, der sie festgehalten und vom Abgrund weggezogen hatte – der Abgrund, in dem die Knochen verschwanden und dabei Casimirs Körper unaufhaltsam mit sich zogen.

»Nein!«, schrie Addy. Sie versuchte, sich von Younes zu befreien und Casimir zu folgen. Es musste ihr gelingen zu verhindern, dass er in dem Loch verschwand. Younes musste ihn doch heilen! Er musste ihn zurückholen, damit seine Seele nicht für immer verloren war.

Sie wehrte sich verzweifelt. Der Untergrund unter ihr gab nach, die Knochen rutschten in den Schlund, zogen Casimirs leblosen Körper weiter mit sich und verschlangen ihn Stück für

Stück, bis nur noch seine blutverschmierte Hand zu erkennen war und kurz darauf ebenfalls versank. Einfach so war er verschwunden.

Mit weit aufgerissenen Augen starrte Addy auf die Stelle, wo er eben noch gewesen war, versuchte noch einmal freizukommen, kam gegen Younes aber nicht an.

»Verdammt, Addy!«, schrie er sie an. »Du bringst uns noch alle um!«

»Das Gegenteil, verdammte Scheiße!«, brüllte Liam aufgebracht, schlitterte neben sie und packte ihren Arm. »Sie bringt uns alle zurück ins Leben und damit alle anderen Menschen um.«

Zu zweit zerrten sie Addy vom Abgrund weg.

»Gib mir deine Hand!«, rief Ayumi.

Addy starrte in den Abgrund. Sie wartete darauf, dass er zurückkam. Das musste er einfach. Es war doch bloß ein menschlicher Körper gewesen, der vom Abgrund verschluckt worden war. Wieso erhob sich keine Lichtgestalt aus den Knochen? Wieso kam er nicht einfach wieder zurück? Er hatte doch versprochen, sie nie alleinzulassen. Er hatte es versprochen.

»Addy!«, drängte Ayumi.

Ihre Stimme drang kaum zu ihr vor. Dennoch, wie in Trance, wandte sie sich nach oben, sah Ayumis Hand, die sich ihr entgegenstreckte und griff schließlich danach.

Ein Schauer zog sich durch Addys Körper, als sie sich alle berührten. Für den Bruchteil einer Sekunde war ihr, als würde die Welt stillstehen, alles um sie herum transparent werden und sie jegliches Gefühl für ihren Körper verlieren. Es war, als würde sich Terra Maters Welt einfach im Nichts auflösen. Doch dieser Moment hielt nur kurz an.

Ein Beben zog sich durch die Erde, überall um sie herum versanken die Knochen und der gesamte Hügel schien in sich zusammenzusacken.

Addy verlor den Halt, wurde von Ayumi losgerissen und stürzte nur deswegen nicht in die Tiefe, weil Younes und Liam sie weiterhin festhielten.

»Was geschieht hier?«, schrie Liam. Er versuchte, auf die Füße zu kommen, ließ Addy dafür los und versank bis zu den Knien in den Knochen.

»Wir sterben!«, stieß Ayumi verzweifelt aus und schrie auf, als auch unter ihr der Boden nachließ und sie ein Stück weit nach unten rutschte.

»Nein, das werden wir nicht«, widersprach Younes. Wieder bebte die Erde, er stolperte von Addy weg und wäre beinahe in einen Abgrund gestürzt, der sich unmittelbar hinter ihm auftat.

Addy löste sich endgültig aus ihrer Trance und hielt ihn fest.

Überall um sie herum brach der Boden auf und immer mehr Krater entstanden, in denen die Knochen versanken wie im Treibsand.

»Es ist, wie Liam gesagt hat«, erklärte Younes. »Wenn überhaupt, werden wir zurück in unsere Körper geschleudert. Aber das lassen wir nicht zu, okay?« Er reichte Ayumi seine freie Hand und hielt mit der anderen Addys Arm fest.

Ayumi griff zu und nickte. »Okay«, sagte sie mit zittriger Stimme und nahm auch Liams Hand.

»Okay«, sagte auch er und plötzlich gab es einen heftigen Ruck, der ihnen allen endgültig den Boden unter den Füßen wegzog und sie in die Tiefe stürzen ließ.

Es passierte so schnell, dass Addy kaum erkannte, was um sie herum geschah. Da waren Dunkelheit und fallende Knochen, sie spürte Wind, der an ihr vorbeipfiff, und sah die anderen mit ihr und den Gebeinen in die Tiefe stürzen.

Younes' Hand schraubte sich noch immer um ihren Arm, mit der anderen hielt er Ayumi fest und die klammerte sich laut schreiend an Liam. Addy wusste nicht, ob sie gleich aufschlagen und in ihren Körpern in der Menschenwelt aufwachen würden. Aber sie wusste, dass Terra Maters Sphäre aus den Fugen geriet, wenn sie einander festhielten, also streckte sie Liam ihre freie Hand entgegen.

»Liam!«, schrie sie gegen den Wind an.

Verzweifelt versuchte sie, ihn zu erreichen. Sie fühlte sich wie eine Fallschirmspringerin, die ihre Formation nicht halten konnte. Nur dass sie weder Fallschirme noch doppelten Boden hatten.

Endlich gelang es Liam, ihren Arm zu packen, und wieder durchfuhr sie dieser Schauer. Alles um sie herum stand mit einem Mal still. Der Wind hielt inne, die Knochen hingen fast reglos in der Luft und auch sie und die anderen stürzten nicht mehr, sondern schwebten schwerelos wie in Wasser.

Völlig perplex schauten sich die anderen um. Auch Addy verstand nicht wirklich, was gerade geschah. Jedes Mal, wenn sie einander berührt hatten, war es ihr vorgekommen, als würde die Zeit innehalten, doch diesmal konnte sie ganz deutlich sehen, was um sie herum geschah. Es war tatsächlich, als wäre die Zeit gefroren.

Aber nicht nur das. Auch die Welt selbst verlor ihre Substanz. Addy konnte durch alles hindurchschauen, sah Licht, Schatten, pure Energie, die Erde, wie sie sie kannte. Alles zeitgleich und doch schwebte sie noch immer in der Luft – um sie herum Dunkelheit, über ihr die Wolken und nicht weit entfernt steil abfallende Felswände.

Sogar ihr eigener Körper schien durchlässig geworden zu sein. Als würde sie nicht nur im Wasser schweben, sondern sich darin auflösen. Dieser Gedanke erschreckte sie so sehr, dass er ihr durch Mark und Bein fuhr und die Zeit wieder zu rasen begann. Unter ihnen krachte es laut und kaum eine Sekunde später prallte Addy auf dem Boden auf. Sie verlor Liams Hand und das Bild vor ihren Augen verschwamm.

Stöhnend stemmte sie sich hoch. Sie durfte nicht das Bewusstsein verlieren, sonst würde sie am Ende noch in der Wirklichkeit wieder zu sich kommen.

»Hey!«, presste Liam schwerfällig hervor. »Nicht ohnmächtig werden.«

Younes, dessen Griff um ihren Arm sich gelockert hatte, packte wieder fester zu.

»Geht es allen gut?«, fragte er gequält.

Addy konnte Ayumi stöhnen hören. Es war dunkel, der Boden unter ihnen bestand aus kahlem Fels und überall verstreut lagen Knochen.

Wackelig kam Addy auf die Beine und schaute sich um. Sie waren in einen Felsspalt gestürzt. Weit über ihnen sah man den Himmel, doch das Licht drang kaum bis zu ihnen vor.

Nach und nach erhoben sie sich alle.

»Das war knapp«, stöhnte Liam, griff sich in den Nacken, ließ die Schulter rollen und verzog vor Schmerz das Gesicht.

»Wie … wie haben wir das gemacht?«, fragte Ayumi.

»Keine Ahnung, aber es hat uns davor bewahrt, hier unten wie die ganzen Knochen am Boden zu zerschellen«, meinte Liam.

»Addy …«, sprach Younes sie vorsichtig an.

Es war, als würde seine Stimme einen Damm durchbrechen und sofort sammelten sich wieder Tränen in ihren Augen. Sie konnte nicht glauben, dass das wirklich geschehen war. Wieso hatte Casimir nicht versucht zu kämpfen? Wieso hatte er sie einfach im Stich gelassen? Sie wusste, dass sie nicht so denken durfte, aber sie konnte einfach nicht anders. Er war doch alles für sie gewesen und sie hätte alles getan, um ihn zurückzuholen. Sogar ihr eigenes Leben war sie bereit gewesen zu opfern. Alles schien ihr mit einem Mal sinnlos. Nichts gab es mehr, für das es sich zu kämpfen lohnte, nachdem es ihr nicht einmal gelungen war, ihn zu retten.

Schluchzend verbarg sie ihr Gesicht in den Händen.

Younes zog sie an sich heran und nahm sie in den Arm. »Es tut mir so leid«, sagte er leise, während sie ihren Tränen freien Lauf ließ.

KAPITEL 25

ADDY

ZU EINER UNBESTIMMTEN ZEIT,
IN DER SPHÄRE DER TRÄUME

Addy saß mit angezogenen Beinen an die Felswand gelehnt und war ganz in sich versunken. Die Tränen auf ihren Wangen waren getrocknet, ihr Blick hing in der Leere und ihre Gedanken drehten sich im Kreis.

Sie hatte es gewusst. Im Grunde war es ihr in dem Moment klar gewesen, als Ben geschossen hatte. In dieser Sekunde war Casimir verloren gewesen. Und ihn im Reich der Toten wiederzufinden und ihren Weg durch diese Welt an seiner Seite zu gehen, hatte nichts daran geändert.

Nur wahrhaben wollte sie es nicht. Sie hatte geglaubt, es würde irgendeinen Weg geben, ihn zurückzuholen. Irgendein Wunder würde geschehen. Aber Wunder gab es nicht. Nicht wirklich. Oder zumindest nicht für sie und ihn.

»Keine Ahnung, wie wir da wieder hochkommen sollen«, meinte Liam, der den Kopf in den Nacken gelegt hatte und die steile Felswand hinaufblickte.

»Selbst wenn, was bringt es?«, fragte Ayumi. »Wir können doch nicht für den Rest der Ewigkeit vor Terra Mater wegrennen. Das war doch nicht der Grund, aus dem wir hierhergekommen sind, oder? Wir wollten die Menschheit retten und nicht ihren Untergang hinauszögern. Außerdem könnte in unserer

Welt bloß eine Sekunde vergangen sein. Wir könnten tausend Jahre lang vor Terra fliehen, bis sie uns zurückschickt, und das alles wäre umsonst gewesen.«

»Sie hat recht«, stimmte Younes zu. »Zeit zu schinden bringt nichts, wenn sie nicht für uns spielt.«

»Nein, zum Weglaufen sind wir wirklich nicht hier«, meinte Liam. »Wir sind gekommen, um diese Welt aus den Angeln zu heben.«

Addy sah auf. »Und genau das haben wir eben getan«, sagte sie nachdenklich. Die anderen schauten sie erwartungsvoll an. »Ihr habt es doch auch gefühlt, oder?«

Liam verengte den Blick. »Das könnte klappen.«

»Was könnte klappen?«, hakte Younes nach.

»Na, überleg mal. Wenn wir gemeinsam wie ein Wirbelsturm in dieser Welt fungieren, wenn wir sie entzweireißen könnten und wenn sie aus Zeit und Träumen besteht, was spricht dann dagegen, genau das zu beeinflussen?«

»Haben wir das eben getan?«, fragte Ayumi. »Haben wir die Zeit angehalten?«

»Ich denke schon«, meinte Liam.

Younes überlegte. »Ich habe die anderen Sphären gesehen.«

»Klar, weil unsere Seelen ja quasi in allen gleichzeitig existieren«, erklärte Liam. »Deswegen reißen wir ja Löcher durch sie hindurch.«

»Wir drehen die Zeit zurück«, sagte Addy mit tonloser Stimme. Alle Blicke waren mit einem Mal auf sie gerichtet.

»Das können wir?« Ayumi wirkte unsicher.

»Wir können es zumindest versuchen.« Liam streckte Ayumi die Hand entgegen.

»Euch ist klar, dass wir keine Ahnung haben, was wir da tun und ob wir überhaupt dazu in der Lage sind?«, fragte Younes.

Ayumi lächelte zaghaft. »Na ja, das hier ist nicht nur die Sphäre der Zeit, nicht wahr? Es ist auch die der Träume.« Sie hob die Hand und legte sie auf Liams. »In unseren Träumen ist schließlich alles möglich.«

Addy zögerte. Sie glaubte nicht, dass es so einfach war. Nichts von dem, was sie in den letzten Wochen erlebt hatte, war je einfach gewesen und ihre Träume, Hoffnungen und Wünsche, hatten nicht verhindern können, dass ihr alles genommen worden war.

Aber die anderen schienen zuversichtlich zu sein. Sie waren bereit zu kämpfen – es zumindest zu versuchen.

Und sie? Sie wollte nicht aufgeben. Sie schuldete es Casimir und all denen, die so viel geopfert hatten, bis hin zu ihrem eigenen Leben.

Terra Mater wollte die Menschheit für ihre Verbrechen vernichten. Dabei vergaß sie völlig, dass es ihr unbändiger Wille zu überleben war, der sie so weit gebracht hatte. Der Drang, sich zu messen, sich zu verbessern, immer wieder zu übertreffen und dabei zu wachsen und stärker zu werden. Das alles brachte viel Schlechtes hervor. Kriege, Eitelkeit, rücksichtsloses Handeln, aber ebenso auch Gutes. Denn ohne den Drang zu forschen, zu entdecken und immer besser zu werden, hätte die Menschheit sich schon längst selbst vernichtet. Ohne das alles wären Krankheiten nicht besiegt, Arten nicht gerettet und Leben nicht verlängert worden. Für jedes Verbrechen gegen die Erde gab es auch Menschen, die Wege suchten und fanden, Fehler zu korrigieren. All das schlummerte auch in Addy und den anderen. All das machte den Teil in ihnen aus, der menschlich war – ein Teil, der auf Abwege geraten konnte, ihnen aber auch die Fähigkeit verlieh, über sich hinauszuwachsen. Und genau das mussten sie jetzt. Sie mussten mehr werden als die Summe ihrer Teile.

Entschlossen ergriff sie Liams Hand.

»Wie weit drehen wir die Zeit zurück?«, fragte sie.

»10 Tage?«, schlug Younes vor und nahm Ayumis Hand. »Zurück zu dem Tag, an dem alles begann.«

»Es begann schon viel früher«, widersprach Addy. Wie sehr sie sich doch wünschte, sie könnten zurück zu diesem Tag, an dem sie verschlafen hatte und der Geruch nach frisch gebrühtem Kaffee in der Luft hing. Sie erinnerte sich, als wäre es gestern gewesen. Sie würde auf die Schule pfeifen, mit ihrer Mum frühstücken und ihr alles erzählen, was sie wissen wollte. Jede Sekunde mit ihr würde sie genießen. Aber so einfach war es nicht.

»Es begann mit unserer Geburt«, erklärte sie. »Das ist es, was wir ändern müssen. Wir müssen verhindern, dass Elekreen je ein Loch in die Sphäre der Meliad schlägt. Dadurch werden wir nie geboren. Und wenn wir uns selbst aus der Zeit radiert haben, wird Terra Mater keine Möglichkeit haben, ihre Kräfte auf unsere Sphäre auszuweiten. Nur so können wir es aufhalten.«

Sie blickte von einem zum anderen. Man konnte ihnen ansehen, wie ihre Gedanken rasten. Nachdem Addy gerade Casimir verloren hatte, fiel es ihr erstaunlich leicht, ihr Schicksal zu akzeptieren. Sie wusste aber, dass es in jedem anderen Moment nicht so gewesen wäre, und konnte gut nachvollziehen, wie es den anderen gerade ging.

»Wir hören einfach auf zu existieren?« Liam blickte sie verstört an. »Ist das dein Ernst?«

»Haben wir eine andere Wahl?«, fragte Addy bitter.

Keiner sagte ein Wort. Aber sie alle wussten es im Grunde doch. Durch ihre bloße Existenz hatte Terra Mater die Macht erlangt, ihre Kräfte auf die Menschenwelt auszuweiten. Wenn sie den Untergang der Menschheit verhindern wollten, dann mussten sie dafür Sorge tragen, dass Elekreen nie ein Tor in die Sphäre der Meliad öffnete.

»Also gut«, sagte Younes leise. Ein müdes Lächeln huschte ihm über die Lippen. »Statt dass wir mit unseren gespaltenen Seelen geboren werden, wird es andere Versionen von uns geben, nicht wahr? Vielleicht sogar bessere. Wer weiß …«

Was er sagte, konnte durchaus stimmen. Geboren werden würden sie wohl dennoch, aber mit anderen Seelen. Eine andere Addy, die sich in der Menschenwelt nicht so verloren fühlen würde und nie auf Tabletten angewiesen wäre, um sich in ihr zurechtzufinden.

Dieser Gedanke ließ sie zögern, als ihr Younes die Hand reichte. Dennoch nahm Addy sie. Gerade als sie der Schauer erneut ergriff, spürte sie etwas Kaltes, das ihre Füße umschloss.

Sie schaute nach unten, wo sich unbemerkt Wasserpfützen gebildet hatten. Sie quollen einfach zwischen den Steinen hervor und wuchsen schnell an.

Kaum dass Addy das erkannt hatte und noch bevor sie etwas sagen konnte, schoss eine Fontäne zwischen ihnen zum Himmel und ließ sie auseinanderstieben. Addy stürzte und verlor Younes' und Liams Hände.

Das Wasser sprudelte bis weit über ihre Köpfe, begann, sich zu formen, und Addy glaubte, eine Figur in seinem Inneren zu erkennen.

»Terra«, begriff sie.

Das Wasser stieg schnell und plätscherte auch von oben auf sie herab. Addy und die anderen rappelten sich auf. Die Gestalt im Wasser wurde deutlicher, hob ihren Arm und deutete auf Addy.

»Vorsicht!«, schrie Younes, packte sie am Arm und zog sie weg.

Dort, wo Addy eben noch gestanden hatte, schoss ein Wasserstrahl aus der Fontäne, schlug gegen die Felswand und ließ den Stein zerspringen.

»Du kannst uns nicht aufhalten!«, schrie Liam.

Terra Mater riss ihren anderen Arm hoch. Auch der verwandelte sich in einen Wasserstrahl, dem Liam versuchte auszuweichen. Er traf ihn jedoch an der Schulter und schleuderte ihn gegen die Steilwand.

»Nein!«, schrie Addy und wollte nach vorne stürzen, aber Younes hielt sie davon ab.

Ayumi war sofort bei Liam und half ihm auf. Er hielt sich die schmerzende Schulter und konnte kaum aufrecht stehen. Terra hob erneut die Arme, richtete sie auf ihn und er und Ayumi rissen entsetzt die Augen auf.

»Du wirst uns nicht davon abhalten können, die Zeit zurückzudrehen!«, schrie Addy. Das Wasser war bereits bis zu ihren Waden angestiegen, ergoss sich in Strömen in die Schlucht und plätscherte dabei so ohrenbetäubend laut, dass sie sich kaum selbst verstehen konnte. »Wir werden nicht zulassen, dass du die Welt vernichtest.«

Terra senkte die Arme und wandte sich ihr zu.

»Aber das tue ich nicht«, widersprach sie. Ihre Stimme war das Plätschern des Wassers selbst und hallte von den Wänden wider.

Ehrfürchtig schaute sich Addy um.

»Und wie nennst du das, was du in den letzten Tagen getan hast? Du willst uns alle vernichten! Jeden Einzelnen von uns«, warf Liam ihr vor.

»Die Menschen selbst und nur sie allein steuern auf ihren Untergang zu. Ich beende es nur, bevor alles endet. Bevor sie alles mit sich in den Abgrund ziehen können. Während wir hier sprechen, entsteht eine neue Welt und ihr werdet einen Platz darin finden.«

»Aber alle anderen sind dann tot!«, schrie Ayumi unter Tränen. »Du tötest nicht nur uns. Auch die Meliad, die Ignis. Du tötest alles Leben. Was nutzt eine neue Welt, wenn so viele Opfer gebracht werden müssen, um sie entstehen zu lassen?«

»Nicht alle von ihnen mussten sterben und jedes einzelne Leben wurde Teil der neuen Welt. Nur nicht in seiner alten Form. Nichts davon ist verloren.«

»Wir werden die Zeit zurückdrehen«, sagte Younes mit fester Stimme. Er ergriff Addys Hand und streckte seine andere nach Ayumi aus. »Wir werden verhindern, dass Elekreen die Kraftwerke errichtet, sodass du keinen Weg in unsere Sphäre finden kannst. Du kannst uns nicht aufhalten.«

»Nein«, sagte Terra. »Ihr seid diejenigen, die es nicht aufhalten können. Es schreitet voran, während wir hier sprechen.«

Liam und Addy wechselten kurze Blicke. Wie konnte der Zusammensturz der Sphären denn weitergehen, während sie nicht mehr da waren? Sie waren doch der Ursprung dessen und in Terra Maters Welt übergetreten, um genau das zu stoppen. War diese Behauptung nur ein Versuch von Terra Mater, sie zu täuschen? Das konnte sich Addy nicht vorstellen. Aber wie passte das alles dann zusammen?

Noch bevor sie diese Gedanken zu Ende gedacht hatte, riss die Erdmutter die Arme wieder hoch. Das Wasser schoss zu allen Seiten von ihr weg und schleuderte die vier gegen die Felsen.

Als Addy schmerzhaft aufschlug, schwappten ihr die Wassermassen bis über den Kopf. Sie bäumte sich auf, schnappte nach Luft und sah sich gehetzt nach den anderen um.

»Wir müssen irgendwie fliehen«, sagte Younes, der neben ihr

gelandet war, sich wieder auf die Füße kämpfte und nach einem Fluchtweg suchte.

Addy nickte. Terra würde verhindern, dass sie einander berührten. Die einzige Chance, die sie hatten, war, davonzulaufen und zu hoffen, nicht getrennt zu werden.

»Ihr werdet *nicht* fliehen!«, widersprach Terra laut.

Sie hob ihre Arme zum Himmel, die Fluten folgten ihrer Bewegung, schäumten weit in die Höhe und Addy riss vor Entsetzen die Augen auf, als sie sah, wie sich Eiskristalle über die aufgewühlte Wasseroberfläche zogen.

Knisternd und klirrend gefroren die Fluten. Von Terra ausgehend raste das Eis auf Addy und die anderen zu, ließ das Wasser erstarren, und ehe sie auch nur die Chance hatten zu realisieren, was gerade geschah, waren sie schon gefangen.

Addy riss vergebens an ihren Beinen. Bis zu den Knien steckte sie in den erfrorenen Wellen fest. Die Kälte kroch ihr durch den Körper, schmerzte höllisch und ließ sie zittern.

Während sie versuchten freizukommen, weitete sich das Eis auch über Terra Mater aus. Die Frau aus Wasser gefror binnen Sekunden zu einer glitzernden Kristallgestalt.

Addys Atem ging stoßartig und zeichnete sich neblig vor ihr ab. Irgendwie musste es ihnen gelingen zu fliehen. Terra Mater durfte sie nicht zurück in ihre Körper schicken. Eine zweite Chance, die Menschheit vor der Auslöschung zu bewahren, würde sich ihnen nicht bieten. Gehetzt sah sie sich um, wusste aber weder ein noch aus.

Die Erdmutter wandte sich erneut Liam zu. Das Eis klirrte beinahe melodisch bei ihren Bewegungen, formte sich immer wieder um und bildete neue glitzernde Strukturen.

Panisch versuchte Liam, sich aus seinem Eisgefängnis zu befreien. Nicht nur seine Beine waren bis zu den Knien gefangen.

Auch sein rechter Arm hing in einer erstarrten Welle fest und seine Hand war bereits blau angelaufen.

»Nein!«, schrie Addy mit überschlagender Stimme, als Terra den Arm hob. Neben ihr brüllte Younes aufgebracht, zerrte an seinen Beinen, das Eis knackste unter seiner Bewegung, doch er kam nicht frei.

»Aufhören!«, schrie Ayumi.

Liam hatte die Augen weit aufgerissen. Terra stand direkt vor ihm, doch statt ihn zu töten, strich sie mit den Fingern über seine Wange. Zarte Kristalle übermalten seine blass gewordene Haut und verschwanden gleich darauf wieder.

Was hatte sie vor? Warum schickte sie ihn nicht zurück in seinen Körper? Vielleicht weil sie keinen Grund zur Eile hatte? Sie waren ihre Gefangenen und Terra Mater die Herrin über die Zeit.

Wortlos wandte sich die Erdmutter Ayumi und dann Younes zu. Es schien, als würde sie jeden von ihnen studieren wollen. Sie musterte ihre Mimik und jede kleinste ihrer Bewegungen. Schließlich ging sie auf Addy zu.

Ihr schlug das Herz bis zum Hals. Das Eis wich seiner Königin aus und umschlang zugleich ihren kristallenen Körper, als wären es die wallenden Stoffe ihres Gewandes. Addy merkte, wie sich die gefrorenen Fluten um ihre bereits taub gewordenen Beine lockerten, versuchte, erneut freizukommen, scheiterte aber.

Terra kam ihr so nah, dass Addy ihr eigenes Spiegelbild in den glitzernden Kristallaugen erkennen konnte.

»Alles beginnt von vorne«, sagte Terra Mater.

Fragend sah Addy sie an, und während sie darauf hoffte, die Erdmutter würde sich erklären, begann das Eis um sie herum zu schmelzen.

Überall plätscherte es leise, doch Addy konnte ihren Blick nicht von Terra Mater lösen. Ein einzelner Tropfen rann wie eine Träne von ihrem linken Auge über ihre Wange und fiel auf die gefrorenen Wellen.

Er löste eine Kaskade aus, das Eis verwandelte sich binnen Sekunden zurück in Wasser, ließ Addy frei und ihre Knie brachen ihr weg.

Terra Mater war wieder zu einem wabernden Wasserwesen geworden. Sie blickte auf Addy hinab, wollte etwas sagen, doch da stob ihre Gestalt plötzlich auseinander, platschte formlos in die Fluten und Liam kam hinter ihr zum Vorschein.

Er hatte sich mit einem Eiszapfen bewaffnet und Terra damit in zwei Teile zerschlagen.

»Komm!«, forderte er Addy auf und streckte ihr die Hand entgegen. Mit einem Ruck zog er sie auf die Füße.

Addy war von Kopf bis Fuß durchnässt und zitterte am ganzen Leib. Und den anderen ging es nicht besser. Ayumi und Younes kamen zu ihnen gelaufen und Younes streckte Addy die Hand entgegen. »Schnell jetzt.«

KAPITEL 26

ADDY

ZU EINER UNBESTIMMTEN ZEIT,
IN DER SPHÄRE DER TRÄUME

Younes ergriff Addys Hand. Wieder schien die Zeit stillzustehen, die Kälte verschwand aus ihren Gliedern und das Zittern hörte auf.

Addy spürte eine Welle unbändiger Energie, die durch ihren ganzen Körper floss und in die Umgebung ausstrahlte. Die Farben um sie herum flackerten, alles drehte sich, der Boden unter ihnen begann, sich anzuheben, und die Schlucht driftete auseinander.

Auch wenn Addy Angst vor dem hatte, was nun passieren würde, wusste sie, dass sie es tun mussten. Sie würden nur so viel wertvolle Zeit durch die Risse zwischen den Sphären fließen lassen, wie sie brauchten, um ungeschehen zu machen, was mit ihrer Geburt begonnen hatte. Und in dem Moment, in dem sie aufhören würden zu existieren, wären auch die Risse verschwunden. Alles, was durch ihre vereinten Kräfte zerstört worden war, würde wieder so sein, wie es sein musste. All die Menschen, die gestorben waren, wären wieder am Leben. Kein Meliad würde geopfert werden, Casimir wäre nie in ihre Welt gelangt, die Belial und auch die Ignis konnten nicht durch die löchrige Membran in die Sphäre der Materie entweichen. All das konnten sie ungeschehen machen und sie waren entschlossener denn je, ihren Plan umzusetzen.

Addy schloss die Augen und merkte, dass sie dennoch sehen konnte. Bald schon standen sie nicht mehr am Fuße eines Abgrundes, sondern auf einem Berg, der so hoch war, dass sie das Gefühl hatte, über die ganze Welt blicken zu können.

Sie wusste, dass es diesen Berg nicht wirklich gab, wusste, dass ihr Verstand nur versuchte, eine Erklärung für das zu finden, was sie wahrnehmen konnte. Sie befand sich zeitgleich in allen Sphären, sah durch sie hindurch, war nicht mehr an Raum und Zeit gebunden und hatte das Gefühl, dadurch alles im selben Moment sehen zu können. Jeden Ort zu jeder Zeit. Jede Pflanze, bis tief in ihre Fasern hinein, jeden Menschen, jedes Wesen, auf jeder Ebene der Existenz.

Addy überkam ein Gefühl von Grenzenlosigkeit. Friedlich und frei von allem. So musste es sein, teil des Energiefeldes der Erde zu werden. So musste Casimir sich gefühlt haben ... kurz bevor es zu Ende ging.

Doch lange konnte sich Addy nicht an diesen Gedanken klammern. Es kam ihr vor, als würde sie sich vorwärtsbewegen. Nicht durch die Zeit, sondern durch den Raum. Sie fühlte, wie sie die zerfallenden Ebenen von Energie, Licht und Dunkelheit auf dem Weg in die Sphäre der Materie durchschritt. Und mit ihr sickerte Terra Maters Sphäre durch die Öffnung, die Addy und die anderen bis in die Menschenwelt geschlagen hatten. Und als sie dort angelangt waren, war es, als würde sie die Welt im selben Moment durch unzählige Augen erblicken können und an Hunderten verschiedenen Orten zur selben Zeit existieren.

Es musste ungefähr der Moment sein, zu dem sie und die anderen in Terra Maters Sphäre gewechselt waren. Sie sah aus der Ferne das überflutete Tokio, sah die völlig überwucherten Trümmer Londons, stand inmitten eines Urwalds und hockte zusammengekauert auf einem Schlauchboot auf hoher See.

Gefühle und Gedanken überfluteten sie. Zu viele, als dass Addy mehr wahrnehmen konnte als nur ein ohrenbetäubend lautes Rauschen. Ihr Verstand war nicht fähig, das alles zu verarbeiten oder gar zu verstehen, warum sie das sehen konnte. Es kam ihr vor, als würde sie Hunderte Leben zeitgleich leben.

Mit einem Mal begannen die Bilder um sie herum zu rasen, als wäre die Zeit außer Kontrolle geraten. Die anderen drängten darauf, ihr Ziel zu erreichen, und das lag weit in der Vergangenheit. Addy ließ sich darauf ein, und obwohl es unmöglich schien, so vieles zeitgleich und so detailgetreu wahrnehmen zu können, erkannte sie ganz deutlich, was um sie herum geschah.

Alles bewegte sich rückwärts. Die Risse in der Membran zwischen den Welten schrumpften, wurden immer kleiner und verschwanden schließlich. Die Naturkatastrophen der letzten Tage wurden rückgängig gemacht. Vulkane sogen ihre Asche ein, eingestürzte Berge richteten sich auf, Städte wurden Haus um Haus, Stein um Stein neu errichtet. Menschen erhoben sich, Familien, die auseinandergerissen worden waren, fanden wieder zusammen und die Tore in die Sphäre der Energie saugten die Meliad auf und mit ihnen all die Wunder der Natur, all die Pflanzen, Blüten und neuen Arten, die entstanden waren.

Ein grauer Film legte sich über die Welt. Ihre Welt, die sie kannte, die Addy geliebt hatte und die ihr mit einem Mal so kalt und herzlos vorkam. Da war wieder diese Enge in ihrer Brust. Das Gefühl, verloren und fremd zu sein, nicht atmen zu können, als wäre der Sauerstoff, der ihre Lungen füllte, nicht für sie bestimmt. Ein Gefühl, von dem sie gedacht hatte, es nie wieder spüren zu müssen, diesmal aber nicht alleine durchleben musste. Obwohl sie körperlos geworden war, nahm sie die Hände der anderen wahr, wie sie sich fester um ihre Finger schraubten.

Mehr noch, es war beinahe, als wären ihre Seelen miteinander verschmolzen.

Die Zeit raste weiter rückwärts. Addy konnte beobachten, wie die industrielle Entwicklung der letzten zwei Jahrzehnte rückgängig gemacht wurde. Die Städte schrumpften, die Natur eroberte sich ihren Platz zurück, Buschbrände erloschen, Hochhäuser wurden kleiner, Regenwälder wuchsen, der Wasserspiegel sank, Eislandschaften breiteten sich aus. Im Zeitraffer geschah das alles um sie herum und das Gefühl zu ersticken nahm allmählich ab.

Doch bei all dem, was sie sah, musste sie wieder an Terra Maters Worte denken. *Alles beginnt von vorne.*

Was taten sie da? Sie drehten die Zeit zurück, opferten ihre eigenen Leben, um so viele zu retten, und wofür? Dadurch änderte sich der Weg, den die Menschheit eingeschlagen hatte, nicht. All das, was Addy gerade entstehen sah, würde in den nächsten 20 Jahren wieder verschwinden. Mit oder ohne Elekreen.

Der Abgrund, auf den sie zusteuerten, blieb derselbe, und während sie Millionen von Leben retten wollten, indem sie die Zeit zurückdrehten, opferten sie doch unzählige weitere, indem sie den Menschen die Welt erneut zu Füßen legten. Milliarden unschuldiger Tiere, deren Heimat zerstört werden würde, so viele Menschen, die verhungern und verdursten mussten, weil die westliche Industrie ihnen ihr Wasser und ihr Land nahm, ihre Flüsse vergiftete und ihre Luft verpestete. So unglaublich viel Leid.

Und Addy spürte es. Sie spürte jeden einzelnen Tod, jede Schildkröte, die in einer Plastiktüte verendete, jedes Kind, das mit rauen Händen nach Wasser grub, jede Biene, die benommen von Pestiziden zu Boden stürzte, jede Pflanze, die dadurch nicht bestäubt wurde, und jedes einzelne Leben, das auf der

Flucht vor Leid und Elend in eine vermeintlich bessere Welt in den Fluten ertrank, während jene, denen es besser ging, die Augen davor verschlossen. Sie verstand, dass jede kleine, noch so unscheinbare Tat ein weiterer Tropfen in einem Fass war, das längst schon überlief. Eine weggeworfene Zigarettenkippe, ein kleines Stück antibiotikaversetztes Fleisch, eine Zahncreme mit Mikroplastik – all das war nur ein Tropfen von Milliarden und Abermilliarden in jeder einzelnen Sekunde.

Während Addy das alles fühlen konnte, als wäre die Welt ihr Körper, die Flüsse ihre Adern, der Boden ihr Fleisch und die Pflanzen ihre Haut, raste die Zeit weiter auf den Tag ihrer Geburt zu und das Rauschen von Stimmen und Gefühlen in ihrem Kopf wurde immer leiser.

Addy wollte das alles nicht.

Sie konnte das einfach nicht tun. Um keinen Preis der Welt war sie fähig, so viele Opfer zu bringen, und sie wusste, dass es nicht nur ihr und den anderen so ging. Jedem Menschen, der hätte erleben müssen, was sie in diesem Moment fühlte, wäre es so ergangen.

Jeder von ihnen sah in seinem Leben nur einen kleinen Teil des Ganzen. Manche weigerten sich, mehr zu sehen, weil die Wahrheit nicht in ihr Weltbild passte – sie bogen sie sich so zurecht, wie sie es wollten. Und dadurch kannten sie nur einen Bruchteil von dem, was der Erde angetan wurde. Wenn überhaupt. Und selbst die, die hinschauten, konnten unmöglich das gesamte Leid erkennen. Kaum einer hätte es ertragen, alles mit ansehen zu müssen.

Terra Mater aber musste das. Es war *ihr* Schmerz, *ihr* Leid, *ihr* langsames, qualvolles Sterben. Der Tod einer Welt, die den Menschen ein Zuhause geboten hatte.

Es war still geworden und die Zeit schritt nur noch langsam

rückwärts. Das Rauschen vieler Stimmen war verschwunden. Es war schwächer und immer schwächer geworden und nun, kurz vor dem Moment ihrer eigenen Geburt, schien außer ihnen niemand mehr da zu sein.

Addy konnte die Zweifel und Ängste, die sie selbst hatte, in den Gesichtern der anderen ablesen. Was würde geschehen, wenn es ihnen nun gelang, ihre eigene Existenz auszulöschen? Wie viel von dem, was geschehen war, würde sich einfach wiederholen? Würde Bennet zu einer anderen Gelegenheit ein Loch in die Sphäre der Meliad schlagen und alles begann von vorne, genau wie Terra Mater es gesagt hatte? Oder würde Elekreen nie einen Weg finden, die Sphären zu durchbrechen, und die Menschen würden mit ihrer Zerstörungswut ungehindert weitermachen, bis alle Ebenen verwüstet waren und jedes Leben endete? Egal wie, es schien nicht auszureichen, sich selbst aus der Rechnung zu streichen.

In der Stille, die sich über sie gelegt hatte – und bei dem, was sie durchleben mussten, um an diesen Punkt zu gelangen – verstanden sie alle, dass ihr Plan nicht aufging.

Sie hielten einander weiter fest, die Zeit raste wieder vorwärts und tat das so schnell, dass Addy schwindelig wurde. Sie verlor den Halt und stolperte rückwärts. Mit dem Rücken schlug sie gegen eine Felswand und blickte auf. Sie waren zurück in der Schlucht und es war, als wäre nie etwas geschehen. Auch die anderen schauten sich verwirrt um.

»War das echt?«, fragte Liam.

Ayumi war die Verzweiflung ins Gesicht geschrieben. »Es hat nicht funktioniert. Das hätte es gar nicht können, oder?«

»Nein«, meinte Younes bitter.

»Ihr habt es auch gesehen, oder?«, fragte Addy. »Ihr habt gesehen, was mit der Welt in den letzten Jahren geschehen ist, und ihr wisst, dass das wieder passieren würde, selbst wenn wir die Zeit zurückdrehen. Alles würde sich wiederholen. Vielleicht sogar noch schlimmer werden.«

Sie wechselten schweigend Blicke.

»Da war noch etwas anderes«, meinte Liam. »Ist euch klar, aus welchem Blinkwinkel wir das alles gesehen haben?«

»Das waren keine Blickwinkel, oder?«, fragte Ayumi unsicher. »Ich habe alles zeitgleich gesehen.«

»Nein, nicht wirklich alles«, widersprach Younes nachdenklich. »Liam hat recht. Das war, wie die Zeit rückwärtsrasen zu sehen, aus den Augen von … von wem?«

Addy versuchte, die Eindrücke, von denen sie überschwemmt worden war, zu sortieren. Es waren einfach zu viele Bilder gewesen, um sie alle verstehen zu können. Gesichter von Fremden, die ihr dennoch vertraut waren, Erinnerungen an Dinge, die sie nie erlebt hatte. Leidende Tiere in Zoos, ein verwahrloster Hund am Straßenrand, zerstörte Gebäude, in denen sie mit dürren Händen den Schutt auf der Suche nach Nahrung durchwühlte. Es kam ihr vor, als hätte sie binnen Sekunden Dutzende, wenn nicht Hunderte Leben gelebt. Es waren fremde Erinnerungen in ihr. Bilder, die zusammengesetzt den Zerfall der Erde zeigten, allmählich aber in einzelne Puzzleteile zerfielen. Und es waren weniger geworden, je weiter sie sich zurückbewegt hatten. Bei diesem Gedanken verkrampfte sich ihr Inneres.

Sie konnte es noch nicht in Worte fassen, aber in ihr schuf sich eine Erkenntnis Platz, die sich auch in den Augen der anderen widerspiegelte.

»Wir sind nicht die Einzigen«, sprach Liam aus, was sie alle dachten.

Schweigen legte sich über sie. Nicht allein. Nicht die Einzigen ihrer Art. Konnte das wirklich sein? Hatten die vielen Stimmen, die in ihrer Masse zu einem Rauschen geworden waren, zu Menschen gehört, die so waren wie sie?

Wieso aber hatten die Ignis dann nur sie vier zusammengeführt? Was war mit der Tatsache, dass sie alle am selben Tag geboren worden waren? Genau in dem Moment, in dem Bennet das erste Tor zwischen den Sphären geöffnet hatte.

»Es ist still geworden«, meinte Younes. »Kurz bevor wir am Tag unserer Geburt angelangt waren, habe ich nur noch euch gespürt.«

»Kurz bevor …«, murmelte Liam gedankenversunken und riss dann die Augen auf. »Verdammt, wir sind die Ersten! Nicht die Einzigen, sondern bloß die Ersten.«

»Die anderen Tore …«, sprach Ayumi aus, was sie sicher alle dachten.

Bennet hatte am Tag ihrer Geburt das erste Tor in die Welt der Meliad geöffnet, diesen Prozess aber viele Male durch Elekreen wiederholt. Es musste Hunderte Kinder geben, die nach ihnen zur Welt gekommen waren und deren Seelen ebenfalls zeitgleich in allen Ebenen existierten.

Es klang vollkommen logisch. Alles ergab einen Sinn. Und dennoch war es so unfassbar, dass Addy wie erstarrt dastand und ins Leere blickte.

Plötzlich bebte die Erde und ihr Herz machte einen Satz. Der Boden unter ihnen hob sich erneut und die steilen Felswände drifteten auseinander.

Addy hatte Mühe, auf den Beinen zu bleiben. Der Himmel kam näher, die Wände kippten allmählich zur Seite weg und dadurch erkannte sie, dass es keine Schlucht gewesen war, in der sie gestanden hatten. Es waren Terra Maters gefaltete Hände, die sie öffnete und anhob.

Vor ihnen tauchte ein gigantisches Gesicht auf. Augen aus glühender Lava richteten sich auf sie, rauschende Wasserfälle bildeten das Haar und Pflanzen zogen sich durch sie hindurch wie Schmuck und Bänder.

»Ach du Scheiße!«, stieß Liam entgeistert aus.

KAPITEL 27

ADDY

ZU EINER UNBESTIMMTEN ZEIT,
IN DER SPHÄRE DER TRÄUME

Addy blickte hinauf zu dem riesigen Gesicht. Die Knie waren ihr weich geworden und noch immer klang das erstickende Gefühl von all dem Leid in ihr nach. All der Schmerz, den Terra Mater tagtäglich erleiden musste. Das Leid der ganzen Welt. Addy konnte sich nicht ausmalen, wie schrecklich es für sie war. Und sie konnte viel besser denn je verstehen, warum die Erdmutter nicht bereit war, den Menschen eine zweite Chance zu geben.

»Ich habe es gesehen«, sagte Addy mit lauter, aber zittriger Stimme. »Du hast recht. Alles wird sich wiederholen. Die Zeit zurückzudrehen, wird nichts ändern. Aber wir sind dennoch nicht bereit, die Menschen für eine neue Welt zu opfern. Sie dürfen doch nicht alle sterben, nur weil einige von ihnen Fehler begangen und viele andere weggesehen haben. Weil … weil da auch so viel Gutes in ihnen steckt.«

Terra Maters Mund öffnete sich wie in Zeitlupe. Ihr Atem war wie eine Sturmböe. Addy hob den Arm, um sich vor dem Wind zu schützen, ihre Füße rutschten über den Stein und sie stürzte rücklings zu Boden.

Als sie aufsah, tanzten Blätter in einem Wind, der sich wie ein Wirbel vor ihr und den anderen bewegte. Die Blätter bildeten

Formen und bald die Gestalt einer Frau, die ihre Hände nach Addy ausstreckte.

»Du kannst uns nicht zwingen«, sagte Ayumi. Tränen sammelten sich in ihren Augen. »Du kannst uns nicht dazu zwingen, unser eigenes Volk zu töten. Das darfst du einfach nicht!«

Terra wandte sich ihr zu. »Es ist nicht euer Volk«, erklärte sie in einem Flüstern, das nach dem Rauschen vom Wind im Blätterdach eines Waldes klang.

»Das ist es sehr wohl«, widersprach Younes. »Zum Teil sind wir Menschen. Wir alle. Willst du wirklich nur eine Handvoll Kinder übrig lassen? Willst du ihnen ihre Eltern nehmen? Ihre Geschwister? Alles, was ihnen noch geblieben ist? Wenn du das tust, bist du nicht besser als die Menschen, die deine Erde zugrunde gerichtet haben.«

Liam baute sich schützend vor Addy auf. »Es ist in den letzten Jahren nicht nur Schlechtes entstanden«, sagte er fest entschlossen. »Die Menschheit hat nicht nur Schaden angerichtet und verdient es nicht, geopfert zu werden. Wir beginnen gerade zu verstehen, welche Fehler wir begangen haben. Und langsam ändert sich die Einstellung der Menschen. Wir hätten es schaffen können, den Untergang unserer Welt zu stoppen, wenn wir die Chance dazu gehabt hätten.«

»Zu spät«, erklärte Terra Mater. »Selbst wenn ihr es gelernt hättet. Selbst wenn ihr alle die Augen geöffnet hättet. Es war einfach zu spät.«

Addy stand wieder auf. Zumindest war Terra Mater bereit zu reden, auch wenn es nicht so schien, als ob es einen Ausweg gäbe.

»Die Zeit lässt sich nicht zurückdrehen. Das haben wir verstanden«, sagte Addy. »Aber die Zukunft ist noch nicht geschrieben. Die Menschen können von vorne beginnen.«

»Es gibt kein Zurück«, widersprach Terra. »Die Ebenen verschmelzen bereits. Eine neue Welt wird entstehen. Eure Heimat.«

»Dass die Menschen dabei verschwinden, ist ja wohl allein dein Werk!«, warf Liam ihr vor.

Addy wollte einfach nicht akzeptieren, dass es nichts mehr gab, was sie tun konnte. »Wir sind bereit zurückzugehen, wenn die Menschheit überleben darf«, schlug sie vor.

Terra sagte eine ganze Weile nichts und so trat Ayumi schließlich vor und sah sich fragend um. »Heißt das, sie ist einverstanden?«

»Ich weiß es nicht.« Wenn es stimmte, was Terra Mater sagte, war der Einsturz der Welten bereits so weit vorangeschritten, dass er auch ohne Addy und die anderen vonstattengehen würde. Auch ohne sie gab es noch Hunderte oder mehr Kinder, die als Anker für Terra Maters Einfluss auf die Sphären dienten. Warum sich also mit ihnen herumschlagen? Warum diskutieren, wenn es längst kein Zurück mehr gab?

Ein Gefühl der Machtlosigkeit schuf sich in Addy Platz. Für eine kurze Zeit hatte sie geglaubt, etwas bewirken zu können.

Entmutigt blickte sie zu der Blättergestalt, die allmählich ihre Substanz verlor. Auch die anderen schienen nicht mehr zu wissen, was sie noch tun konnten. War es von Anfang an ein Kampf gegen Windmühlen gewesen? Waren alle Opfer umsonst gebracht worden?

»Jetzt lass uns nicht einfach so stehen!«, schrie Liam sie an. Verzweifelt sah er sich zu den anderen um. »Wir … wir müssen etwas tun!«

Der Wirbel aus Wind löste sich auf, die Blätter wurden von einer Böe mitgerissen und in den Himmel getragen.

»Sie wird es tun, oder?«, fragte Ayumi. »Sie wird die Menschheit auslöschen. Einfach so.«

»Und wir können nichts machen?«, fragte Liam uneinsichtig.

Younes sah zu Boden und schob die Hände in die Hosentaschen. Auch Addy wusste nicht, was sie Liam antworten konnte.

»Verdammt, Leute, da draußen sind Menschen, die mir echt was bedeuten!« Liam packte Younes, schüttelte ihn, doch der riss sich los und schlug Liams Hände weg.

»Denkst du, mir geht es nicht genauso?«, brüllte er ihn an.

»Uns geht es allen so«, sagte Addy mit rauer Stimme. Ein Kloß hatte sich in ihrem Hals gebildet. Sie fand einfach keinen Ausweg mehr.

Würden sie wirklich die Einzigen sein, die am Ende blieben? Ein paar Jugendliche und Kinder, verteilt auf der ganzen Welt? Würden sie es besser machen, weil sie nur zum Teil Menschen waren? Oder vielleicht gerade deswegen? Denn Liam hatte recht – durch die Menschheit war nicht nur Schlechtes entstanden. Sie trugen das in sich, was man als Menschlichkeit bezeichnete. Mitgefühl, Nächstenliebe, den Wunsch, sich stets zu verbessern, zu helfen und für die richtige Sache zu kämpfen. Nicht nur gegeneinander, sondern miteinander. Sie hatten das Potenzial, die Welt zu einem besseren Ort zu machen, und mussten nur lernen, es zu nutzen.

Aber warum hatte Addy dann durch die Augen der anderen nur Leid gesehen? Warum hatte sie beim Ablauf der letzten siebzehn Jahre nur Schmerz gefühlt und beobachtet, wie die Welt allmählich zugrunde ging? Warum, wenn es auch viel Gutes gab?

Weil sie genau das erwartet hatte? War sie genauso blind für die vielen kleinen Wunder gewesen wie die meisten Menschen? Und war Terra Mater das auch? Blind für das Gute, weil der Schmerz alles andere überdeckte? Genauso wie Casimir nur Schmerzen empfunden und geglaubt hatte, das würde das Menschsein ausmachen.

Sie sah zu den anderen auf. »Wir tun es noch mal«, schlug sie vor.

»Was tun wir?«, fragte Younes.

»Ihr habt Terra Maters Präsenz doch auch gespürt, als wir rückwärts durch die Zeit gereist sind«, begann sie zu erklären.

»Klar, sie *ist* ja auch die Zeit«, meinte Liam. »Sie ist kein Wesen, das in dieser Sphäre existiert, sondern die Sphäre selbst. Logisch, dass sie alles mitbekommen hat.«

»Und ihr habt den Schmerz gespürt und die Welt untergehen sehen«, fuhr Addy fort.

»Haben wir«, sagte Ayumi.

»Aber warum wollen wir die Menschheit dann so unbedingt retten? Wenn alles so schlimm ist und wir aus den Augen der Kinder, die so sind wie wir, nur Leid, Schmerz und Zerstörung gesehen haben, warum sollte die Menschheit dann überleben?«

Die anderen wechselten kurze Blicke. »Weil da noch mehr ist«, erklärte Liam und schnaubte verächtlich, als wäre es albern, das zu vergessen.

Aber war es nicht so? Vergaßen die Menschen nicht, was das Leben lebenswert machte, weil sie sich nur auf das konzentrierten, was ihnen Schmerz zufügte? Weil sie Angst hatten zu verlieren, was sie besaßen, weigerten sie sich, die Augen zu öffnen und Mitgefühl zu zeigen. Und weil sie die Augen geschlossen hielten, waren sie blind für das Gute.

In den Nachrichten liefen nur schlechte Meldungen, weil niemand hinsah, wenn es um etwas Positives ging. Angst und Schrecken sorgten nun mal für mehr Aufmerksamkeit und bei den vielen furchtbaren Geschehnissen auf der Welt, mit denen man tagtäglich konfrontiert wurde, wie konnte man sich da noch über schöne Dinge freuen?

Offenbar waren sie an einem Punkt angelangt, an dem die

Welt nicht mehr zu retten war. Nicht ohne sie neu zu erschaffen. Aber lange noch nicht an dem Punkt, an dem die Menschheit sich nicht mehr weiterentwickeln konnte.

Addy streckte Younes ihre Hand entgegen. »Dann lasst es uns ihr zeigen. Wir treten noch einmal in Verbindung mit den anderen und diesmal zeigen wir Terra Mater all die kleinen Wunder, an denen wir sonst vorbeigehen, ohne ihnen Beachtung zu schenken. Wir zeigen ihr, warum es die Menschheit verdient hat zu überleben und es beim nächsten Mal besser machen kann.«

Liam war sofort überzeugt und ergriff Addys Hand. »Sie wird schon sehen, dass wir auch anders können«, sagte er.

Auch Ayumi schloss sich ihnen an. Nur Younes reagierte nicht sofort. Es kam Addy vor, als würde er nicht daran glauben. Und sie konnte das verstehen. Sie konnte verstehen, dass die Schatten, die über seiner Vergangenheit lagen, zu dunkel waren, um ihn das Gute darin sehen zu lassen. Aber genau das war es doch, was ihn so lange hatte durchhalten lassen. Die kleinen Lichtblicke und Hoffnungsschimmer.

Wenn es Addy nicht gelang, ihn zu überzeugen, wie sollten sie Terra Mater beweisen, dass die Menschheit eine zweite Chance verdiente?

»Bitte«, sagte sie eindringlich. »Lass es uns wenigstens versuchen. Denk an deine Schwester.«

Ein trübes Lächeln huschte ihm über die Lippen. »Also gut«, stimmte er schließlich zu, kam näher und ergriff Ayumis und ihre Hand.

Wieder spürte Addy, wie die Sphäre der Träume in Schwingung geriet, wie ihre Lebensenergie in die Ebene der Materie übertrat und dabei durch alle anderen Sphären floss.

Doch diesmal war es anders. Diesmal dachte Addy an den honigfarbenen Glanz in Casimirs Augen. Sie dachte an sein Lächeln, das sie ihren Schmerz vergessen ließ. Aber auch an ihre Mum, ihre Umarmungen, wie sie ihr als Kind Geschichten vorgelesen hatte. Sie erinnerte sich an Sarahs flache Witze, an ihr Grinsen, ihre unbedarfte Art, daran, wie Dave sie weinend in der Hecke gefunden und sie getröstet hatte und wie Jared für sie eingetreten war. All diese Erinnerungen spielte sie vor ihrem inneren Auge ab. Sie erlebte sie noch einmal, aber nicht nur das. Sie sah auch Ayumis Mum ihrer Tochter Mut zusprechen, Liams Freund Jones, wie er ihm die Hand reichte und aufhalf, das Lachen von Younes' kleiner Schwester. Und das waren nur die Erinnerungen von ihnen vier.

Sie traten in Verbindung mit Kindern auf der ganzen Welt. Sahen, wie sie mit ihren Freunden und Schulkameraden auf die Straße gingen, um für eine bessere Zukunft zu kämpfen, wie sie Bäume pflanzten, Reden hielten, Müll einsammelten, einer Kröte über die Straße halfen. Addy konnte alles sehen. All die kleinen Wunder, wie ein Lächeln und ein paar aufbauende Worte, aber auch die großen Wunder, die daraus resultierten. Der Mut weniger, der die Massen ansteckte, die kleine Geste eines Einzelnen, die in die Welt getragen wurde und Großes bewirkte. Das war es, wofür es sich zu kämpfen lohnte. Das war es, was Addy unbedingt retten wollte. Und sie hoffte so sehr, dass Terra Mater das verstand.

Während dieser Wunsch in ihr wuchs und immer lauter wurde, schraubten sich ihre Finger fester um Liams und Younes' Hände. Die beiden erwiderten das und Addy schlug die Augen auf. Vor sich sah sie Ayumi mit derselben Entschlossenheit in den Augen, wie Addy sie im Herzen trug. Aber da war noch etwas anderes. Ein Ziehen in ihrer Brust, ein Sog, dem sie kaum widerstehen konnte. Eine Verbindung, die noch stärker zu sein schien als die zu Liam, Younes und Ayumi.

Mit einem Mal wusste sie, was es war. Ihr Körper. Er rief nach ihr. Sie spürte einen Druck auf ihrer Brust, Schmerzen, die zuvor noch nicht da gewesen waren, Kälte, die ihr durch den Leib fuhr, und hörte jemanden ihren Namen rufen.

Wurde sie zurück in ihren Körper gezerrt, noch bevor sie beenden konnten, was sie begonnen hatten? Das durfte nicht passieren! Endlich hatten sie einen Weg gefunden, für die Menschheit zu sprechen. Einen Weg, sie alle zu retten. Wenn sie jetzt wieder zurückgeholt werden würde, war alles vorbei.

Sie klammerte sich verzweifelt an Liam und Younes, versuchte, sich dem Sog zu widersetzen, doch die Stimme, die nach ihr rief, wurde immer lauter und das Rauschen der Gedanken und Gefühle all der anderen leiser und leiser.

Ayumi, die eben noch voller Tatendrang und fester Entschlossenheit gewesen war, sah sie nun verzweifelt, beinahe flehend an. Ihr Körper wurde transparenter und Addys Finger glitten durch die Hände der anderen hindurch. Verzweifelt sah sie sich nach ihnen um, konnte sie aber kaum noch erkennen. Younes öffnete den Mund, doch was er sagte, hörte sie nicht.

Die vielen Erinnerungen, die sie wachgerufen hatten, verschwanden in einem nebligen Weiß. Addy blinzelte, versuchte, etwas zu erkennen, und sah graue Flecken im grellen Licht.

»Addy!«, schrie jemand.

Noch einmal blinzelte sie. Ihr Körper fühlte sich schwer an, jeder Knochen im Leib tat ihr weh. Sogar das Atmen fiel ihr schwer. Und nach und nach begriff sie, was das für graue und weiße Nebelfetzen waren, die sich über ihr abzeichneten. Es war der Himmel.

Sie lag auf steinigem Boden und jemand hielt sie fest an sich gedrückt.

»Lebt sie?«, rief jemand.

Addy öffnete den Mund, brachte aber nur ein leises, kaum hörbares Röcheln über die Lippen. Es musste regnen, denn Tropfen benetzten ihre Haut.

»Lebt sie, verdammt?!«

Über ihr bewegte sich ein Schatten. Eine verschwommene Gestalt schien in der Luft zu hängen und blickte auf sie hinab.

»Ich …«, brachte Ben mit brüchiger Stimme hervor. Er strich Addy mit den Händen den Regen aus dem Gesicht, beugte sich über sie und seine Miene hellte sich auf. »Ja, sie lebt! Hörst du mich, Addy? Alles wird gut. Hörst du?«

Ein gezwungenes Lächeln legte sich auf seine Lippen. Seine Augen waren rot unterlaufen und jetzt begriff Addy, dass es kein Regen, sondern seine Tränen waren, die auf ihre Wangen tropften.

Es rumste laut, als Füße direkt neben ihr auf dem Boden landeten. Die Gestalt, die sie gesehen hatte, hing nicht mehr in der Luft, sondern stand nun neben ihr und ging in die Hocke. Es war einer der Soldaten. Er musste sich abgeseilt haben und fühlte nun ihren Puls.

Addy wollte ihn warnen. Sie musste sie alle warnen! Jeden Moment würden die Sphären zusammenstürzen, die Menschheit vernichten und eine neue Welt erschaffen. Aber ihr Körper versagte ihr den Dienst. Sie lag einfach nur da, konnte sich nicht regen, nichts sagen und selbst das Atmen war eine Qual.

»Okay, wir müssen sie irgendwie da hochschaffen«, sagte der Soldat und schüttelte den Kopf. »So ein dummes Mädchen. Als ob wir nicht schon genug Probleme hätten.«

»Es war ein Unfall!«, fuhr Ben ihn an.

»Wer's glaubt«, murrte er und stand auf. »Sie lebt!«, rief er nach oben.

»Addy?«, sprach Ben sie noch einmal an. »Wenn du mich hörst, blinzle, okay?«

Das bekam sie hin. Sie blinzelte und sein Lächeln wurde breiter. Es griff auf seine Augen über. »Du hast dir wahrscheinlich ein paar Rippen gebrochen und wer weiß was sonst noch, aber wir kriegen das hin, okay? Es wird alles wieder gut.«

Er sah auf, als Geräusche zu hören waren. Es klang wie etwas, das über felsigen Grund rutschte.

»Wer hat euch erlaubt, hier runterzukommen?«, brüllte der Soldat.

Eine Antwort bekam er nicht. Sarah und Jared fielen neben Addy auf die Knie und beugten sich über sie. Einer der beiden ergriff ihre Hand und drückte sie fest.

»Hey«, sprach Sarah sie mit zittriger Stimme an. Sie strich ihr das Haar aus dem Gesicht. »Bleib einfach ruhig liegen, ja? Wir … wir bauen eine Trage oder so und bringen dich in Sicherheit.«

»Weiter hinten ist es nicht so steil. Wir haben dich ganz schnell hier rausgeholt«, versprach Jared.

Addy nahm einen tiefen Atemzug. Ihre Lunge brannte dabei und Tränen sammelten sich in ihren Augenwinkeln. Sie durfte jetzt nicht schluchzen. Wenn ihr schon das Atmen solche Schmerzen bereitete, wie würde es sich dann erst anfühlen, wenn sie weinte? Aber wie hätte sie nicht weinen können? Sie wollte nicht, dass Sarah und Jared starben. Sie wollte niemanden von ihnen verlieren. Niemanden mehr, nie wieder.

KAPITEL 28

YOUNES

TAG 10: DI, 21:00 UHR,
ZWISCHEN TORONTO UND OTTAWA, KANADA

Younes fehlte jede Orientierung. Er lag am Boden, wusste, dass er zurück in seinem Körper war, doch was um ihn herum geschah, versank in einem Chaos aus Lärm und verschwommenen Bildern. Er fühlte sich wie unter einem Bleimantel, der ihn niederdrückte, ihm war schwindelig und sein Schädel dröhnte.

Warum er wieder am Leben war, verstand er nicht. Hatte Terra Mater sie am Ende doch zurück in ihre Körper geschickt? War also alles umsonst gewesen? Dieser Gedanke raubte ihm beinahe den Verstand. Er schnürte sich ihm in einer Mischung aus Frust, Wut und Verzweiflung um die Brust und wäre er dazu fähig gewesen, er hätte all das laut hinausgeschrien.

Stattdessen stöhnte er bloß, versuchte, sich hochzustemmen, und scheiterte daran.

»Er lebt!«, sagte jemand so laut, dass Younes zusammenzuckte. Er musste blinzeln, um erkennen zu können, dass jemand neben ihm kniete. Jemand, dessen Hand auf seiner Schulter lag.

Als ihm das klar wurde, begann sein Puls zu rasen und das Bild von Lucas, wie er sich über ihn gebeugt und den schweren Stein zum Schlag erhoben hatte, überrollte ihn mit einem Mal. Panisch versuchte er, sich zu befreien, schaffte es aber nicht, von dem Fremden wegzukommen.

Sein Körper war wie gelähmt, jeder Knochen im Leib tat ihm weh und nach und nach überkamen ihn Erinnerungen, die er gar nicht hätte haben dürfen. Erinnerungen an das, was in der Menschenwelt geschehen war, nachdem er seinen Körper verlassen hatte.

Wie konnte das sein? Er stand noch zu sehr neben sich, um gleich darauf zu kommen, doch schließlich fand er die Antwort. Ma'an musste Lucas' Angriff überlebt und seinen Körper ohne ihn weiter gelenkt haben. Wahrscheinlich hatte er ihn sogar geheilt, sodass Younes zurückkehren konnte, statt endgültig zu sterben. Wie viel Zeit war seitdem vergangen? Hatte Ma'an in seiner Abwesenheit gegen die Menschen gekämpft, um sich zu verteidigen? Noch waren die Erinnerungen zu wirr, aber alles schien darauf hinzuweisen.

»Ma'an, was …?«, fragte er mit erstickter Stimme.

»Bleibt weg!«, schrie jemand. »Bleibt alle weg.«

Der Meliad antwortete nicht.

Allmählich klärte sich das Bild vor Younes' Augen. Erneut versuchte er, sich aufzurichten, und diesmal gelang es ihm.

»Ganz langsam«, ermahnte ihn eine Frau. Es war Abi.

Sie war es aber nicht, die ihm eine Hand auf die Schulter gelegt hatte. Das war Oliver.

Mehrere Personen umringten ihn. Doch statt ihn anzugreifen, hatten sie ihm den Rücken zugekehrt und waren in ein Handgemenge mit anderen Personen verwickelt. Es wurde gebrüllt und geschrien, doch Younes' Schädel dröhnte unerträglich und so fiel es ihm schwer, die vielen Stimmen auseinanderzuhalten oder gar zu verstehen, was sie sagten.

»Alles okay bei dir?«, fragte Oliver.

Younes schüttelte kaum merklich den Kopf. Er hätte tot sein müssen. Lucas hatte ihn erschlagen, und wenn er nun wieder zurück war, konnte das doch nur bedeuten, dass sie versagt hatten, dass Terra Mater ihren Plan weiter vorantreiben würde und es bald keine anderen Menschen mehr gab. Keinen Oliver, keine Abi und auch keine Chloe, zu der er zurückkehren konnte. Dieser Gedanke nahm ihm die Luft zum Atmen.

»Komm hoch«, forderte ihn Oliver auf und griff ihm unter den Ellbogen.

Younes kam wackelig auf die Füße.

»Was ist passiert?«, fragte er, griff sich an die Schläfe und zuckte zusammen, als er eine Platzwunde ertastete. Das Blut daran war bereits geronnen. Es musste also schon eine Weile her sein, seit er gestorben war. Und was Ma'an danach angestellt hatte, lag für ihn noch immer wie hinter einem Vorhang.

Oliver klopfte ihm auf den Rücken. »Du hast wohl eine Gehirnerschütterung, Junge. Wie sieht es aus, kannst du noch ein paar dieser Blitze schleudern, um uns hier rauszuholen?«

Younes konnte sich kaum auf den Beinen halten und Ma'an antwortete ihm nicht. Er bezweifelte, dass er auf dessen Kräfte zurückgreifen konnte, schloss aus Olivers Frage aber, dass Ma'an in seiner Abwesenheit davon Gebrauch gemacht hatte.

Die Rangelei um sie herum war in vollem Gange, Lucas und einige Zivilisten versuchten, die Menschen um Younes herum wegzudrängen, doch die hatten sich unter den Armen eingehakt und hielten dem Angriff stand.

»Wir müssen von hier verschwinden«, sagte Oliver, nachdem Younes ihm keine Antwort gegeben hatte.

»Hört auf, ihn in Schutz zu nehmen!«, rief jemand.

»Er wird uns alle töten!«, behauptete ein anderer.

Die Situation schien zu eskalieren. Steine wurden geworfen. Einer traf Younes an der Schulter und brachte ihn ins Straucheln.

»Schnell weg jetzt!«, drängte Abi.

Die Leute schrien, als die Angreifer plötzlich durch ihre Reihen brachen, mehrere von ihnen zur Seite gestoßen wurden, hinfielen und niedergetrampelt wurden. Ein paar Leute stürzten sich auf Lucas und versuchten, ihm seine Waffe zu entreißen. Aus dem Handgemenge wurde eine ausgewachsene Schlägerei. Eine junge Frau, kaum älter als Younes, wurde von einem Ellbogen im Gesicht getroffen, fiel zu Boden und gleich mehrere der nachströmenden Menschen trampelten achtlos über sie hinweg.

Hände griffen nach Younes, zerrten an ihm und zerrissen ihm das Shirt.

»Aufhören!«, schrie er und versuchte freizukommen. Oliver wurde von ihm weggedrängt und in eine Prügelei verwickelt und Abi schrie panisch, als sie jemand von hinten packte.

»AUFHÖREN!«, brüllte Younes, so laut er konnte.

Um den Tumult zu übertönen, hatte er all seine Kraft in die Stimme gelegt und sie rollte wie ein Erbeben über die umstehenden Menschen hinweg.

Erst als es still geworden war, sein Atem hetzte und er sah, wie einige sich verängstigt vor ihm wegduckten, wurde ihm klar, dass er tatsächlich ein Erdbeben ausgelöst hatte.

Ganz unbewusst war es ihm gelungen, die Kräfte des Meliad in die Umgebung fließen zu lassen. Die Menschen waren von ihm weggestolpert, ein paar hatten sich nicht auf den Beinen halten können und die Kämpfe waren für einen kurzen Augenblick unterbrochen worden.

Younes zögerte nicht, nutzte die Gelegenheit und stürzte zu der jungen Frau, die niedergetrampelt worden war. Sie rang verzweifelt nach Luft, war bereits blau angelaufen und hielt sich mit beiden Händen die Brust.

Er hatte keine Ahnung, wie er ihr ohne Ma'an helfen sollte.

Doch noch bevor er irgendetwas tun konnte, war der kurze Schockmoment überwunden, gleich mehrere Leute wollten sich auf ihn stürzen und wurden von den Umstehenden davon abgehalten. Erneut brachen die Kämpfe aus, Lucas wurde niedergeschlagen, seine Waffe rutschte über den Boden und mehrere Männer stritten um sie.

»Aufhören!«, verlangte Younes wutentbrannt. »Kapiert ihr es denn nicht? Könnt ihr nicht verstehen, was hier vor sich geht? Diese Frau erstickt gerade, die ganze verdammte Welt geht vor euren Augen unter, die Natur hat sich gegen uns gewendet, will jeden einzelnen, beschissenen Menschen von der Erdoberfläche radieren und was macht ihr? Ihr bekämpft euch gegenseitig! Hört endlich auf!«

Nachdem er sich Luft verschafft hatte, wandte er sich wieder der jungen Frau zu. In dem Moment war es ihm egal, dass Terra Mater den Untergang der Menschheit bereits besiegelt hatte. Er würde nicht stillschweigend dabei zusehen, wie die Frau erstickte, weil sie versucht hatte, ihm zu helfen.

Er legte seine Hände auf ihre Brust und ließ seine Energien in ihren Körper fließen, wie es ihm Ma'an beigebracht hatte. Dazu schloss er die Augen, atmete tief durch seine aufgeschäumte Wut hindurch und spürte, wie sein Herzschlag ruhiger wurde, als sie allmählich abebbte.

Vor seinem geistigen Auge konnte er es sehen. Ihr linker Lungenflügel war zusammengefallen und zuckte nur noch hektisch unter ihren Rippen.

Wenn Ma'an ihm nur antworten würde, dann könnte der Naturgeist ihm helfen. Doch nicht einmal den allzu vertrauten Druck hinter den Schläfen konnte Younes spüren. Es war, als wäre er ganz allein in seinem Körper und das fühlte sich merkwürdig fremd an.

Younes hatte keine andere Wahl, als zu versuchen, es ohne Ma'an zu schaffen. Er ließ seine Kräfte weiter fließen, konzentrierte sich auf die Verletzungen und tatsächlich blähte sich der eingefallene Lungenflügel auf. Die Frau nahm einen tiefen Atemzug und Younes öffnete die Augen.

Um ihn herum war es wieder ruhig geworden und Younes sah sich um. Einzelne Rangeleien gab es noch immer, doch die meisten der Umstehenden waren viel zu erschrocken von der unverhofften Genesung der Frau, um sich zu prügeln.

»Das reicht jetzt!«, sagte Lucas und erhob sich.

In der Hand hielt er seine Waffe, die er offenbar zurückerobert hatte. Er stieß die Menschen beiseite, baute sich vor Younes auf und zielte auf ihn.

Younes starrte in den Lauf der Pistole. Er wusste, dass er Angst hätte haben müssen, aber es schien, dass dazu in den letzten Tagen einfach zu viel passiert war. Er war durch das Leben nach dem Tod gewandert, hatte sich seinen eigenen Ängsten gestellt, war der Erdmutter im Kampf gegenübergetreten und an ihr gescheitert. Der Soldat, so entschlossen er auch wirkte, flößte Younes erst einmal keine Angst ein.

»Sofort aufhören!«, verlangte Oliver.

Younes wandte sich ihm zu, da packte ihn Lucas plötzlich am Arm, zog ihn auf die Beine und wirbelte zu Oliver herum. Die Waffe drückte er ihm dabei an die Schläfe und Oliver hob beschwichtigend die Hände.

Die Mündung fühlte sich warm auf Younes' Haut an. In seiner Abwesenheit musste mindestens ein Schuss gefallen sein, also funktionierte die Waffe wieder.

Auch wenn Younes den Schlag mit dem Stein überstanden hatte, wusste er, dass er einen Kopfschuss sowohl ohne als auch mit Ma'ans Hilfe unmöglich überleben konnte. Dieser Gedanke ließ nun doch Angst in ihm aufkommen. Sein Puls begann zu rasen und das Atmen fiel ihm schwer.

»Lucas, sieh es doch ein«, presste Oliver durch zusammengebissene Zähne hervor. »Was mit der Natur geschieht, ist nicht die Schuld dieses Jungen und kann durch seinen Tod nicht rückgängig gemacht werden.«

»Das werden wir ja sehen«, entgegnete Lucas.

»Bitte«, flehte Abi noch, doch schon drückte der Soldat ab.

Younes' Körper verkrampfte sich augenblicklich. Tausend Gedanken schossen ihm zeitgleich durch den Kopf und alle mündeten sie in einem einzelnen: Er wollte nicht sterben.

»Was passiert da?«, stieß Lucas aus, nachdem nur ein hohles Klicken ertönt war. Er riss die Waffe runter.

Younes war noch immer wie erstarrt und konnte kaum fassen, dass er noch lebte. Im Augenwinkel sah er, dass das Griffstück der Pistole in Lucas' Hand zerbröselte wie zu Kohle verbranntes Holz. Der Soldat warf die Waffe von sich, als wäre sie giftig und zerrte an Younes. »Wie hast du das gemacht?«

»Ich habe nichts getan!«, erwiderte er, riss sich los und stolperte von dem Mann weg. Er wusste ja nicht einmal, was gerade vor sich ging. »Schaut euch doch um, verdammt! Schaut doch, was aus der Welt geworden ist. Das hat nichts mit mir zu tun.«

Erst nachdem er das ausgesprochen hatte, wurde ihm wirklich bewusst, wie recht er damit hatte. Er trug nicht allein die Schuld an allem, was geschehen war. Aber er hatte wenigstens versucht, es zu stoppen. Er hatte es wirklich versucht, und während ihm diese Gedanken durch den Kopf gingen und er sich umschaute, wurde ihm bewusst, dass längst geschehen war, wovor er sich gefürchtet hatte. Was unmittelbar vor seinem Tod begonnen hatte, war geschehen: Die Sphären waren miteinander verschmolzen, doch die Menschen waren noch da.

Überall um sie herum schwirrten Ignis, die Pflanzen wirkten fremd und etwas lag in der Luft, das Younes nur schwer greifen konnte. Es war, als wäre die Welt von neuem Leben erfüllt.

Nicht nur er schien erst jetzt zu bemerken, was passiert war. Auch die anderen nahmen sich erstmals die Zeit, sich umzusehen. Mit weit aufgerissenen Augen bestaunten sie die Umgebung.

Aus dem kahlen Fels war eine bunte, von neuem Leben surrende Ebene geworden. Lucas wandte den Blick zum Himmel, als ein Schwarm drachenähnlicher Vögel über ihn hinwegzog, die Bäume, die nicht weit von ihnen standen, trugen eine purpurne Rinde, durch die sich dunkle Adern zogen, und ihre Früchte waren groß wie Kokosnüsse. Und zwischen ihren gewundenen Stämmen huschten bläulich schimmernde Lichtgestalten, von denen Younes nur vermuten konnte, dass es sich um Meliad handelte.

Die Menschen waren scheinbar so sehr damit beschäftigt gewesen, sich gegenseitig zu bekämpfen, dass die Verschmelzung der Ebenen und die damit einhergehenden Veränderungen unbemerkt um sie herum vonstattengegangen waren.

Sie standen inmitten einer blühenden Wiese, doch um sie herum war alles niedergetrampelt. Blumen waren zertreten und zerpflückt worden, sodass es aussah wie ein Schlachtfeld in einem Meer aus Farben.

Younes schnürte der Anblick die Kehle zu. Addy, Ayumi, Liam und er hatten sich für die Menschen eingesetzt, hatten für sie gekämpft und alles riskiert. Irgendwie schien es ihnen gelungen zu sein, Terra Mater zu überzeugen. Doch wozu? Dafür, dass sie genauso weitermachten wie bisher?

Er hatte es einfach satt. Die Kämpfe, die ständige Wut. Immer zu streiten, sich zu verteidigen, zu hassen. Er wollte das alles nicht mehr. Er wollte keiner von denen sein, die sich nicht unter Kontrolle hatten und der Grund dafür waren, dass alles zugrunde gegangen war.

Das musste enden. Hier und jetzt. Zumindest für ihn.

»Ich verschwinde von hier …«, sagte er.

Sollten sie sich doch ohne ihn weiterstreiten. Er war es leid. Mit gesenktem Blick trat er von den Leuten zurück und wandte sich zum Gehen, da packte ihn wieder jemand am Arm.

Sofort kochte die Wut erneut in ihm hoch. Er wirbelte herum, rechnete damit, einen Angriff abwehren zu müssen, doch ihm gegenüber stand die junge Frau, der er geholfen hatte.

»Danke!«, sagte sie und fiel ihm in die Arme.

Wie zur Salzsäule erstarrt stand er da und ließ es zu, dass sie ihn umarmte. Bei all seinem Frust über die unnötigen Kämpfe hätte er beinahe vergessen, dass sie, Oliver, Abi und ein paar andere ihn verteidigt hatten.

Die Anspannung fiel von ihm ab und er erwiderte die Umarmung. Genau das hatte Addy gemeint: Sie alle sahen nur das Schlechte und vergaßen dabei völlig, dass die Menschen auch gute Seiten hatten.

»Schon gut«, sagte er leise.

Die Frau löste sich von ihm. Er warf einen flüchtigen Blick zu Oliver und Abi, konnte sich aber nicht überwinden, etwas zu sagen. Zu sehr befürchtete er, die Menschen würden gleich wieder aufeinander losgehen. Er nickte der Frau noch einmal zu, dann wandte er sich ab.

»Was bist du?«, rief Lucas ihm nach. Younes atmete tief durch. Nur flüchtig sah er sich zu dem Soldaten um, der etwas näher gekommen war. »Wenn du für das alles nicht verantwortlich bist, was bist du dann?«

»Keine Ahnung«, sagte er.

Er wusste es wirklich nicht. Das erste Mal seit einer gefühlten Ewigkeit war es still in seinem Kopf und er war mit seinen Gedanken alleine. Erst jetzt wurde ihm bewusst, wie viel von dem, was er in den letzten Tagen getan hatte, nicht allein seine Entscheidung gewesen war. Wie hätte er auch wirklich über das, was er glaubte, tun zu müssen, nachdenken können, wenn keiner seiner Gedanken zu Ende gedacht werden konnte, bevor ein anderer ihn dafür kritisierte? Aber wo war Ma'an jetzt? Wieso trug Younes noch immer diese Kräfte in sich, konnte den Naturgeist aber nicht spüren?

»Warte!«, bat Oliver und holte ihn ein. »Wo willst du jetzt hin?«

Younes schaute sich um. Etwas abseits hatten sich die Kinder mit ein paar Frauen zusammengerottet. Verängstigt sahen sie aus. Verloren in dieser neuen, fremden Welt. Wahrscheinlich ebenso verloren, wie er sich in diesem Moment fühlte.

»Ich ... Ich weiß nicht.«

»Du bist verletzt«, erinnerte Oliver ihn.

Lucas ergriff erneut das Wort: »Die Menschen, die verschwunden sind, war das dein Werk?«

»Er war das nicht«, mischte sich Abi ein. »Wieso hätte er uns denn sonst helfen sollen? Wie oft sollen wir das noch erklären?«

»Jetzt mal halblang!«, sagte Lucas mit erhobenen Händen. »Hier hat niemand etwas erklärt. Er hat Blitze geschleudert, ihr seid auf uns losgegangen und laut meinen Vorgesetzten sind diese Energiewesen, wie er eines ist, Invasoren, die uns Menschen vernichten wollen.«

»Wir sind nicht auf euch losgegangen!«, widersprach Abi wütend und machte einen Schritt auf Lucas zu, wurde aber festgehalten.

»Es reicht, verdammt!«, brüllte Oliver. »Geht das Ganze jetzt wieder von vorne los? Younes hat recht. Wir gehen uns nur gegenseitig an die Kehle. Dabei sollten wir zuhören. Um uns herum ist eine neue Welt entstanden. Irgendetwas Übermächtiges hatte vor, uns alle zu vernichten, hat es aber nicht getan. Vielleicht sollten wir einfach mal dankbar sein, die Klappe halten und zuhören. Wie wäre das?«

Schweigen legte sich über die Gruppe, einige blickten zu Boden, andere schienen nach der passenden Antwort zu suchen und Younes war erleichtert, dass sich die Leute endlich beruhigt hatten.

Oliver wandte sich wieder an ihn. »Du solltest jetzt nicht gehen. Du siehst aus, als würdest du gleich umkippen. Die Wunde an deinem Kopf muss behandelt werden und du merkst ja, dass wir einige Fragen haben. Ich denke, du kannst sie uns beantworten. Wenn du das willst.«

»Und wer garantiert ihm, dass er nicht wieder angegriffen wird?«, sprach Abi aus, was Younes dachte. »Hier liegen doch alle Nerven blank.«

Sie schaute sich um. Von den fast fünfzig Frauen, Kindern, Männern, die sich vor der Flut gerettet hatten, waren kaum drei Dutzend geblieben. Keiner schien zu wissen, was er sagen sollte.

Schließlich war es Lucas, der das Wort ergriff. »Ich habe bei dieser verdammten Überflutung meine gesamte Einheit verloren. Wir sind losgeschickt worden, weil die Erde von Wesen einer fremden Welt angegriffen wird. Genau solche Wesen, wie er eines ist. Ich will jetzt wissen, was hier vor sich geht. Und ich schwöre, wenn sich herausstellt, dass er die Schuld trägt, wird er dafür büßen. Und wenn nicht, dann entschuldige ich mich. Aber bevor du nicht geredet hast, lasse ich dich ganz sicher nicht gehen. Also leg los. Wir hören zu.«

Herausfordernd blickte er Younes an. Niemand schien mehr kämpfen zu wollen oder zu widersprechen. Alles, was sie wollten, waren Antworten, und Younes sah ein, dass er sie ihnen geben konnte. Ob sie ihm glauben würden, wusste er nicht. Aber er hatte ja keine andere Wahl. Einsichtig nickte er.

KAPITEL 29

YOUNES

TAG 11: DI, 09:00 UHR,
ZWISCHEN TORONTO UND OTTAWA, KANADA

Younes brauchte weitaus länger für den Weg zurück als für den Hinweg. Obwohl seine Verletzungen versorgt worden waren und er eine Nacht geschlafen hatte, fühlte er sich entkräftet. Er spürte die Anzeichen von Müdigkeit, Hunger und Durst viel stärker als noch vor einem Tag mit Ma'an in seinem Körper. Aber der Naturgeist war weg. Endgültig. Younes hatte lange gebraucht, das zu akzeptieren.

Erschöpft zog er einen Fuß vor den anderen und schleppte sich einen Hügel hinauf, dessen Gipfel einfach nicht näher kommen wollte.

Nachdem er Zeit gehabt hatte, seine Gedanken zu ordnen, waren die Erinnerungen von Ma'ans Erlebnissen klarer geworden. Er wusste nun, dass der Meliad sich zeitgleich verteidigt und Younes' Körper geheilt hatte, um ihm die Rückkehr zu ermöglichen. Er hätte auch gehen, sich den Körper eines anderen Menschen nehmen und ihn sterben lassen können, falls Terra Mater das denn zugelassen hätte. Doch er war bis zum Schluss geblieben. Bis er sich so sehr verausgabt hatte, dass er einfach aufhörte zu existieren. Ma'an war gestorben. Für ihn.

Dieses Wissen hinterließ mehr als nur ein bitteres Gefühl in Younes. Es hinterließ eine klaffende Wunde und er fragte sich, ob die Kräfte, die er noch immer hatte, nur ein Nachklang von denen des Meliad waren – eine letzte Erinnerung, die allmählich verblassen würde.

Er wandte sich um und sein Blick wanderte über die kleine Gruppe, die sich ebenso müde wie er den Hügel hinaufschleppte.

Fast alle der Überlebenden waren ihm gefolgt, obwohl er sich bei den starken Veränderungen der Natur nicht sicher sein konnte, den Weg zurück zu den Obstplantagen zu finden. Er wusste ja nicht einmal, ob es das Lager zwischen den Bäumen noch gab. Aber er war froh, das nicht allein herausfinden zu müssen.

Er war allgemein froh, nicht alleine zu sein. Denn obwohl es durch die Menschen um ihn herum laut war, ihm immer wieder Fragen gestellt wurden und er das Gefühl hatte, kaum eine Sekunde für sich zu haben, blieb es in ihm drinnen still. Manchmal so sehr, dass er dagegen ankämpfen musste zu schreien, um diese Stille zu vertreiben. Sein Geist war leer, der Druck hinter den Schläfen war verschwunden und das fühlte sich beinahe so an, als fehlte etwas, das ihn zusammengehalten hatte. Ohne die Menschen hätte er die erste Zeit allein in seinem Körper kaum ertragen.

Es war erschreckend, wie einsam er sich ohne den fremden Geist in seinem Kopf fühlte. Und das, obwohl Ma'an ihm Schlimmes angetan hatte. Er schien regelrecht abhängig von ihm geworden zu sein. Wie von einer Droge, von der man wusste, wie zerstörerisch sie war, und trotzdem nicht davon loskam.

»Alles gut?«, fragte Oliver, der ihn eingeholt hatte.

Der Mann klopfte ihm aufbauend auf die Schulter.

Younes nickte, wandte sich wieder nach vorn und setzte seinen Weg fort. Wenn sie in die richtige Richtung liefen, konnte es nicht mehr lange dauern, bis sie die Plantage erreichten.

»Nimm«, forderte ihn eine Frau auf und reichte ihm eine verbeulte PET-Flasche mit dreckigem Wasser.

Younes nahm sie dankend an, setzte sie an den Mund und spürte, wie ihm das Plastik auf den Lippen zerkrümelte. Angewidert senkte er die Flasche wieder.

»Ich weiß«, seufzte die Frau. »Keine Ahnung, ob es am Wasser liegt, aber die Flaschen lösen sich alle auf.«

»Hoffentlich passiert das nicht auch mit unseren Mägen«, brummte Lucas nicht weit entfernt von ihnen. »Du hast nicht zufällig auch eine Erklärung dafür? Ist Wasser jetzt giftig?«

»Ich weiß es ehrlich nicht«, erwiderte Younes.

Er trank einen Schluck, weil ihnen ja nichts anderes blieb, als das Risiko einzugehen. Das Wasser schmeckte normal, wenn auch etwas sandig, und die Frau nahm die Flasche zurück, um sie in ihrer Tasche zu verstauen.

»Terra Mater hätte uns wohl kaum am Leben gelassen, wenn sie vorgehabt hätte, das Wasser zu vergiften«, mutmaßte Abi.

»Wahrscheinlich nicht«, stimmte jemand anderes zu.

Sie erreichten den Gipfel, Younes schaute sich um und stellte fest, dass er schon einmal genau dort gestanden hatte. Sofort schlug sein Herz schneller. An diesem Ort hatten sich Chloe und er zerstritten. Hier waren sie auseinandergegangen und vor ihm lag die Obstplantage, als wäre er nie fort gewesen.

»Wir sind da«, sagte er und schlitterte den Hügel hinab, ohne auf die anderen zu warten. Alles in ihm drängte darauf, so schnell wie möglich dort hinzukommen. Es musste einfach allen gut gehen und Younes hielt die Ungewissheit keine Sekunde länger aus.

Er stürzte die Wiese nach unten, rannte zwischen den Bäumen hindurch und sah mehrere Menschen, die dort Obst aufsammelten und ihm verwundert nachschauten.

»Ella!«, rief er und drehte sich im Kreis. »Chloe!«

Er erreichte den Zaun und stürzte durch das offene Tor ins Innere.

»Hey!«, rief ihm jemand nach. »Du bist doch …«

Younes achtete nicht auf den Mann. Er suchte weiter nach Chloe und seiner kleinen Schwester. Sein Herz überschlug sich beinahe und die Panik pochte ihm hinter den Schläfen. Immer wieder rief er ihre Namen. Was, wenn ihnen etwas passiert war? Wenn einer der Risse zwischen den Welten sie verschluckt hatte?

Die Angst davor fraß ihn regelrecht auf. Sein Atem hetzte, er stolperte tiefer in das Lager hinein und stellte dabei fest, dass man damit begonnen hatte die Zelte durch einfache Holzbauten zu ersetzen.

»Youn!«, hörte er Ella rufen. Er wirbelte herum und entdeckte sie ein kleines Stück weit entfernt zwischen zwei Hütten. Ihr Anblick war wie ein Traum, der zu unwirklich wirkte, um wahr sein zu können.

Die Knie brachen ihm weg. Es war, als hätte ihm jemand seine letzte Kraft aus den Beinen gesogen. Er stürzte zu Boden, obwohl er doch zu seiner Schwester rennen wollte. Tränen füllten seine Augen.

Ella rannte auf ihn zu, fiel ihm in die Arme und er drückte sie, so fest er konnte, an sich.

Alles, was er erlebt hatte, schien mit einem Mal vergessen. All der Hass der Menschen, das vergossene Blut, die vielen Opfer und die Stille in ihm. Nichts davon konnte ihm mehr etwas anhaben. Nicht in diesem Augenblick, an den er sich, so fest er konnte, klammerte.

»Ich hab dich sooo vermisst!«, sagte Ella.

Younes schlang seine Arme noch fester um sie. »Ich dich

auch«, flüsterte er voller Erleichterung. Er wollte sie gar nicht mehr loslassen, weil er befürchtete, wirklich nur zu träumen und jeden Moment aus dem Schlaf gerissen zu werden.

Ein Schatten legte sich über ihn, und als er aufsah, stand ihm Chloe gegenüber. Betreten rieb sie sich den Arm und wagte es scheinbar nicht näher zu kommen.

Ella löste sich vom ihrem großen Bruder. »Schau mal, Chloe, er ist zurück!«, stieß sie freudig aus.

»Ich sehe es«, sagte Chloe leise und trat einen Schritt näher.

Younes stand auf. Seine Knie fühlten sich noch immer weich an und er spürte, wie entkräftet er war. Ein paar der Umstehenden beobachteten sie, doch die meisten waren Richtung Tor gelaufen. Wohl um einen Blick auf die anderen Neuankömmlinge zu werfen.

In Chloes Augen glitzerten Tränen und sie mied es, ihn direkt anzusehen. »Ist er …?«, fragte sie zögerlich.

»Nicht mehr da«, fiel ihr Younes ins Wort und ging auf sie zu. »Es tut mir so leid.«

Er bereute einiges von dem, was er damals zu ihr gesagt hatte, und wusste nicht, wieso sie ihm verzeihen sollte. Doch dann fiel sie ihm in die Arme und alles, was zwischen ihnen vorgefallen war, schien wie weggewischt.

Erleichtert erwiderte er ihre Umarmung, sie sah zu ihm auf, lächelte und er konnte nicht anders, als sich vorzubeugen und sie zu küssen.

Der Schmerz, die Mündigkeit und der Hunger waren vergessen und sein Herz schlug schneller, als er ihre Nähe spürte, sie den Kuss erwiderte und sich ihre Finger fest in den Stoff seines Shirts gruben.

Es war, als hätte er den Bleimantel, den er nach seiner Rückkehr aus Terra Maters Welt gespürt hatte, die ganze Zeit schon unbemerkt mit sich geschleppt. Und nun streifte er ihn ab. Einfach so.

Als sich Chloe wieder von ihm löste, legte sie ihren Kopf an seine Brust. »Mir tut es auch leid«, flüsterte sie.

Ella kam näher und Younes zog sie an sich heran. Obwohl er bereute, sie alleingelassen zu haben, verstand er mittlerweile, warum er hatte gehen müssen. Nicht etwa, um Überlebende oder die wahre Natur des Menschen zu finden, sondern sich selbst. Und irgendwie schien ihm das gelungen zu sein, denn am Ende war er genau dort angekommen, wo er hingehörte. Bei den Menschen, die er liebte. Und er hoffte für Addy, Ayumi und Liam, dass es ihnen genauso ergangen war.

KAPITEL 30

LIAM

TAG 11: MI, 10:45 UHR,
SOUTHERN HIGHLANDS VULKAN, AUSTRALIEN

Liam konnte sich nicht erklären, was geschehen war. Das Rauschen der vielen Gedanken und Gefühle anderer war immer lauter geworden. Er hatte versucht, sich auf Addy und die anderen zu konzentrieren, weiter ihre Hände zu halten und seine eigenen Erinnerungen wachzurufen. Doch je mehr er an seine Familie und Freunde dachte, desto größer war dieser Sog geworden, der an ihm gezerrt hatte.

Es musste ihn aus Terra Maters Welt gerissen und zurück in seine befördert haben, denn er riss mit einem Mal den Oberkörper hoch und hockte wieder auf der Wiese des seichten Hangs. Neben ihm lag der Blechbecher, aus dem er den bitter schmeckenden Kräutertee getrunken hatte, das Lagerfeuer war niedergebrannt, und anstatt dass ihm Jack gegenübersaß, sah er bloß die Küste, gegen die sich die rauschenden Wellen des Meeres schlugen.

Viel Zeit konnte nicht vergangen sein. Dennoch schienen die Pflanzen auf der neu entstandenen Insel noch viel ungezügelter und wilder zu wuchern als zuvor. Hatten sich die Sphären endgültig zu einer einzigen verbunden? Wenn dem so war und sie versagt hatten, dann gab es keine Menschen mehr. Dann … Gehetzt, mit wild pochendem Herzen, sah er sich nach den anderen um, als sich Grace auch schon auf ihn stürzte und ihn wieder zu Boden riss.

Er wusste nicht, ob sie ihn umarmen oder angreifen wollte. Rücklings landete er im Gras und schlug mit dem Hinterkopf gegen einen Stein. Mehr vor Schreck als vor Schmerz schrie er auf. Grace stemmte sich hoch, sah ihn fragend an und verdunkelte mit ihrem Körper die Sonne.

»Alles okay bei dir?«, fragte sie. Offenbar hatte ihr Angriff tatsächlich eine Umarmung sein sollen.

Ob alles okay war, beschrieb nicht ansatzweise, wie es ihm ging. Bis auf die Kopfschmerzen, die er nicht nur ihr verdankte, sondern auch Jacks Kräutermischung, war er außer sich vor Freude. Ihr Plan schien aufgegangen zu sein. Die Menschen waren nicht von der Erdoberfläche getilgt worden und hatten damit eine Zukunft und eine echte Chance, es diesmal besser zu machen.

Liam hätte Luftsprünge machen können! Allerdings lag Grace halb auf ihm und drückte ihn nieder. Wahrscheinlich war das auch gut so, denn andernfalls hätte er sich dank seinem Übermut nur wieder vor ihr zum Narren gemacht.

Er versuchte, cool zu bleiben, ächzte jedoch, weil ihm der Schädel dröhnte und sich ihr Ellbogen in seine Rippen gebohrt hatte.

»Ja, alles super«, sagte er wie beiläufig.

Grace ergriff seine Hand und zog ihn hoch. Liam rieb sich die Schläfen.

»Du hast uns einen ganz schönen Schrecken eingejagt«, meinte Jones und klopfte ihm auf den Rücken.

Eigentlich wollte Liam gelassen bleiben, aber er konnte nicht anders, als von einem Ohr zum anderen zu grinsen. Es war ihm egal, dass sie mitten im Nirgendwo waren und ihm jeder Knochen im Leib wehtat. Sie waren am Leben. Das war alles, was zählte.

Jack nahm den Blechbecher und drehte ihn um. Nur ein paar Tropfen fanden ihren Weg auf die Wiese. Mit angehobener Braue sah er Liam an, der daraufhin unschuldig die Schultern hob. »Was denn? Beim letzten Mal hat die volle Dröhnung auch ihren Zweck erfüllt.«

»Ein paar Schluck hätten dennoch gereicht«, erwiderte Jack.

»Dein Herz hat ausgesetzt«, meinte Grace. »Du bist umgekippt und wir dachten, wir hätten dich verloren.«

Liam fasste sich an die Brust. »Das erklärt diesen seltsamen Schmerz.« Die Enge, die er unter den Rippen spürte, hatte er also doch nicht Graces Ellbogen zu verdanken.

»Grace hat dich wiederbelebt«, erklärte Jones.

Liam rieb sich die Rippen. Es kam ihm vor, als hätte sie ihm mindestens ein halbes Dutzend davon gebrochen. Dennoch musste er schmunzeln. »Mit Mund-zu-Mund-Beatmung und allem Drum und Dran?«, fragte er, an Grace gerichtet.

»Ähm …« Jones rieb sich verlegen am Hinterkopf und Liam spürte, wie ihm die Hitze in die Wangen schoss. Jones hatte doch nicht etwa …?

Liam sprang so hastig auf, dass er Grace dabei zur Seite stieß. Er stolperte von den dreien weg. »Lassen wir das Thema!«, sagte er mit erhobenen Händen und sich überschlagender Stimme. »Wie … wie lange war ich weg?«

»Es waren vielleicht 15 Minuten«, meinte Jack und stand auf. Auch Jones und Grace erhoben sich.

»Was hast du gesehen?«, fragte Grace.

Liam ließ seinen Blick über die Gegend schweifen. Man sollte meinen, in 15 Minuten konnte nicht viel geschehen sein, aber dem war nicht so. Wenn in 10 Tagen eine Welt enden konnte, wie viel Zeit brauchte es dann wohl für den Beginn einer neuen?

»Nichts, was vergleichbar wäre mit dem hier«, sagte er und deutete auf die Insel.

»Der Hammer, oder?« Jones trat einen Schritt näher an die Küste heran.

»Dort wuchert es immer wilder«, meinte Grace.

»Aber das war alles?«, wollte Liam wissen. Ein ungutes Gefühl kam in ihm auf. Was, wenn die Membran zwischen den Welten doch noch existierte? Wenn die Umwandlung noch gar nicht beendet war und Grace, Jones und Jack jeden Moment einfach verschwinden würden?

Liam fühlte sich jedenfalls nicht anders, solange er nicht direkt in Richtung Sydney blickte. Es war nicht so, wie Addy es beschrieben hatte. Da war kein Gefühl von Daheim. Die Rastlosigkeit, die er seit jeher in sich trug, war noch immer da.

»Was meinst du damit?« Jack sah ihn verwundert an. »Was soll in einer Viertelstunde schon passiert sein?«

»Woah!«, stieß Jones plötzlich aus.

Liam wirbelte herum, folgte seinem Blick und sah ein gleißendes Licht unmittelbar hinter der Insel. »Es passiert«, hauchte er mit tonloser Stimme. Also hatte er recht. Die Membran war gerade erst dabei zusammenzustürzen.

»Was passiert da?«, fragte Grace besorgt. »Was geht hier vor sich?«

Liam sah sich um. Überall um sie herum riss die Membran auf, die Ebenen verschmolzen und er konnte nichts dagegen tun.

»Was geht hier vor sich?«, fragte Grace erneut.

Liam war drauf und dran zu rufen, dass sie fliehen mussten, aber wohin? Die Risse entstanden überall um sie herum. Die Natur explodierte geradezu, das Gras schoss in die Höhe, die

Erde regte sich unter den wuchernden Wurzeln und das grelle Licht – als würde die Welt aufreißen und eine weiße, unbefleckte Leinwand käme darunter zum Vorschein – breitete sich rasend schnell aus. Es war so hell, dass Liam kaum noch etwas erkennen konnte.

»Liam!«, schrie Grace.

Er streckte die Hand nach ihr aus, versuchte, sie zu greifen, konnte sie aber nicht mehr richtig sehen. Es war, als würde sie sich auflösen. Sie verschwand einfach und die Verzweiflung über seine Machtlosigkeit rollte über Liam hinweg wie die Druckwelle aus Licht, die ihn von Grace wegriss und zu Boden beförderte.

Er schlug hart auf, stemmte sich aber sofort wieder hoch. Seine Augen brannten. Er blinzelte und sah seine Hände, die Wiese und den sandigen Boden unter sich.

Es war geschehen. Es war wirklich geschehen. Die Membran war aufgerissen, die Sphäre zu einer verschmolzen.

»Was war das?«, fragte Jones.

Liams Herz machte einen Satz. Er riss den Kopf hoch und starrte seinen Freund an, als wäre der ein Alien. Auch Grace und Jack waren noch da. Stöhnend und murrend kämpften sie sich auf die Beine. Jack klopfte sich den Dreck von der Hose und Grace sah sich erstaunt um.

»Die …«, begann Liam, noch nicht ganz bei Sinnen. Auch er stand auf. »Die Membran ist gerissen. Die Sphären sind zu einer verschmolzen.« Und Terra Mater hatte die Menschheit nicht vernichtet. Sie gab ihnen also wirklich noch eine zweite Chance.

»Das musst du uns alles in Ruhe erklären«, meinte Jack.

Grace berührte vorsichtig die Halme eines mutierten Grasbüschels, der ihr bis über den Kopf gewachsen war. Zarte Linien aus grünlich schimmernder Energie zogen sich von der Stelle an, die sie angefasst hatte, durch den inneren Kern der Halme bis in den Boden und fächerten dort einem Spinnennetz gleich aus. Unsicher wich Grace den feinen Linien aus, die sich rasch ausbreiteten, aber bald schon abklangen.

Liam lief auf das Meer zu, und während er das tat, wuchsen wie im Zeitraffer Blumenstängel aus dem Gras zu seinen Füßen. Sie falteten ihre spitzen Blätter auf, unter denen große, runde Knospen hervorkamen und sich binnen Sekunden in lilienähnliche Blüten verwandelten. Bald schon war die gesamte Wiese in ein Farbenmeer getaucht.

Und auf der Insel hatte es begonnen. Dort schien die Membran schon vorher gerissen zu sein und die Lebensenergien der anderen Sphären waren für die gewucherte Natur und Liams Gefühl der Verbundenheit verantwortlich. Eine Brise wehte über die Insel und scheuchte einen Schwarm von mehreren Hundert, wenn nicht Tausenden Ignis von den Baumkronen auf. Sie flogen in weitem Bogen über das aufgewühlte Meer.

Fische mit lila Schuppen, eleganten Flossen, wie man sie sich bei Meerjungfrauen vorstellte, und der Größe von Delfinen brachen durch die Wasseroberfläche. Sie ließen den Schwarm Ignis auseinanderstieben und warfen sich in hohem Bogen wieder ins glitzernde Nass.

Der Schwarm brach sich einer Welle gleich an der Küste, schoss unmittelbar vor Liam hinauf zum Himmel und er und die anderen wirbelten herum, als sich die kleinen Leuchtwesen über die hüglige Landschaft hinter ihnen ausbreiteten. Überall dort, wo ihr Licht den Boden berührte, wandten sich ihm die Kelche der lilienähnlichen Blumen zu und Blütenstaub wurde aufgewirbelt.

Sofort war die Luft von süßlichem Duft erfüllt, die Wärme der

Ignis legte sich auf Liams Haut wie Sonnenschein und bei jedem Atemzug war ihm, als könne er eine neue Art von Freiheit spüren – ein Gefühl, als wäre er an dem Ort angekommen, den er tief in seinem Inneren schon immer vermisst hatte. Genau dieses Gefühl des inneren Friedens, das ihm der Anblick der Insel vermittelt hatte. Doch nun war es nicht nur zum Greifen nah, er spürte es tief in seinem Herzen und sein altes Leben schien ihm wie Fesseln von der Seele zu fallen. All die Verpflichtungen, die Zukunftspläne, der Gedanke, immer erreichbar, immer up to date sein zu müssen – all das spielte mit einem Mal keine Rolle mehr. Als wäre es ganz allein seine Entscheidung, wie schnell die Zeit verrann. Als hätte er die alleinige Kontrolle darüber, ob sie ihm davonlief oder nicht. Es gab keinen Druck mehr, kein Gefühl des Verlustes. Nur noch das Hier und Jetzt zählte.

So fühlte es sich also an, das neue Leben. Die neue Welt. *Seine* Welt. Es war beinahe zu unglaublich, um es fassen zu können und doch gab es nie zuvor etwas in Liams Leben, das sich echter angefühlt hatte.

»Verdammte Scheiße«, murmelte Jones neben ihm.

»Ich weiß nicht, ob das der passende Ausdruck für dieses Phänomen ist«, meinte Jack.

»Und was bedeutet das jetzt?«, fragte Grace.

Liam wandte sich wieder dem Meer zu. »Es bedeutet, dass nichts mehr so sein wird, wie es mal war. Aber wir leben noch und darauf kommt es an.«

»Und was tun wir jetzt?«, fragte Jones.

»Ich schätze, die Menschen müssen versuchen, ihren Platz in dieser neuen Welt zu finden«, meinte Jack.

»Was wir als Erstes tun sollten, ist, nach Hause zu gehen«, schlug Liam vor, den Blick auf das überwucherte Sydney gerichtet.

Grace trat neben ihn. »Du willst also da rüber?«

Liam lächelte. »Nein.«

»Aber du sagtest doch, Sydney wäre dein wahres Zuhause.«

»Da habe ich mich geirrt.« Sein Blick verlor sich im Glitzern des Meeres. »Ich schätze, es ist wie bei diesen Fischen.«

»Du bist also im Meer zu Hause«, sagte Jones trocken.

»Idiot«, knurrte Liam und stieß ihn von sich. »Nein, was ich meine, ist, dass sie sich danach sehnen, aus dem Meer zu springen. Sie werfen sich voller Übermut in die Lüfte, genießen die Freiheit, die Fremde und den kurzen Moment des Glücks. Aber der Himmel wird nie ihre Heimat sein. Genauso wenig wie die Sonne oder auch das Licht der Ignis, die Heimat der Blumen ist, die sich nach ihnen recken. Heimat ist immer dort, wo man verwurzelt ist, wo man sich sicher und aufgefangen fühlt. Es ist das Meer, die Erde, der Ort, an den es uns nach jedem Höhenflug zurückzieht.«

Jones lachte. »Hat dich dein Ausflug in die Traumwelt zu einem Poeten gemacht?«

»Vielleicht ein bisschen«, meinte Liam schulterzuckend und dachte an Younes, zu dem es eher gepasst hätte, solche Methapern von sich zu geben. Vielleicht hatte dieser Kerl auf ihn abgefärbt, nachdem ihre Seelen im Kampf gegen Terra Mater verschmolzen waren. »Und jetzt lasst uns gehen. Ich habe genug von Vulkanen und Abenteuern. Ich will endlich nach Hause.«

»Nichts lieber als das«, stimmte Jack zu.

Grace sah Liam mit einem Blick an, den er nicht wirklich ergründen konnte. Ein sanftes Lächeln lag auf ihren Lippen und in ihm wuchs das Bedürfnis, nach ihrer Hand zu greifen. Er bezweifelte allerdings, dass sie der Typ fürs Händchenhalten war und noch eine Ohrfeige wollte er sich nicht einfangen.

Der Moment verstrich und Grace griff nach ihrem Rucksack.

Unter ihrer Hand bröselte der Stoff des Tragegriffs auseinander, sie legte verwundert die Stirn in Falten und richtete sich wieder auf.

»Was ist?«, fragte Liam.

»Keine Ahnung«, meinte sie und rieb die Stofffetzen zwischen ihren Fingern. Als wären sie zu Asche verbrannt, zerfielen sie auf ihrer Hand. »Das Teil muss beim Vulkanausbruch wohl was abbekommen haben.«

»Lass ihn liegen«, sagte Jack. »Wir haben einen langen Fußmarsch vor uns. Da müssen wir uns nicht mit unnötigem Gepäck belasten.«

Grace nickte.

Liam wandte sich zum Gehen. »Lasst uns aufbrechen.«

Die lange Reise, mehrere Tage und Hunderte Meilen durch das, was einmal das australische Outback gewesen war, verlangte ihnen viel ab. Und Liam musste zugeben, dass er in dieser fremden, neuen Welt ohne Jack ziemlich aufgeschmissen gewesen wäre.

Selbst zwischen all den fremden Pflanzen fand der Aborigine noch welche, die essbar waren. Er hatte ein Gespür dafür, wo ungiftige Beeren und Früchte wuchsen, und las anhand der Tierspuren, wo sie Wasser finden konnten.

In den Nächten entzündeten sie ein Lagerfeuer und vertrieben damit die allzu neugierigen Tiere. Die wenigsten unter ihnen schienen wirklich scheu zu sein. Fast so, als hätten sie völlig vergessen, dass der Mensch noch bis vor Kurzem das gefährlichste Raubtier auf Erden gewesen war.

Am dritten Abend ihrer Reise dachte Liam trotz der Vorfreude, am nächsten Tag die Stone Creek Ranch zu erreichen, nicht daran, sofort zu schlafen. Er und die anderen blieben wach und sprachen über die Dinge, die sie gesehen hatten. Nur Jack hatte sich früh schlafen gelegt.

Obwohl man hätte glauben sollen, sie hätten auf ihrem gemeinsamen Weg dieselben Eindrücke gesammelt, gab es so vieles zu entdecken, dass jeder eigene Geschichten erzählen konnte.

Die Sterne standen bereits am wolkenlosen Himmel, es zirpte in den hohen Gräsern, war kalt geworden und sie alle nah ans Feuer gerückt.

Schweigen und Müdigkeit hatten sich über sie gelegt und Liam lauschte dem Knistern der Flammen.

»Sagt mal …«, begann Jones in bedrücktem Ton. Sein Blick lag auf dem Feuer und seine Hände hielt er im Schoß gefaltet.

»Hm?«, fragte Liam.

»Müssen wir jetzt alle Vegetarier werden?«

Grace lachte so laut auf, dass einige Tiere in der näheren Umgebung aufgeschreckt wurden, es um sie herum raschelte und Schatten durch die Dunkelheit huschten. Jack saß sofort aufrecht und schaute sich besorgt um. Als es wieder ruhiger wurde, sank er zurück auf sein Nachtlager.

»Glaubst du, dass Katzen in der neuen Welt keine Mäuse mehr fangen?«, fragte Liam.

»Nein«, meinte Jones lachend.

Liam legte den Kopf in den Nacken und betrachtete den endlos scheinenden Sternenhimmel. Frei, ja, so fühlte er sich. So frei wie noch nie zuvor in seinem Leben. Es war dieses Gefühl, wie er es nur beim Erobern der Wellen mit seinem Surfbrett gefühlt hatte, wie er es vom Rücken eines Pferdes her kannte. Nur noch viel intensiver. Genau dieses Gefühl ruhte nun tief in ihm und erfüllte ihn bis in die Fingerspitzen. Ob es Ayumi, Addy und Younes ähnlich ging? Er würde sie wohl nie wiedersehen. Sie nie selbst fragen können. Doch wenn er die Augen schloss und an sie dachte, war es beinahe, als stünden sie neben ihm. Er war sich sicher, noch immer mit ihnen verbunden zu sein. Genau wie mit allem anderen, was zu dieser neuen Welt gehörte.

»Alles mit Maß und Verstand«, meinte Jack gähnend, ohne die Augen zu öffnen.

»Und mit Respekt«, fügte Grace hinzu. »All die Dinge, die wir Menschen verlernt haben. Wir müssen sie jetzt neu lernen, nicht wahr, Liam?«

Liam grinste. »Respekt? Das sagt ja genau die Richtige.«

»Hey!«, beschwerte sie sich und verpasste ihm einen Schlag auf den Hinterkopf.

»Autsch«, stieß er aus, musste aber lachen.

»Ich hab's mir überlegt. Wir sollten alle Veganer werden. Kein Steak mehr für euch, Jungs.«

»Ich werde verhungern!«, stöhnte Jones.

Liam seufzte und ließ sich auf sein Nachtlager fallen. Über ihm zog ein Schwarm Ignis hinweg, und wenn er sich dem nahe gelegen Wald zuwandte, konnte er zarte Lichtgestalten sehen, die sich zwischen den Bäumen bewegten. Er fragte sich, ob es die Meliad waren, die ja ebenso ein Teil der neu entstanden Welt sein müssten wie auch die Bewohner der anderen Sphären. Alle konnten sie nicht gestorben sein, um die Grundlage für eine Welt zu erschaffen. Obwohl er wusste, dass es für Terra Mater keine Rolle spielte, auf welche Art etwas existierte. Für sie waren die Meliad nicht verloren, wenn sie durch ihren Tod neues Leben schufen.

Über diesen Gedanken schlief er ein und erwachte erst, als die Sonne seine Nase kitzelte. Er schlug die Augen auf und blickte in ein kugelrundes Fellgesicht.

Der Schreck fuhr ihm durch den ganzen Körper. Er richtete

sich so hastig auf, dass das kleine Tierchen zu Boden rollte wie ein Tennisball und, gefolgt von mehreren seiner Freunde, im Busch verschwand.

Das Lagerfeuer war bereits niedergebrannt, die anderen wach und dabei, ihre Habseligkeiten zusammenzupacken.

»Was war das, zum Teufel?«, warf er ihnen entgegen und deutete auf die kleinen Tierchen, die ihn neugierig vom Schutz des Gestrüpps aus beobachteten. Ihre Augen leuchteten zwischen den Blättern wie kleine, runde Monde.

»Keine Ahnung«, meinte Grace, grinste dabei breit und zuckte mit den Schultern. »Aber es war zu niedlich, wie sie auf dir herumgetollt sind.«

»Die hätten giftig sein können!«, beschwerte er sich.

»So sahen sie aber nicht aus«, meinte Jones unbekümmert.

»Ihr spinnt doch alle«, murrte Liam, strich sich das Haar aus der Stirn und rappelte sich auf.

»Schon vergessen?«, fragte Jack. »Wir müssen jetzt Teil dieser neuen Welt werden.«

»Ihr könnt mich alle mal«, raunzte er. »Ich bin doch kein verdammtes Trampolin.«

Noch immer angefressen schnappte er sich das Hemd, das er als Kopfkissen benutzt hatte, schüttelte es aus und zog es sich über. Er konnte nur hoffen, dass Koffein ein Teil der neuen Welt war. Denn allmählich sehnte er sich nach einer schönen, heißen Tasse Kaffee. Alles war besser als Jacks bittere Kräutertees.

Es dauerte beinahe noch einen ganzen Tag, bis die Umgebung vertrauter wurde und das Gefühl, bald zu Hause anzukommen, beinahe unbändig stark.

Liam fragte sich, wie es überall sonst auf der Welt aussah. Im Outback waren viele neue Pflanzen und Tiere entstanden, alles war grüner geworden, die Steppe unter lichten Wäldern verschwunden und viele Bäche schlängelten sich durch die Natur, aber die Hügel, Berge, Felder und Wiesen waren unverändert.

Liam beschleunigte seine Schritte, als das Dach seines Elternhauses hinter der nächsten Anhöhe auftauchte. Er rannte das letzte Stück und blieb am höchsten Punkt wie angewurzelt stehen.

In seinen Ohren begann es zu rauschen, während sein Blick über die Überreste dessen streifte, was einmal eine prachtvolle Ranch gewesen war. Sein Herz schlug schnell und eine kaum zu kontrollierende Unruhe ergriff Besitz von ihm.

Das Anwesen lag vor ihm, als wäre er Jahrzehnte fortgewesen. Vieles schien verrottet und die Gebäude waren in sich zusammengestürzt. Die Rinder hatten die Weidenzäune durchbrochen und grasten zwischen den Pferden auf dem von Gestrüpp überwucherten Hof. Der Traktor war von Pflanzen erobert, von den Reifen sah man nur noch rostige Felgen und die Windschutzscheibe lag zerbrochen auf der Motorhaube. Wo von Weitem noch das Dach des Haupthauses zu erkennen gewesen war, als wäre nichts geschehen, sah er nun, dass das Haus darunter mehr einer Ruine glich. Eine Hälfte des Gebäudes bestand nur noch aus einem Haufen Steinen. Die übrigen Mauern hielten das Dach in der Luft.

Grace schloss zu Liam auf, ließ schweigend ihren Blick über die Ranch schweifen und wandte sich ihm zu. »Denkst du, es geht ihnen gut?«, fragte sie leise.

»Ein Teil des Haupthauses steht noch«, meinte er, hatte aber das Gefühl, sich etwas vorzumachen, wenn er es wagte zu hoffen.

»Wollen wir gemeinsam nachschauen?«

Liam zögerte. Bei all den Dingen, die er in den letzten Tagen erlebt hatte, bei all den Verlusten und harten Entscheidungen, machte es ihm am meisten Angst, seine Eltern tot vorzufinden. Wie hätte er es sich verzeihen können, sie im Stich gelassen zu haben? Allein der Gedanke, sie könnten erschlagen zwischen den Trümmern liegen, nahm ihm schon die Luft zum Atmen. Ja, er hatte seine Probleme mit ihnen. Oft waren sie nicht seiner Meinung und sie sahen eine Zukunft für ihn, die er so nicht wollte. Aber was spielte das alles jetzt noch für eine Rolle? Er liebte sie und er hätte es nicht ertragen, sie zu verlieren.

Er spürte eine Berührung an seiner Hand, sah nach unten und erkannte Graces Finger, die sich mit seinen verschränkten. Verwundert schaute er zu ihr auf. Sie lächelte sanft und das schenkte ihm neuen Mut.

»Also gut«, sagte er. »Lass es uns gemeinsam tun.«

Grace nickte, lief vor und zog ihn den Hügel hinab auf das Haupttor zu.

Das Blechschild, auf dem in geschwungenen Linien *Stone Creek Ranch* und der Name seiner Familie eingeprägt waren, lag im hohen Gras. Die Ballenschnur, mit der es am Zaun befestigt gewesen war, hatte sich völlig aufgelöst, die Farbe war abgeblättert und verblichen.

Von Nahem zeigte sich erst das ganze Ausmaß des Verfalls. Insbesondere die Teile, von denen Liam geglaubt hatte, sie würden die längste Zeit überstehen, schienen korrodiert und teilweise völlig zerstört.

»Wie das hier aussieht …«, murmelte Jones in seinem Rücken.

Sie überquerten den Hof und hatten gerade die Terrasse zum Haupthaus erreicht, als die schief in den Angeln hängende Tür aufschwang und Liams Mum in den Rahmen trat.

Als wäre er ein Geist, starrte sie ihn mit weit aufgerissenen Augen an.

»Liam!«, stieß sie ungläubig aus.

Grace ließ seine Hand los, was er nur beiläufig bemerkte. Er stand zu sehr unter Schock, um mitzubekommen, was um ihn herum geschah. Es fühlte sich so unwirklich an, seine Mum vor sich stehen zu sehen.

Erst als sie zu ihm gelaufen kam und ihm in die Arme fiel, begriff er, dass er nicht träumte, und das beklemmende Gefühl, das sich in ihm Platz geschaffen hatte, verpuffte mit einem Mal.

»Es tut mir so leid!«, stieß sie aus. »Liam, es tut mir so unendlich leid!«

Er wusste gar nicht, wofür sie sich entschuldigte, aber es tat unheimlich gut, von ihr umarmt zu werden. Er vergrub sein Gesicht an ihrer Schulter und war einfach nur dankbar, wieder zu Hause zu sein.

Als er aufsah, stand sein Vater im Türrahmen, hatte die Lippen zu einer schmalen Linie zusammengepresst, sodass man beinahe hätte meinen können, ihn lächeln zu sehen, und nickte Liam knapp, aber bestimmt zu.

Liam erwiderte die Geste, woraufhin sich sein Vater überwand, zu ihm kam und sich der Umarmung anschloss.

»Zu Hause«, sagte Liam leise und voller Erleichterung. »Ich bin endlich wieder zu Hause.«

KAPITEL 31

AYUMI

TAG 11: MI, 11:30 UHR, NÖRDLICH VON TOKIO, JAPAN

Ayumi riss die Augen auf. Von einer Sekunde zur nächsten strömte die Wirklichkeit auf sie ein. Geräusche, Gerüche und beißende Kälte lähmten sie schier. Ihre Lunge brannte wie Feuer und sie hustete und spukte Wasser, als sie versuchte, nach Luft zu schnappen.

Die Sonne blendete sie, doch gerade als Ayumi die Hand heben und ihre Augen schützen wollte, legte sich ein Schatten über sie.

»Sie ist wieder da«, sagte jemand.

»Yuri …?«, fragte sie mit rauer Stimme. Sie hustete abermals. Das Sprechen fiel ihr schwer und trotz mehrmaligen Blinzeln konnte sie kaum etwas sehen. Sand und Salzwasser verklebten ihr die Augen.

»Lass ihr Platz zum Atmen«, meinte ein anderer.

Das waren keine Stimmen in ihrem Kopf. Da sprachen zwei Männer. Einer direkt neben ihr.

»Wer …?« Sie versuchte, sich aufzurichten, schaffte es aber nur mit Hilfe. Jemand legte ihr eine Decke über, rieb ihr die frierenden Arme und vor ihr tauchte eine Hand mit einem dampfenden, verbeulten Blechbecher auf.

»Nimm«, forderte der Fremde sie auf.

Ayumi blinzelte. So langsam kehrte das Leben in ihre Glieder zurück, das Bild vor ihren Augen wurde schärfer und sie erkannte einen jungen Mann, zu dem die Hand gehörte.

Er war ein Soldat in grünem Tarnanzug, kaum älter als zwanzig, mit kurz geschorenem Haar, einem schmalen Gesicht und mandelförmigen Augen. Freundlich und mitfühlend lächelte er Ayumi an und hob auffordernd den dampfenden Blechbecher vor ihr Gesicht.

Ayumi griff zu. Ihre Hände zitterten, aber die Wärme des heißen Getränks vertrieb das schnell. Sie nahm einen vorsichtigen Schluck von der Brühe und sofort fühlte sie neue Kräfte in sich erwachen.

Scheinbar war sie an Land angespült worden. Vor ihr schlugen sich sanfte Wellen an einen von Trümmern und Algen übersäten Strand. Nicht weit entfernt stand ein Militärfahrzeug, mit platten Reifen und zerschlagenen Fenstern. Es wirkte, als würde es dort schon jahrhundertelang feststecken, doch ein zweiter Soldat zog gerade seinen Helm vom Beifahrersitz.

»Du hast Glück, dass wir hier liegen geblieben sind«, sagte der freundliche junge Soldat. »Wie ist dein Name?«

»Ayumi«, antwortete sie heiser.

Er lächelte. »Freut mich, Ayumi-San. Du kannst mich Kaito nennen und das dort hinten ist Takashi.«

Der andere Soldat nickte ihr knapp zu, nachdem Kaito ihn vorgestellt hatte, und schaute sich um. Er war ein raubeiniger Kerl, etwas untersetzt, mit kantigem Kinn. »Sind noch mehr Überlebende angespült worden?«, fragte er.

»Ich konnte niemanden sehen«, meinte Kaito und richtete sich auf. »Wie sieht es mit dem Wagen aus?«

»Schrott«, brummte Takashi. »Alle Plastikteile sind korrodiert.«

»Wie bitte kann Plastik korrodieren? Kann das von der Strahlung kommen?«

»Frag mich nicht«, murrte er. »Der Geigerzähler ist nach dieser Lichtwelle wieder in den Normbereich gewechselt. Also sind wir entweder doch nicht atomar verstrahlt oder das Teil ist einfach nur Schrott.«

Ayumis Gedanken begannen zu rasen. Sie versuchte zu ordnen, was sie durch die Soldaten erfuhr und an was sie sich aus Terra Maters Sphäre erinnerte.

Daran, dass ein so mächtiger Tsunami, wie sie ihn erlebt hatte, den gesamten Inselstrich, also auch das Atomkraftwerk in Fukushima getroffen haben müsste, hatte sie gar nicht gedacht. Wenn nicht schon das Erdbeben für die Zerstörung des Kraftwerks gesorgt hatte, müssten sie doch spätestens nach der Flut vor einem nuklearen Winter und dem endgültigen Aus der Menschheit stehen. Aber scheinbar war es anders gekommen. Hatten sie Terra Mater am Ende wirklich überzeugen können? Es schien so.

Eigentlich hätte sich Ayumi darüber freuen sollen. Aber sie saß nur da, starrte ins Leere und fühlte nichts. Wahrscheinlich stand sie unter Schock.

Kaito ging wieder vor ihr in die Hocke. »Geht es dir schon besser?«, fragte er.

Sie nickte und sah zu ihm auf. So lange hatte sie sich danach gesehnt, auf einen lebenden Menschen zu treffen, und nun fühlte es sich an, als wäre er Meilen von ihr entfernt. »Gibt es außer euch noch mehr Überlebende?«, fragte sie.

Wieder lächelte Kaito sanft. »Aber ja. Es gibt ein Auffanglager, nicht weit von hier. Dort bringen wir dich hin. Nur leider müssen wir wohl laufen. Denkst du, du schaffst das?«

Erneut nickte sie bloß und fühlte kaum etwas. Es musste wirklich der Schock sein.

Kaito half ihr auf die Beine und führte sie den Hügel hinauf.

Noch einmal warf Ayumi einen Blick zurück. Die Sonne glitzerte auf der Wasseroberfläche, die das versunkene Tokio unter sich verbarg. Die Gerippe der Hochhäuser waren gänzlich unter Pflanzen verschwunden und so wirkte es, als lägen unzählige kleine Inseln im Meer, die sich alle um das Land scharten, aus dessen Mitte sich der Fuji erhob. Dort schien das blühende Leben Einzug gehalten zu haben. Eine unberührte Welt voller mystischer Pflanzen und fremdartiger Tiere erstreckte sich vor Ayumis Augen. Und während sie ihren Blick über diese wundersame Welt schweifen ließ, brach plötzlich ein Wal aus den Fluten, warf sich in die Höhe und klatschte in voller Breitseite auf die Wasseroberfläche.

Ayumis Herz ging ihr bei dem Anblick auf und allmählich schien sie in der Wirklichkeit anzukommen. So grausam der Untergang Tokios und von großen Teilen der Welt auch war, so wunderschön war die neue Welt, die Terra Mater erschaffen hatte. Ob die Menschen jemals Dankbarkeit dafür empfinden würden, ein Teil davon sein zu dürfen?

Auch Kaito war stehen geblieben und beobachtete das faszinierende Schauspiel der Natur.

»Der traut sich ganz schön nah ans Landesinnere«, meinte Takashi in ihrem Rücken.

»Ich denke, er freut sich einfach«, mutmaßte Ayumi.

»Worüber?«, fragte Kaito.

»Darüber, dass die Welt nicht mehr den Menschen gehört. Sie gehört wieder allen. Den Walen und Fischen, den Vögeln …«

Kaito zog die Decke um Ayumis Schultern etwas enger. »Das hast du schön gesagt. Mir scheint, du weißt mehr über das, was in den letzten Tagen passiert ist, als man dir an der Nasenspitze ansieht. Willst du mir etwas darüber erzählen?«

Ayumi schaute zu Takashi. Sie wollte nicht für verrückt erklärt werden, wenn sie anfing, von Naturgeistern und göttlichen Wesen wie Terra Mater zu reden, also schüttelte sie den Kopf.

»Ein andermal vielleicht?«, fragte er.

Sie lächelte und nickte.

»Du hast so eine schöne Stimme. Du solltest sie auch gebrauchen.«

»Gomen naisai«, entschuldigte sie sich mit gesenktem Blick und spürte, wie ihr die Hitze ins Gesicht stieg.

Als sie wieder aufsah, schmunzelte Kaito. Er kippte den Rest der warmen Brühe in die Wiese, lief zum Wagen und stopfte die Tasse und eine Thermoskanne in seinen Rucksack.

Takashi trat näher an Kaito heran. »Süß, deine kleine Meerjungfrau«, flüsterte er ihm zu. Wahrscheinlich dachte er, Ayumi könnte ihn nicht hören.

»Hör auf, sie so zu nennen, Takashi«, zischte Kaito. »Sie ist ein ganz normales Mädchen und sie hat wahrscheinlich Schlimmes durchgemacht.«

Takashi warf Ayumi einen misstrauischen Blick zu. Dass nach den verheerenden Naturkatastrophen noch eine Überlebende an den Strand gespült worden war, schien Skepsis in ihm zu wecken.

Eilig wandte sich Ayumi von ihm ab und tat so, als hätte sie das Gespräch nicht mit angehört.

»Kein normales Mädchen hätte diesen Tsunami überlebt«, sagte Takashi.

Ihr Herz schlug bei diesen Worten schneller. Wie recht er hatte, war ihm sicher nicht bewusst. Ayumi war kein normales Mädchen. Sie schlang die Decke fester um ihren bibbernden Körper, schniefte und schaute sich um.

Man sah der Gegend kaum noch an, dass hier einmal Straßen und die beschaulichen Wohnhäuser eines Vorstadtviertels gelegen hatten. Unter der mutierten Natur war das meiste davon verschwunden. Die Häuser waren wohl dem Erbeben zum Opfer gefallen und Pflanzen überwucherten die Trümmer.

In einem der Gebäude bemerkte Ayumi eine Bewegung. Etwas Kleines, Zierliches huschte dort zwischen den Resten einer Mauer umher. Eine Katze!

»Yuri? Taro?«, rief sie aufgeregt.

Sie warf die Decke von sich und rannte los. Es musste eine Katze gewesen sein, da war sie sich ganz sicher! Aber warum versteckten sich die beiden vor ihr? Warum hatten sie sie ohnmächtig am Strand liegen lassen?

Ayumi erreichte die Trümmer, sah sich eilig um und erhaschte gerade noch so einen Blick auf Taro, der hinter einer Ecke verschwand.

»Taro, warte!«, rief sie ihm nach.

Sie wollte hinterher, da streckte die Katze ihren Kopf um die Ecke. Ayumi hielt inne, ging auf ein Knie und hielt Taro die Hand entgegen. »Was ist mit dir?«, fragte sie. »Wieso versteckst du dich?«

Zögerlich kam er näher und benahm sich dabei wie ein scheues Tier.

Etwas abseits entdeckte sie auch Yuri, der sie misstrauisch beobachtete.

Wie sie ihn dort versteckt in den Schatten sah, traf sie die Erkenntnis wie ein Schlag. Das waren nicht die Naturgeister. Es waren ganz normale Straßenkatzen. Die Seelen von Taro und Yuri schienen sie verlassen zu haben.

Ein beklemmendes Gefühl schuf sich in Ayumi Platz. Sie hatte den beiden so viel zu verdanken, dass sie sich einfach nicht vorstellen konnte, von nun an ohne sie zurechtkommen zu müssen. Aber die Sphären waren verschmolzen und die Naturgeister mussten sich keiner fremder Körper mehr bemächtigen, um überleben zu können. Bloß verstand Ayumi nicht, wieso sich Taro und Yuri nicht wenigstens verabschiedet hatten.

»Sind das deine Katzen?«, fragte Kaito, der ihr gefolgt war.

Ayumi stand auf. »Nein«, sagte sie benommen. »Ich dachte nur … ich dachte, sie wären es.«

»Komm jetzt«, bat er. »Wir sollten aufbrechen, damit wir das Lager noch vor Einbruch der Dunkelheit erreichen. Es treiben sich seltsame Wesen in den Schatten herum.«

Ayumi schaute den Katzen nach, wie sie zwischen den Trümmern verschwanden. Ob die Belial noch gefährlich waren, nachdem Terra Mater die Sphären zu einer vereint hatte? Ayumi wusste es nicht. Sie wusste gar nichts mehr. Nicht, wo Yuri und Taro waren, ob sie die beiden wiedersehen würde und wie es ihr gelingen sollte, ohne sie zu überleben. Ganz allein in einer fremden Welt. So vertraut sie ihr auch vorkam.

Sie hatte das Gefühl, nicht richtig atmen zu können, und wünschte sich, noch immer unter Schock zu stehen, um die Angst nicht fühlen zu müssen, die sich ihr um die Brust schnürte.

Eine Hand legte sich zwischen ihre Schultern und die Berührung zog sie zurück in die Wirklichkeit. Weg von der wachsenden Panik.

Sie schaute zu Kaito auf.

»Lass uns gehen«, bat er erneut.

Ayumi nickte und konnte den Blick nicht von ihm lassen. Ob die Naturgeister verschwunden waren, weil sich Menschen gezeigt hatten? Weil sie endlich dort angekommen war, wo sie die ganze Zeit schon hingewollt hatte?

KAPITEL 32

AYUMI

TAG 11: MI, 17:45 UHR, NÖRDLICH VON TOKIO, JAPAN

Ihr Weg führte sie durch dicht gewucherte Natur. Endlos scheinende Bambuswälder reihten sich an Ebenen, die geprägt waren von blumenbewachsenen Felsen. Es sah aus, als wären diese mächtigen, rundlichen Gesteinsbrocken in Wirklichkeit gigantische Schildkröten, deren Panzer mit Samtstoffen in verschiedenen Grün- und Rosatönen bespannt waren. Alles war bunt, hell und voller Leben. Ayumis Angst davor, verloren zu sein, war längst verschwunden und einer tief empfundenen Ehrfurcht gewichen. Die neue Welt war ihr fremd und dennoch vertraut. Wie ein Zuhause, von dem ihr nicht klar gewesen war, dass sie es hatte.

Nicht nur sie bewunderte die Landschaft: Auch die beiden Soldaten waren von den vielen kleinen Wundern gefesselt. Tellergroße Schmetterlinge, Blumen, die sich in den Boden zurückzogen, wenn man ihnen näher kam, und glitzerndes Moos in Regenbogenfarben – Ayumi wusste gar nicht, wo sie zuerst hinschauen sollte.

»Das sah auf dem Hinweg aber nicht so aus«, murmelte Takashi verunsichert.

Als die Felsen um sie herum kleiner wurden und an Seifenblasen erinnerten, die den Boden säumten, berührte bereits die Sonne den Horizont.

Kaito hielt inne, warf einen Blick auf seinen Kompass und bewegte ihn nach links.

»Hinter den Bäumen muss es sein«, sagte er.

Ayumis Herz schlug schneller. Insgeheim hatte sie die ganze Zeit befürchtet, dass die restlichen Menschen doch bei der Verschmelzung der Sphären verschwunden waren. Diese Angst konnte sie nicht ganz abschütteln und sie war es, die Ayumi stocken ließ.

Erst als Kaito vorauslief und die Äste der Bäume, die wie ein Vorhang zu Boden hingen, beiseiteschob, atmete sie tief durch, nahm all ihren Mut zusammen und folgte ihm.

Sie duckte sich unter den Ästen hindurch, tauchte einen Moment lang in Dunkelheit ein und stand im nächsten Augenblick am Rande des Auffanglagers.

Was sie sah, schnürte ihr die Kehle zu.

Die Zelte standen noch und die Menschen lebten ebenfalls. Zwischen all den kleinen Wundern, den Farben, der Harmonie, die ihr auf den Weg begegnet waren, lagen nun, Reihe an Reihe, olivbraune Militärzelte vor ihr. In akkuraten Linien waren sie aufgebaut worden. Tausende Menschen mussten hier Unterschlupf gefunden haben und alles, was am Boden wuchs, war von ihnen niedergetrampelt worden.

Wie in Trance betrat Ayumi das Lager. Sie hatte geglaubt, außer sich vor Freude sein zu müssen, wenn sie wieder unter Menschen war, aber dem war nicht so. Der Anblick war bedrückend. Ohne moderne Technik, bunte Werbeschilder und Kleidung in knalligen Farben fiel ihr erst auf, wie sehr ein Haufen dicht zusammengeraufter Menschen aus dem Bild der Umwelt hervorstach.

Vielleicht lag es zum Teil auch daran, dass die Welt um sie herum eine fremde geworden war, doch es war kaum zu übersehen, dass die Menschen nicht hierhergehörten. Nicht wirklich. Ayumi schämte sich für diese Gedanken.

Einige der Zelte waren eingestürzt und man arbeitete daran, sie noch vor Einbruch der Nacht aufzurichten. Es war laut, hektisch und niemand schenkte Ayumi Beachtung.

»Die Seile halten nicht!«, rief jemand.

»Wir brauchen Holz! Stellt Suchtrupps zusammen, sammelt dünne Äste, Bambus, wenn ihr welchen findet.«

Scheinbar gab es ein Problem mit den Nylonschnüren der Zelte. Sie rissen einfach entzwei.

Kaito und Takashi gingen voraus. Ayumi folgte ihnen durch die Zeltreihen, wurde mehrmals angerempelt, musste sich zwischen den Massen hindurchschlängeln und hatte dabei kaum die Gelegenheit, sich die Gesichter der vielen Überlebenden anzuschauen.

»Hier entlang!«, rief Kaito ihr zu.

Sie ging auf die Zehenspitzen, um ihn sehen zu können. Jemand stieß gegen ihre Schulter, brachte sie dadurch ins Straucheln, und als sie sich wieder nach vorne wandte, war Kaito verschwunden.

Panik kam in ihr auf. Sofort überrannte sie das Gefühl, völlig verloren zu sein. Sie kannte hier niemanden, wusste nicht, wo er vorgehabt hatte, sie hinzuführen, und was sie nun tun sollte. Gehetzt schaute sie sich um, blickte in Dutzende fremder Gesichter und blieb an dem eines Kindes hängen.

Es war ein Junge. Höchstens vierzehn Jahre alt. Mit verdreckter Kleidung, zerzaustem Haar und Schürfwunden im Gesicht. Er stand ihr mitten im Trubel gegenüber und blickte sie direkt an. Und es war, als würde alles um sie herum ruhiger werden. Als würde die Zeit langsamer verstreichen.

Etwas an diesem Jungen war Ayumi vertraut. Es kam ihr vor,

als hätte sie ihn schon einmal gesehen. Und ihm schien es genauso zu gehen.

Sie öffnete den Mund, wollte fragen, ob er in ihre Schule gegangen war, stockte aber. Mit einem Mal erinnerte sie sich, woher sie ihn kannte. Er war einer von ihnen. Einer wie sie, aus den späteren Generationen.

Ein Lächeln stahl sich ihr auf die Lippen und das Gefühl, zwischen all den Fremden verloren zu sein, verschwand. Sie würde nie wieder wirklich alleine sein. Das begriff sie nun. Zwischen ihr und diesem Jungen war eine Verbindung. Beinahe so, als könne sie seine Gedanken lesen.

Sie schloss die Augen, horchte tief in sich hinein und spürte, dass sie mit allen Kindern, die so waren wie sie, verbunden war. Auch mit Addy, Liam und Younes. So wie sich die Ignis ein Bewusstsein teilten, konnte sie die anderen trotz der großen Distanz wahrnehmen, als stünden sie gleich neben ihr. Es waren keine greifbaren Worte oder Bilder, die tief in ihr schlummerten, aber das unbändige Gefühl, eine von vielen und nie ganz alleine zu sein.

»Da bist du ja«, sagte Kaito. Ayumi riss die Augen auf. »Du musst dicht bei mir bleiben, sonst gehst du mir verloren.«

Sie schüttelte den Kopf und lächelte zuversichtlich. »Ich bin hier nicht verloren«, sagte sie und schaute sich noch einmal um. Dank des Jungen sah sie das Lager nun mit ganz anderen Augen. Er hatte seinen Optimismus mit ihr geteilt. Noch waren die Menschen ein Störfaktor in der neuen Welt, aber das würde sich ändern, sobald sie ihren Platz gefunden hatten. Alles, was sie dazu brauchten, war etwas Zeit.

Kaito wirkte verwirrt, schüttelte das aber schnell wieder ab. »Komm.«

Ayumi nickte, warf aber noch einmal einen Blick zurück zu

dem Jungen, der allerdings bereits in der Masse verschwunden war.

Sie gelangten zu einem zentral gelegenen Zelt von mindestens fünfzehn Meter Länge. Hier hatte man die Polyesterseile bereits durch zusammengeknüpfte Stoffstreifen ersetzt. Krankenbetten reihten sich an die Wände, Sanitäter huschten zwischen ihnen hindurch und versorgten Verletzte.

In einer Ecke stand ein Schreibtisch, auf dem sich Papiere stapelten. Eine ganze Horde offenbar hochrangiger Soldaten umringte ihn und stritt heftig.

Kaito schob Ayumi zu einem leer stehenden Bett, ließ sie dort stehen und näherte sich seinen Vorgesetzten.

»Es löst sich alles auf!«, brüllte einer der Soldaten. Er war ein glatzköpfiger Mann mit vielen Abzeichen auf der Brust. »Wie stellt ihr euch das also bitte vor? Wie sollen wir Kontakt zu irgendjemandem aufnehmen? Wie an Versorgungsgüter gelangen?«

»Es muss doch noch ein funktionierendes Funkgerät geben«, meinte ein anderer mit ausholender Geste.

»Eben nicht!«, schrie der Glatzkopf, der mittlerweile hochrot angelaufen war.

Ein Dritter räusperte sich. »Gehen wir mal davon aus, dass die letzten Werte tatsächlich korrekt sind und die atomare Strahlung neutralisiert wurde. Wie ist das möglich? Wem oder was haben wir das zu verdanken?«

»Gar nicht«, sagte der glatzköpfige Soldat. »Die Geigerzähler sind genauso hinüber wie alles andere mit verbauten Kunststoffteilen. Wahrscheinlich werden wir alle an den Folgen der Verstrahlung sterben. Wir sind einfach zu nah an Fukushima.«

Kaito räusperte sich und gewann dadurch die Aufmerksamkeit der Männer. Einer von ihnen nickte ihm auffordernd zu und er begann zu berichten. Was er sagte, konnte Ayumi nicht verstehen, da er nicht laut brüllte, wie es seine Vorgesetzten getan hatten.

Sie versuchte dennoch zu hören, was er sagte, und wollte etwas näher an den Schreibtisch heranrücken, als ihr eine Sanitäterin den Weg versperrte.

»Dann lass mich mal schauen«, sagte sie und deutete auf das Bett.

»Was schauen?«, fragte Ayumi.

Die Frau lächelte. »Du wurdest am Strand gefunden, nicht wahr? Ich will nur sichergehen, dass es dir gut geht.«

Ayumi nickte und lehnte sich gegen das Bett. Die Sanitäterin zog eine Taschenlampe hervor, wollte ihre Pupillen prüfen, doch das Licht flackerte nur und ging dann schließlich ganz aus.

»Nicht noch eine«, murrte die Frau, klopfte die Taschenlampe gegen ihre Hand, erreichte damit aber nichts. Sie schnaubte genervt, setzte dann aber ein gezwungenes Lächeln auf. »Warte einen Moment«, bat sie und ließ ihre Patientin stehen.

Ayumi schaute sich wieder nach Kaito um. Er hatte sich offenbar in die Diskussion verstricken lassen. Ob sie wirklich alle verstrahlt waren? Sie glaubte nicht daran. Wenn Terra eine neue Welt erschuf, dann doch sicher keine, die unter den Folgen der menschlichen Dummheit zu leiden hatte. Und das erklärte wohl auch, warum sich alles aus Kunststoff zu zersetzen begann.

Sie wandte sich dem Eingang zu. Noch immer herrschte heilloses Treiben im Lager. Wie lange es wohl dauern würde, bis die Menschen ihren Platz in der neuen Welt gefunden hatten? Wahrscheinlich begannen sie erst dann, sich ein neues Leben aufzubauen, wenn wirklich alle Spuren des alten verschwunden waren.

Bei dem Gedanken fasste Ayumi an ihr Shirt und rieb den Stoff zwischen Daumen und Zeigefinger. Er fühlte sich seltsam porös an und löste sich schon beinahe auf. Mit Sicherheit verriet das Etikett, dass er zum Teil aus Polyester oder Elasthan bestand, und damit war es nur eine Frage der Zeit, bis sie andere Kleidung brauchte. Aber was war mit den Zelten? Ayumi stieß sich vom Bett ab, lief zum Eingang und fasste an die Plane. Sie war nicht aus dem dünnen, glatten Stoff, wie man ihn von kleinen Privatzelten kannte. Sie war schwer und fühlte sich eher nach Baumwolle an. Mit etwas Glück würde ihnen das Auffanglager nicht so schnell über den Köpfen zusammenbrechen.

Ayumi wandte sich gerade wieder dem Inneren zu, als sie am Rand des Lagers etwas Buntes an den Ästen des angrenzenden Waldes flattern sah. Was auch immer es war, es weckte ihre Neugier.

Sie suchte noch einmal nach der Sanitäterin, die aber scheinbar Probleme hatte, eine funktionierende Taschenlampe zu finden. Auch Kaito war beschäftigt, also verließ Ayumi das Zelt.

Sie wanderte durch das Lager, vorbei an unzähligen Menschen, die ängstlich, verstört und traurig wirkten. Sie alle hatten so viel verloren und an diesem Ort, der trist und grau war, konnten ihnen die Wunder, die um sie herum entstanden, kaum Trost spenden.

Als Ayumi die Zelte hinter sich gelassen hatte, erkannte sie, was dort Buntes im Wind flatterte. Es waren keine Blüten, wie sie vermutet hätte, sondern Fotos.

An Schnüre zwischen Bäume gespannt und von den Ästen hängend, sah Ayumi, so weit das Auge reichte, Tausende Bilder von Vermissten.

Ein kalter Schauer ergriff sie. Manche der vielen Gesichter waren gezeichnet, andere blickten von Fotos auf sie herab, die wahrscheinlich aus den Portemonnaies ihrer Verwandten stammten. Überall dazwischen hingen Notizen, Namen und Briefe.

Ein Kloß bildete sich in Ayumis Hals. Der Anblick war nur schwer zu ertragen und sie wagte es nicht, genauer hinzuschauen, wo sich doch das Bild der vielen Leichen in Tokio in ihr Gedächtnis gebrannt hatte. Was, wenn sie jemanden wiedererkennen würde? Wenn eines der vielen lachenden Gesichter zu dem verwesenden Körper einer Mutter, eines Vaters oder Kindes gehörte – eines von Terra Maters Opfern, über das Ayumi achtlos gestiegen war, um nun festzustellen, dass es hier jemanden gab, der diese Person schmerzlich vermisste.

Sie konnte nicht fassen, dass diese blassen Bilder am Ende alles waren, was ihnen von der alten Welt blieb. Ein Monument der Toten, das scheinbar schneller verging, als es ihnen allen lieb war. Denn jetzt schon waren viele der Fotos kaum mehr zu erkennen.

»Hatte ich nicht gesagt, dass du in meiner Nähe bleiben sollst?«

Ayumi wirbelte herum. Kaito stand hinter ihr und lächelte freundlich. Seine Mundwinkel kräuselten sich leicht, wenn er das tat. Das fiel ihr jetzt erst richtig auf. Und was ihr bisher ebenfalls entgangen war, waren seine Augen, die trotz seiner offenen, freundlichen Art traurig wirkten. Sein Lächeln spiegelte sich darin nicht wider.

»Mir geht es gut«, versicherte sie. »Ich brauche keine ärztliche Untersuchung.«

»Das ist Standard«, erklärte er.

Ayumi hob die Schultern. »Ich denke, wir müssen unsere Standards ohnehin alle überdenken.«

Sein Lächeln wurde breiter. »Wahrscheinlich schon, aber ein

Check-up, nachdem man fast ertrunken wäre, gehört wohl nicht dazu.«

Ayumi lachte verhalten, was ihn zu freuen schien, seine Augen aber trotzdem nicht berührte. Sie sah ihn lange an. »Welches gehört dir?«, fragte sie leise.

Bei ihren Worten verschwand sein Lächeln gänzlich. Er reagierte erst nicht, dann schließlich wandte er sich den Bäumen zu und deutete mit dem Kinn in Richtung eines zerknitterten Fotos.

»Meine Schwester«, sagte er und schwieg eine Weile. »Wir haben alle jemanden verloren. Du sicher auch.«

Ayumi trat neben ihn. Sie dachte an ihre Eltern, an ihre Mitschüler, ihre Lehrer. Genau wie alle anderen hatte auch sie in den letzten Tagen viel verloren. Und es gab nichts, keine Wunder, keine Schönheit einer neuen Welt, was ihre Verluste aufwiegen konnte. Nur die Hoffnung, dass der Schmerz irgendwann nachließ und dass das Ende einer kranken Welt, so tief die Wunde auch saß, den Neubeginn einer besseren bedeutete. Den Anfang von etwas, nach dem sich viele Menschen insgeheim gesehnt hatten.

Dennoch. Wenn Ayumi auch nur einen Moment zu lange an ihre Mutter und ihren Vater dachte, war es, als würde die schöne neue Welt um sie herum grau und kalt werden. Dann war da nur noch der Schmerz, der sie innerlich zu zerreißen drohte.

»Vorsicht!«, warnte Kaito plötzlich, packte Ayumi an den Schultern und zog sie von den Bäumen weg.

Erschrocken schaute sie sich um. Sie rechnete mit einem Belial in den Schatten oder einem mutierten Ungetüm, das die Verschmelzung der Sphären erschaffen hatte. Doch was sie sah, waren schimmernde Energiekugeln, die sich durch die Wurzeln der Bäume auf Ayumi zubewegten. Ihr Leuchten durchdrang dabei die Erde und das daraufliegende Laub, zog sich in feinen Linien durch die kleinsten Ausläufer des Wurzelwerks und kroch die Baumstämme hinauf, wo es unter der Rinde bläulich flimmerte. Ayumi war so gebannt von diesem Anblick, dass sie Kaitos erhobene Pistole erst bemerkte, als er einen Schritt vortrat und schützend den Arm vor sie hob.

»Bleib zurück«, forderte er sie auf, ohne sich ihr zuzuwenden. Seine Finger schraubten sich fester um den Griff der Waffe, er wagte sich einen weiteren Schritt vor und umfasste sie auch mit der zweiten Hand.

Ayumi schloss zu ihm auf und legte ihre Hand auf seinen Arm. »Schon gut«, versicherte sie. »Das sind nur Meliad. Naturgeister. Sie tun uns nichts.«

Verwirrt warf er ihr einen flüchtigen Blick zu. »Woher …?«, fragte er, riss den Kopf aber wieder nach vorne, als die Energie der Naturgeister gänzlich in die Baumstämme überging und darin so hell zu strahlen begann, dass es sie blendete.

»Was tun diese Dinger jetzt?«, fragte er.

Ayumi war sich nicht sicher. Sie hörte die Stimmen der beiden nicht in ihrem Kopf, spürte aber die Verbindung zwischen ihnen, und sie wusste, dass es Yuri und Taro waren. In ihrer wahren, reinen Form. Ihre Gegenwart löste in ihr dasselbe Gefühl aus, wie man es hatte, wenn man jemanden, den man sehr gut kannte, umarmte. Sie war überglücklich, die beiden noch einmal wiedersehen zu dürfen, wusste aber nicht, wieso sie gekommen waren.

Sie ging näher an sie heran, sah im Augenwinkel, dass Kaito die Waffe senkte, und atmete tief ein, als sie der vertraute, süßliche Geruch nach pulsierender Lebensenergie umfing.

»Sie sind hier, um sich zu verabschieden«, stellte sie schließlich fest. Diese Worte hinterließen einen bitteren Beigeschmack. Ayumi wollte sie nicht verlieren, egal wie sehr sie auch verstand, dass ihre Wege von nun an in verschiedene Richtungen gingen. Sie wusste, dass es an der Zeit war, den beiden ihre Freiheit zu gönnen, und insgeheim sehnte sie sich selbst danach, als Energie durch die Ströme der Welt zu fließen, sich vom Puls des Lebens treiben zu lassen und eins zu werden mit allem, was sie umgab.

Die Energiewesen hatten sich in den Stämmen zweier Bäume gesammelt und strahlten so hell, dass Ayumi sie fast nur als weißes Licht wahrnahm. Beinahe erinnerte sie der Anblick an alte Darstellungen von Kodama, japanischen Baumgeistern.

Dieser Gedanke entlockte ihr ein Lächeln. »Danke für alles. Arigato gozaimashita, Kodama-Sama«, flüsterte sie, faltete ihre Hände und verbeugte sich respektvoll.

»Wir danken dir«, hörte sie die Stimmen der beiden in ihrem Kopf widerhallen.

Tränen sammelten sich in Ayumis Augenwinkeln und tropften zu Boden. Es tat weh, sich Lebewohl zu sagen. Es tat so unheimlich weh.

Sie blickte auf, als die Lichtgestalten erneut aufleuchteten. Kaum dass die Formen, die sie angenommen hatten, nicht mehr als solche zu erkennen waren, schossen die Meliad durch die Fasern des Holzes hinauf in die Äste. Dort breiteten sie sich in den Kronen der Bäume aus und brachten jede Knospe zum Erblühen, bevor sie den Baum durch die neu entstanden Blätter in Abertausenden Lichtfragmenten verließen. Wie ein Schwarm Glühwürmchen, der sich vom Geäst löste, sah es aus, als die beiden, vom Wind getragen, davonflogen.

Ayumis Blick hing ihnen noch lange nach. Selbst dann, als sie ein Stück weit entfernt wieder in den Bäumen abtauchten, konnte sie sich nicht überwinden, sie endgültig loszulassen.

Erst als das Licht vollends verschwunden war, die Geräusche um sie herum wieder zu ihr vordrangen und sie Kaito in ihrem Rücken atmen hörte, wischte sie sich die Tränen aus dem Gesicht und wandte sich ihm zu.

Aufschauen konnte sie aber nicht. Es gelang ihr einfach nicht, mit dem Weinen aufzuhören, egal wie oft sie ihre Tränen auch wegwischte. Sie schniefte leise und versuchte es immer wieder.

Kaito steckte seine Waffe weg und reichte ihr ein Taschentuch. »Irgendwann erzählst du es mir, ja? Wenn du so weit bist.«

Sie nahm das Taschentuch an, ohne ihn anzusehen, trocknete ihre Tränen und nickte. Irgendwann ganz sicher. Spätestens dann, wenn sie ihren Platz in der neuen Welt gefunden und der Schmerz ein wenig nachgelassen hatte. Dann würde sie so vieles zu erzählen haben.

KAPITEL 33

ADDY

EINIGE ZEIT SPÄTER, SUTTON PARK, ENGLAND

Es hatte bloß 10 Tage gedauert. 10 Tage, um eine ganze Zivilisation zu zerstören und den Grundstein für eine neue Welt zu legen. Mehrere Wochen waren seitdem vergangen, über die Spuren der Vergangenheit hatte sich ein grüner Teppich ausgebreitet und die meisten Menschen suchten bereits ihren Platz in dieser neuen, fremden Welt.

Addy, Jared, Sarah und ihre Mutter hatten ihn bereits gefunden. Das Militär konnte sie schlecht ewig festhalten, und während es Ben wieder nach London gezogen hatte, waren sie in den Sutton Park zurückgekehrt.

Mit offenen Armen hatte man sie dort empfangen. Sie halfen beim Wiederaufbau der kleinen Siedlung, nachdem sie von den Soldaten verwüstet worden war, errichteten neue Hütten und Baumhäuser, legten Felder an und fanden Wege, im Einklang mit der Natur zu leben.

Bereits kurz nach Addys Rückkehr aus Terra Maters Sphäre hatte sich gezeigt, dass die Mutter der Natur zwar bereit war, den Menschen eine zweite Chance einzuräumen, die Erde zuvor aber von allem befreite, was von ihnen künstlich erzeugt worden war.

Synthetische Stoffe wie Polyester, Plastik, Gummi und anscheinend sogar für das menschliche Auge unsichtbare Strahlung zersetzten sich binnen weniger Tage. So war zwar nicht die Menschheit selbst verschwunden, aber ihre Geißel. Die Welt, die unter Müll zu ersticken gedroht hatte, konnte wieder frei atmen.

Bald schon waren alle technischen Geräte nutzlos geworden und nur noch wenige Werkzeuge standen ihnen zur Verfügung. Trotz der vielen Einschränkungen und verheerenden Folgen arrangierten sich die Menschen irgendwie damit. So wie sie es schon immer getan hatten. Sie waren anpassungsfähig. Kämpfernaturen.

Addy wusste nicht, wie es in anderen Ländern aussah. Sie wusste nicht, wie viele Menschen überlebt hatten und was ihnen die Zukunft brachte. Aber wenn sie die Augen schloss, spürte sie die Verbindung zu den Kindern, die so waren wie sie. Auch das Band zwischen ihr, Ayumi, Liam und Younes war noch immer vorhanden. Und was Addy fühlte, war Zuversicht.

Vielleicht behielt Terra Mater am Ende recht und die Geschichte würde sich früher oder später wiederholen. Vielleicht aber auch nicht. Addy würde die Hoffnung nicht aufgeben.

Sie wollte daran glauben, dass die Menschen die neu entstandene Welt irgendwann mit denselben Augen betrachten konnten wie sie. Dass sie die Schönheit darin sahen, die Chance auf einen Neubeginn und das Ende von allem, was sie früher in Fesseln gelegt hatte – Fesseln, die ihnen die Luft zum Atmen genommen, sie vor Laptops, Smartphones und Konsolen gespannt und ihnen Werte aufgezwungen hatten, die dazu dienten, ihnen die eigene Identität zu rauben.

Das alles gehörte nun der Vergangenheit an. Es gehörte in eine Gesellschaft, die es nicht mehr gab. Eine Gesellschaft, in der man ständig durchs Leben gehetzt war, statt jeden einzelnen Tag aufs Neue zu genießen.

Und je mehr die neue Welt Addys Zuhause wurde, desto mehr begann sie tatsächlich, zu leben und zu lernen, was das bedeutete. Sie begriff, dass Zeit nicht mehr länger nur in Terra Maters Sphäre gebeugt werden konnte. Das Gefühl, sie würde unbarmherzig voranschreiten, hatte an ebenjener Gesellschaft gelegen, die einen dazu treiben wollte, immer mehr haben zu müssen, immer schneller, höher, weiter, besser und schöner zu sein. Der Strom hatte die Menschen einfach mitgerissen, bis sie vor lauter hochgesteckter Ziele, Erwartungen und Leistungsdruck ins Straucheln geraten waren und nicht mehr wusste, wie es sich anfühlte innezuhalten, durchzuatmen und einfach zu leben.

Das alles wollte Addy nicht mehr. Das wollte niemand. Sie wollte sich an das Gute erinnern und davon zehren, sich auf das Schöne konzentrieren und es tief in sich aufnehmen. Sie wollte nicht nur dem nachtrauern, was sie nicht hatte retten oder erreichen können, sondern dankbar für das sein, was ihr geblieben war. Und vielleicht reichte das schon aus, um zu verhindern, dass sich irgendwann alles wiederholte. Vielleicht war es genug, wenn jeder Mensch nur ein klein wenig mehr Dankbarkeit zeigte, etwas bescheidener war und anderen Lebewesen, aber auch sich selbst Respekt entgegenbrachte.

Vielleicht wäre es sogar nie so weit gekommen, wenn jeder einen kleinen Beitrag geleistet hätte, um die Welt besser zu machen. Wenn nicht wenige für alle hätten kämpfen müssen, sondern alle für den Einzelnen.

Ändern konnte man jetzt nichts mehr daran. Die Zeit ließ sich nicht zurückdrehen. Das hatte Addy gelernt. Was vergangen war, machte niemand ungeschehen. Was man daraus lernte, war das Entscheidende.

Während sie diesen Gedanken nachhing, stand sie auf einem Feld aus kniehohen Butterblumen, so weit das Auge reichte, hörte nichts weiter als das Rauschen des Windes, atmete klare, kühle Luft und genoss die Sonne auf ihrer Haut. Und jeder Atemzug, den sie tat – mit geschlossenen Augen und dem Gefühl zu fliegen in ihrem Herzen –, vermittelte ihr, genau in diesem Moment ewig zu leben. Die Zeit blieb stehen, wenn man aufhörte, vor ihr zu fliehen.

Und was sie spürte, als ihre Hände über die Blüten wanderten, war ein Schwirren reiner Energie. Sie kribbelte auf ihrer Haut, zog sich durch ihren Körper, von den Fingerkuppen bis hinauf in ihre Brust, und der süßliche Duft nach ihr lag in der Luft. Ein Duft wie goldener Honig.

Am Ende hatte Casimir sein Versprechen gehalten, auch wenn Addy sich gewünscht hätte, es wäre anders gekommen. So sehr hatte sie es sich gewünscht.

Sie nahm ihn wahr, in allem, was sie umgab, konnte fühlen, wie seine Lebensenergie durch die Fasern jeder Pflanze floss, durch den Boden unter ihren Füßen und den Wind in ihrem Haar. Sogar durch sie selbst.

Manchmal machte sie sich sogar Hoffnung. Dann bildete sie sich ein, dass zur Zeit seines Todes die Verschmelzung der Sphären schon weit genug vorangeschritten war, um es ihm zu erlauben, lebend zurückzukehren. Dann stellte sie sich vor, Terra Mater hätte Gnade gezeigt. Genau wie sie auch Ayumi, Younes, Liam und ihr gegenüber gnädig gewesen war und sie zurück ins Reich der Lebenden geschickt hatte.

Sie bildete sich dann ein, er würde hinter ihr stehen, sie würde sich zu ihm umdrehen und in seine Augen aus flüssigem Gold blicken können.

Insgeheim wusste sie, dass er nicht zurückkehren würde. Dass er das auch dann nicht täte, wenn er dazu in der Lage gewesen wäre. Und das konnte sie, auch wenn es wehtat, verstehen.

Er hatte sie geliebt wie sie ihn, und weil dieses Gefühl ein Teil von ihm und er ein Teil von allem geworden war, konnte Addy ihn spüren. Dafür war sie dankbar. Dafür, dass er immer bei ihr und in allem sein würde, was sie umgab.

Und so war es am Ende genauso gekommen, wie er es versprochen hatte. Er war bei ihr und sie würde ihn nie vergessen. Niemals.

Sie hielt die Augen fest geschlossen und es kam ihr vor, als stünde er ihr gegenüber, würde sie sanft anlächeln und auf die Stirn küssen. Fast schon konnte sie ihn vor sich stehen sehen, spürte seine Wärme, als wäre er der Sonnenschein und hob unwillkürlich die Hand, um ihn zu berühren. Addy schlug die Augen wieder auf und für einen Moment – gefangen zwischen Wunschtraum und Wirklichkeit – war er da. Genau vor ihr. Das goldene Leuchten seiner Augen erwärmte ihr Inneres, die Zeit schien stillzustehen und selbst ihr Herzschlag setzte aus.

Sie wagte es nicht, sich zu bewegen, hielt noch immer die Hand erhoben und versuchte, seine Haut unter ihren Fingerkuppen zu spüren, wie sie zuvor die zarten Blütenblätter gefühlt hatte. Und dann war sie es, die lächelte. Weil man ihr alles nehmen konnte, aber nicht die Erinnerung – nicht die Ewigkeit, die sich zwischen den Bruchteilen der Sekunden verbarg.

Der Moment verstrich. Die Gestalt, die sie zu sehen geglaubt hatte, verschwand, als hätte es sie nie gegeben, war nichts weiter als die Reflektion von Sonnenschein auf im Wind tanzendem Blütenstaub, aber was ihr blieb, war das Gefühl. Das Gefühl, ihn immer bei sich zu tragen. Tief in ihrem Herzen.

»Addy?«, rief Sarah ihr zu.

Die Wirklichkeit strömte wieder auf sie ein. Sie schaute sich um und entdeckte Sarah nicht weit entfernt. Sie, Addy und ein paar andere hatten sich über das Feld verteilt und suchten nach

Überbleibseln der alten Zivilisation. Nicht alles war von Terra Mater zerstört worden. Nur das, was giftig und schädlich war. Einiges von dem, was sie fanden, war gut zu gebrauchen, um weitere Häuser zu errichten oder Werkzeuge zu bauen.

Sarah war in die Hocke gegangen, hielt etwas in den Händen, und während Addy auf sie zukam, richtete sie sich auf.

»Was hast du da?«

Mit den Fingern strich Sarah über eine verkohlte Metallplatte und legte unter einer dicken Rußschicht grüne Linien frei. Die Farbe war verblasst und allein durch Sarahs Versuch, die Beschriftung freizulegen, wurde sie größtenteils verwischt. Dennoch erkannte Addy sofort, worum es sich handelte. Es war das Firmenlogo von Elekreen.

»Stand hier …?«, begann Sarah verwundert.

»Das Kraftwerk? Ich denke schon.« Addy schaute sich um und auch Sarah ließ ihren Blick über die Gegend schweifen.

Es schien erst, als würde nichts darauf hinweisen, dass sie gerade am Rand von Birmingham, auf den Überresten eines eingestürzten Kraftwerks standen. Doch bei genauer Betrachtung erkannte Addy, dass die hüglige Landschaft, in die das Blumenfeld mündete, in Wirklichkeit die Ruine verfallener, völlig von der Natur verschluckter Hochhäuser war.

Sarah trat einen Schritt vor, senkte das Schild und der Wind ließ ihr offenes Haar flattern, während ihre Augen wie gebannt an der blühenden, von Lichtern und Farben erfüllten Landschaft hafteten.

»Merkwürdig, aber das so zu sehen … Das macht es so real, findest du nicht?« Gedankenversunken schaute sie zu den überwucherten Ruinen. »Nach allem, was geschehen ist, habe ich es die ganze Zeit trotzdem nicht wirklich geglaubt. Irgendwie dachte ich, es würde irgendwann wieder alles werden wie zuvor. Aber das hier ist endgültig. Kein Traum, aus dem man erwacht. Es ist das Ende, nicht wahr?«

Addy trat neben sie, schloss für einen Moment die Augen und nahm den Duft der neuen Welt tief in sich auf. Der Duft nach grenzenloser Freiheit – nach Zuhause.

Es war so ruhig. Kein Lärm, keine Enge. Kein unentwegtes Verrinnen der Zeit, die einem durch die Finger rieselte. Dieser Tag und jeder, der darauf folgte, war der erste einer Zukunft, die sie neu gestalten konnten.

»Nein«, widersprach sie schließlich und lächelte. »Es ist der Anfang.«

DANKSAGUNG

Mein Dank geht an meine Unterstützer in aller Welt. Ihr habt mir immer mit Rat und Tat zur Seite gestanden. Ohne euch wären meine Bücher nicht zustande gekommen. Vielen Dank dafür! Thank you very much! Domo Arigato!

Achim P., Stefanie W., Rebecca H., Fridays for Future Saar, Claudia J., Laura H., Cristina B., Anne from Fridays for Future Toronto, Jennifer V. from Australia, Tōkyō no Rebecca S.

Ebenfalls bedanke ich mich bei meinen Lesern und bei allen Menschen, die gegen jede Widrigkeit für eine saubere Umwelt und lebenswerte Zukunft kämpfen. Ihr seid Helden. Und wenn es auch manchmal so scheint, ihr seid nicht allein.

Jennifer Alice Jager

Terra

Awakening, Bd. 1
978-3-401-60492-3

Rising, Bd. 2
978-3-401-60493-0

Collapse, Bd. 3
978-3-401-60494-7

Afterglow, Bd. 4
978-3-401-60501-2

Arena

Jeder Band:
Auch als E-Book erhältlich
www.arena-verlag.de